KB085125

늘 건강하세요!

중증외상센터

GOLDEN
HOUR

골든 아워

한산이가
지음

중증외상센터

GOLDEN HOUR

골든 아워 V

몬스터

차례

노예 모집합니다 7

도와줄 거면 이렇게, 제대로 91

다시, 대형 재난 157

승격 268

나는 내가 필요한 곳에 373

노예 모집합니다

"지원자분들, 여기 앉아 계시면 됩니다."

모처럼 정장을 빼입은 재원이 잔뜩 얼어붙은 얼굴로 서 있는 레지던트들 또는 군의관들을 안내하고 있었다.

"여기, 여기 앉으면 됩니다."

예상했던 것과는 달리 지원자들이 너무 많이 왔기 때문에 장미도 안내에 동원되었다. 그녀 또한 상당히 오랜만에 정장을 입고 있었는데, 상당히 관록 있어 보이는 모양새였다. 그간 중증외상센터의 실질적인 수간호사 역할을 하다보니 어느덧 그런 얼굴이 된 모양이었다. 덕분에 지원자들은 자신들의 선배라 할 수 있는 재원이나 강행 또는 경원 등의 말보다는 오히려 나이도 어린 장미의 말에 벌벌 기고 있었다.

"자, 1번부터 3번까지 들어가세요! 4번부터 6번 선생님들은 요 앞에서 대기해주시고요!"

"네."

장미의 카리스마 넘치는 안내에 따라 지원자들이 우르르 안으로 들어왔다. 아무래도 현재 워낙 유명세를 떨치고 있는 백강혁을 대면하는 자리다보니 다들 표정이 그렇게 좋지만은 못했다. 3번 지원자는 긴장을 넘어서 거의 벌벌 떨고 있을 지경이었다. 본인은 너무 들어오고 싶어서일 수도 있겠지만, 아쉽게도 상당한 감점 요인이었다.

'덤덤한 놈이 좋아. 덤덤한 놈이.'

강혁은 그런 생각을 하면서 지원자들이 미처 자리에 앉기도 전에 3번 지원자 점수란에 엑스를 그었다. 한유림 교수는 이놈이 진짜 미쳤나 하는 얼굴로 돌아보았지만, 강혁에게는 그만의 기준이 있었다.

'무슨 현장에 갈지, 무슨 환자를 만나게 될지 모른단 말이지.'

그런데 고작해야 면접에 벌벌 떠는 친구를 뽑는다? 그건 그 친구를 만나야 할 환자에게도, 그 친구에게도 불행한 일이 될 터였다.

"수고했습니다."

"고생했어요."

대략 10분가량이 지났을 무렵, 첫 번째 팀이 밖으로 빠져나갔다. 세 명에 10분이니까 할애된 시간이 그렇게 길다고 보기는 좀 어려웠다. 하지만 면접관으로 들어온 교수들 중 그 누구도 아쉬운 표정을 하고 있진 않았다. 이미 서류 심사로 어느 정도는 마음을 정한 후였기 때문이다. 물론 면접에서 다 뒤집는 경우가 나오기도 하지만.

"자, 다음."

면접은 아주 빠르게 진행이 되었다. 대략 8팀이 들어왔다 나갔을 무렵까지도 별 이변은 없었다. 서류에서 괜찮게 봤던 친구들이 면접도 괜찮았다. 예상대로 흘러가고 있다는 뜻인데, 강혁은 그렇게까지 표정이 밝지 못했다.

'1호, 2호만 한 애들이 없는 거 같은데…….'

막상 일을 시켜보면 또 다를 수도 있었다. 하지만 그 느낌이라는 게 있지 않은가. 팀에 잘 녹아들 것 같은 사람인지, 가르쳐주는 대로 쫙쫙 흡수할 수 있을 것 같은 사람인지. 강혁은 그런 사람이 없는 게 좀 아쉬웠다. 그때 다음 팀이 들어왔다. 강혁은 들어온 이들의 면면을 바라보는데, 누군가 낯이 익은 것 같단 생각이 들었다.

'음?'

다른 사람들 같았으면 여기서 그냥 그런가 하고 넘어갔겠지만, 강혁은 눈앞의 이 친구가 누구인지를 기억해낼 수 있었다.

'그때……. 맨 앞자리 앉아 있던 개구나.'

영상 보는 중간중간 눈물을 흘리던, 레지던트가 아니라 군의관 3년 차라 군복을 입고 있던 사람이었다. 지원서를 보니 지원서 자체는 그렇게까지 인상적이진 않았던 모양인지, 별다른 표시는 없었다.

'아니, 근데……. 그전에도 본 거 같은 기억이 있는데?'

단지 그때 본 것만 가지고서 지금까지 기억에 남을까 하는 생각이 들었다. 그래서 좀 더 오래된, 해묵은 기억을 뒤적거리기 시작했다. 하지만 이건 아까처럼 그렇게 쉽지만은 않았다.

"그래……. 일단 자기소개부터 하죠."

강혁이 그렇게 지원서를 뒤적거리는 동안 한유림 교수가 면접을 시작했다. 어차피 백강혁이 딴짓하는 거야 늘 있는 일이었다.

"안녕하십니까, 저는 이동주입니다."

이동주. 이름을 들으니 기억이 더 날락말락 했다. 서류를 통해 접할 때와는 뭔가 다른 느낌이었다.

'대화해본 적 있는 거 같은데.'

그게 언제였더라, 하고 있으려니 이동주 군의관이 말을 이었다.

"이현종 대위 아니, 이제 소령이죠. 그 사건 당시 한빛 부대에서 복무했고, 아크 부대의 도움을 받아 왕립 쉐이크 칼리파 병원으로 이송하여 계속 환자를 돌봤었습니다. 당시 백강혁 교수님의……."

여기까지 들었는데 기억이 안 나면 그건 그냥 바보였다.

"아! 그 이동주!"

강혁은 이런 내용을 왜 지원서에 안 적었을까 하는 생각을 하면서 고개를 들었다. 약간 살이 빠지긴 했는데, 그때 그 얼굴이 맞았다.

"네, 교수님. 오랜만에 뵙습니다. 그날 이후로 단 한 번도 외상 외과를 잊은 적이 없습니다."

"와야지, 와야지."

강혁은 그 당시 이동주의 활약상을 떠올렸다. 물론 미숙하기는 했다. 하지만 군의관인데 환자를 살리기 위해 정말이지 최선을 다하지 않았던가. 그 마음과 그 체력 그리고 한번 말하면 딱딱 알아듣는 머리까지.

'느낌 왔어.'

강혁이 결심한 듯 주먹을 꽉 쥐고 있으려니 옆에 있던 한유림 교수가 조심스럽게 그의 어깨를 두드렸다.

"저기……. 백강혁 교수, 근데 이 친구는 정형외과인데……. 저번에 학회도 등록도 안 하고 온 거야."

외과가 아니니 뽑아줄 수는 없지 않겠냐는 뜻에서였다. 물론 강혁에게는 씨알도 안 먹혀들어 갔다. 강혁은 메스 쥔 적 있는 의사라면 누구라도 외상 외과 전문의가 될 수 있다고 믿는 인간이었으니까. 실제로 현장이 그랬다. 블랙 워터스의 외상 센터에는 외과 의사가 제일 많았지만, 신경외과, 정형외과도 많이 있었다.

"몰라요, 몰라."

강혁은 네임펜을 들어 이동주의 지원서에 슥슥 무언가를 적어넣었다. 한유림 교수가 이게 뭔가 하고 들여다보니, 숫자 '4'였다.

"뭔 뜻이여?"

"4호."

"아……."

*

"뭘 이런 걸 가……. 의사가 병원에 있어야지."

"좀 밖에 나가보자, 좀. 제발."

한유림 교수는 보스턴백에 간단한 옷가지를 넣는 내내 투덜거리고 있는 강혁을 타박했다.

'길었다…… 길었어…….'

지난 반년간 가장 처절하게 깨달은 것이 있다면, 강혁은 약속을 정말 잘 지키는 사람이라는 점이었다. 정말이지 허투루 말을 내뱉는 법이 없었다. 덕분에 한유림 교수는 꼬박 반년 동안 내내 6시에 일어나 12시에 잠들기 전까지 일만 하는 생활을 해야 했다.

'불평을……. 하기도 뭐하고 말이야…….'

하지만 그런 한유림 교수가 이곳 중증외상센터에서는 제일 편한 상황 아니었던가. 남들은 밤새고 또 환자 받고 수술하고, 또 환자 받고 수술하고 있는데 무려 여섯 시간씩이나 쉬어놓고 힘들다는 말을 꺼내긴 좀 어려웠다.

"밖에 나가잖아요?"

물론 강혁은 별로 불편하다거나, 힘든 것을 느끼지 못하는 듯했다. 그렇지 않고서야 이런 말도 안 되는 말을 이렇게 당당히 늘어놓을 수는 없었다.

"밖이라니……. 우리가 언제……. 아! 백 교수, 자네 설마……."

"나갔다 하면 헬기 타는데. 이렇게 신나는 직장이 어딨어."

"제발……. 제발 그런 미친 소리 말고……. 하루만 나가자……."

"아니, 뭐. 누가 안 나간대요? 나 몰래 다 연락 돌려서 일 벌여놓고선."

강혁은 그렇게 짐을 다 싸고는 주변을 돌아보았다. 강행을 제외한 모두가 외출복을 입고 있었다. 그 말은 곧 강행이 당직을 서게 되었다는 것을 의미했다.

'뭐……. 아주 멀리 가는 건 아니니까, 괜찮겠지.'

강혁이 판단하기에 이제 강행 또한 어느 정도는 홀로 환자를 볼 수 있게 되었단 생각이 들어서였다.

"잘 서고 있어. 뭔 일 터지면 바로 연락하고. 헬기 타고 올 테니까."

"네, 교수님."

"뭐……. 강일구 교수님이랑 김인수 교수도 당직이라니까, 어지간하면 문제 생기진 않을 거야."

강혁은 결연한 얼굴을 하고 있는 강행을 보며 말을 이었다. 강행은 반년 만에 놀 수 있는 기회가 싹 날아가는 순간인데도 표정이 별로 어둡진 않았다. 어차피 스키를 그리 즐기는 편이 아니었기 때문이다. 아니, 싫어하는 편이었다.

"네, 교수님."

그는 아주 쿨하게 일행을 배웅하고 다시 병원 안으로 들어갔다.

"으, 추워."

연신 팔을 비벼 대면서였다.

"괜찮겠죠?"

빌린 소형 버스 뒷좌석에 있던 재원이 아주 걱정스럽다는 듯한 기색으로 물었다. 꼴에 몇 개월 선배랍시고 강행 혼자 남겨두는 것이 불안한 모양이었다. 강혁이 보기엔 도긴개긴이었다.

"괜찮겠지. 이제 우리 병원 시스템도 꽤 개선됐어."

하지만 강혁은 굳이 재원을 타박하는 대신, 흡족하다는 얼굴이 된 채 한유림 교수를 바라보았다. 제아무리 강행의 실력이 늘었다고 해도 강혁이 1박 2일 여행을 다녀오는 동안 병원을 맡길 수 있는 수준은 아니었다. 그런데도 강혁이 강원도로 향하는 버스에 몸을 실을 수 있게 된 것은 다 한유림 교수 덕이라고 보면 되었다.

"뭘 봐?"

"아니, 대견해서. 기조실장 힘으로 당직 체계 바꿨잖아요."

"아……. 살려고 그런 거지. 내가 살려고."

한유림 교수는 병원을 돌아보았다. 이미 버스는 제법 속도를 낸 참이었기 때문에 빠르게 멀어지는 중이었다.

'어지간한 수술은 이제……. 협진으로 해결 가능해.'

그래봐야 한 달에 몇 번 없기는 했지만, 해당하는 날에는 신경외과, 일반 외과, 흉부외과, 정형외과가 주축이 되고 성형외과, 이비인후과, 안과 등의 서포트를 받을 수 있는 임시 중증외상팀이 개설되었다. 인력 충원이 더 이루어지면 상시 중증외상팀이 개설될 수도 있겠지만 그건 아주 머나먼 미래의 일이 될 것이었다.

"중증외상센터에 꽂길 잘했지, 뭐."

"잘했긴……."

"아무튼, 뭐. 덕분에 병원 밖으로 나와도 보고……. 좋기는 하네."

그냥 아무 날이나 잡고 나오는 건 당연히 아니었다. 오늘과 내일은 임시 중증외상팀이 돌아가는 날이었다. 물론 업무 외 시간으로 빼서 도움을 받는 입장이었기 때문에 온전히 맡기는 건 안 되는 게 원칙이었지만. 흉부외과 강일구와 정형외과 김인수는 이미 강혁의 마수에 걸려든 지 오래 아닌가. 솔직한 얘기로 그냥 내려와서 대기하라고 해도 들을 위인들이었다.

'둘 실력도……. 더 늘었지.'

강일구 교수야 원래도 뛰어났기 때문에 실력이 늘었다는 말이 좀 어폐가 있을 수 있겠지만, 외상 대처에 보다 유연하게 나설 수 있는 임기응변이 늘기는 했더랬다. 김인수 교수는 아예 실력이 늘었고.

'좋군.'

강혁은 한결 느긋한 표정으로 밖을 내다보았다. 창밖 풍경은 삭막하기 이를 데 없었다. 그나마 여름엔 푸르른 잎으로 도시의 살풍경을 가려주고 있던 나무들이 앙상한 가지만 내놓고 있을 따름이었다. 깡마른 가지들은 거센 바람에 제멋대로 흔들리고 있었다. 당연하게도 길가를 거니는 사람들은 극히 드물었다. 그마저도 옷깃을 단단히 여미고 있었고.

'다치는 사람이 많은 계절은 아니지.'

다른 사람들 같으면 보다 감상적인 생각에 빠져들었겠지만, 강혁은 다들 알다시피 조금 이상한 인간 아니던가. 머릿속에 과연 중증외상 말고 뭐가 들었을까 싶은.

'하지만 다치면 치명적이야…….'

평화롭기만 한 교외 풍경을 바라보는 동시에 피투성이 생각을 떠올리고 있었다. 사실 그가 이러고 있는 게 아주 무리는 아니긴 했다. 겨울은 바로 그의 아버지를 앗아간 계절이었으니까. 그로 하여금 중증외상센터 활성화라고 하는 불가능한 꿈을 꾸게 해준 계절이었으니까.

"교수님, 휴게소예요. 뭐 좀 드세요."

한참을 그렇게 상념에 빠져 있으려니, 누군가 그의 어깨를 잡고 흔들었다.

"조폭이냐?"

강혁은 범상치 않은 강도에 흠칫 놀라며 고개를 돌렸다. 역시나 그를 흔들고 있던 장미가 껄껄 웃었다.

"네."

어느 순간 조폭이라는 별명을 받아들이는가 싶더니 점점 더 조폭처럼 변해가고 있는 그녀였다.

"어후."

강혁은 능청스럽게 고개를 끄덕이고 있는 그녀를 따라 버스에서 내렸다. 재원, 경원 그리고 지민에 한유림 교수까지 모두 강혁을 기다리는 중이었다.

"추워!"

"병원 계시면 따뜻한데."

"그런 말은 하지 말고……. 소떡이나 먹자. 소떡."

"소떡?"

"이거 봐, 이거 봐. 아무것도 모르고 이거. 일만 하니까 이러지. 이렇게 트렌드에 뒤처져서야 어디 뭐 연애나 하겠냐, 이거."

상당한 맹공이었는데. 거기서 가만있으면 강혁이 아니었다.

"그래서 장가 다시 가는 건 성공하셨고요?"

"아니……. 여기서 왜 내 결혼사가 나와."

"수술 일찍 끝난 날마다 콜라 따라놓고 소주 마신 것처럼 청승 떤 게 교수님이잖아요."

"난……. 딸이……."

"지영이 핑계 대지 마시고. 빨리 장가가라고 난리더만."

"지영이, 지영이 하지 말라니까, 그러네?"

강혁은 그렇게 본인 연애사에 대한 걱정을 다른 화제로 뒤엎은 후 소떡이라는 신문물을 접할 수 있었다.

"이게…… 그렇게 맛있다, 이건가."

사실 한유림 교수도 이름만 들어봤지 실물을 영접한 것은 처음이었다. 하지만 한 번 입에 넣자마자 둘은 서로의 눈을 바라보며 고개를 끄덕였다. 이 정도라면 병원에서 이만큼이나 멀리 나온 보람이 있다는 뜻의 끄덕임이었다. 그래서인지 둘은 그 자리에서 소떡을 각 세 개씩 더 해치우고 나서야 버스에 올랐다.

"아, 늦을 수도 있겠네."

맨 앞자리에 앉은 재원이 걱정스럽다는 눈으로 내비게이션을 바라보았다. 일행의 가장 연장자인 두 교수가 주접을 떠는 바람에 시간을 꽤 잡아먹은 덕이었다. 물론 그 장본인들인 강혁이나 한유림 교수는 별생각이 없었다. 둘은 그냥 병원 나온 김에 맛있는 거나 먹고 돌아가면 장땡이라는 생각을 하고 있었으니까.

"기사님, 얼마나 걸릴까요?"

그저 일정 전반에 대한 책임감을 느끼고 있는 재원과 장미만 후달릴 따름이었다.

"뭐, 한, 한 시간 걸리죠."

"제가 할까요?"

"네?"

"아, 아뇨. 아닙니다. 이게 구급차가 아니지, 참."

장미는 급한 마음에 훅 나섰다가 이내 뒤로 물러섰다. 생각해보니까 다른 게 주접이 아니라 이게 주접이란 생각이 들어서였다.

"아, 네, 네. 도착했어요? 그…… 제 이름으로 체크인 일단 하시고. 쉬고 계세요. 저희 약간 늦어서."

그사이 재원은 이번 외유의 주인공들 전화를 받고 있었다. 다름 아닌 두 달 후에 이 중증외상팀에 합류하게 될 4호와 5호였다. 이름으로 말하자면 한빛 부대에 있던 정형외과 전문의 이동주와 현재 항공우주의료원에서 근무 중인 사대진 외과 전문의였다.

"네, 양재원 선생님. 그렇게 하겠습니다."

둘에게는 재원이 거의 하늘 같은 선배였기 때문에 아주 깍듯했다. 재원 또한 아직 다 잡은 고기란 생각을 하지 않고 있었기 때문에 가면을 뒤집어쓰고 있었고.

"자꾸 지영이라고 하지 말라고."

"아니, 지가 그렇게 부르라는데 그럼 어째요."

"애가 그러란다고 그렇게 불러?"

"애라뇨. 이제 성인인데."

"성인이라고 하지 마……. 아주 불안해."

"난 생각 없으니까 교수님이나 장가가시라고요. 밤마다 외롭다고 청승 떨지 말고."

"그럼 소개라도 해주든가."

"그건 알아서 하셔야지."

"냉정하긴……."

도저히 두 교수가 나누는 대화라고는 보기 어려울 정도로, 없어 보이는 대화 중이었다.

"다 왔습니다. 휘닉스 파크."

나머지에게는 다행이게도, 예정했던 시간보다는 더 빨리 콘도에 도착했다. 도착했다는 말이 나오자마자 강혁 또한 한유림 교수와 나누고 있던 쓸데없는 대화를 멈추고, 슬로프 쪽을 바라보았다. 다른 사람들이야 그냥 스키장이구나 싶을 수 있겠지만 그에게는 조금 다른 의미를 갖고 있었다.

'여기서 방학을 몇 번이나 보냈는지…….'

비록 그의 의대생 시절은 가난했었지만 겨울 방학만큼은 안전요원 아르바이트 겸, 스키 동아리 겸으로 이곳에서 보낼 수 있었다. 강혁에게는 상당히 많은 추억이 있는 곳이었다.

"뭐 해? 빨리 내려. 우리 일꾼들……. 아니, 신입 보러 가야지."

"아, 네, 네. 일꾼들이라니 말이 너무 하시네. 기조실장이라고 함부로야 아주."

"백 교수는 노예들이라고 하잖아!"

"요샌 대놓고 안 부르잖아요? 순화해서 부르고 있다고. 그리고 나랑 한 교수님이랑 같나."

"뭐, 뭐가 다른데?"

"알면서."

띵동. 재원은 곧장 짐을 들고 일단 방으로 향했다. 다른 인원들 또한 마찬가지였다.

"네!"

미리 와 있던 신입들은 누가 먼저랄 것도 없이 우당탕 달려와서 문을 열어주었다. 아직 군인이라서 그런 건지, 아니면 천하의 백강혁 밑으로 들어오게 된 참이라 이런 건지는 몰라도 군기가 바짝 들어 있었다.

"오, 우리……."

강혁은 그런 둘을 보며 반갑다는 듯한 제스처를 취했다. 그러면서 동시에 둘을 뭐라고 불러야 하나 하는 고민에 빠졌다.

'어차피 다음다음 달부터는 나올 애들이긴 한데.'

그 말은 잡은 물고기라고 봐도 좋다는 뜻이었다. 이미 계약서에 도장도 찍지 않았던가.

'뭐……. 도망갈 놈들도 아니고.'

면접 및 서류 심사만 보면 대강 눈에 보이지 않은가. 더욱이 이동주는 한동안 이현종 대위를 치료하면서 몸소 겪은 적도 있었고. 해서 강혁은 결론을 내렸다.

"4, 5호."

이렇게 부르기로.

"네, 교수님!"

"그동안 평안하셨습니까!"

물론 별 탈이 있거나 하진 않았다. 면접 이후로 강혁이야 아예 따로 연락을 주고받지 않았지만, 후배 하나가 너무 급한 재원이나 강행 그리고 한유림 등은 그럴 수가 없었기 때문이다. 덕분에 4, 5호는 이미 강혁의 성향이나 팀 분위기에 대해 아주 잘 알고 있었다. 해서 4, 5호라는 다소 충격적인 호칭에도 전혀 당황하지 않았다.

"어, 그래. 언제 왔지?"

"저희도 방금 왔습니다."

"그래? 그런데 왜 이렇게 더럽지?"

"네?"

물론 끝까지 당황하지 않기란 무척 어려운 일이었다. 강혁과의 대화란 늘 이런 식으로 끝을 맺기 마련이었으니까. 늦게 온 주제에 방 더러운 것을 탓하는 강혁이라는 괴물에게 일단 장미가 다가갔다. 짝! 등짝을 후려갈기면서였다.

"억."

"늦게 와놓고선 그게 무슨 소리예요."

"그렇다고 때려?"

"사실 이게 처음인데 그런 식으로 나오니까 그렇죠. 우리가 어떻게 보이겠어요."

"아니……."

강혁 생각에는 교수 패는 간호사가 있는 게 더 충격적이지 않을까 싶긴 했지만, 굳이 더 입을 놀리거나 하지는 않았다. 그랬다간 한 대라도 더 맞을 거 같았고 그럴수록 지금 자신을 바라보고 있는 4, 5호 눈에 담긴 존경심이 사그라들 것 같았기 때문이다.

"아무튼, 사 온 거 좀 풀자. 배달시킨 거야?"

강혁은 화제를 돌리기로 했다. 다행히 늘 그의 말에 신경을 곤두세우고 있는 경원이 있기에 화제 돌리는 게 그리 어렵진 않았다.

"네. 마트 갈 시간이 없어서요. 그냥 이쪽으로 바로 시켜서 콘도 측에 맡아달라고 요청했습니다."

"잘했네. 요새는 그런 게 되는구나?"

"그럼요. 이커머스 세상인데요."

경원은 다 같이 중증외상팀에 매몰되어 있는 와중에도 스마트함을 잃지 않고 있었다. 강혁은 그렇게 배달시킨 물품을 받아 들고는 하나하나 아일랜드 식탁 위에 올려놓기 시작했다.

"고기."

"네."

"고기."

"네."

"고기."

"네."

"고기, 미쳤어?"

그러다 돌연 고개를 돌려 경원 쪽을 바라보았다. 돼지고기, 소고기 차이만 있을 뿐 죄다 고기만 있었기 때문이다. 심지어 안에 든 것들도 대부분 고기였다.

"OT는 고기죠."

하지만 경원은 한 점 부끄러움 없다는 듯한 얼굴로 엄지를 치켜 세웠다. 강혁으로서는 퍽 어처구니가 없는 상황이었다. 아니, 조금은 당황스럽기까지 했다. 경원이 그의 의견에 조금이라도 반하는 의견을 낸 것이 처음이었기 때문이다.

"그렇다고 고기만 쳐 샀어?"

"쌈 채소도 있습니다."

"어디."

"거기……. 차돌박이랑 삼겹살 사이 보시면 등심 있거든요. 그 등심 밑에."

"밑에? 야……. 넌 뭐 채소 갈아 먹냐? 이걸 누구 코에 붙여."

"어차피 먹지도 않을 거 같은데……."

경원은 그런 말을 하면서 강혁을 제외한 모두와 눈을 마주쳤다. 천만뜻밖에도 그들 모두 고개를 끄덕이고 있었다. 심지어 이제 쉰보다 예순에 가까운 한유림 교수까지 그러했다.

"그러다 혈관 막혀 죽어요, 교수님은."

"저주를 해라, 저주를. 어차피 이렇게 구운 고기 먹을 날이 뭐 얼마나 있다고. 반년만이야, 반년! 아, 아니. 뭐 그렇게 회식이 드물 정도로 힘들진 않고."

한유림 교수는 자신의 심정을 마구 털어놓다가 4, 5호의 다소 어두워지는 낯빛을 확인하고는 급작스럽게 말을 바꿨다. 다행히 재원도 눈치가 많이 빨라진 참이라 급히 그를 거들어주었다.

"그렇죠, 그렇죠. 회는 지겨워."

강혁은 고기를 탕탕 두드렸다. 보아하니 쌈 채소 1인분에 고기만

20인분이 넘게 있었기 때문이다. 나머지 먹을거리는 전부 라면이었는데, 박경원 이 자식이 돌았나 싶을 지경이었다.

"뭐 생명 보험 들었어? 우리 명의로?"

"에이……. 그렇지는 않죠. 일단 드셔보시라니까요? 저 고기 진짜 잘 구워요. 일단 매리네이드부터 하겠습니다."

하지만 경원이 예사롭지 않은 손놀림으로 고기를 다루는 것을 보고 난 후에는 입을 다물게 되었다. 아닌 게 아니라 거의 무슨 셰프 수준이었다.

"술은 없지?"

강혁은 조금은 체념한 듯한 얼굴이 되어 비닐봉지를 뒤적거렸다.

"네. 술은 안 샀습니다. 여차하면 가야 하니까요."

"그렇지. 잘했네."

이 말에는 강혁이나 재원, 장미 심지어 한유림 교수까지 아주 덤덤한 반응을 보였다. 24시간 생명을 살려야 하는 팀 아니던가.

'하……. 회식에 술을 못 마시는 곳이구나.'

'확실히 개빡세구나…….'

4호 이동주와 5호 사대진에게는 오히려 이게 제일 충격이었다. 외과 계열 회식이라고 하면 진짜 먹고 죽자 식으로 달리는 경우가 많지 않던가. 정말이지 내일이 없는 사람처럼 마시는 사람들도 꽤 있을 정도였다. 해서 둘은 사이좋게 숙취 해소제도 사 온 마당이었는데. 알고보니 다 필요 없는 상황이었다.

"그럼 너는 안 나가? 스키 안 탈 거야?"

강혁은 강원도에 왔음에도 불구하고 아직 밝기만 한 밖을 내다보았다. 늘 그렇듯 새벽같이 왔으니 당연한 일이었다. 이제 겨우 1시를 지나고 있었다.

"저는 이거 준비하고 있을게요."

애초에 스키도 좀 타고 나가 놀려고 이렇게 일찍 온 참이거늘, 경원은 그 어느 때보다도 더 눈을 빛내며 고기만 바라보고 있었다. 그 눈빛에서 살짝 광기를 엿본 강혁은 별말 없이 뒤로 물러섰다. 용병들과 함께했던 그의 본능이 그러라고 말해주고 있었다.

'미친놈이야. 확실히 내 주변은 다 미친놈이야.'

그나마 유일하게 정상인인 줄 알았던 경원까지 이런 면이 있을 줄이야. 강혁은 고개를 절레절레 털며 밖으로 향했다.

"너희는 탈 거지?"

그닥지 않게 남들을 챙기면서였다.

"네. 타겠습니다."

재원이나 한유림 교수, 장미, 지민 등은 두말하면 잔소리라는 듯한 태도로 따라나섰다. 하지만 4호나 5호는 그러기가 쉽지 않았다. 경원이면 하늘 같은 선밴데 이 양반에게 모든 걸 맡기고 어찌 나간단 말인가.

"그……. 저희는 도와야……."

해서 조심스럽게 다가가려는데, 경원이 어느새 빼 든 칼을 휘둘렀다.

"나가, 나가. 방해만 돼."

"엇."

"나가라니까?"

"네, 네."

하지만 경원은 생각보다도 더 이상한 놈이었고 둘은 거의 쫓겨나다시피 해서 밖으로 나오고야 말았다.

"나만 따라와. 스키 빌려야지."

"네."

강혁은 그렇게 밖으로 나온 일행을 마치 수술장에라도 데리고 가는 것처럼 당당하게 안내하기 시작했다. 비록 수년 만에 오긴 했지만, 지금 당장 눈 감고 어디 떨어뜨려놓는다 해도 바로 어디가 어딘지 알아차릴 자신이 있었다.

'여기서 돈도 벌고……. 휴식도 하고…….'

강혁은 잠시 옛 생각에 빠진 와중에도, 그가 어렵지 않게 대여점에 도착할 수 있었다. 탈의실로 연결되는, 스키장에서 직영으로 운영하고 있는 가게였다.

"자, 스키 빌리자."

"아니, 잠깐만. 나는 보드야."

강혁이 당연하다는 듯한 표정으로 스키 쪽으로 향하자 한유림 교수가 고개를 저었다. 그리곤 어쩐지 이상해 보였던 그의 신발을 가리켰다. 보드 전용화였다.

"보드? 아니 무슨 스키장에 와서 보드를 타."

"뭔 소리야. 대세가 보드로 넘어온 게 언젠데."

"어디 근본도 없는 스포츠를 가지고 대세 운운하시고 계시네?"

"근본? 야 너 말 다 했냐?"

"바로 야, 야 하는 것 좀 봐……. 역시 노 근본……."

"이 사람이 정말."

"어어. 가까이 오지 말고. 그냥 저기 가서 빌려요. 어디 보드가 겸상하려고."

"와……."

한유림 교수는 어처구니가 없는 심정이었으나 일단 시키는 대로 이동했다.

"4, 5호. 너네는 스키지?"

"네? 네."

"그래. 스키 타. 그래야 수술도 잘해."

"네."

강혁은 한유림 교수를 따라나선 재원을 잠시 노려보다가 4, 5호를 잡아끌었다. 사실 둘 다 요즘 대세인 스노보드파이긴 했지만 뭐 어쩌겠는가. 백강혁이 잡아끄는데. 속절없이 스키를 타야만 했다.

무사히 장비 대여에 착용까지 한 일행은 곧장 맨 꼭대기로 향하는 곤돌라에 탑승했다. 그러고 나서도 강혁과 한유림 교수는 계속 눈을 세모지게 뜨고 투덜거렸다.

"스키 내려가고 내려와요."

"왜?"

"보드는 눈을 깎잖아요."

"스키처럼 한 슬로프 전체를 다 쓰진 않거든?"

"스키장이 원래 그러라고 만든 거지."

"와……."

"다 왔네. 내 뒤로 와요. 앞으로 가면 칠 거야."

"와……."

강혁은 곤돌라에서 풀쩍 뛰어내리고는 다른 인원들과 함께 슬로프 앞에 섰다. 원래 안전 요원 아르바이트까지 했던 사람인 만큼 실력이 대단했다.

"조폭부터. 무서우면 넘어져. 팔로 짚지 말고. 그냥 몸으로."

"어……. 근데 초보 슬로프라고 하지 않았어요?"

"아, 초보는 저쪽. 이쪽은 밸리야."

한국말로 하면 '절벽'이었다. 장미는 얼굴이 파랗게 질린 채 강혁을 돌아보았다.

“전 초본데요?”

“A자는 된다며.”

“A자만 된다고요.”

“그럼 괜찮아. 나 믿고 내려가. 선수야 선수.”

“하……. 어?”

“가.”

“야, 이 개…….”

강혁은 우물쭈물하는 장미를 툭 하고 밀었다. 장미는 욕설도 채 마무리하지 못하고 아래로 쭉 미끄러져나갔다. 어차피 활강할 만한 실력은 못 되는지라 금세 넘어지긴 했지만.

“4호.”

“으어.”

“5호.”

“아…….”

강혁은 그렇게 전원 내려 보내고 나서는 멋들어진 동작으로 여전히 넘어져 있는 장미 앞으로 슥 하고 미끄러져 내려갔다. 그냥 턴도 아니고, 카빙도 아닌 숏턴을 구사하면서였다. 물론 장미가 보기엔 그냥 스키일 따름이었다.

“죽을래요?”

“도저히 못 하겠어?”

“네.”

“그럼 업혀.”

“업고 내려갈 수가 있어요?”

“난 돼.”

"허……."

장미는 자존심이 상하긴 했지만, 그렇다고 이걸 더 내려갈 자신은 없었다. 밸리는 정말 그 이름값처럼 뚝 떨어지는 모양새를 하고 있었기 때문이다. 강혁은 장미를 업고 슬로프를 내려오게 되었는데, 내려오는 도중 고개를 갸웃거리게 하는 광경을 확인할 수 있었다.

'음? 밸리에서 스노보드 점프대로 이어지는 길이 있네?'

딱히 주의사항 안내문 같은 것도 없었다.

'저러다 스키로 저 안에 들어가면……. 사고 날 텐데…….'

"업혀서 내려왔다고요?"

일행이 스키 타고, 보드 타고 노는 내내 방에서 고기 구울 준비만 하고 있던 경원이 껄껄 웃었다.

"거기 밸리였다니까요? 거기 말고 다른 슬로프에서는 안 그랬어요."

"와……. 그래도 어떻게 업고 내려오실 생각을 하셨지? 스키를 무척 잘 타시나보다."

"안전 요원 알바도 하고 뭐……. 대학, 뭐라더라. 거기 선수였다는데요?"

다른 사람도 아닌 강혁과 함께 아래로 내려온 마당 아니었던가. 강혁은 거의 이 세상에서 제일 자아도취가 심한 인간이라고 볼 수 있는 사람이었다. 당연하게도 굳이 들을 필요 없는 얘기까지 다 들어야만 했다.

"그냥 선수가 아니라 시드 받는 선수였어. 체대 출신들도 나보단 못 탔다니까."

"네네."

“네네가 아니라, 진짜야. 너 사람 업고 내려오는 게 얼마나 어려운 건지 아냐?”

“전 가볍잖아요.”

“가볍기는……. 스키 달고 있는데 어떻게 가벼워.”

강혁은 장미와 함께 투덕거리면서 동시에 다른 사람을 잠시 떠올렸다. 10년도 더 전에 장미처럼 딱 저 슬로프에서 업고 내려왔던 사람을. 아주 새삼스러운 회상은 아니었다. 아직도 간혹 그 사람과 함께했다면 지금 내 삶이 어떻게 되었을까 하는 생각에 잠기곤 했으니까.

‘멀쩡히 행복하게 잘 살고 있는 사람 떠올려서 뭐 하나.’

하지만 몇 번을 생각한다고 해도 결말은 늘 같았다.

‘나에겐……. 할 일이 있어. 사명이…… 있어.’

강혁은 약간은 아려오는 가슴을 툭툭 두드린 채 고개를 돌렸다. 마침 보드에서 눈을 털어낸 후, 정성스럽게 왁스까지 칠하고 있는 한유림 교수가 눈에 들어왔다. 눈에서 불이라도 튀어나올 것처럼 진지했다.

“환자 드레싱도 좀 그렇게 해봐요.”

강혁은 울적한 생각도 떨칠 겸 시비를 털었다. 참으로 건설적이지 못한 방법이란 생각이 들 수도 있겠지만, 실은 무척 효과적인 방법이었다.

“드레싱도 열심히 하거든?”

“보드 타는 시간 좀만 줄였어도 지금보단 실력 좋겠더만.”

“그거 칭찬이야, 뭐야.”

“보드는 잘 탄다고요.”

“수술은 못하고?”

"나 덕에 늘고는 있지."

"와……."

한유림 교수의 숨이 턱 막혀 보이는 얼굴을 보고 있자니 후련한 기분이 들었다. 자연스러운 미소가 껄껄 흘러나올 정도였다.

"근데 고기는……. 이거 다 정말 네가 구울 거야?"

마음이 푸근해진 강혁은 잔뜩 달궈진 프라이팬을 노려보고 있는 경원에게로 다가갔다. 어째 마취할 때보다도 더 집중하고 있는 것 같아 마음이 좀 상했지만. 다행히 아직은 한유림 교수를 갈군 즐거운 여운이 가득 남아 있는 상황이었다.

"네, 교수님. 저는 구우면서 먹을 테니까, 신경 쓰지 마시고. 딱딱 구워주는 대로만 드세요."

"아……. 이거 설마 굽는 순서대로 놔둔 거야?"

"네. 아아! 건드리지 마세요. 지금 풀면 맛이 망가져."

"어……. 그래. 그럼."

강혁은 마치 자기 새끼 지키는 어미 사자처럼 으르렁거리는 경원을 피해 살짝 자리를 이동했다.

"아, 교수님."

"여기 자리 있습니다."

그러자 마침 그곳에 있던 4호 이동주와 5호 사대진이 후다닥 자리에서 일어났다. 자신들이 앉아 있던 소파를 가리키면서였다. 상당히 의기소침한 얼굴들이었는데, 당연한 일이었다. 일단 강혁이 장미를 업고 내려오는 동안 거의 반쯤 버려졌었고, 방 안에 들어와서는 경원을 거들겠답시고 나서다가 질책을 당한 마당이었다.

"아, 그래, 그래. 너희 언제 나오지?"

물론 강혁은 그런 사소한 감정까지 위로해줄 수 있는 사람은 아니었기 때문에, 곧장 자신이 묻고 싶은 바를 물었다.

"아, 5월입니다."

"저도 그렇습니다."

"둘 다 군의관이지, 참. 흠."

이제 2월이니 대략 두 달 정도 남은 참이었다. 하루빨리 애들 키워서 학회를 만들고 싶은 강혁으로서는 먼 시간으로만 느껴질 따름이었다. 하지만 그의 밑에서 박박 구르고 있는 재원의 생각은 조금 달랐다. 여태 한유림 교수와 함께 보드를 타느라 동떨어져 있던 그는 그제야 4, 5호에게 다가갔다.

"두 달밖에 안 남은 거야……."

뭔가 의미심장한 얘기를 하며 둘의 어깨를 톡톡 두드려주면서였다. 그의 표정이 워낙 진지했기 때문에 이동주나 사대진 모두 재원에게서 눈을 떼지 못했다. 강혁은 그들을 보고 뭔가 말을 하려다 말고 자리를 비켜주기로 결심했다.

'펠로우들에게는 펠로우들만의 소통 방식이 있는 법이지.'

재원이나 이동주, 사대진 등이 들으면 참 속상할 만한 생각과 함께였다.

"백 교수, 고기나 먹자고. OT는 저기 양 선생한테 맡기고."

고개를 돌려 보니 한유림 교수가 어느새 그의 뒤에 와 있었다. 상당히 연륜 있어 보이는 표정을 하면서였는데, 강혁은 그런 모습의 한유림 교수는 제법 존중하는 편이었다.

"그럴까요?"

"어. 아니, 박 선생 고기 굽는 솜씨가 진짜 장난 아니야. 엄청 맛있어."

"그래요? 오. 때깔이 다르긴 하네 이거."

그 야단법석을 치더니 확실히 다르긴 달랐다. 시리아에 있을 당시, 고기 부심을 부리던 용병이 구워주던 고기와 비교해도 오히려 더 나을 정도였다.

"야. 이거 배운 거냐? 맛이 너무 좋은데?"

때깔만 그런 게 아니라 맛도 좋았다.

"네, 배웠습니다. 전공의 시절에……. 저희는 그래도 출퇴근을 하니까요."

강혁의 진심 어린 칭찬에 기분이 좋아진 경원이 껄껄 웃었다. 그리고 동시에 저 멀리 있던 재원과 펠로우들 그리고 장미까지 우르르 고기 쪽으로 몰려들었다. 강혁이 비록 평소에는 거의 병원 식당에서 끼니를 때우는 사람이긴 하지만. 그가 맛있다고 한 음식은 어김없이 맛이 있었기 때문이다.

"오."

"와."

그렇게 한동안 정신없이 고기를 배 속에 밀어넣던 와중에 장미가 돌연 슬로프 쪽을 바라보았다. 슬슬 배가 찰 무렵에 이르러서야 신규 지민이 떠올랐기 때문이다.

"아, 맞다. 얘 아직도 타고 있는데. 연락할게요."

"어어. 그래, 신규 불러. 누구 하나 빈다 했더니 걔가 없었네."

"보드 마니아라고 하잖아요."

"보드 그거……."

강혁은 절레절레 고개를 흔들었다. 맨날 눈 쓸고 내려가는 모습이 눈에 선했기 때문이다. 물론 스키를 바라보는 보드파의 시선도 그리 곱지만은 못했다. 스키는 속도가 훨씬 빠른 데다가, 슬로프 전체를 쓰는 경우가 많았으니까.

장미는 전화를 거는 동안 그 잠깐의 시간도 아까운지 고기를 입안에 쑤셔넣으며 핸드폰을 집어 들었다. 그리곤 고개를 갸웃거렸다.

"어? 먼저 전화가 왔네."

"슬슬 고기 구울 때라는 거 아나 보지. 빨리 오라고 해. 오늘 고기 진짜 많긴 한데……. 빨리 안 오면 없을 거 같아."

언제는 고기만 샀다고 타박을 해대더니 지금은 제일 앞장서서 고기 흡입에 힘쓰고 있는 강혁이었다. 장미 또한 별다른 상황은 아니었기 때문에 곧장 전화를 받았다.

"아, 선생님!"

"어. 지민아. 빨리 와. 지금 고기……."

"아뇨! 이쪽으로 빨리 오세요!"

"뭔 소리야, 갑자기. 거길 우리가 왜 가."

"사고……. 사고 났어요!"

지민은 목소리가 원래도 큰 편인데, 지금은 소리까지 질러대고 있었기 때문에 식탁 근처에 있던 모두가 그녀의 목소리를 똑똑히 들을 수 있었다. 그중에서 제일 먼저 반응한 사람은 역시나 백강혁이었다.

"사고?"

어느 틈엔가 입안 가득 들어 있던 고기를 꿀떡 넘긴 그는 이미 자리에서 일어나 있었다. 그 바로 옆에 있던 한유림 교수는 현실을 부정하고 싶은 얼굴로 엉덩이를 뭉개고 있었고.

"좀만 더 정확히 말해. 사고가 어디서 났고, 부상자는 몇 명이고, 상태는 어때!"

센스 좋은 장미는 스피커폰 모드로 변경한 채 핸드폰을 식탁에 내려놓았다. 목소리에서부터 이미 약간의 공황 기미가 보이던 지민이었으나, 장미의 질문이 구체적이었던 덕에 어느 정도 대답할 만큼의 정신은 차릴 수 있었다.

"사고는……. 밸리에서 이어지는 보드 점프대 인근입니다!"

"아, 거기."

강혁은 아까 눈여겨보았던 장소임을 깨닫고는 인상을 썼다.

'주의를 시킬 걸 그랬어…….'

딱히 눈에 띄는 직원도 없고, 손님도 없어 보여서 대강 넘어갔었는데 그게 이렇게 바로 사달을 낼 줄이야.

"부상자는……. 두 명……. 근데 한 명은 일단 서 있습니다. 무릎 통증만 호소하고 있어요!"

"다른 하나는?"

"지금 쓰러져 있습니다. 의식은 있어 보이긴 하는데……. 제가 그쪽으로 가고 있습니다."

"오케이. 안전 요원 연락할게. 같이 갈 수 있으면 같이 갈 테니까, 기다려. 할 수 있는 조치가 있으면 하고 있고."

"네!"

지민의 호쾌한 답과 함께 연락이 툭 하고 끊겼다. 그사이에 강혁은 함께 현장으로 가야 할 인원을 추려냈다. 다른 때 같았으면야 당연히 팀 전체가 현장으로 향했겠지만 지금은 상황이 좀 다르지 않은가. 뭐가 어찌 되었건 4호와 5호는 대강의 팀 분위기를 전해 듣고 배울 권리가 있었다. 그래야 5월 근무에 돌입했을 때 조금이나마 충격을 줄일 수 있을 테니까.

"한 교수님, 장미. 둘만 따라와. 나머지는 여기서 OT 진행해."

"네? 저는 안 갑니까?"

그 말에 벌써 신발을 신고 있던 재원이 퍽 의외라는 듯한 얼굴로 강혁을 돌아보았다. 언제나 이런 상황이 벌어지면 제일 먼저 투입되는 그였기에 그러했다.

"어, 너는 여기서 4호랑 5호 OT 해줘. 너 말고 해줄 수 있는 사람이 없어."

한유림 교수는 3호긴 했지만 사실 대장이었고, 더 나아가서는 병원 권력의 정점에 선 사람이었다. 그런 사람이 펠로우에게 무슨 실질적인 조언을 해줄 수 있겠는가.

'조폭은……. 간호사들 교육에는 도가 텄지만…….'

펠로우 교육은 역시 1호가 제일 잘할 터였다. 2호도 훌륭하게 끌어내지 않았던가. 한유림 교수는 부인하겠지만 사실 3호 교육도 꽤 잘하고 있는 편이었고.

"어……. 알겠습니다. 그럼……."

"그래. 별거 아닌 거면 바로 올 거야. 이 근처에 원주병원 있는데. 거기 외상 잘 봐."

따로 무슨 특출난 시스템이 있거나 해서는 아니었다. 그냥 스키장 근처에 있는 유일한 큰 병원이다보니 부상자들이 그쪽으로 몰렸고, 그 부상자들을 치료하다보니 노하우가 쌓인 병원이었다.

'환자가 최고의 선생님이라는 말을 아주 잘 보여주는 병원이라고 할 수 있지.'

강혁은 그런 생각을 하며 한유림, 장미와 함께 방을 나섰다. 그리곤 아르바이트하던 때의 기억을 십분 활용해서 대기 중인 요원에게로 달렸다. 전화를 이용하는 것도 한 가지 방법이긴 했지만, 그의 경험상 콘도에서는 달리는 게 제일 빨랐다. 쾅쾅! 그렇게 달려간 강혁은 굳게 닫힌 당직 방의 문을 두드렸다.

"어어. 누구세요!"

거의 천둥 같은 소리가 사방으로 울려 퍼졌다. 뒤에 서 있던 한유림 교수와 장미는 저대로 1분만 더 두면 문이 부서질 거란 확신이 들 지경이었다. 그 바람에 안에 있던 아르바이트생은 혼비백산한 얼굴로 문을 황급히 열었다.

"환자 발생. 밸리, 점프대. 두 명이고 하나는 무릎 부상. 다른 하나는 아직 파악 필요."

강혁은 누워서 대기하고 있느라 뒷머리가 살짝 떡이 진 아르바이트생을 향해 부리나케 상황 설명을 해댔다. 그나마 스키장 아르바이트생들은 안전 사고에 대해서만큼은 철저한 교육을 받는 데다가, 보통은 단기 아르바이트가 아닌 경험자로 이루어져 있기 때문에 바로 납득시킬 수 있었다.

"아……. 바로 가겠습니다!"

"그래, 한 교수님은 저기 뒤에 타고. 나도 키 하나만 줘봐. 그래 이거. 조폭은 내 뒤에 타."

"네? 아니, 그거 키 안 됩니다!"

"빨리 와! 환자 상태를 아직 모른다고!"

"아니, 일반인은 그거 타면 안 된다고요!"

물론 갑자기 순찰차를 타고 사라지는 강혁까지 납득시킬 수는 없었다. 아르바이트생은 그렇게 황망한 얼굴을 하고 있다가, 너무도 멀쩡한 얼굴로 뒷좌석에 탄 채 자신을 향해 손을 흔들고 있는 한유림 교수와 마주해야만 했다.

"빨리 가자고."

"하……. 뭔데 이거……."

강혁이 탄 순찰차는 그야말로 눈을 헤치며 위로 달려나갔다. 그간 강혁을 따라다니면서 헬기도 타고, 배도 타고, 보트도 타고, 각종 탈 것을 섭렵하고 있다고 자부하던 장미도 이런 건 또 처음이었다.

"으아아아! 너무 빠른 거 아니에요?"

"미끈거려서 그렇지 그게 빠른 건 아냐."

"눈밭에서 미끈거린다는 거 자체가 위험한 거 아닙니까?"

"괜찮아. 나, 이거 5년 몰았어."

"보통 그럴 때 사고 나던데!"

"재수 없는 소리 하지 말고."

강혁은 고개를 절레절레 흔들고 나서는 쭈욱 액셀을 당겨 속도를 높였다. 그러자 한참 뒤에 떨어져 있는 순찰차를 몰고 있던 아르바이트생이 성질을 냈다.

"저, 저! 눈 다 박살 내고!"

"환자가 있어서 그래요."

그 말에 나이가 무색할 정도로 평온해 보이는 한유림 교수가 표정처럼 평온한 어투로 답을 해주었다.

"아니……. 뭐 의사라도 됩니까?"

당연히 열이 오른 그가 성을 냈다. '환자가 있으면 있다고 알려주기나 하면 될 일이지. 이걸 왜 따라오냔 말이야'라는 말까지 덧붙이면서였다.

"어. 저도 의사고. 저기 앞에도 의사고. 장미는 간호사."

"아."

예상외의 답변에 아르바이트생은 잠깐 입을 다물었다. 설마 여기서 의사라는 답이 올 줄은 꿈에도 몰랐기 때문이다. 그러고보니 저기 앞에 달리고 있는 깡패 같은 놈은 몰라도 여기 뒤에 있는 한유림 교수는 전형적인 의사 얼굴이기는 했다. 잠시 말을 잃었던 그였지만, 그리 오래지 않아 다시 입을 열 수 있었다. 뭐가 어찌 됐든 여기서 주된 역할을 하는 건 안전 요원들이라는 생각이 들어서였다.

"의, 의사면 답니까? 스키 부상 본 적 있어요?"

아마 이런 질문을 강행이 들었다면 상당히 당황하고도 남았을 터였다. 하지만 이 자리에 있는 건 한유림 교수였다. 자력으로 외과 과장에 올랐고, 강혁 덕에 기조실장까지 오른 노회한 의사이지 않던가.

"네. 나는 그렇다 쳐도 저기 저 친구는 자네보다 훨씬 많이 봤을 걸요."

"허……."

"근데 저 친구 몰라서 묻는 건가?"

"누군데요?"

한유림 교수의 말에 아르바이트생은 정말이지 황당하다는 듯한 표정을 지어 보였다. 의사면 의사지, 무슨 연예인도 아니고, 어떻게 알아볼 수 있단 말인가.

"백강혁. 한국대학교 병원 중증외상센터장."

"네?"

하지만 이어지는 한유림 교수의 말을 듣고 나서는 입을 쩍 하고 벌릴 수밖에 없었다. 그도 그럴 수밖에 없는 것이 최하림 감독이 제작한 「중증외상센터: 골든 아워」가 대한민국 다큐멘터리 사상 공전절후의 대흥행을 기록하지 않았던가. 대한민국 사람이라면 거의 한 번쯤은 백강혁의 이름을 들어봤다고 해도 좋을 지경이었다.

"어어. 앞에 보고요."

"백강혁이에요? 정말?"

"그렇다니까. 나는 한유림 교수고요."

"몰라요, 한유림 교수는."

"그, 그래요……."

아르바이트생은 그렇게 한유림 교수의 입을 다물게 만든 후, 저 혼자 감탄을 이어갔다.

"와, 씨. 대박. 나 그럼 백강혁 교수님이랑 같이 치료하러 가는 거네?"

"한유림 교수랑 같이 가고 있죠."

"모른다고요."

"그, 그래요……."

아무튼, 덕분에 그 또한 속도를 더 내기 시작했다. 아까까지만 해도 웬 미친놈이라고 생각하고 있던 놈이 실은 그 유명한 백강혁이라는 사실을 깨달았기 때문이다. 좀 더 앞장섰던 강혁이 아무래도 더 먼저 보드 점프대 앞에 도달할 수 있었다.

'제발 스키는 아니어라.'

강혁은 그런 뒤늦은 기도를 해대면서 순찰차에서 훌쩍 뛰어내렸다. 장미 또한 마찬가지였는데, 재원처럼 현장 출동 경험이 잦은 것도 아닌 주제에 꽤 능숙한 모습을 보이고 있었다. 확실히 중증외상팀에 대한 재능만큼은 장미가 톱이었다. 물론 강혁은 빼고.

"에이 씨."

그런 생각을 하며 환자에게 다가가던 강혁은 자신도 모르게 욕설을 내뱉었다. 환자가 신고 있던 것으로 보이는 스키 한 짝이 저 멀리 나뒹굴고 있었고, 다른 한 짝은 여전히 환자의 발에 부착되어 있었기 때문이다. 환자는 그 상태에서 허리가 아래로 향한 채 누워 있었다.

'스키 속도로……. 이 점프대로 왔다 이거지…….'

스키는 보드보다 평균 길이가 훨씬 길기 때문에 일단 기본적인 속도가 더 높았다. 게다가 이건 두 짝이지 않은가. 때문에 보드보다 더 조절이 용이한 측면이 있었고, 그래서 더 빨랐다. 대개 보드 대회가 묘기로 자웅을 겨루고, 스키는 속도로 자웅을 겨루는 연유가 바로 여기 있었다.

"환자분, 다리 감각 있습니까?"

강혁은 그 속도 그대로 점프대로 돌진한 후, 또 그 속도 그대로 땅에 허리로 처박혔을 경우 발생 가능한 손상을 떠올리며 질문을 던졌다.

"모, 모르겠어요. 없는 거……. 없는 거 같아요."

다행인지 불행인지 환자는 의식이 있었다. 아니, 아주 명료했다. 덕분에 강혁은 아주 빠르게 환자 상태를 파악할 수 있었다.

'요추 손상……. 범위는 알 수 없지만…….'

대변 냄새가 없는 것으로 미루어볼 때 아주 높은 레벨의 손상은 아닐 가능성이 컸다.

'눈이 단단해…….'

아무래도 점프대 앞에 있는 눈 아닌가. 위에서 아래로 향하는 압력을 계속 받아온 눈이란 얘기였다. 거의 얼음처럼 단단하다고 해도 과언이 아닐 정도였다.

"조폭, 들것 가져와."

"네, 교수님."

강혁 정도는 아니지만 대강 하반신에 문제가 생겼다는 것 정도는 눈치챈 장미는 어두운 낯빛을 한 채 차를 향해 달려갔다. 그사이 아르바이트생과 한유림 교수를 태운 차도 현장에 도달했다. 그는 아까와는 전혀 다른, 잔뜩 흥분한 얼굴로 강혁을 향해 달려갔다.

"배, 백강혁 교수님! 아까는 몰라뵈어서 죄송했습니다! 어떻게 도우면 될까요?"

"아. 백강혁……. 교수님? 후……. 다행이다……."

그 말에 바닥에 누운 채 실의에 빠져 있던 부상자 또한 안도의 한숨을 내쉬었다. 강혁이 볼 때는 전혀 그럴 만한 상황이 아니었지만, 그렇다고 희망을 짓밟거나 하지는 않았다. 일단 수술장에서 보고 판단을 해주어도 늦지 않을 테니. 다만 환자가 너무 젊다는 것이 마음에 걸릴 뿐이었다. 기껏해야 대학교 1학년이나 2학년쯤으로 보였다.

"일단 저기 무릎 다친 환자 부축해서 이리로 데리고 와요. 한 교수님은 배낭에서 부목 빼시고."

"아, 응."

"네!"

아르바이트생은 거의 무슨 4성 장군 앞에 선 이등병처럼 군기가 팍 들어서 무릎 다친 환자를 데리고 왔다. 어떻게 보느냐에 따라 우스울 수도 있는 상황이었지만. 강혁은 도저히 웃음이 나오진 않았다.

'하반신 마비라…….'

최악의 경우 이렇게 될 가능성이 너무 큰 상황이었기 때문이다. 아니, 거의 십중팔구는 그렇게 이어질 터였다.

'이걸 원주병원에서……. 가능하려나.'

자연히 강혁의 머릿속엔 한국대학교 병원이 떠올랐다. 맨날 싸우고 깽판 치는 곳이긴 하지만, 뭐가 어찌 되었건 우리나라 제일의 병원이었다. 시설은 물론 보조 인력 및 거의 모든 면에서 비교가 안 된다는 얘기. 툭툭. 하지만 하늘이 너무 흐렸다. 그리고 그 하늘에서는 거짓말처럼 차디찬 비를 뿌리기 시작했다. MD 902를 운용한다면 올 수는 있겠지만. 위험 부담을 져야만 했다.

'일단 원주로 간다. 거기서……. 해결해야지.'

그렇게 마음을 굳힌 강혁은 장미가 들고 온 들것에 환자를 옮겼다.

"조심! 절대 허리 안 흔들리게!"

먼저 고정판을 허리에 대준 후였다. 그렇지 않고 그냥 함부로 옮기게 되면 그나마 이어져 있던 척수 신경들이 끊어져 돌이킬 수 없는 부상이 될 수 있었다. 그냥 하는 말이 아니라, 실제로 꽤 자주 발생하는 일이었다. 특히 스키장처럼 환자 이동 자체가 쉽지 않은 곳에서는 더더욱 그러했다.

"알바! 원주병원 번호 알지?"

"네? 네! 지금 바로 연락할까요?"

"번호만 찍어서 여기 줘."

"아, 네."

그는 아까처럼 빠릿빠릿했지만, 아까처럼 흥분에 들떠 있지는 못했다. 비록 의술에는 문외한인 그였지만. 그런 그가 보기에도 분위기가 심상치 않았기 때문이다. 해서 입은 최대한 닫은 채 시키는 것만 열심히 하는 중이었다.

"네, 원주병원이죠?"

그렇게 핸드폰을 넘겨받은 장미는 또랑또랑한 목소리로 원주병원에 해당 상황을 알려나갔다. 환자가 어떻게 다쳤고, 어떤 부상이 의심되고, 따라서 어떤 과가 필요한지 조목조목. 원주병원 또한 이런 부상 환자들을 보기 위한 인력이 부족하나마 준비된 병원이긴 했기 때문에 무척 협조적이었다. 워낙 이런 상황에 익숙한 덕이기도 했다.

"네. 휘닉스 파크죠. 바로 그쪽으로 차량 보내겠습니다."

"얼마나 걸릴까요?"

"20분 이내로 갑니다. 이 시간에는 막힐 일이 없어요."

"네. 감사합니다. 부탁드린 조치만 미리 해주시면 감사하겠습니다."

"네. 백장미 선생님. 저도 팬이에요. 부족함 없이 준비하겠습니다."

거기에 더해 백장미라는 이름값까지 더해지자 금상첨화였다.

"교수님, 연락됐습니다."

"오케이. 그럼 바로 내려가자. 무릎 다친 친구는 저기 태우고."

비교적 만족스러운 통화를 마친 장미의 말에 강혁 또한 흡족한 얼굴로 고개를 끄덕였다. 그리곤 들것에 실린 환자와 장미와 함께 천천히 슬로프를 따라 내려가기 시작했다. 위로 올라올 때와는 천양지차였다.

'역시 환자에 따라……. 대처가 다르구나.'

장미는 그런 강혁을 보며 역시나 의료 쪽으로는 배울 점이 너무도 많은 사람이란 생각이 들었다. 다른 쪽으로는 솔직히 잘 모르겠지만. 아무튼, 의료 하나만큼은 틀림없는 대스승이었다. 강혁은 천천히, 그러나 그렇게 느리지는 않은 속도로 슬로프 하단까지 도달했다.

"바로 입구로 간다."

"네."

"환자 혹시 너무 흔들리지 않는지 잘 좀 봐줘."

"아, 네. 교수님."

순찰차는 비단 눈 위에서만 달릴 수 있도록 설계된 것이 아니었기 때문에 강혁 일행은 그대로 스키장 입구까지 달릴 수 있었다.

"저기 있네."

원주병원 마크가 달린 구급차 한 대가 입구 바로 앞에 서 있었다. 응급 구조사로 보이는 사내가 강혁을 발견하자마자 즉시 차에서 뛰어 내렸다.

"백강혁 교수님?"

아무래도 전화 받았던 간호사에게 사정을 대강이나마 전달받은 모양이었다. 강혁은 뭐가 됐든 빠르면 좋다는 생각에 고개를 끄덕였다.

"네. 여기 환자 있으니까, 일단 옮깁시다. 아예 안 흔들리게 주의하면서."

"아, 네. 저희 쪽 이송 카트 내리겠습니다."

"조……. 아니, 장미. 가서 좀 도와."

"네."

장미는 구조사와 함께 내달려 구급차 뒤편에 마련된 이송용 카트를 내렸다. 그사이 강혁은 환자를 돌아보았다. 발에 감각이 없다는 것을, 그리고 그 발을 움직일 수 없다는 것을 자각한 탓인지 얼굴이 창백하게 질려 있었다.

'무리도 아니지.'

딱 다치기 전까지만 해도 멀쩡한 몸이었으니. 이렇게 갑작스러운 부상을 입게 되면 몸도 문제지만 정신도 문제였다.

"최선을 다할 테니, 일단 너무 걱정하지 마십시오."

해서 강혁은 그나마 그간 좀 늘었다 싶은 교감 스킬을 이용해 환자 안심시키기에 돌입했다. 다행히 환자가 강혁을 알고 있는 상황이었기 때문에 효과는 꽤 좋았다.

"네……."

강혁과 장미 그리고 구조사가 환자를 구급차 안으로 옮기는 사이, 한유림 교수도 무릎 다친 환자와 함께 입구 근처에 도달했다.

"고마워요. 이제 가볼게요."

"아, 네네. 아니, 아닙니다."

아르바이트생은 한유림 교수의 말에 어쩔 줄을 몰라 하다가 일단 환자 옮기는 것을 도왔다. 들것에 고정해야 하는 환자는 아니다 보니, 아무래도 이송은 훨씬 수월했다.

"자, 다 타셨으면 바로 갑니다."

모든 인원이 다 탑승한 것을 확인한 구조사가 백미러를 통해 뒤를 바라보았다. 운전도 환자 이송도 전부 이 한 사람의 몫인 모양이었다.

'평소였으면 알바랑 같이 타고 갔겠군…….'

스키장 특성상 한 번 부상자가 발생하면 그 부상 정도가 심각하다는 것 정도는 알지 않겠는가. 이 스키장이 개장한 지 하루 이틀 된 일도 아니었으니. 병원이나 스키장이나 뼈저리게 알고는 있을 터였다. 제아무리 아르바이트생들 교육이 잘 되어 있는 편이라고는 하지만 제대로 된 의료진에 비할 바는 아니었다.

'아직 갈 길이 멀어…….'

강혁은 나직하게 한숨을 쉬고는 구조사를 바라보았다. 그에게 화를 내기 위함은 당연히 아니었다. 눈앞의 이 사람은 그저 자신이 처한 환경에서 최선을 다하고 있는 사람일 따름이었으니까.

"네, 갑시다. 얼마나 걸리죠?"

"비가 와서 아주 빠르게는 못 가지만……. 이 시간에는 차가 없어서……. 한 20분이면 갑니다."

"그렇군. 뒤에서 조작 좀 해도 되죠?"

"네? 아……. 네. 그……. 알겠습니다."

구조사는 뭐라 말을 하려다가 이미 강혁이 주변에 널린 약을 꺼내 드는 것을 보고는 입을 다물었다. 그리곤 최대한 빨리 도달하기 위해 액셀을 밟아댔다.

"조폭, 일단 수액 달자. 스테로이드 줘야겠어."

"네."

사정없이 달리는 차 안이었다. 그마저도 빗발이 날리는 도로였고. 환자는 잔뜩 긴장한 데다, 뒤늦게 엄습한 공포감 때문에 혈관도 죄 숨은 상황이었다. 하지만 장미는 별반 어려움 없이 환자의 팔뚝에 수액 라인을 꽂아넣었다. 거의 반쯤 죽은 사람에게도 수액 라인을 달 수 있는 위인이 아니던가. 이쯤은 일도 아니라 할 수 있었다.

"내가 달게, 이건."

수액이 연결되는 것만 기다리고 있던 한유림 교수는 일단 스테로이드를 달았다.

'이게 뭐 얼마나 효과가 있을까 싶긴 하다만…….'

신경이 끊어졌다면 약이고 나발이고 다 소용없는 상황이었다. 현재까지 나온 의학 수준에서 신경을 잇는 건 불가능했으니까. 만약 그 비슷한 보고를 읽었다면 거짓말을 읽은 거라 치부해도 좋았다.

'그게 아니면 이 괴물의 보고서거나.'

물론 한유림 교수는 그의 옆에 앉은 강혁이 신경 접합술을 정말이지 완벽하게 해내는 걸 본 적이 있기는 했다. 처음에는 그냥 끊어져 있으면 그것대로 문제를 일으킬 수도 있으니, 그래서 봉합하는 것인 줄로만 알았다. 재원이나 강행이 이건 정말 신경을 잇는 거라고 말해 주었음에도 불구하고 이해를 못 했다는 뜻이다. 하지만 나

중에 그 환자가 어설프게나마 손가락과 손목을 움직이는 것을 보고는 자신의 생각을 정정해야만 했다. 아니, 지금껏 가지고 있던 의학 상식을 조금은 수정해야만 했다.

'뭐가 됐든……. 지금은 지금 할 수 있는 걸 하자.'

설령 끊어졌다 해도 강혁이 함께 있으니 어떻게든 해줄 터였다. 그게 아니라 그냥 신경이 부으면서 신경관에 꽉 눌린 거라면 스테로이드 자체가 치료제로서 역할을 해줄 수 있을 것이었고.

"아직 감각은 없습니까?"

그렇게 스테로이드가 들어가고 있는 것을 확인한 강혁은 환자의 발가락을 매만지며 질문을 던졌다. 일행 중 누구도 그가 대체 언제 환자의 신발을 벗겼는지 깨닫지 못한 상황이었지만, 지금은 그게 중요한 것이 아니었다. 모두의 시선은, 무릎 다친 환자까지 포함해서 환자의 입술에 닿아 있었다.

"어……."

환자는 들것에 완전히, 그야말로 머리끝부터 발끝까지 고정된 참이었다. 덕분에 환자는 고개도 들 수 없었다. 다시 말해 강혁이 자신의 발을 만지작거리고 있다는 것을 볼 수 없다는 뜻이었다.

"만지고 계신 건가요? 지금?"

"음."

강혁은 잠시 자신이 벗겨낸 신발과 양말을 바라보았다. 물론 환자의 허리가 흔들리지 않도록 최대한 주의를 하긴 했지만. 지금 봐서는 아예 그 사실조차도 모른다고 봐야 할 것 같았다.

'아예 감각이 없어.'

단순히 신경이 부어서 신경관에 눌리기만 한 정도로는 이런 증상을 보이진 않는 게 보통이었다. 그렇다는 건 신경이 끊어졌다고 봐야 한다는 뜻이었다.

'척추뼈의 골절이……. 동반되었겠지.'

아까부터 내내 얼굴이 어두워져 있던 강혁의 얼굴에 더 짙은 그늘이 드리워졌다. 당연히 환자의 얼굴도 덩달아 어두워졌다. 자신을 구조해준 의사의 얼굴이 이 지경인데 밝게 웃을 수 있는 사람은 없지 않겠는가.

"크……. 큰 문제인가요?"

"병원까지 얼마나 남았지?"

아마 한유림 교수나 하다못해 재원이었다면 환자의 말에 뭐라도 대꾸를 해주었을 테지만. 강혁이 환자를 생각하는 방식은 일반 범인들과는 많이 다른 편이었다.

"아, 일단 병원에 가봐야 알 수 있다는 뜻입니다."

이제 그러한 사실을 뼈저리게 알게 된 한유림 교수가 부리나케 환자의 귓가에 대고 속삭여주었다.

"네. 아직은 몰라요. 여기 아무것도 없어서."

장미도 뒤질세라 한유림 교수를 거들었다. 그사이 구조사는 내비게이션을 확인한 후 강혁에게 답을 전해주었다. 비가 내리는 와중에 고속 주행을 하고 있어서 뒤를 돌아볼 여유는 없어 보였다.

"이제……. 한 5분 남았습니다."

"그건 다행이군."

'그건'이라는 단서를 붙인 것이 환자 가슴에 사무쳤다. 뭐라도 묻고 싶은 마음이 굴뚝같아지는 순간이긴 했지만, 막상 입이 떨어지진 않았다. 자신의 몸을 훑고 있는 강혁의 눈빛이 지나치다 싶을 정도로 서늘했기 때문이다. 마치 저 눈빛만으로도 몸이 산산이 조각나고 있는 듯한 기분이 들 정도였다. 그리고 그건 그저 착각인 것만은 아니었다.

'예상되는 부상 지점은……. 요추 3, 4번…….'

몸통 부분에서의 움직임은 어느 정도 관찰이 되는 상황이었다. 그렇다면 일단 흉추 레벨은 아니라고 생각할 수 있었다. 거기에 더해 일단 직장이 풀리진 않았으니, 요추에서도 아주 높은 레벨을 의심하진 않을 수 있었다. 물론 이건 상황에 따라 얼마든지 변동 사항이 있을 수 있는 사안이기는 했지만. 강혁의 경험과 촉이 딱 요추 3, 4번을 특정하고 있었다.

'부상 당시 땅에 맞닿아 있던 지점을 보면 대강은 알 수 있어.'

만약 입고 있는 옷이 일상복이었다면 더더욱 손쉽게 파악할 수 있었겠지만. 스키복처럼 두꺼운 옷을 입고 있었기 때문에 그건 좀 무리였다.

'그럼, 절개는……. 그래. 오히려 세로가 낫겠어.'

강혁은 그렇게 파악한 부상 지점을 토대로 가상의 수술을 머릿속으로 빠르게 돌리는 중이었다. 그러니 환자가 강혁의 눈빛에 서늘함을 느끼는 것도 무리는 아니었다. 끼이익! 그렇게 강혁의 머릿속에서 환자의 몸이 대략 세 번가량 해체되었을 무렵, 그들을 싣고 가던 차가 원주병원 응급실 로비에 멈추어 섰다.

"흠."

그간 내내 한국대학교 병원에서만 근무하던 강혁과 장미 그리고 한유림 교수의 눈에는 더없이 초라하기만 한 로비라 할 수 있었다. 하지만 외관이 중요한 것은 아니지 않은가. 불과 2년 전까지만 해도 한국대학교 병원 응급실은 그 화려한 외관이 무색할 정도로 제 기능을 못하고 있었다. 철커덕. 해서 강혁은 마냥 놀라고 있는 대신 문을 열고 밖으로 뛰어내렸다. 그리곤 한유림, 장미의 도움을 받아 환자를 아래로 끌어내렸다. 그사이 구조사는 응급실 안쪽으로 뛰어 들어가 도착을 알렸다. 그러자 안쪽에서 미리 대기 중이던 원주병원 의료진들이 부리나케 밖으로 뛰어나왔다. 쏴아아아아! 그사이 좀 더 거세진 비가 의료진과 환자 위로 쏟아져 내렸다. 강혁은 구급차 내에 비치되어 있던 이불로 환자만 대강 감싼 채 내달렸다.

"뛰어!"

"네!"

그나마 많은 사람이 도와준 덕에 일행은 몸이 홀딱 젖기 전에 병원 내로 들어설 수 있었다.

"후."

강혁은 갑작스러운 한기에 몸을 부르르 떨면서도 제 할 일을 잊지는 않았다.

"일단 CT 찍지. 조영제 없이. 그냥 바로."

"아, 네. 그런데 MRI는 없어도 될까요?"

원주병원은 딱히 강혁과 연관이 있는 곳이 아님에도 불구하고, 응급실에 내려와 있는 의사들은 강혁에게 무척 협조적이었다. 강혁의 유명세에 더해 그가 지금껏 걸어온 행보 덕이었다. 특히 젊은 의사들 사이에서 강혁에 대한 지지는 가히 놀라울 정도였다. 덕분에 강혁은 마치 자기 병원에 들어온 양 당당히 지시를 내릴 수 있었다.

"아니, MRI는 지금 굳이 필요 없어. 시간이 너무 오래 걸려."

조영제를 넣지 않는다면 그나마 좀 시간이 줄어들기야 하겠지만. MRI는 기본적으로 수십 분 대로 시간을 잡아먹는 검사였다. 척수신경 손상이 확실시되는 지금, 그것도 완전 손상이 의심되는 지금 그만한 시간을 허비할 생각은 조금도 없었다.

"네, 네."

응급실 레지던트는 강혁의 말에 감히 토를 달 생각 따위는 하지 못한 채 환자를 CT실로 옮겼다. 강혁은 잠시 그 뒷모습을 바라보고 있다가 여전히 자신 곁에 선 레지던트를 돌아보았다. 좌측 가슴에 '신경외과'가 박혀 있음을 확인한 그는 반갑다는 얼굴로 입을 열었다.

"아. 신경외과예요?"

"네. 백강혁 교수님."

"잘됐네. 그럼 박종국 교수님 계시죠? 그분 불러서 수술방 들어가면 되겠네."

"아."

하지만 강혁과는 달리 레지던트의 얼굴은 어둡기만 했다. 뭔가 이상한 낌새를 눈치챈 강혁은 그를 향해 완전히 몸을 돌린 채 재차 입을 열었다.

"왜요?"

"박종국 교수님……. 퇴임하셨습니다."

"어? 나이가 그렇게 안 많으실 텐데?"

"적자 압박에 못 이겨서 나가셨어요. 지금은 서울에 있는 병원에서 봉직의로 계십니다."

"하."

한숨이 절로 나오는 상황이었다. 암울한 대한민국 외상 외과 현실에서도 꿋꿋이 자리를 지켜주던 사람이 이런 식으로 뽑혀 나갔을 줄이야.

"그럼 지금 수술할 사람은 있나?"

"교수님 계시긴 하는데……. 연락하면 나올 때까지 한 시간은 걸릴 겁니다."

"원래 뭐 하시는 분인데요?"

"그……. 디스크 수술하십니다."

"하아."

강혁의 입에서 또다시 한숨이 터져나왔다. 일단 박종국이었으면 지금쯤 여기서 어슬렁거리고 있을 터였다. 그 사람은 환자가 있다고 하면 절대 외면하는 사람이 아니었으니까. 오죽하면 안전 요원을 뛰던 강혁이 그의 이름을 다 기억하고 있겠는가.

'박종국이 와도 환자가 다시는 못 걸을 거 같은데…….'

그런데 여기서 박종국처럼 외상에 익숙한 신경외과 전문의가 아닌 다른 의사가 온다? 그럼 걷는 거야 당연히 불가하고, 대소변도 못 가리게 될 것이 뻔했다.

'그건 안 되지.'

강혁은 이제 CT를 찍고 다시 돌아오고 있는 환자를 바라보았다. 이제 겨우 20대 초반이었다. 그 나이에 이만한 절망을 심어주고 싶진 않았다. 그의 표정을 어렴풋이나마 읽은 장미가 입을 열었다.

"교수님, 한국대병원으로 이송할까요?"

"그래, 그게 낫겠어."

당연히 가서 하겠지, 라는 생각을 하면서였는데 역시나 아직도 그들은 강혁을 잘 몰랐다. 아니, 환자를 눈앞에 둔 강혁을 잘 모른다고 하는 게 더 올바른 표현일 터였다. 이럴 때의 강혁은 그냥 미친놈이었다. 환자에 미친 놈.

"그럴 시간 없어. 여기서 연다. 신경외과 레지던트라고 했지? 당신 이름으로 수술방 열어요. 책임은 내가 다 질게."

"네?"

"책임은 내가 진다고."

"아니……."

"아니, 잠시만……. 잠시만요."

원주병원 신경외과 레지던트 4년 차 김기봉은 고뇌에 빠졌다. 당연한 일이었다. 다른 외과들도 그렇긴 하겠지만 신경외과는 특히 레지던트가 집도의를 맡게 되는 경우가 거의 없었기 때문이다. 신경외과에서 다루는 부위들이 워낙에 조심스러운 부위들 아니던가. 오히려 레지던트들에게 막 나누어주면 그게 더 이상한 일일 터였다.

"고민하지 말고. 지금도 환자 회복될 가능성이 줄고 있어."

"으……."

"똑딱똑딱."

"하, 하지 마세요……."

김기봉은 평소 존경해왔던 강혁의 말에 감히 소리는 치지 못한 채 고민을 이어 나갔다.

'어쩌지? 어쩌지?'

그가 생각하기에도 지금 이 상황에서 당직 교수님을 부르는 건 그리 좋은 선택이 아닌 듯했다. 그간 보아온 바에 따르면 확실히 박종국 교수가 딱 버티고 있을 때에 비해 예후가 많이 나빠지지 않았는가. 비단 오늘 당직 교수 때문만은 아니었다. 그냥 돌아가면서 외상을 본다는 거 자체가 문제였다. 구심점이 되는 외상 외과 전문의가 있다면 훨씬 낫기는 했을 테지만. 아직 제대로 된 학회조차 없는 외상 외과에 전문의가 있으면 얼마나 있겠는가. 그냥 불가능한 망상이라고 보면 될 터였다.

'백강혁…… 교수님이 데리고 가는 게 최선이겠지만…….'

환자 CT 찍고 오는 사이 비가 점점 더 거세지고 있었다. 날은 더 어두워져서 칠흑 같은 어둠이 내려앉고 있었고. 이 상황에서 한국대학교 병원까지 가는 건 그야말로 불가능한 얘기였다.

'하…….'

몇 번을 더 고민해봐도 도달할 수 있는 결론은 단 하나였다.

'내가 그 다큐멘터리를 왜 봤을까.'

이전 같았으면 다른 결론을 내릴 수 있었을 텐데, 하필이면 딱 일주일 전에 무료한 주말 당직을 달래보려고 「중증외상센터: 골든 아워」를 본 참이었다. 그때 차오른 참된 의사로서의 의기가 아직도 가라앉지 않고 있기도 했고. 해서 김기봉은 강혁을 마주한 채 고개를 끄덕이고야 말았다.

"알겠…… 습니다. 제 이름으로 열겠습니다."

"좋아. 절대 후회할 일 안 만들 테니까, 걱정 마. 환자분."

강혁은 김기봉이 수술방을 잡는 동안 환자에게로 돌아섰다. 그러나 그 전에 한유림 교수와 장미부터 뚫고 지나가야만 했다. 둘 다 뜨악한 얼굴이 되어 있었다.

"여, 여기서 들어간다고?"

"부, 불법이에요. 의료법 위반이라고요."

의료법상 의사는 본인의 면허가 등록된 의료 기관에서만 의료 행위를 할 수 있었다. 만약 이 법이 없다면 지금과 같은 상황이 빈번하게 벌어질 수도 있지 않겠는가. 소위 아르바이트 같은. 그럼 책임 소재가 불명확해질 테고, 그 피해는 온전히 환자가 뒤집어써야 했다. 즉 지금껏 강혁이 위반해 온 수많은 지침과는 달리 올바른 법이란 얘기였다. 물론 강혁은 딱히 그런 걸 신경 쓰는 사람은 아니었다.

"환자 안 고쳐?"

"아니……. 그래도 이게……. 나는 좀……."

"뭐야, 안 들어오려고?"

"나는 지영이가 있잖아."

"와……. 아니, 잠깐."

강혁은 막 화를 내려다가, 주먹을 쥐는 대신 핸드폰을 꺼내 들었다. 한유림 교수는 핸드폰이 아니라 망치라도 든 줄 알고 뒤로 물러섰고 그사이 강혁은 어디론가 전화를 걸었다.

"웨, 웬일입니까?"

간만에 강혁의 전화를 받은 장년 사내, 최필두 장관은 아주 달갑지는 않다는 목소리였다. 하지만 함부로 하기엔 강혁이 이제 너무 크지 않았는가. 어쩔 수 없이 고분고분하게 나가긴 해야만 했다.

"여기 원준데요."

"아, 네."

마음 같아서는 '어쩌라고' 하고 싶었지만, 일단 고개를 끄덕이고 있는 최필두에게 강혁은 계속해서 말을 이었다.

"환자가 있거든요. 근데 이송이 어려워요."

"아, 네."

"그래서 원주병원에서 수술을 할 건데."

"네. 아니, 설마?"

몇 번인가 심드렁한 얼굴로 고개를 끄덕이던 최필두는 그제야 강혁의 속셈을 깨닫고는 눈을 치켜떴다. 강혁은 그런 최필두의 얼굴을 볼 수도 없었고, 설사 보았다고 한들 별반 신경도 안 쓸 사람이지 않은가. 해서 그대로 말을 이었다.

"저랑 백장미 간호사, 한유림 교수님 이렇게 셋이 수술 들어갑니다. 별문제 없죠?"

"무, 문제가 없긴. 그거 의료법 위반이에요."

"장관 좋은 게 뭐예요. 높은 사람들 보니까 다 위법하더만."

"아니, 무슨 소릴 하는 거예요. 나는 아니에요."

"그럼 이참에 해봐요. 그래야 더 높은 자리 가지."

"이 사람이 미쳤나. 여보세요? 백 교수님? 야! 끊었어?"

강혁은 최필두 장관에게 통보만 한 후, 전화를 끊었다. 당연히 최필두 장관은 혼비백산한 얼굴로 전화를 걸었지만, 강혁의 핸드폰은 묵묵부답이었다. 차단을 걸어놨기 때문이다. 최필두 장관 입장에서는 정말이지 개새끼라는 말이 절로 나오는 상황이었다.

"됐죠?"

피눈물을 흘리고 있는 최필두와는 달리 강혁은 껄껄 웃고 있었다. 한유림 교수와 장미는 그런 강혁을 멍한 눈으로 바라보고 있었고.

"진짜 해결한 거야? 이런 걸 보건복지부 장관한테 전화를 건다고?"

"힘 생겨서 좋은 게 뭡니까. 사람 살리려는데 이 정도는 해도 되지 뭐."

"뜻이야 좋은데……."

이렇게 막가파로 나가도 좋은가 싶은 상황이었다. '사람 살리기 위한 뜻이긴 하니까 마냥 좋잖아'라는 생각이 들기도 하긴 했지만.

"그럼 잔말 말고 갑시다. 환자가 기다립니다."

"아…… 아……. 알았어……."

한유림 교수는 보다 깊은 사유를 하기 전에 강혁에게 이끌려 수술방으로 끌려갔다.

"정말……. 이러면서 나한테 조폭이라니."

장미는 어느새 환자를 끌고 앞으로 나가고 있었다. 말로는 연신 불평불만을 늘어놓고 있었는데 입가에 잔잔하게 번진 미소는 숨길 수 없었다.

'역시 교수님은……. 대단한 사람이야.'

실력도 실력이지만 마음속 깊이 자리한 진심이 더 대단했다. 저 사람은 정말이지 단 한 순간도 다른 가치가 환자 위로 올라온 적이 없지 않은가.

'우리나라에는 복이지.'

크나큰 행운이라 할 수 있었다. 이렇게 열악한 시스템 속에서도 저런 사람이 나타난 것은 그냥 기적이라고 해도 좋았다. 드르륵. 그 사이 김기봉 선생이 일행을 이끌고 엘리베이터를 잡고는 3층에 위치한 수술실로 내달렸다. 수술실 입구엔 긴장감이 얼굴 가득 묻어 있는 마취과 레지던트 하나가 나와 있었다.

"배, 백강혁 교수님. 팬입니다."

역시나 젊은 의사답게 강혁의 팬이었다. 아마 그렇지 않았다면 일단 마취과 협조 구해서 수술방 여는 것부터가 어려웠을 터였다. 병원 교수가 오는 것도 아니고, 레지던트 이름으로 여는 수술 아닌가.

'최하림 감독님 덕이라고 봐야겠지.'

강혁은 유명해진 것이 이럴 때 좋구나 하는 생각을 하면서 싱긋 웃어주었다. 다분히 팬서비스 성격을 띤 표정이었기 때문에 뒤따르던 한유림 교수는 남몰래 헛구역질을 삼켜야만 했다.

"잘 부탁합니다."

"아, 아뇨. 저야말로……. 자, 이쪽으로 오시죠."

마취과 레지던트는 환자가 병원에 와서 속성으로 시행한 혈액 검사와 흉부 엑스레이 정도만 확인하고는 곧장 수술방으로 향했다. 워낙 젊은 환자인 데다가 급작스러운 사고로 발생한 부상 때문에 온 참이라 다른 기질적 병변은 찾으려야 찾을 수도 없는 상황이지 않은가. 덕분에 마취는 일사천리로 시행될 수 있었다.

"삽관됐습니다."

"좋아. 환자 아예 엎드리게 자세 변경하자고. 프론 포지션 알지?"

"네."

"허리는 절대 안 흔들리게 조심하고. 내가 딱 잡고 있을 테니까."

"네, 교수님."

척추뼈 골절과 함께 척수 신경 손상까지 발생한 상황이었다. 어마어마한 난도의 수술을 진행해야 한다는 뜻이었다. 강혁으로서도 부담이 될 만한 수술이었다. 때문에 제대로 된 자세를 취하게 하는 게 중요했다. 그래야 시야가 잘 나올 테니까.

"옳지. 그렇게. 한유림 교수님 요새 웨이트 하더니 팔 힘 좋아졌네."

"그게 웨이트야? 고문이지?"

"아무튼, 지금 도움 되잖아요."

"그건……. 그건 그렇네."

한유림 교수는 잠들기 전 강혁 때문에 실시해야 했던 운동을 떠올리며 고개를 절레절레 흔들었다. 딱 떠올리는 것만으로도 안경에 습기가 찰 만큼 고통스러운 운동이었다.

'그나마 나는 좀 낫지.'

재원이나 강행, 경원 그리고 장미와 같은 핵심 인력들은 더욱더 강도 높은 운동을 하게 된 참이었다. 그래야 보다 안정적인 수술을 할 수 있다는 강혁의 지론 때문이다. 개소리라고 치부할 수 있었다면 참 좋았을 텐데. 강혁부터가 단단한 몸을 가지고 있으니 거부하기도 어려웠다. 게다가 지금은 그렇게 키운 완력이 큰 도움이 되는 마당이었다.

"좋아. 이렇게. 딱 고정시키고."

덕분에 환자는 완전히 엎드린 상태에서, 무릎은 굽힌 상태로 고정되었다. 무릎 쪽 받침대는 당연히 복부보다는 훨씬 밑에 위치했기 때문에 이 자세로 인해 환자에게 어떤 부상이 가해질 염려는 덜어도 좋았다. 그러면서도 거의 완전한 시야를 확보하게 되었으니, 일단 시작은 좋은 셈이었다.

'멍까지 들었네. 음.'

하지만 그렇게 온전히 모습을 드러낸 허리는 강혁으로 하여금 침음을 삼키게 하기에 충분했다. 두꺼운 옷에 가려져 있을 때가 차라리 마음은 더 편했다 싶은 상황이었다. 부러진 척추뼈의 윤곽이 대강 보일 지경이었으니까.

"이거……."

"일단 소독하고 바로 들어갑시다."

"끊어진 것도 잇는 건가?"

"가능하면요."

"백 교수가 불가능한 것도 있어?"

"당연하죠. 제가 집도한 환자들이 다 살아난 건 아니잖아요."

"아, 그건……. 그랬지."

한유림 교수는 저 괴물 같은 강혁조차 어쩔 수 없었던 환자들을 떠올렸다. 최대한 이른 시간에 현장에 도달해서 제대로 된 처치를 하고, 병원에 데리고 왔음에도 불구하고 죽음을 맞이해야만 했던 환자들도 분명히 있었다. 투입된 모든 자원이 허무해지는 순간이었고. 동시에 왜 정부에서 지금까지도 이 중증외상센터를 외면해왔는지도 조금은 이해가 되는 순간이기도 했다.

"아무튼, 우리는 최선을 다합시다."

"그래."

하지만 적어도 현장에서 환자를 보는 의사들이라면 돈 생각을 해서는 안 되었다. 그건 저기 책상에 앉은 사람들에게 맡겨야 했다. 그래야 환자를 살릴 수 있었다. 다른 환자가 아니라, 눈앞에 있는 환자를.

"김기봉 선생도 어시 좀 서줘요."

"아, 네."

"서는 김에 배우기도 하고."

"네, 교수님. 영광입니다."

강혁은 그렇게 말을 마친 후, 환자 소독까지 싹 마무리한 후에 손을 씻고 환자 앞에 다시 섰다. 장미가 건네준 가운을 걸치고, 장갑을 끼면서였다. 머릿속으로는 계속해서 시뮬레이션을 돌리고 있었다.

'잘린 단면이 지저분하면……. 나도 못 이어.'

잘렸다는 건 이미 CT에서 확인한 참이었다. 원래 같으면 척수 신경을 보호하고 있어야 할 단단한 뼈가 와장창 부러진 마당 아니던가. 지금은 절단이 없기를 바라는 것이 아니라, 그 절단이 깔끔하기라도 하길 바라야 하는 상황이었다.

"메스."

"네."

"살짝만 당겨요. 더 손상 가면 안 돼."

"응."

"네."

강혁은 한유림 교수와 김기봉의 보조를 받으며 메스를 그었다. 골절이 레벨 두 개에 걸쳐 있었기 때문에 가로가 아니라 세로 방향의 절개였다. 늘 그러하듯 출혈은 최소한으로 조절되었다. 강혁의 눈은 이런 마법과도 같은 절개를 가능케 했다.

'뭐야.'

한유림 교수나 장미야 익숙했지만 김기봉으로서는 자기 눈을 의심해야만 했다. 그가 늘 보아 오던 수술과는 많이 달랐기 때문이다. 하지만 이건 그저 시작일 뿐이었다.

"당겨. 골절된 뼈 제거부터 한다."

강혁은 끊임없이 핀셋으로 뼛조각을 제거하고 있었다. 솔직히 바로 앞에서 보고 있는 한유림 교수나 김기봉 등은 이 사람이 정말로 제거를 하고 있는 건지 아니면 시늉을 하고 있는 건지 헷갈릴 지경이었다. 톡. 하지만 강혁이 뭔가를 잡고는 수술대 위에 내려놓을 때마다 쇳소리가 울리고 있었다. 오직 이 소리만이 강혁이 뼛조각을 계속 제거하고 있다는 증거였다. 한유림 교수야 이러한 상황이 익숙해진 지 한참이라 그냥 그런가보다 하고 있었지만. 김기봉으로서는 그러기가 쉽지 않았다.

'어떻게 보는 거지…….'

현미경도 루페도 없는 이 상황에서 어떻게 이런 게 가능하단 말인가. 아니, 설령 장비를 사용했다고 해도 지금처럼 빠르게 툭툭 제거하는 건 불가능할 터였다. 지금 강혁은 거의 초 단위로 뼛조각들을 제거해내고 있었으니까.

'그런데 척수 신경을 아예 건드리지도 않는 느낌이네…….'

그럼에도 불구하고 주변 구조물은 미동도 하지 않고 있었다. 그저 뼛조각들만이 제거되는 중이었다. 심지어 제거되는 뼛조각 중에는 척수 신경에 박혀 있는 것도 있었는데. 그런 것들마저도 척수 신경에는 움직임을 전혀 유발하지 못한 채 제거되었다.

"좋아. 이제 제거는 됐고."

강혁은 입을 반쯤 헤 벌리고 있는 김기봉과 한유림 교수를 슥 하고 돌아보며 입을 열었다. 둘은 그야말로 넋을 놓고 강혁의 술기를 바라보고 있던 참인지라 아주 잠시는 강혁이 자신들을 향해 고개를 들었다는 것조차도 깨닫지 못했다. 사실 수술의 심각성에 비해 보조의들이 해야 할 일들이 극도로 제한되는 상황이었기 때문이다. 우선 절개 범위를 좌우로 벌리는 것은 아이언 인턴, 즉 강철 벌림개로 대체된 참이었다. 게다가 지금 수술하고 있는 부위가 워낙에 예민한 부위 아니던가. 보조의들이 함부로 손대기엔 무척 조심스럽단 얘기였다.

"이제 봉합할 거야."

"아, 그래."

한유림 교수는 여전히 넋을 놓고 있다가, 강혁이 재차 입을 연 다음에야 정신을 차릴 수 있었다. 강혁은 그런 한유림 교수를 향해, 그리고 옆에 보조로 들어와 있는 장미를 향해 계속해서 말을 이었다.

"3호……. 아니, 대장님은 물 뿌려요."

"그, 그 호칭 좀 어떻게 안 돼?"

"수술방에서는 이게 편해요. 한 교수님. 너무 길잖아."

"하……."

한유림 교수는 한숨을 푹 하고 내쉬었지만 원망스럽게도 고개는 저절로 끄덕여지고 있었다. 지난 반년간 강혁에게 워낙 강하게 훈련받은 탓이었다.

"좋아. 아까 이름 뭐랬더라."

강혁은 그렇게 한유림 교수에게 일을 시킨 후, 김기봉을 돌아보았다. 김기봉은 그저 그렇게라도 눈을 마주친 것이 영광이라는 듯 즉각 입을 열었다.

"김기봉입니다!"

"어, 그래. 기봉이. 넌……."

강혁은 말을 하다 말고 환자의 허리를 내려다보았다.

'하.'

욕이 툭 튀어나갈 뻔했을 정도로 한심한 상황이었다. 잘리려면 깨끗하게 동강이라도 나든지, 뼛조각들이 사방에서 찢고 들어오는 바람에 너덜너덜해진 마당이었다. 이걸 제대로 봉합하려면 그냥 열심히 하는 정도가 아니라, 온 정신을 집중해도 될까 말까 라고 보면 되었다.

'방해가 있어선 안 돼.'

김기봉은 강혁이 보기에 꽤 괜찮은 레지던트였다. 작은 병원에 있는 사람 치고 괜찮은 게 아니라 그냥 객관적으로 그러했다. 하지만 강혁의 수술에 걸리적거리지 않을 수준은 아니었다. 그렇다면 과감히 치워야 했다.

"일단 보고 있어."

"아…… 네."

김기봉은 상당히 속상했지만 그렇다고 버럭 대들지는 못했다. 그저 고개를 조아리고 있을 뿐이었다.

"좋아. 그럼……. 봉합 들어간다. 대장은 잘 보고 있다가 나 너무 힘든 거 같으면 척추 고정은 알아서 하시고."

"아니, 척추 고정을 내가 어떻게 해."

"해봤잖아요."

"해보기야……. 해봤지. 어휴."

생각해보니까 해본 적이 있었다. 강혁이랑 같이 일하다보면 안 해본 것을 찾기가 오히려 더 힘들지 않던가.

'내 팔자…….'

어쩌다 일이 이렇게 됐을까. 한유림 교수는 한숨을 푹 쉬고는 다시 한번 고개를 끄덕였다. 끄덕이려고 의도한 건 아닌데, 그냥 고개가 절로 그렇게 움직였다.

"좋아. 그럼 그렇게 알고. 봉합 들어간다. 물 잘 뿌려요. 조직액 묻어 있으면 단면이 안 보여."

"알아, 나도. 보이진 않아도 이젠 알긴 안다고."

한유림 교수는 그 말을 하면서 자신이 들고 있던 주사기를 바라보았다. 생리 식염수가 가득 들어 있었는데, 뿌리고 있는 장본인도 이게 얼마나 강혁에게 도움이 되는지는 알 수 없었다. 한유림 교수는 신경 절단면이 어디가 어떻게 다른지 잘 구분할 수 없었기 때문이다.

'하지만 도움이 되긴 돼.'

방금 그가 말했던 것처럼 보이진 않았다. 하지만, 강혁에게는 어떤 식으로든 도움이 되어서 신경을 이어낸다는 것 정도는 그간의 경험을 통해 단단히 배워온 참이었다. 해서 한유림 교수는 결의를 다진 후 신경의 단면을 아니, 강혁의 바늘 끝을 바라보았다. 저 바늘이 닿는 곳에 물을 뿌려주기 위함이었다. 지이익. 물은 제법 강한 기세로 흩뿌려졌다. 장미가 일부러 바늘 끝을 켈리로 물어서 뭉개놨기 때문이다.

"좋아."

강혁은 그렇게 신경 단면에 흘러나온 조직액이 걷어지는 것을 확인한 후, 그 신경 단면의 정확히 반대편에 있는 단면을 당겨와 봉합했다. 다른 외과 의사들이 하는 것처럼 그냥 모양만 맞추는 것이 아니었다. 신경 섬유들을 그대로 이어주는 작업이었다. 이상할 정도로 색 구분을 할 수 있는 강혁만이 할 수 있는 작업이라고 보면 되었다.

'쉽지 않아.'

하지만 제아무리 강혁이라고 해도 이 작업이 수월하지는 않았다. 우선 눈에 너무 많은 힘을 쏟아야 했기 때문에 무척 피로했다. 더욱이 지금처럼 하나의 단면이 아니라 여러 개일 때는 어려움이 배가 되었다. 아니, 수배가 되는 느낌이었다.

'그래도 너무 어려.'

강혁은 일부러 환자의 얼굴 쪽을 바라보았다. 어차피 소독 천이 드리워져 있는 데다가, 애초에 환자는 엎드려 있긴 했지만. 시선이 위로 향하는 동시에 아까 마주쳤던 환자의 얼굴이 선연히 떠올랐다. 아직 젊다는 말보다도 어리다는 말이 더 잘 어울릴 것 같은, 앳된 얼굴이.

'할 수 있는 데까지 해보자.'

해서 강혁은 천천히 봉합을 이어나갔다. 언제나 그러했던 것처럼 최선을 다하기로 결심한 것이었다. 푹. 강혁이 쥐고 있던 바늘이 신경 단면을 뚫고, 곧 반대편 단면을 뚫고 지나왔다. 지이익. 그러곤 그 신경이 찢어지지 않을 만한 강도로 당겨지는가 싶더니 곧 단면과 단면이 맞붙었다.

'이걸 왜 이렇게까지 시간을 들여 하지?'

김기봉으로서는 잘 이해가 가지 않는 상황이었다. 아까 뼛조각 제거할 때는 무슨 손에 모터 달린 사람처럼 빠르게 진행하더니. 신경 복합술은 거북이보다도 더 느렸다. 특히 바늘을 뚫고, 그 바늘로 반대편 단면을 뚫기 전에는 거의 항상 수 분의 딜레이가 있었다.

'저런다고 신경이 뭐 제대로 이어지나…….'

저렇게 해서 얻을 수 있는 최대한의 이득이란 고작해야 근 위축을 막는 것 정도였다.

'이 환자는……. 미안하지만……. 완전 마비 확정이야.'

명색이 신경외과 레지던트인 데다가 스키장 바로 옆에 있는 병원에서 근무하고 있지 않은가. 덕분에 그간 워낙 많은 환자를 보아왔고, 또 그 환자들을 보기 위해 공부도 꽤 해온 참이었다. 지금까지 나온 논문들과 교과서 그리고 여러 케이스 리포트를 종합해 볼 때, 척추 부상 환자 예후에 있어 가장 중요한 것은 초기 증상이었다.

'움직임은 아예 없는 데다가……. 감각도 없어.'

감각이 조금이라도 살아 있다면 나중에 운동 기능도 조금 돌아올 공산이 있었다. 하지만 감각이 아예 없는 환자들에서는 예후가 극히 나빴다. 대부분은 운동 기능도 아예 돌아오지 않는다고 봐야 할 정도였다. 그간 눈부신 발전을 거듭해 온 현대 의학이라고 하지만, 이 부분에서는 여전히 한계가 명확한 상태라는 뜻이었다.

'근데 뭘 이렇게 심혈을 기울이지. 이런다고 뭐가 달라진다고…….'

그러니 김기봉의 눈에는 눈알 빠질 것처럼 뚫어져라 환자의 신경을 바라보고 있는 강혁이나 그런 강혁을 최선을 다해 보조하고 있는 한유림 그리고 장미 모두 이상하게 보일 뿐이었다. 하지만 그렇다고 해서 뭐 당장 나설 수 있는 상황은 아니었기에 그저 고개만 갸웃거리며 입은 꾹 다물고 있었다. 푹. 그동안에도 강혁의 봉합은 계속되고 있었다. 심지어 강혁은 식은땀을 줄줄 흘려대고 있을 정도로 초집중 상태를 유지하고 있었다. 평소 수많은 수술을 해오면서도 별반 힘든 기색을 내비치지 않는 그였기에 그를 지켜보는 한유림 교수나 장미의 마음은 그리 편치 못했다.

'백 교수 쓰러지면 내가 닫아야 하는데.'

특히 한유림 교수는 불안하기까지 했다. 강혁이 자신을 지목했기 때문이다.

'양 선생을 부를까…….'

급기야 머릿속으로 재원의 전화번호까지 떠올리고 있었다. 아무리 생각해봐도 이런 외상 환자 처치에 있어서는 재원이 한유림보다 배는 나았기 때문이다. 아마 이 환자도 그렇게까지 어렵지 않게 닫을 수 있을 터였다. 애초에 한유림 교수가 중증외상센터에 합류할 때도 재원의 실력이 좋은 편이었지만. 지금은 더더욱 일취월장하여 강혁도 인정하고 있는 수준에 이른 상황이었다.

"후."

한유림 교수가 걱정 가득한 얼굴로 재원을 떠올리고 있는 사이, 강혁이 한숨을 푹 하고 내쉬었다. 뭔 일이라도 생겼나 해서 고개를 돌려보니, 이게 웬걸. 갈기갈기 찢겨 있던 신경이 싹 붙어 있었다.

"어?"

"어는 개뿔이. 마지막 세 땀은 물도 안 뿌려서 힘들어 죽는 줄 알았네."

"말하지."

"말? 이게 얼마나 집중력을 요하는 건데. 입을 언제 열어."

"아……. 미안하네."

"아무튼, 이건 끝났고. 자, 이제 닫자. 뼈 고정해야지."

"오. 백 교수가 할 거야?"

"그럼 내가 할 수 있으면 해야죠. 왜 맡겨."

"어……."

한유림 교수는 한편으로는 다행이다 싶으면서도 또 한편으로는 약간 자존심이 상했다. 될 수 있으면 자신에게는 안 맡기겠다는 뜻을 아주 강하게 전달하고 있으니 그럴 수밖에 없었다. 하지만 다행이다 싶은 감정이 훨씬 강했기 때문에, 또 한유림 교수는 나이에 비해 꽤 유연한 사고를 지니게 된 참이었기 때문에 섭섭한 마음은 곧 뒤로 할 수 있었다. 애초에 별로 열등감이 없는 것도 한 가지 이유라 할 수 있었다. 쓸데없는 오해 즉, 강혁이 자신을 무시한다는 생각은 추호도 하지 않았다.

'이 인간에 비하면 뭐 누가 감히 실력 좋다고 할 수 있겠어.'

그저 이렇게 생각할 따름이었다. 게다가 이어진 강혁이 뼈 고정하는 솜씨나 닫는 것을 보다보니, 이러한 생각은 점점 더 강해지기만 했다.

'이것 봐, 이거. 완벽하잖아.'

부러진 두 개의 척추가 고정되는 바람에 움직임에 제한이 좀 생길 거 같아 보이긴 했다. 물론 그것도 몸이 완전히 회복되어서 움직일 수 있다는 전제하에 걱정해야 할 일이긴 했지만. 아무튼, 이론상 현 상황에서 가장 적합해 보이는 시술이 완성된 참이었다.

'와……. 잘하긴 잘한다.'

이는 김기봉도 동의하는 바였다. 그간 숱하게 많은 허리 수술에 들어온 그였지만, 이렇게까지 깔끔한 수술을 보는 건 퍽 오랜만의 일이란 생각이 들었다. 아니, 어쩌면 처음인가 하는 생각까지 들었다. 하지만 이럼 뭐 하나, 하는 생각이 드는 것도 사실이었다. 그가 볼 때 이 환자의 하반신 마비는 확정된 사안이었으니까.

"깨워서 나갑시다."

하지만 강혁이나 한유림, 장미의 생각은 조금 달랐다. 그들은 보다 나은 미래를 기대하고 있었다.

"환자분! 수술 끝났습니다!"

척추 부상은 물론 심대한 부상이긴 했지만 지금 이 환자의 경우, 생명에 어떤 영향을 끼치는 건 아니었다. 그 말은 중환자실로 가기는 가되, 굳이 계속 재울 필요는 없단 뜻이었다. 아니, 기도나 머리에 이상이 없어서 도리어 빨리 깨우는 것이 더 나았다. 빠른 활동이 더 빠른 회복과 연관이 되어 있다는 유명한 논문을 굳이 들먹일 필요도 없는 일이었다.

"이름 뭐지?"

애초에 깨우자고 한 사람이 강혁이었기에 그가 제일 깨우는 데 적극적이었다.

"아, 네. 그……. 강동호입니다."

"동호? 이름 좋네. 강동호 씨! 눈 떠봐요!"

해서 이름을 알아낸 후, 거세게 소리쳤다.

"어, 눈 뜨네."

확실히 마취를 깨울 때는 이름 부르는 것이 다른 어떤 자극보다도 강렬했다. 가장 익숙한 단어이기도 한 데다가, 누군가 자신을 부를 때 늘 쓰는 단어이기도 하지 않은가. 무의식 속에서도 의식을 끌어낼 수 있는 강한 힘을 가지고 있었다.

"자! 강동호 씨! 저 백강혁입니다! 누군지 아시겠으면 눈 깜빡 두 번 해보세요!"

강동호 환자는 긴가민가하다는 얼굴로 있다가 이내 눈을 두 번 깜빡였다. 그리곤 아직 수술대에 묶여 있는 팔을 요동쳤는데, 아마도 목에 꽂힌 튜브를 뽑아 달라는 신호인 듯했다. 당연한 일이었다. 손가락만 집어넣어도 구역 반사를 일으키는 곳 아닌가. 그런데 손가락보다 더 굵은 튜브가 쑥 들어가 있으니 불편감을 호소하는 건 당연한 일이었다.

"좋아. 이제 거의 깬 거 같은데."

강혁은 환자의 반응을 토대로 판단한 바를 마취과 레지던트에게 전달했다. 마취과 레지던트 또한 비슷한 판단을 한 참이었다.

"네, 강동호 환자분! 이제 곧 그 불편한 거 빼드릴 겁니다! 잠시만 가만히 계셔요! 움직이면 다칩니다!"

보통 여기서 야단법석을 피워대는 환자가 제법 많은 편이었다. 일단 정신이 온전히 깨지 않은 상황인지라 약간 술 취한 것처럼 전두엽이 억제되어 있는 게 한 가지 이유였고. 이 튜브가 들어가 있는 게 상상을 초월할 정도의 불편감을 야기하는 것이 두 번째 이유였다. 하지만 강동호 환자는 상당히 협조적이었다. 천성이 그런 모양이었다.

"자, 뺍니다!"

덕분에 마취과 레지던트는 상당히 수월하게 튜브를 뽑아낼 수 있었다.

"쿨럭. 쿨럭."

그와 동시에 환자는 기침을 해댔다. 그때 환자의 발끝이 조금 움직였는데, 아쉽게도 김기봉은 환자의 얼굴만 쳐다보고 있느라 눈치채지 못했다. 다른 사람도 마찬가지였다. 이 순간에 환자의 발끝을 바라볼 수 있는 정신을 가진 사람은 거의 없을 테니까.

'좋아.'

물론 강혁은 일반적인 사람이 아니었기 때문에 환자의 발끝을 주시하고 있었고, 덕분에 환자의 발끝에 미세한 움직임이 돌아왔다는 것까지 눈치챌 수 있었다.

'어디까지 회복될지는 이제…….'

저것만으로도 고무적인 일이긴 했다. 아까까지만 해도 환자는 아예 감각을 몽땅 잃어버렸으니까. 그런데 이젠 감각이 아니라 운동을 보여주고 있지 않은가. 환자의 예후가 송두리째 변했다고 해도 과언은 아니었다.

"일단 나가지. 병실 준비됐나?"

"네? 아, 네. 그런데 이게……. 제 이름으로 된 병실이라 오래는 못 쓸 거 같습니다. 중환자실이라서요."

강혁의 말에 김기봉이 무척 조심스럽게 대꾸했다. 사실 생각해보면 이만큼이라도 한 게 대단한 일이긴 했다. 김기봉은 교수도 펠로우도 아닌 그저 레지던트일 뿐이었으니까. 일개 레지던트가 수술방을 단독으로 연 것도 큰일인데 중환자실까지 떡하니 차지하고 있는 걸 위의 교수들이 알면 어떻게 될까. 어지간히 곤란하게 될 터였다.

'하. 내일 어쩌나.'

해서 김기봉의 머릿속에는 뒤늦게 후회가 찾아들고 있었다. 일을 벌일 때만 해도 환자의 심각한 상태와 백강혁을 직접 대면했다는 흥분 때문에 뒷생각을 하지 못했는데. 이제 막 환자가 정리되고보니 다른 생각들이 물 밀듯 밀고 올라왔다.

"아, 괜찮아. 차 오면 바로 한국대학교 병원으로 갈게."

"아……. 그렇게 해주시는 겁니까?"

해서 강혁의 입에서 이런 말이 나오자 김기봉의 얼굴에 눈에 띄게 화색이 돌았다. 한유림 교수는 그러한 얼굴 변화를 보며, 역시 연륜 있는 자신이 나서야겠다는 생각으로 입을 열었다.

"우리가 해주는 게 아니라, 김기봉 선생이 해준 거지. 이거 절대 잊지 않을 거야."

"아……. 감사합니다."

"올해 4년 차라고 했지? 혹시 펠로우 생각 있으면 한국대학교 병원에 지원하라고. 이렇게 환자 생각하는 사람이 늘 필요해. 내가 부족하지만 뭐……. 기조실장으로 있으니까 저기 신경외과 쪽에 얘기해볼 만한 위치는 되거든."

은근히 자기 자랑을 늘어놓으면서였는데 당연하게도 김기봉에게는 커다란 의지가 되었다. 그렇지 않아도 혹시 이 일이 문제가 되어서 나중에 펠로우 못 남으면 어쩌나 하는 걱정이 있었기 때문이다.

"가, 감사합니다."

그렇게 고개를 조아리고 있으려니, 분위기 파악에 영 소질이 없는 강혁이 나섰다.

"아니, 그냥 외상센터로 와. 이제 외과 의사 셋에 정형외과 하나 있는데. 신경외과 출신도 있으면 좋지."

물에 빠진 사람 구해주려는 줄 알았는데, 갑자기 지옥행 급행 티켓을 들고 악마가 나타난 셈이었다.

"어허, 이 사람 이거. 그런 건 생각이 있는지부터 묻고 말을 해야지."

다행히 김기봉의 얼굴이 썩어 들어가는 것을 확인한 한유림 교수가 급히 손을 내저었다.

"그, 백 교수 말은 너무 신경 쓰지 말고, 내 말만 기억하라고."

"아, 네. 감사합니다."

쉴 새 없이, 그러나 조용히 할 일은 하면서 떠들다보니 어느새 외과 중환자실 앞이었다. 아무래도 병원이 좀 작다보니 중환자실 자체도 좀 작았다.

'그래도 있어야 하는 건 있군.'

강혁은 소독약 냄새가 풍기는, 오래된 중환자실 안으로 들어서는 동시에 주변을 둘러보았다. 박종국 교수가 떠난 지 벌써 2년도 넘었다곤 하지만 곳곳에 그의 손길이 스며들어 있었다. 만약 외상에 관심이 많은 그가 아니었다면 절대 일반 중환자실에는 없었을 법한 장치들이 강혁의 눈에는 보였다.

'학회 설립할 때 연락이나 해봐야겠어.'

강혁은 오래전 기억 속에 묻혀 있던 훌륭한 의사 하나를 떠올렸다는 생각에 빙그레 미소를 지었다. 그사이 환자는 비어 있던 중환자실 자리에 위치했다. 눈이 또랑또랑해진 것이 이제는 마취가 거의 다 깬 모양이었다. 강혁이 직접 집도한 덕에 마취 시간 자체가 아주 짧았기에 가능했던 일이었다.

"일단 구급차 부르고."

강혁은 환자에게 말을 걸기 전에 우선 장미에게 지시부터 내렸다. 장미는 아까부터 그럴 줄 알았다는 듯한 얼굴로 핸드폰을 꺼내 들었다. 이미 핸드폰에는 한국대학교 병원 응급실 원외 번호가 찍혀 있었다.

"네. 지금 불러요?"

"응. 천천히 와도 된다고 해. 여기 교수들 오기 전까지만 나가면 되니까."

"네. 괜히 서두르다 사고 나면 안 되니까요."

"그렇지."

강혁은 고개를 끄덕이고는 마침내 환자를 바라보았다. 아까부터 내내 강혁의 얼굴이 똥 씹은 상태였지 않은가. 때문에 강동호 환자는 자신도 모르게 마른침을 꿀꺽 삼켰다. 그사이 무릎에 보조 기구를 차고 나타난 그의 친구 또한 비슷한 얼굴이었다. 자초지종을 듣고보니, 무릎 다친 친구가 먼저 보드 점프대를 타고 와서 재밌다고 꼬신 후에 사고가 벌어졌기 때문이다.

"강동호 환자분."

"네, 네. 백 교수님."

강혁은 자신의 말에 귀를 기울이다 못해 정신없이 고개를 끄덕이고 있는 환자를 바라보았다. 그리곤 아주 천천히 강동호 환자의 발 쪽으로 자리를 옮겼다.

"수술 직후이기 때문에 지금 하는 평가는 부정확할 수 있어요. 하지만 그래도 어느 정도 예측은 되니까, 최선을 다해 답해주셔야 합니다."

"아, 네."

강혁은 어느새 환자 발을 감싸고 있던 이불을 들춰냈다. 그때 이미 환자는 아까와는 뭔가 다른데 하는 느낌이 들었지만. 워낙 긴장한 탓에 아무 말도 하지 못했다.

"음."

한유림 교수와 그새 전화를 마친 장미는 드러난 환자의 발을 기대감 어린 눈으로 바라보았다. 시큰둥한 사람은 김기봉뿐이었다. 물론 수술이 엄청나게 잘되었다는 건 인정하고 있었다. 하지만 수술이 잘됐다는 것과 환자 예후가 좋다는 건 비슷하면서도 조금 다른 말이었다. 전자는 현대 의학 기술에 있어서 최선의 결과를 가져올 만한 수술이 되었다, 하는 뜻을 내포되고 있었다. 그 현대 의학기술에 한계점이 명확히 존재하고 있다면 반드시 환자의 좋은 예후로 이어지는 건 아니라는 뜻이었다.

‘백강혁 교수님……. 역시 로맨티스트신가.’

사회와 정부가 철저히 외면하다시피 한, 아니 버려두다시피 한 분야에서 고군분투하고 있는 사람 아니던가. 아마 백강혁이 저 실력으로 다른 분야의 외과의가 되었다면 지금쯤 더더욱 어마어마한 명성을 떨쳤을 것이고, 어마어마한 부까지 거머쥐었을지도 모를 일이었다. 김기봉이 보기엔 현실 감각이 좀 떨어지는 사람 같아 보였단 말이었다. 그렇지 않고서는 아까 수술방에서 그 신경 다발을 보고도, 또 수술 전에 시행했던 검사 결과를 보고도 저런 검사를 시행하지 못할 것만 같았다.

“자, 그럼 제가 여기 만질 때 느껴지면 느껴진다고 말해주세요. 눈은 감으시고요.”

“네.”

강혁은 김기봉의 생각이 그러거나 말거나 손가락을 천천히 뻗어 강동호의 발가락을 향해 가져갔다.

“어?”

그런데 그때 정말이지 어처구니없는 일이 일어나고야 말았다. 강혁이 손이 채 닿기도 전에 강동호 환자의 발가락이 움츠러든 것이었다. 미세 감각뿐 아니라, 운동 신경까지 살아 있어야 가능한 반응이었다. 해서 김기봉은 마치 허깨비라도 본 듯한 표정이 된 채 입을 쩍 하고 벌렸다. 하지만 강혁은 별로 개의치 않아 하는 얼굴이었다.

“자, 지금 느껴집니까?”

“네? 아, 네!”

“지금은요?”

“지금은……. 아닙니다.”

“지금은?”

"느껴집니다!"

그저 손을 가져다 댔다, 뗐다 하면서 강동호 환자의 반응이 혹 우연은 아니었는지를 확인할 따름이었다. 그리고 그 확인이 성공적으로 끝나자마자 껄껄 하고 웃었다.

"좋아. 부상 직후 이만한 운동 능력을 보이는 경우엔……."

동시에 그제야 환자에게 예후에 관해 설명해주기 시작했다. 아까와는 달리 상당히 밝은 얼굴을 하고서였다. 덕분에 강동호 환자 또한 눈에 띄게 희망찬 표정이 되어 강혁을 마주했다.

"휠체어는 거의 면하게 됩니다. 목발을 짚어야 할 수는 있는데……. 그건 재활하면서 경과를 봐야 할 겁니다."

"아……."

하지만 강혁의 입에서 목발 얘기가 나오자 또다시 확 어두운 얼굴이 되었다. 지금 자신의 몸에 벌어진 것이 얼마나 대단한 일인지는 전혀 알지 못하는 상황이었기에 그러했다. 그걸 아는 김기봉은 입을 주먹으로 틀어막은 채 조용한 비명을 질러대고 있었다.

'미, 미쳤다. 이게 말이 돼?'

말이 안 되는 일이 벌어졌으니 당연한 일이었다.

"일단 좀 더 볼게요. 발가락 오므려볼까요?"

"아, 네."

"음……. 되긴 되는데. 그럼 발목을 들어봅시다."

"네."

"흠."

아무래도 잘렸다 이어진 것이다보니 기능이 완전하지는 못했다. 좀 더 정확히 말하자면 근력이 현저히 떨어져 있었다. 하지만 이것만 하더라도 기적이라는 단어를 쓰기에 손색이 없는 상황이기는 했다. 특히 신경외과 레지던트 김기봉에게는 그러했다. 그 충격 때문인지는 몰라도 영 엉뚱한 꿈이 그의 머릿속에 스며들기 시작했다.

'외, 외상 외과에 신경외과도 뽑아주나?'

"여기서 둘이 잔다고?"

그 일등 공신 백강혁은 생각했던 것보다도 더 열악한 당직 방에 뜨악한 얼굴을 하고 있었다. 우선 분명 이인실이라고 들었던 당직 방에 침대가 하나뿐이었다.

"아, 네."

정작 당사자인 김기봉은 그저 대수롭지 않다는 듯한 얼굴이었다.

"아니. 왜 그렇게 태연해?"

"그……. 이인실이긴 한데. 어차피 둘 다 여기 못 있는 경우가 많아요. 여기 아직 큰 병원이 많지 않아서 보통 다치면 여기로 오거든요."

"아."

기봉의 말은 '어차피 당직 때는 잠을 못 자니, 당직실이 좀 열악해도 관계없다'라는 말이었다. 사람이 너무 힘들면 자신이 힘든 건지도 모른다고 하더니 김기봉이 딱 그 짝이었다.

"우리 기봉이는 외상 외과에서도 잘하겠네."

강혁은 그래도 여기보단 우리 센터가 낫지 않나 하는 생각으로 입을 열었다. 그러자 아까까지만 해도 부리나케 그를 말려대기만 하던 한유림 교수나 장미도 고개를 끄덕였다.

'아니……. 2층 침대라도 놔주지…….'

특히 장미는 상당히 충격받은 얼굴이었다. 한유림 교수가야 어차피 저 옛날, 그러니까 거의 모든 병원이 주먹구구식으로 운영되던 시절에 레지던트 수련을 받은 사람 아닌가. 외래 진료실에서 담배 피우며 환자 보던 교수도 있었던, 그런 이상한 시절이었다. 그러니 이 정도 시설에 충격까지 먹지는 않았다.

'게다가 이 이불 이거…….'

하지만 장미는 처음부터 현대식으로 지어진 한국대학교 병원에서 근무해온 몸 아니었던가. 이렇게까지 엉망인 방은 솔직히 처음이었다. 게다가 위생 상태도 엉망이었는데, 어디선가 은은하게 풍겨 오는 악취는 그 근원을 찾아보기가 무서울 지경이었다.

'여기보단……. 우리 센터가 낫다…….'

덕분에 이번엔 장미나 한유림 교수도 강혁을 옹호하고 들었다.

"그렇네. 우리 센터는 시설 좋은데. 당직 방도 싹 바뀌어서. 이제 두 개야."

"그러니까요. 원래 하나였는데, 두 개 됐어요. 여기보다 한 열 배는 넓겠다, 방 하나가."

정작 사용은 하나만 하고 있긴 했지만. 아무튼, 방이 하나에서 두 개가 되었다는 건 아주 중요한 일이었다.

"아……. 저 진짜 한번 생각해보겠습니다. 군대 갔다 와야 하긴 하는데."

김기봉은 그 후로도 이런저런 대화를 나누더니, 혹한 얼굴이 되어버렸다.

한유림 교수는 약간의 죄책감을 느꼈지만, 강혁은 그저 껄껄 웃어 댈 뿐이었다. 애초부터 강혁과 함께했던 장미도 그랬고.

부우우웅. 난데없이 김기봉이 영입 대상이 되어 가고 있을 무렵, 장미의 핸드폰이 울렸다. 개인 번호였는데, 뒤의 네 자리가 아주 익숙했다.

"네. 백장미입니다."

"아. 백 간호사님. 저 문일융 구조사입니다."

"아, 문 구조사님. 오셨어요?"

"네. 비가 중간에 그쳐서, 금방 왔습니다. 앞에 차 대고 전화드리는 겁니다."

이제 겨우 새벽 2시나 되었을까 말까 한 시간인데 벌써 한국대학교 병원에서 여기까지 차가 온 모양이었다. 자고 있었다면야 좀 아쉽기도 하고, 귀찮을 수도 있는 시간이었지만 어차피 다 눕지도 못할뿐더러, 앉는 것도 옹기종기 모여 있어야만 하던 참이지 않은가.

"자, 그럼 가자. 환자 데리고."

해서 강혁은 부리나케 몸을 일으켰다. 일행이 빨리 사라져줘야 기봉이 눈이라도 붙일 수 있을 것 같아서였다. 김기봉으로서는 강혁과 대화 나눌 수 있다는 거 자체가 영광이긴 했지만. 아무튼, 강혁은 무릎 다친 환자는 다시 콘도로 보내고 허리 다친 강동호 환자만 데리고 구급차로 향했다.

"여기서 이런 말 하긴 좀 그런데."

환자를 다 싣고 난 후, 한유림 교수가 아주 작은 목소리로 입을 열었다. 강혁은 도대체 무슨 소리를 하려나 싶어서 그를 바라보았다. 표정이 진지한 것이, 뭔가 중요한 얘기라도 꺼낼 거 같았다.

"왜요?"

"나 허리가 좀 아파서. 앞 좌석에 타면 안 될까?"

"지금 환자는 허리가 부러져서 신경 마비 왔는데, 그런 말이 나와요?"

"그, 그래서 작게 말하잖아."

"양심 어디 갔어요?"

"그, 그런 말 하지 말고……."

강혁은 짓궂은 얼굴로 한유림 교수를 몰아세우다가 문득 한유림 교수의 정수리를 들여다보게 되었다. 한유림 교수도 제법 건장한 체격이었지만, 강혁은 약간 규격이 다른 사람이라 가능한 일이었다.

'언제 이렇게 빠졌어, 이거.'

분명 몇 개월 전까지만 해도 탈모랑은 별 관계가 없는 사람이라 여겼었는데. 이제 보니 홀랑까지는 아니더라도, 제법 무서운 기세로 빠지고 있었다.

'음.'

이런 광경을 보고도 불같이 화를 내거나, 계속해서 놀릴 수 있는 사람은 극히 드문 법이었다. 제아무리 인성 더럽기로 소문난 백강혁이라고 해도 마찬가지였다.

"그래요. 그럼 앞자리 가요."

"어? 정말?"

"네."

"갑자기 그러니까 불안한데. 뭔 일 있는 거 아냐?"

"그런 거 아니니까, 가요. 가면 내가 샴푸도 바꿔줄게……."

"뭐야, 갑자기. 아무튼, 알았어."

갑작스레 변한 강혁의 모습에 한유림 교수는 잠시 당황스럽다는 표정을 짓다가 이내 앞 좌석으로 뛰어들었다. 뒤쪽에 무리해서 커다란 공간을 만들어야 하는 구급차 특성상 앞 좌석이라 해도 어차피 뒤로 등받이를 젖힐 수는 없었다. 하지만 그럼에도 불구하고 뒷자리보다는 나았다. 거긴 등받이도 없었으니까.

"넌 괜찮냐?"

강혁은 커다란 덩치를 강제로 구겨 앉은 채 옆자리에 있는 장미를 바라보았다. 장미도 제법 불편하단 생각을 하던 와중이었지만. 강혁을 보니 처지가 한결 낫단 생각이 들었다.

"네, 뭐."

"죄송합니다. 저 때문에 괜히."

그 모습을 가만히 바라보고 있던 강동호 환자가 넙죽 사과를 해왔다. 바로 아까 이 환자의 수술을 집도했던 강혁으로서는 실소가 터져 나오는 상황이었다. 하반신 마비가 될 뻔했던 사람이 죄송하다니.

"아뇨. 다친 사람은 죄가 없죠."

"그래도……."

"쓸데없는 소리 하지 마시고, 자요. 괜찮은 거 같아도 엄청 크게 다친 거예요. 아까까지만 해도 얼굴 하얘져서는 벌벌 떨고 있었으면서."

"아……."

강혁의 팩트 폭행에 강동호는 잠시 할 말을 잊었다.

"교수님, 환자한테 왜 그래요. 강동호 씨. 그래도 일단 쉬는 건 맞아요. 쉬세요."

"아, 네."

장미는 그런 강동호를 도닥거려준 후, 자신도 머리를 뒤로 기댔다. 제대로 된 등받이가 아니라 그냥 차 벽이었다. 드드드드드! 게다가 이 구급차는 디젤이었다. 진동이 장난이 아니었다.

"으어어."

덕분에 잠자기는 그른 셈이었다. 장미는 비명 비슷한 소리를 내면서 머리를 뗐다. 그리곤 옆을 돌아보니, 강혁은 애초에 머리를 갖다댈 생각조차 없는 듯했다. 눈을 살며시 감은 채 가만히 앉아 있었다.

"교수님, 자요?"

"응? 아니. 난 탈 것에서는 잘 안 자."

"왜요?"

"예민해서."

"아."

뭔가 의학적인 이유라도 있나 해서 물어보았던 장미는 민망하다는 표정으로 뒤통수를 긁었다. 그사이 강혁은 일부러 감고 있던 눈을 다시 뜬 채, 장미를 돌아보았다.

"넌 괜찮냐?"

평소와는 달리 꽤 진중한 얼굴이었다. 물론 수술을 하거나, 진단을 내릴 때도 진지한 얼굴이 되곤 했지만. 지금 이 표정은 약간 종류가 달랐다. 어색하긴 해도 센터장의 얼굴이라고 볼 수 있었다.

"네? 뭐가요?"

"안 힘드냐고. 일."

"아, 일……."

장미는 잠시 먼눈이 된 채 자신의 손을 내려다보았다. 시선이 닿은 곳은 손이었지만, 의식이 닿은 곳은 이 손으로 치료해왔던 환자들이었다. 정말이지 셀 수도 없을 만큼 많은 환자가 장미의 손을 거쳐 가고 있었다.

'힘들지. 힘들어…….'

안 힘들다고 하면 그건 거짓말이었다. 원래 중증외상센터의 간호사들은 3D가 따로 없는데, 장미는 거기에 더해 관리까지 맡고 있었으니까. 하지만 그만큼 보람도 있었다. 다른 부서에 있었다면 절대로 못 느꼈을 보람이. 오늘만 해도 그렇지 않은가. 장미는 분명히 눈앞에 있는 강동호 환자의 회복에 지대한 공헌을 한 참이었다.

톡톡. 강혁은 자신의 간단한 질문에도 쉬이 답을 하지 못하고 과거를 헤매야 하는 장미의 어깨를 두드렸다. 그리곤 자신의 핸드폰에 찍힌, 박성민 의원이 보낸 문자 화면 또한 동시에 두드렸다. 전에 없이 따뜻한 목소리로 입을 열면서였다.

"점점 나아질 거야. 내가 약속할게."

"다음 환자분은……. 아, 그 재활의학과에 있는 강동호 환자분입니다."

"아. 그 허리."

강혁은 중환자실 회진을 마치자마자 끼고 있던 마스크를 벗어 폐기물 통에 던지며 고개를 끄덕였다.

"그런데 방금 보신 저분은 일반 병실로 언제 옮길까요?"

강행이 그런 강혁의 뒤로 따라붙으며 질문을 던졌다. 사실 어제 수술한 환자라 일반 병실 운운한 시점이 아니긴 했지만. 집도의가 백강혁 아니던가. 환자의 경과는 좋다 못해 거의 완벽했다. 아니, 일반적인 의학적 상식으로 생각하면 이상할 정도로 좋다고 하는 게 옳을 터였다.

"아, 이따 자리 나면 바로 옮겨. 요새 환자 계속 오잖아. 굳이 중환자실 채워둘 이유는 없지."

"네, 교수님."

강행은 이게 좋아해야 할 일인지, 아니면 두려워해야 할 일인지 모르겠단 얼굴로 고개를 끄덕였다. 강혁이 방금 말했던 것처럼 최근 한국대학교 중증외상센터엔 정말이지 매일 환자가 밀려오고 있었기 때문이다. 그것도 예전처럼 경증이라 응급실에서 걸러줄 수 있는 환자들도 아니었다. 대부분 정말 강혁이 직접 보고, 수술을 해야 할 정도의 환자들이었다.

'이제 뭐……. 일반인들도 여기 모르는 사람은 없으니까…….'

전국에 있는 모든 사람이 다치면 제일 먼저 가고 싶어 하는 병원 1위가 바로 한국대학교 병원이었다. 덕분에 중증외상센터는 정말 한계까지 쥐어짜지는 중이었다. 그나마 중간에 간호 인력이 한 번 더 충원되었고, 병원 차원에서 파견 의사들을 배치해줘서 망정이지. 그렇지 않았다면 일원 중 누구 하나쯤 쓰러졌어도 이상하지 않을 상황이었다.

"뭐 해? 빨리 와."

물론 강혁만큼은 몰려드는 환자에 전혀 영향을 받지 않은 것처럼 건강하기만 했다. 언제나 열정적이었으며, 실력은 더더욱 늘어가는 듯했다. 아니, 확실히 늘고 있었다. 다른 사람도 아니고 매일 곁에 붙어 있는 양재원이나 강행 또는 한유림, 장미 등이 느낄 수 있을 정도로.

"네네."

"정신 놓지 말고. 어제 좀 자지 않았어?"

"아, 네. 덕분에 잤습니다."

"그래. 이제 4, 5호 오후부터 오니까. 그럼 훨씬 나을 거야."

"예이."

4, 5호란 말에 강행과 한유림 교수가 자신도 모르게 주먹을 불끈 쥐었다. 그 둘이 오면 하루하루 교대로 잠이라도 제대로 청할 수 있게 될 것이었기 때문이다.

"후우."

그에 반해 재원의 얼굴은 어둡기만 했다.

"엘리베이터 떨어지겠네. 뭔 한숨을 그렇게 쉬어."

당연하게도 강혁은 그런 재원의 반응이 마음에 들지 않았다. 해서 뒤통수를 살짝 후려갈겼으나, 재원은 평소처럼 버럭 대들지 않았다. 대신 또다시 한숨을 내쉴 뿐이었다. 이번 한숨은 아까 것보다도 더 진해져 있었다.

"뭐야."

"걔들 오면……. 제가 2호, 3호 교육 맡는다면서요……."

재원의 입에서 교육 얘기가 나오고 나서야 강혁은 뭔가 알겠다는 듯한 얼굴로 고개를 끄덕였다.

"아, 그거. 이제 너 할 수 있지 뭐."

그렇다고 해서 재원의 심정을 이해해주진 않았지만 그래도 격려는 해주었다. 재원 입장도 들어보기는 해야 할 텐데. 아무튼, 강혁에게는 이 정도면 할 수 있는 최대한의 격려를 해준 셈이었다.

"제가……. 제가 교육한다는 건 이제 단독 집도해야 한다는 거잖아요……."

"해도 되지. 너 이제 햇수로 치면 인마, 3년째야. 외상 외과."

"만으로 치면 아직 2년도 안 됐는데요."

"아니, 맨날 저 잘한다고 떠들 땐 언제고 이제 와서 이래?"

"그, 그래도……."

"뭐 나 없이 하라는 게 아니니까. 피치 못할 때나 그렇게 단독으로 하라고. 게다가 어렵게 수술방 하나 더 땄는데, 너 못 하겠다고 하면 병원에서 우릴 어떻게 보겠어."

"그건……. 하아……."

한국대학교 병원 재단에서는 나름 중증외상센터에 힘을 실어 주고 있는 참이었다. 중증외상센터가 대서특필될 때마다 병원 전체 매출이 쏠쏠하게 늘고 있으니 당연한 일이었다. 게다가 제1야당 경선에서 압도적인 표 차로 대선 후보가 된 박성민 의원의 공약도 한몫해주고 있었다. 여태까지 중증외상센터에 대한 공약은 등한시되기 마련이었다. 애초에 관심거리가 되지 못했기 때문인데, 이번만은 달랐다.

'향후 5년간 매년 2천억, 총 1조 원 투입하여 중증외상센터 활성화하겠다'

이게 박성민 의원이 내걸고 있는 주요 공약 중 하나였다. 심지어 그냥 액수만 퉁 불러놓고 세부 내역은 오간 데 없는 다른 후보들과는 달리 매해 예산이 어디에 어떻게 쓰일 것인지 상세히 적혀 있기까지 했다. 만약 박성민 의원 아니, 후보자가 대통령이 되면 얼마간 중증외상센터가 황금알을 낳는 거위가 될 수도 있다는 뜻이었다. 해서 여러 병원이 뒤늦게 중증외상센터 활성화를 내걸고 투자를 해대고 있는 실정이었다. 강혁이나 다른 팀원들에게는 약간 거북하기도 하고, 좀 우습기도 한 상황이었지만. 멀리 보면 무조건 좋은 일이었다. 병원들이 알아서 중증외상센터에 투자한다니. 이건 정말이지 꿈 같은 일 아니던가.

"너 실력 괜찮아. 자신을 가지라고."

"네……. 그래도 콜 하면 바로 와주세요."

"내가 어디 가냐? 당직실에 있거나 옆방에 있겠지."

"그건……. 그건 다행이네요."

재원은 자신의 미래 모습이라 할 수 있는 강혁이 개고생하는 모습에 즐거워해야 할지 아니면 슬퍼해야 할지 모르겠다는 얼굴로 고개를 끄덕였다. 지금 당장만 보면 다행인데 10년 뒤를 생각해보면 이제라도 도망쳐야 하는 거 아닌가 하는 생각도 들었다. 드르륵. 그사이 일행은 어느덧 재활의학과 병동에 도달해 있었다. 벌써 몇 번인가 온 적이 있는 데다가, 이제 강혁은 온 병원에서 모르는 사람이 없을 정도의 유명인이었기 때문에 병동 간호사들이 일제히 아는 척을 해왔다.

"백 교수님. 강동호 환자분 찾아오신 거죠?"

"아, 네."

"강동호 환자 지금 병동 돌고 있는 중인데. 아, 저기 오네요."

아마 강동호 환자의 병력을 한 번이라도 들어본 의사라면 지금쯤 귀를 의심했을 터였다. 요추 3, 4번이 부러지면서 척수 신경 완전 절단이 발생했던 환자였으니까. 근데 그런 환자가 걷는다고? 휠체어가 아니라?

"아, 교수님!"

하지만 강동호는 정말로 걷고 있었다. 다른 사람들처럼 힘차게 걷지는 못하고 있었지만. 빙 둘러쳐진 보조대를 붙잡고, 땀을 뻘뻘 흘리며 병동을 걷고 있었다.

"운동 진짜 열심히 하네?"

강혁은 그간 쌓인 관계를 통해 말을 놓아버린 후였다. 강혁보다는 환자가 더 강력히 주장해서 이리된 참이었기에, 환자는 이에 대해 전혀 불만이 없었다. 오히려 친밀감만 더 느끼고 있을 따름이었다.

"네, 교수님. 열심히 해야죠. 제힘으로 온전히 걸으려면요."

게다가 이젠 환자도 자신이 원래는 걷기는커녕 대소변도 제대로 못 가릴 가능성도 있었다는 걸 명확히 알게 된 참이었다. 덕분에 환자는 강혁에게 감사함을 넘어 일종의 경외심까지 갖고 있었다.

"그래야지. 그때 수술하느라 눈알 빠지는 줄 알았다고."

"하하. 정말 감사합니다."

"부모님은?"

"오늘은 못 오신다고 해서요. 장사하시느라. 주말에 뵈면 되죠, 뭐."

강혁은 씨익 웃으며 대꾸하고 있는 강동호를 보며 잠시 생각에 잠겼다. 과연 하반신 마비가 왔다면 부모님들이 장사에 온전히 집중할 수 있었을까. 그러긴 쉽지 않았을 터였다.

'오히려 돈이 더 많이 필요한 상황이 되면……. 돈을 더 벌기 어려워지지.'

세상엔 수많은 종류의 불행이 있겠지만. 그중에서 건강과 관련한 불행은 꼭 다른 불행을 같이 부르기 마련이었다. 예를 들면 경제적인 어려움이라든지, 아니면 관계의 어려움이라든지.

'다행이지, 이 환자는.'

그런 관점에서 보면 강혁은 비단 강동호라는 환자 하나만 살린 것이 아니라, 아예 한 가정을 구원한 것이나 다름없는 셈이었다. 아직은 사회 안전망이 미비한 상황에서 중증외상센터가 얼마나 중요한지 다시 한번 알 수 있는 순간이라 할 수 있었다.

"그래. 그럼 주말에 한 번 뵈어야겠네. 근데 퇴원은 언제 하라는 말 없었나?"

"아……. 아마 다음 주경에 할 수 있을 거 같습니다."

"다음 주. 길었네, 정말."

"네. 그래도 배려해주신 덕에 계속 입원해서 재활 치료 받을 수 있었습니다."

"뭐……. 아주 내 덕은 아니지."

원래 대학 병원에서 두 달가량 입원 치료를 지속할 수 있는 경우는 거의 없다고 보면 되었다. 특히 한국대학교 병원처럼 늘 병실이 부족한 병원인 경우엔 더더욱 그러했다. 하지만 강동호처럼 특이한 환자인 경우엔 얼마든지 가능했다.

'네? 이 CT가 이 환자 거라고요?'

처음에 전과를 보낼 때 재활의학과 교수가 보였던 반응이었다. 당연히 하반신 마비일 것이고, 재활에 중점을 둬야 할 부분은 배변 운동일 거라고 생각했을 텐데. 보낸 환자는 목발을 짚긴 했어도 뚜엄뚜엄 걷고 있었으니 당연한 일이었다.

'이, 이건……. 이건 케이스 리포트 감인데요.'

해서 재활의학과에서는 강혁을 1 저자, 현재 지정의인 교수가 교신 저자가 되어 케이스 리포트를 작성하는 중이었다. 물론 기조실장인 한유림 교수의 입김도 좀 있긴 했지만. 강동호 환자가 이때까지 입원해서 대학 병원에서 꾸준히 재활 운동 치료를 받을 수 있었던 건 바로 이런 이유에서였다.

"아무튼, 결과가 너무 좋아서 나도 기분이 좋아. 너 볼 때마다."

"감사합니다, 정말. 진짜 걸을 수 있어서……. 다행입니다. 만나는 의사분들마다 기적이라고 해서……. 이제야 이게 얼마나 대단한 일인지 알게 되었어요."

"뭐, 그럼 이제 다치지 말라고. 위험한 일 하지 말고."

"네네."

"그래도 인터뷰까지 해준 덕에 그 슬로프 앞에 스키 출입 금지 표시 붙일 수 있었어. 계속 사고가 생길 뻔한 걸 예방해준 거라고."

강혁은 병원으로 돌아온 즉시 공문을 보냈지만, 스키장에서는 말을 잘 듣지 않았다. 해서 TV 고려를 동원했고, TV 고려에서는 그간 강혁에게 배운 대로 기사를 아주 결정적일 때 내보내서 여론을 이용한 압박에 들어갔다. 그냥 얼토당토않은 압박이 아닌, 합리적인 근거에 입각한 압박이었던 데다가 실제 피해자라 할 수 있는 강동호까지 나서 주는 바람에 변화가 있었다.

'제일 좋은 치료는 예방이지.'

강혁은 그 생각을 하며 강동호의 어깨를 두드려주었다.

"그럼 병실로 조심해서 들어가."

"네. 교수님. 또 뵙겠습니다."

"그래."

그러곤 푸근한 미소와 함께 재활의학과 병동을 떴다. 그의 미소를 본 장미가 비슷한 미소를 지은 채 입을 열었다.

"여기 오실 때마다 표정이 좋으시네요."

"당연하지. 그 개고생을 했는데, 보람이 있잖아."

"하긴."

다른 일들도 그렇겠지만 외상 치료도 딱히 노력이 늘 보상받는 분야는 아니었다. 정말 최선을 다했음에도 불구하고 어쩔 수 없이 환자를 잃게 되는 경우도 있었고. 어찌어찌 생명은 살렸는데, 영구적이고 중대한 장애가 남게 되는 경우는 많았다. 왜애애앵! 그렇기에 모두 기분 좋은 미소를 지은 채 엘리베이터에 탔을 무렵, 강혁의 핸드폰이 울리기 시작했다. 위이이잉! 그뿐만 아니라 재원의 것도 울려대기 시작했다. 가뜩이나 좁은 엘리베이터에 세상에서 제일 듣기 싫은 벨소리 둘이 동시에 울리는 상황이었다.

"뭐야, 이거."

해서 강혁은 귀를 꽉 막은 채 일단 전화를 받았다. 그러자 잔뜩 상기된 김강률의 목소리가 들려왔다.

"교수님! 공사장 사고입니다! 철골 구조가 무너지면서 근처에 있던 행인 몇이 휘말렸는데, 지금 상황 파악이 안 되고 있습니다!"

"어?"

"지금 바로 헬기 띄우겠습니다. 두 대 모두 가야 할 것 같습니다."

"아, 알았어! 여기도 준비할게!"

강혁이 그렇게 통화를 하고 있는 동안 재원도 전화를 받았다. 이쪽은 터무니없을 정도로 평온한 목소리가 들려왔다.

"선생님, 저 이동주입니다. 사대진 선생하고 같이 왔습니다. 어디에 짐 풀면 될까요?"

짐 풀자마자 헬기 탈 거란 사실 따위는 꿈에도 모르는 듯했다.

도와줄 거면 이렇게, 제대로

'금일 12시경 강남역 인근 공사 현장에서 철골 지지 구조물이 무너지는 사고가 있었습니다. 현재까지 8명의 사상자가 있는 것으로 확인되었으며 구조 작업이 진행 중입니다. 이 중 2명은 현장에서 사망하였으며, 6명은 한국대학교 병원으로 이송되어 치료 중입니다.'

주말 대낮에 번화가에서 일어난 대형 사고였다. 제아무리 공사 현장이라 인근에 오가는 사람이 주변보다는 현저히 적었다고는 해도 애초에 강남역이라는 곳이 유동 인구가 어마어마하게 많은 곳 아니었던가. 뉴스마다 크게 보도되는 것은 당연한 일이었다.

"백 교수님은 뭐라셔?"

박성민 의원 아니, 이제 사실상의 대선 후보가 된 박성민 의원이 비서를 향해 물었다. 비서는 바쁜 현장에도 불구하고 연락을 남겨 준 강혁의 문자를 내보였다.

- 내일 아침에 회견 가능.

아주 짤막한 문장 하나만 찍혀 있었다. 어찌 보면 아주 삭막해 보이기만 하는 문자였지만 강혁을 아는 사람이라면, 그가 어떤 현장에서 일하고 있는지 아는 사람이라면 감동이라도 할 법한 그런 문장이라 할 수 있었다.

"감사하네. 선거 운동이라고 보이진 않겠지?"

"아직 경선도 치르지 않은 상황이니까요. 법적으로 전혀 문제는 없습니다. 게다가……."

"뭐, 여당 측에서도 강하게 나올 입장은 아니긴 하지."

박성민은 자신이 쥐고 있는 여당의 약점을 떠올렸다.

'유지상과 청와대 비서라…….'

경찰 수사 결과 아니, 박철순 반장의 수사 결과 개인적인 거래 정도로 보이긴 했다. 하지만 그 비서를 추천한 인물이 현 여당 대표 현용수 의원이라는 것을 생각해보면 절대 작은 일이 아니었다. 아마도 선거판 전체를 뒤흔들 만한 일이 될 터였다.

'증거 잡고 있다고 했지.'

워낙에 유지상이라는 인간이 장악하고 있던 마약 판매 루트가 방대하다보니 수사에 걸리는 시간이 어마어마했다. 거기에 더해 생각했던 것보다도 더 많은 고위층과 유명 연예인들이 연루되어 있는지 수사에 걸림돌이 너무 많았다. 애써 조사해둔 자료가 없어지질 않나. 주요 참고인 대상으로 암살 기도가 있질 않나. 심지어 박철순 반장과 형사들까지도 하마터면 위험할 뻔했더랬다.

'뭐……. 그건 이제 어느 정도 괜찮아졌지.'

하지만 박성민 의원이 적극적으로 사건에 개입하면서부터는 얘기가 조금 달라져 있었다. 더구나 방송사를 이용해 시사교양 방송 프로그램에 몇 번인가 노출을 시킨 후로는 방해 공작이 눈에 띄게 줄어든 참이었다. 예전과는 달라서, 국민의 관심이 쏠린 사건에 대해서만큼은 제아무리 힘 있는 사람도 쉽사리 은폐하기가 어려웠기 때문이다.

"좋아. 그럼 내일 아침에 가지."

"원래 있던 일정은 최대한 조정하겠습니다."

"응, 그래줘. 뭐 중요한 거 있나?"

"다 중요하긴 하죠."

"아, 하긴."

전 원내대표였고, 지금은 실질적인 제1야당의 대선 후보가 아니던가. 물론 아직 경선을 치르진 않았지만. 이미 통과는 떼놓은 당상이었으니. 잡혀 있는 약속들은 하나같이 범상치 않은 것들이었다. 하지만 이미 중증외상센터 활성화를 주요 공약으로 내세운 마당이었고, 거기에 더해 강혁의 이미지를 이용하고 있는 마당 아니던가. 무조건 가야 한다는 뜻이었다.

"그래도 가셔야 합니다. 이현종 의원도 오겠다고 합니다."

"아, 이현종 의원. 좋지. 좋아. 그럼 나오겠네."

한때 온 대한민국을 들썩이게 했던, 남수단의 영웅 이현종. 이젠 박성민 의원을 통해 공천을 받아 재보궐 선거에서 당선되어 국회의원으로 활동하고 있었다. 아직 대국민 인지도를 따지자고 한다면 박성민 의원이 위에 있었지만. 이미지만 보면 이현종이 압도적이었다. 그런 이가 박성민을 지지하고 있으니, 당내 입지가 더더욱 단단해지는 것도 결코 우연은 아니라 할 수 있었다.

"근데 6명이나 병원으로 갔으면……. 상태는 어떻대?"

"2명은 그냥 경상이라 응급실 진료만 보고 귀가했다고 합니다. 나머지 넷은 중상자라 수술했고요."

"수술이 잘됐나?"

"의원님, 백강혁 교수님 수술입니다."

"아."

박성민은 비서의 말을 듣고 잠시 예전 강혁과 함께 병원에 있던 때를 떠올렸다. 유엔 사무총장부터 현용수 의원의 손자에, 비정규직 노동자까지. 다양한, 하지만 하나같이 심각했던 외상 환자들을 거짓말처럼 살려내지 않았던가.

"멍청한 질문이었군. 미안하네."

"아뇨. 제가 죄송합니다."

"뭐 아무튼, 그럼 내일 가서 희망찬 얘기를 좀 나누면 되겠네. 전달해줄 말이 좀 있나?"

"네. 일단 최필두 보건복지부 장관께서 금년도에 한시적으로 중증외상센터에 지원하는 의사들 대상으로 월급을 보전해주는 방안에 동의했습니다. 아마 이번에 지원한 펠로우들이랑 이전에 있던 펠로우들 모두 3월 월급부터 소급 적용될 겁니다."

"그거 좋네. 예산 없다더니?"

"추경에서 조금 탄 모양입니다. 아시잖습니까, 요새."

"안 좋긴 하지."

딱히 대한민국만의 문제가 아니라, 그냥 전 세계적으로 경기가 꼬라박고 있었다. 세계 주요 강대국 간의 무역 분쟁 탓이었는데, 이를 두고 혹자는 '투키디데스의 함정'이니 패권 다툼이니 하는 얘기를 하고 있었지만 실물 경제에서 나타나는 현상은 하나였다. 작년보다 상황이 안 좋아졌다는 것.

'여기서 매년 2천억이란 예산을 중증외상센터 활성화에 쓰겠다고 하려면…….'

경기가 좋을 땐 아무래도 좋은 일이었다. 경제가 팍팍 뛰고 있을 땐, 2천억을 일자리 자금이나 기타 경제 관련한 예산에 쓰지 않아도 아무도 뭐라고 하지 않는다는 뜻. 하지만 지금처럼 살기 팍팍할 때는 얘기가 좀 달라질 수 있었다.

'뭐……. 그래도 어느 정도 사회적인 합의가 되어 있긴 하지.'

박성민 의원은 얼마 전 TV 고려의 도움을 받아 SNS에서 시행했던 설문 조사를 떠올렸다. 예산 집행 시 5년간 1조라는 막대한 돈을 경제 관련 예산에서 중증외상센터 활성화로 이관해도 좋냐는 내용의 설문이었는데, 놀랍게도 거의 80%에 가까운 시민들이 찬성표를 던져주었다. 예전 같았으면 아마 중증외상센터라는 단어 자체를 낯설어했을 텐데. 요 2년도 안 되는 기간 강혁이 일으킨 변화가 정말 어마어마한 셈이었다. 불모지나 다름없는 곳에 거대한 나무가 자라난 것과 마찬가지였다. 그야말로 기적이라는 얘긴데, 그 기적을 일으킨 사람은 정작 성질을 부리고 있는 와중이었다.

"졸지 말고 저거 보라고."

강혁은 정말이지 환자에 미친놈이었다. 종일 헬기 타고 칼질하고 피 묻히며 난리 바가지를 친 후에도 환자 생각만 하고 있었다.

"야, 나 진짜 죽어……."

한유림 교수는 보송보송한 얼굴을 한 채 울상을 지어 보였다. 다행히 3번 방 환자도 수술이 잘되어서 중증외상센터 중환자실로 뺐고, 1번 방으로 싣고 갔던 폐엽 절제술 환자 또한 오래 지나지 않아 중환자실로 뺄 수 있었다. 해서 이제 좀 쉬나 싶었던 한유림 교수는 샤워를 마치자마자 달콤하고 부드러운 침대 대신 차디찬 흰 벽을 마주해야만 했다.

"아니, 잘 보고 설명을 좀 하라고요. 누가 죽인대? 설명을 하라니까?"

"야……. 오늘 진짜 종일 뛰었다……."

"아직 12시 아니잖아요."

"아오."

흰 벽에는 평소와는 달리 동영상이 비치고 있었다. 강혁이 어느 틈엔가 1번 방에 녹화되어 있던 파일을 따와서 틀어둔 탓이었다.

"흐암."

"누가 하품하냐."

"아, 아닙니다."

당연하게도 이 자리엔 한유림뿐만이 아니라, 재원, 경원, 강행 그리고 4, 5호에 장미, 지민까지 죄다 모여 있었다. 수술을 잘 알아야 보조도, 수술 후 관리도 잘할 수 있다는 강혁의 지론 때문이다. 의학적인 견지에서만 보면 맞는 말인지라 누구도 싫은 소리를 하진 못했다.

"자, 튼다. 다시 대장이 잘 설명해봐요. 저기서 뭘 어떻게 했는지."

"아니……. 알았어. 알았어. 그런 눈으로 보지 마. 뒤에 칼 있는 거 아니지? 식겁했네."

"식겁할 일을 왜 하셔, 자꾸."

"에이. 아무튼. 그래. 자……. 이게 나도 좀 신기하긴 했어. 저 조그만 곳으로 둘이 수술을 하더라고?"

보통의 비강 내시경 수술이라고 하면 집도의가 왼손으로 카메라를 들고, 오른손으로 기구를 들어 수술하는 것을 말했다. 하지만 지금은 신경외과 교수가 내시경을 들었기 때문에 메인 집도의는 양손으로 기구를 다 쓸 수 있었다. 심지어 신경외과 교수 또한 기구를 하나 더 들고 있었기 때문에 조작이 상당히 현란했다. 도저히 내시경이라고 보기 어려운 수준이었다.

"시야를 확보하는 게 관건인데, 보니까 아예 중비갑개만 자르는 게 아니라, 상악동 내벽을 깠어. 이거 봐."

"아……. 아. 그렇네. 상악동 내벽을 치니까 확 시야가 넓어지네."

"응. 공간도 넓지. 그래서 기구끼리 파이팅이 없어."

"흐음……."

한유림 교수의 설명이 이어질수록, 동영상이 진행될수록 피곤해 하던 이들의 눈이 점차 빛나기 시작했다. 뭐가 어찌 되었건 여기 모인 이들은 다른 여느 훌륭한 의사들보다도 더 사명감이 뛰어난 이들이었기에 그러했다. 지금 몇 분 잠을 덜 자고, 덜 쉬고 배워서 사람 하나 구하는 데 도움이 된다고 하면, 얼마든지 희생할 용의가 있었다.

"아, 내벽을 그냥 버리질 않았네."

"응. 아, 이거 아깐 놓쳤던 부분이네. 나도 수술 중이었어서. 내벽으로 이제 보니까 두개저 골절로 인한 결손을 막았네."

"국소 피판이 된 셈인데…… 이렇게 하면 단단하겠지. 아무래도."

"좋네. 이거 원래 같으면 머리 열어야 하나?"

"열죠. 이렇게."

강혁은 자신의 이마 라인을 손가락으로 스윽 하고 그었다. 어쩐지 눈이 서늘해서 한유림 교수는 자신의 이마가 까지는 듯한 느낌까지 들었다.

"내시경으로 해서 그나마 환자 예후가 좋겠네. 흠. 이런 건 참 배워둘 만하단 말이지."

강혁은 한유림 교수가 그러거나 말거나 손가락을 움직여 나름의 시뮬레이션을 돌려보았다. 모르는 사람이 본다면 그냥 허세 부린다고 생각이 들겠지만. 한유림 교수는 그런 강혁을 보면서 소름이 오소소 돋아났다.

'미친……. 손동작이 똑같잖아.'

아까 이비인후과 집도의의 손가락과 똑같은 모양새로 움직이고 있었기 때문이다.

"음, 뭐 대강 이렇게 되려나."

강혁은 그 후로도 수 분간 손가락을 꼼지락거리더니, 이내 만족한 얼굴이 되어 의자에 털썩 앉았다.

"어후."

그와 동시에 한숨이 절로 터져나왔다. 그도 사람인지라 하루 동안의 피로가 밀려왔기 때문이다. 그 모습을 가만히 지켜보고 있던 한유림 교수가 서둘러 다가와 노트북을 꺼버렸다. 저러다가 또 미친놈처럼 다른 영상 트는 게 강혁이지 않던가. 다른 날은 몰라도 오늘은 안 되었다.

"자자, 자. 제발."

"음."

"음? 백 교수도 힘들구나?"

"안 힘들어요, 그럼?"

"하긴."

다행히 강혁도 상당히 지쳐 있었다. 앉자마자 자고 싶을 만큼. 덕분에 그날은, 길었던 일요일은 그렇게 끝이 났다. 하지만 여전히 그 긴 하루를 놓지 못하고 있는 사람들도 있었다.

"보여? 사람 있는 거 같은데!"

김강률을 비롯한 요원들이었다.

"아, 아! 구조 요청자 발견! 외상이 심합니다!"

"일단 안전지대로 옮겨! 연락 가능한 사람은 백 교수님 부르고!"

"가야지."

강혁이 김강률의 전화를 받고 일어난 시각은 대략 새벽 4시쯤이었다. 워낙 피곤했던 터라 11시 전에 잠들었으니, 그래도 다섯 시간은 잔 셈이었다. 이만하면 평소 강혁의 어마어마한 일정을 떠올려 보면 그냥 괜찮은 편이었다.

"네! 아마 새벽이라 그냥 구급차로 오셔도 될 듯합니다!"

"어어. 환자 상태는 어떤데?"

"일단 바이털은……. 수액 달고, 삽관한 후에는 안정되었습니다."

"음. 의식은?"

"그냥 통증에 반응하는 정도입니다. 약은 일부러 안 줬습니다."

여기서 말하는 약이란 진통제를 포함한, 환자를 편안하게 해줄 만한 모든 약을 의미했다. 환자 입장에서야 야속하겠지만 의사가 없는 상황에서 이런 약을 함부로 쓰는 것만큼 위험한 일도 없었다. 대체 사람이 왜 통증을 느끼도록 만들어져 있겠는가. 극한 상황에서 통증은 끊임없이 의식과 신경 계통을 자극하는 촉발 인자가 되어주는 아주 소중한 녀석이었다.

"잘했어. 최대한 빨리 갈게. 구급차 대기는 시켜놨거든."

"네. 혹 변동 있으면 또 연락드리겠습니다."

"어. 그래, 이따 보자고."

강혁은 통화하는 내내 몸을 쉬지 않았기 때문에 이미 신발도 신고, 가운도 걸치고 있었다. 그가 소란을 피우는 바람에 슬며시 눈을 떴던 1호 재원도 마찬가지였다. 통화 내용만으로 출동을 짐작한 그도 준비를 마친 상태였다.

"다른 애들은 일단 둘까요?"

"음."

강혁은 재원의 말에 고요한 당직실 안을 둘러보았다. 저 구석 침대를 차지하고 누운 한유림 교수는 안대까지 끼고 쿨쿨 자고 있었다. 어차피 새벽 6시부터 근무하는 것이 계약 조건이었으니 지금 깨우는 것은 상도의에 어긋났다.

'뭐…….'

강혁의 시선은 경원, 강행 그리고 바로 어제 들어온 4호와 5호에게 차례로 닿았다. 모두 어제의 강행군으로 인해 곯아떨어져 있었다. 그야말로 누가 업어가도 모를 것 같았다.

'여기 환자도 누군가는 봐야지.'

아니, 어쩌면 어제 수술한 환자들을 돌보는 게 더 중요할 수도 있었다. 누구 하나 만만한 수술이 없지 않았던가. 강혁이나 다른 팀원들이 아니었다면 모조리 어제 죽었을 법한 그런 환자들뿐이었다. 제아무리 제때 응급 처치가 들어갔고, 완벽한 수술을 했다 해도 벌써 회복세를 보일 리는 만무했다. 때문에 저 중에서도 특히 강행은 밤사이에도 벌써 몇 번이나 중환자실을 들락거린 참이었다.

"두고 가자. 어차피 얘들 콜 하면 무조건 일어날 놈들이니까. 넌 괜찮은 거냐? 눈곱이 왕방울인데?"

강혁은 재원의 말에 고개를 끄덕이다가 말고 재원의 눈을 가리켰다. 재원은 부리나케 눈을 비비다 지나치다 싶을 정도로 부스럭거리는 것을 느끼곤 허허 웃었다.

"괜찮아요. 아, 어제 오래간만에 안 깨고 자서 그런가."

"그래, 뭐."

"네, 교수님."

"그럼 가……. 어."

강혁과 재원이 일단 둘만 가기로 결심한 후 당직실 문을 열었는데, 그 앞에 누군가가 서 있었다. 장미였다.

"조폭?"

"구급차 대기하라고 했다면서요?"

"그건 그런데, 네가 여기 왜 있어. 오프 아냐?"

"오늘 데이예요. 어제 이브닝이었고."

"아. 근데 밤까지 있었던 거구나."

강혁은 11시 근처까지 환자 보느라 병원에서 왔다 갔다 하던 장미를 떠올렸다. 몰골을 보아하니 오늘도 집에 안 가고 병원에서 잔 모양이었다. 그나마 다행이었다. 예전 같았으면 당직실에서 같이 자든가, 아니면 중환자실 옆에 있는 휴게실을 이용해야만 했었을 텐데 이젠 당직실이 두 개가 되지 않았던가. 원래는 오프가 있는 간호사들에게는 오픈이 안 되어야 정상인 곳이긴 했지만. 중증외상센터는 직종 간의 경계가 모호한 곳이었기에 당직실 문도 활짝 열려 있었다.

"네. 우리 구조사님, 어제 환자 나르고 하다가 허리 삐끗했나봐요."

"어? 괜찮대?"

응급 구조사 또한 이번 중증외상센터 활성화 방안으로 증원된 인력 중 하나였다. 말하자면 팀원 중 하나라는 뜻이었고, 센터장인 강혁이 챙겨야 할 사람이란 뜻이기도 했다. 그가 걱정스럽다는 표정을 한 것이 결코 오버가 아니라는 뜻이었다.

"뭐 며칠 물리 치료 받고 소염제 먹으면 낫는다고 하더라고요. 김인수 교수님이 직접 보고 말씀해주신 거니까 틀림없어요."

"아, 김인수 교수. 그 사람 고맙네."

"백 교수님 팬이잖아요. 핸드폰 뒤에 사인도 받아놓으셨던데."

"어……. 그거……."

"아무튼, 혹시 출동할 일 있으면 부탁한다고 하셨는데. 정말 출동할 일이 있네요."

셋은 대화를 하면서도 걸음을 부지런히 놀려댔다. 지금 상황이 이러쿵저러쿵 떠들어도 좋을 만큼 여유가 있진 않았기 때문이다. 그 덕에 셋은 이미 응급실 로비에 도달해 있었다.

"저기 있네요."

장미는 그 앞에 떡하니 세워져 있는, 중증외상센터 소속 구급차를 가리키곤 한달음에 달려갔다.

"1호, 우리도 타자."

"아, 네."

강혁과 재원 또한 재빨리 차에 탑승했다. 일반적인 구급차에 비해 길이도 길고, 너비도 넓었다. 개조한 것이 아니라 애초에 구급차로 만들어진 것이니 그럴 수밖에 없었다. 부르릉. 장미는 모두 탑승하자마자 시동을 걸고는 부리나케 차를 출발시켰다. 강혁은 잠시 손잡이를 잡고 있다가, 차가 어느 정도 안정 속도에 다다르자마자 핸드폰을 꺼내 들었다.

"누구한테 보내요? 문자 잘 안 하시잖아요."

재원은 그런 강혁을 아주 신기하다는 듯한 눈으로 바라보았다. 그가 방금 말했던 것처럼 강혁은 전화를 했으면 했지, 문자를 하진 않았으니까.

"박성민."

"박성민?"

"몰라? 박성민."

"아아……. 박성민 의원님. 존칭을 빼니까 헷갈리잖아요."

"존칭할 게 뭐 있어. 우리끼리인데."

"아니……."

재원은 국회의원이라는 게 그렇게 만만한 자리는 아니지 않냐고 말하고 싶었지만 그냥 입을 다물고 있는 것이 현명하단 생각이 들었다.

'뭐……. 이만하면 교수님 입장에서는 충분히 대우해주는 거긴 하지.'

재원이 내적갈등을 이겨 내고 닥치고 있는 사이, 강혁은 짤막한 문자 한 통을 박성민에게 넣었다.

– 장소 변경. 현장으로 오세요. 환자 발생했습니다.

하고 핸드폰을 덮으려는데, 우웅 하고 답문이 왔다.

"뭐야."

강혁은 설마 하는 얼굴로 고개를 돌려 구급차 구석에 달린 시계를 바라보았다. 최소한의 준비도 없이 그냥 그대로 나왔기 때문에 시각은 아직 4시 10분도 채 되지 않은 상황이었다.

– 지금 가겠습니다.

하지만 박성민 의원은 답문도 모자라 현장으로 오겠다는 답을 남겼다. 아무래도 사고 소식을 듣고서는 언제 가는 게 가장 효과적일지 타이밍을 재고 있던 모양이었다.

'확실히 보통은 아냐.'

강혁은 서서히 가까워져가는 현장을 바라보았다. 현장 근처엔 어제와는 달리 꽤 많은 천막이 쳐 있었다. 근처에 서 있는 소방차나 구급차들의 수도 많이 늘어나 있었고. 단순 구조 현장에서 발굴 현장으로 바뀌었으니 당연한 일이었다.

'기자들도 많이 와 있네.'

천막 중 하나는 프레스 전용이었다. 아직 깨어나 있는 사람이 많진 않았다. 하지만 이만한 기자들이 있다는 사실이 중요했다.

'이렇게 또 한 번 언론에 얼굴 비쳐주면 당선 확률이 올라가겠지.'

그것은 곧 박성민 의원과 뜻을 함께하고 있는 강혁 또한 꿈을 이룰 가능성이 올라간다는 뜻이었다. 파트너가 알아서 이렇게 능동적으로 움직여준다는 것은 참 좋은 일이었다. 빠아아앙! 그사이 장미는 인파에 가려진 통로에 대고 클랙슨을 사정없이 날렸다. 몇몇이 짜증 섞인 눈으로 고개를 돌렸지만, 요원들은 이제 이 차가 어디서 온 것인지 다 알고 있었다.

"야야, 교수님 오셨다!"

"팀장님 오셨어요!"

덕분에 금세 통로가 뚫렸고, 장미는 그대로 차를 몰아 거의 김강률을 치기 직전에 세울 수 있었다. 끼이익! 그와 동시에 강혁은 머릿속에서 정치인지 뭔지 하는 것을 지우고 차 밖으로 뛰어내렸다. 그 순간 그의 눈에 들어온 것은 피에 젖은 김강률의 손과 환자의 몸통 그리고 모니터링 기기였다.

'혈압은 90에 60. 수액은 라인 두 개로……. 모자라!'

다행히 산소 포화도는 정상이었다. 강률이 제대로 기관 삽관을 하고 쥐어짜주고 있는 덕이었다.

"외상은 어디에 있지?"

강혁은 배낭을 풀어 아래로 내려놓으면서 물었다. 강률은 여전히 앰부를 쥐어짜면서 턱으로 환자의 어깨를 가리켰다. 붕대로 단단히 감아 놨음에도 불구하고 피가 스멀스멀 새어 나오고 있었다. 그 밑으로는, 그러니까 손가락 쪽의 색은 그렇게 좋지 못했다. 혈류가 제대로 돌지 못한다는 뜻이었다. 강률 같은 베테랑이 그것도 고려하지 않고 붕대를 묶었을 리는 없지 않은가. 혈관 손상이 발생해서 피가 잘 못 내려가고 있다고 보는 것이 타당했다.

"어깨……. 상완동맥인가?"

"네. 다친 후 너무 오래 방치된 탓에……. 피를 많이 흘렸습니다."

"저혈량 쇼크……."

강혁은 환자의 동공 및 의식 레벨을 확인한 후, 재빨리 머리를 굴리기 시작했다.

'어차피 손가락 쪽은……. 종말 동맥이라……. 당장은 의미가 없어.'

그렇다면 일단 전신부터 살려야 한다는 뜻이었다. 흘린 피를 보완해줘야 한다는 얘기였다.

"교수님."

뒤를 돌아보니, 벌써 재원이 장미의 보조를 받아 환자의 우측 가슴을 드러내놓고 있었다. 중심 정맥관을 잡기 위함일 터였다. 예전 같았으면 여기서 바로 강혁이 손을 넘겨받았을 테지만. 이젠 그럴 필요가 없었다. 이 정도 술식에서는 재원이나 강혁이나 큰 차이를 보이지 않게 되었으니까. 게다가 일반 구조사가 아니라 장미의 보조를 받고 있지 않은가.

"어, 알아서 꽂아. 혈액형 파악은 됐나?"

해서 강혁은 고개를 돌리지도 않은 채 강률과의 대화를 이어나갔다. 강률은 베테랑답게 이미 환자의 혈액형 파악을 마친 참이었다. 박성민 의원이 강혁 앞으로 들어온 후원금을 이용해, 즉석에서 검사가 가능한 키트를 일단 중앙 구조단 중심으로나마 보급해준 덕이었다.

"네. A형입니다. 1분 전에 시행했습니다."

"오케이. 오."

그 말을 듣자마자 뒤에서 대기하고 있던 요원 하나가 구급차 쪽으로 달려가 A형 혈액 2팩을 들고 왔다. 그사이 벌써 중심 정맥관 삽입을 마친 재원은 그중 하나를 받아 간이 교차 검사를 시행한 후, 바로 달아주었다.

"음."

확실히 중심 정맥관은 일반적인 수액 라인에 비해 훨씬 많은 양을 집어넣을 수 있다는 장점이 있었다. 물론 넣기도 까다롭고, 감염이라도 생기면 큰일로 이어질 수 있긴 했지만. 이미 중증외상팀 의료진들은 그러한 어려움 정도는 없는 셈 칠 수 있는 실력을 갖추고 있었다.

"올라간다. 혈압."

거기에 피까지 들어가기 시작하니 확실히 반응이 있었다. 그와 동시에 붕대를 잔뜩 적시기 시작한 출혈만은 단점이긴 했지만. 그 정도는 강혁이 바로 대응 가능했다. 꾹. 도리어 피가 흘러나오니 출혈 부위를 찾아내기는 더 쉽지 않은가. 강혁은 즉시 상완동맥의 중앙 부위를 잡아 눌렀다. 왜 손가락까지 파래졌나 했더니, 하필이면 부위가 순환 동맥 분지가 나오는 곳이었다. 아마 지금 손가락까지 향하는 혈류의 양은 어마어마하게 줄어들어 있을 터였다.

"끕."

하지만 피가 들어가면서, 또 혈압이 회복되면서 머리로 가는 혈류량은 정상으로 돌아오고 있었다. 그러자 환자의 의식 또한 돌아오면서 기관 삽관에 의한 불편감을 호소하기 시작했다. 강혁은 그 사이 환자의 다른 부위를 빠르게 스캔했다.

'오케이. 호흡 곤란은 딱 저혈량에 의한 거였어.'

그렇다면 굳이 더 삽관을 유지할 필요는 없을 터였다. 사실 강혁 정도 되는 실력자라면 필요하다고 판단될 때 다시 넣어도 되었고. 해서 관을 쑥 하고 뽑았는데, 뒤쪽에서 소란이 일었다. 강혁이야 환자를 살펴야 하는 상황이라 고개를 돌리지 못했지만. 재원이나 장미는 아니지 않은가.

"어?"

그렇게 고개를 돌린 곳엔 박성민이 있었다. 큼지막한 밥차를 끌고.

"요원님들! 순서대로 식사하십쇼, 식사! 제가 밤새워 내린 커피도 있습니다!"

확실히 다른 정치인들하고는 좀 다른 인간이었다. 쇼 대신 실질적 도움이 되어줄 줄 알았다.

"오."

그렇지 않아도 요원들은 밤새 쫄쫄 굶다시피 하면서 구조 작업을 펼치던 와중이었다. 간단한 주전부리 정도야 마련되어 있긴 했지만 따스한 김이 폴폴 올라오는 국과 밥에 반찬이라니. 보기만 해도 힘이 쫙 올라오는 그런 느낌이었다.

"아, 박 의원님은 확실히 좀 다르군요."

강철 같은 체력을 자랑하는 강률조차 침을 꿀꺽 삼키며 중얼거렸다. 강혁 또한 관을 제거했음에도 불구하고 산소 포화도가 잘 유지되는 것을 확인한 참이라, 그제야 뒤를 돌아보았다.

"음. 밥차라."

이건 도저히 새벽 4시에 연락받고 준비할 수 있는 물품은 아니었다. 박성민 의원이 국회 일 말고 부업으로 밥차 일을 하고 있다면 또 몰라도. 그렇다는 건 박성민이 이 밥차와 커피 등등을 이미 어젯밤부터 준비를 하고 있단 얘기였다.

'자기는 병원으로 오고 비서는 여기로 보낼 생각이었나? 아니면 순차적으로?'

뭐가 되었든 간에 기특한 일이었다. 고생하는 사람들에게 휴식을 선물해 줄 수 없다면 밥이라도 제대로 먹이는 것이 필요했으니.

"자자. 그래요. 많이 받아 가세요."

박성민은 자신의 이름도, 당 로고도 박히지 않은 밥차에서 국을 퍼주고 있었다. 물론 그가 걸치고 있는 바람막이 또는 옷가지 어디에서도 로고를 찾아보긴 어려웠다. 그저 얼굴만 훤히 드러내놓고 있을 따름이었다. 그리고 그게 더 홍보에 도움이 되었다. 일반인들이나, 요원들은 몰라도 이 자리에 모인 기자들은 그의 얼굴을 한눈에 알아보았으니까.

"뭐야. 진짜 박성민이야?"

"이상한데? 위에서 뭐 내려온 거 있어?"

"아니. 아예 없는데."

"뭐지? 이 시간에 여길 와?"

"진짜 그냥 봉사 온 건가?"

"정치인이? 설마……."

보통 정치인들이 어딜 간다고 하면 아무도 모르게 가는 법은 없었다. 물론 구치소나 법원 등 안 좋은 곳에 갈 때야 당연히 비밀로

하고 싶겠지만 이렇게 누가 봐도 좋은 일을 하러 갈 때는 방방곡곡, 정말이지 자신이 가지고 있는 모든 수단과 방법을 동원해서 알려대는 법이었다. 그런데 그냥 왔다고? 심지어 현 제1야당의 가장 유력한 대선 후보가? 믿기 어려운 일이 벌어진 셈이었다.

"일단……. 일단 찍어."

"영상 돌려."

"일어나자, 일어나."

그렇지 않아도 구조 요청자 발견 및 강혁의 도착으로 인해 현장 분위기가 달궈지는 느낌이 들던 참 아니었던가. 그래서 기자들은 조금 이른 시간이긴 했지만 모두 현장을 향해 달려가기 시작했다. 물론 구조에 방해가 되지 않는 선에서였다.

"기자님들도 한 끼 하시죠. 아주 넉넉하게 가져왔습니다."

박성민은 그런 기자들 또한 잊지 않고 챙겨주었다. 나이가 지긋한 기자들이었다면야 거절했을 수도 있었겠지만 보통 이렇게까지 고생스러운 현장을 구르는 기자들은 젊은 법이었다.

"그, 그럴까요?"

"네네. 자, 여기 국. 북엇국인데 여기 아주 실해요. 맛있습니다."

"오……."

"자, 다음 분도."

해서 요원들이 한 차례 식사하게 된 후로는 기자들까지 식사할 수 있게 되었다. 박성민이 센스 있게 딱 들고 먹기 좋은 용기를 들고 온 덕에 모두 별 불편도 없었다. 그야말로 화기애애한 분위기가 됐다, 이 말이었다.

"환자분."

물론 그 시간에도 밥차 근처에도 못 가는 이들이 있긴 있었다.

바로 강혁과 재원 그리고 장미, 방금 구조된 환자였다.

"네."

환자는 피가 들어가면서 혈압이 올라간 데다가, 강혁이 제대로 지혈을 해준 덕에 의식이 어느 정도 돌아와 있었다. 나이가 20대 초반으로 보이는 청년이었다. 아마 정신을 차릴 수 있었던 것도 다 나이가 젊은 덕으로 보였다. 누누이 말하지만, 외상이든 뭐든, 거의 대부분 상황에서 나이가 깡패였다.

"이름이 어떻게 됩니까?"

"기……. 김선웅입니다."

"음. 김선웅. 여기가 어디죠?"

"그……. 아까 강남역 가던 길이었는데……."

"오늘이 몇 월이죠?"

"5월이요."

"좋아요."

강혁은 빠르게 환자의 오리엔테이션이 정상인 것을 확인했다. 100% 신뢰할 수는 없겠지만 그래도 이만하면 어느 정도 뇌의 기능이 괜찮다고 볼 수 있을 터였다.

'그렇다면 지금 메인 병변은 팔. 음.'

강혁은 잠시 고민에 빠졌다. 여기서 할지, 아니면 수술방으로 데려갈지. 제아무리 강혁이 실력이 뛰어나다고 해도 역시 수술방에서 수술하는 것이 최선이기는 했다. 거긴 모든 설비가 다 갖추어져 있었으니까.

"여기! 구조 요청자 발견! 생존자입니다!"

하지만 그때 강혁의 귓전을 때리는 소리가 들려왔다. 밥을 먹고 기운이 났는지, 아니면 발견할 때가 그래서인지는 모르겠지만. 아무튼, 타이밍 좋게 다른 환자가 발견된 셈이었다.

'에라.'

해서 강혁은 결정을 내렸다.

"환자분, 팔이 찢어지면서 동맥 손상이 왔어요. 다행히 뼈는 부러지지 않았습니다. 금은 갔을 수 있겠지만 어긋나진 않았어요."

"어……."

늘 그러하듯 결정을 내린 강혁은 무척 빠르게 움직였다. 그 나름대로 성실하고 친절한 설명을 덧붙이면서였는데 당연하게도 환자는 어리둥절하다는 얼굴이었다. 제아무리 젊다고 해도 조금 전까지 피가 통하지 않아 뇌가 꺼져 있던 상황 아니었던가. 그 상황에서 평소에 들어도 어려울 만한 얘기를 들었으니 어쩔 수 없는 일이었다. 그렇다고 해서 이해할 때까지 기다려줄 수는 없는 노릇이었다. 강혁이 아니었다면 지금도 피가 철철 흘러나오고 있었을 테니까. 어떻게든 이걸 처리해야만 했다.

"그래서 수술할 겁니다."

"네……."

"여기서."

"네?"

"베타딘 부어. 진통제 주고."

"아니, 여기서?"

"빨리."

강혁은 자신이 해야 할 말만 들입다 퍼붓고는 재원을 향해 고개를 돌렸다. 강혁보다는 마음이 약한 편에 속하는, 아니, 정상적인 편에 속하는 재원은 잠시 망설였다. 하지만 지금 당장 수술을 하는 것이 의학적으로 옳은 상황이었다.

'이대로 시간이 더 지체되면 손가락……. 썩을 수도 있어.'

우리 몸의 근육은 생각보다는 강한 조직들이긴 했다. 어지간히 긴 시간 동안 완벽하게 혈류가 차단된 것이 아니라면 꽤 잘 살아난다는 뜻이었다. 아무래도 뇌랑은 다르단 얘긴데. 그래도 손가락처럼 말단 조직은 위험했다.

"네."

"아니, 내 말은 안 들려요?"

"조폭. 진통제, 마약성 섞어도 돼. 호흡 볼 테니까."

"마약?"

"네."

"좋아."

"좋기는!"

환자는 황당하다는 얼굴로 항변했지만, 이내 조용해졌다. 장미가 마약성 진통제를 집어넣었기 때문이다. 약간 몽롱해지면서 현실 감각이 떨어지고 있을 터였다. 콸콸콸! 그사이 재원은 환자의 팔 위에 베타딘을 들이부었다. 현장 자체가 먼지가 너무 많았기 때문에 상처도 지저분하기 짝이 없었다. 심지어 찢긴 상처 자체가 칼과 같이 날카로운 것에 의한 것이 아니다보니 단면도 이상했다.

"박박 닦아. 좀 흔들려도, 나 안 놓치니까."

"네."

"왜 이렇게 비실비실하지? 조폭. 네가 해봐."

"아, 네."

장미는 재원이 슬쩍 비켜준 틈새를 통해 박박 문질러 닦기 시작했다. 그 바람에 단면에서 피가 스멀스멀 새어 나오기 시작했지만, 그 누구도 그것을 안타까워하지 않았다. 도리어 좋아했다. 피가 이렇게 난다는 건 혈류가 좋다는 뜻이고, 그 말은 곧 감염에 잘 버틸 거란 뜻이었으니까.

"됐어, 됐고. 칼 들어."

"음. 네."

강혁은 오른손으로 혈관을 꾹 누르고 있었기 때문에 칼을 휘두르기는 조금 애매한 상황이었다. 물론 재원이 미숙하던 시절이었다면 무리를 해서라도 왼손으로 그었겠지만. 이젠 그럴 필요까지는 없었다.

"그래. 거기. 한 5cm 그어. 아까워하지 말고. 시야가 중요해."

"네."

재원은 강혁이 왼손으로 가리키기도 전에 이미 메스를 적합한 위치로 가져가고 있었다. 그리곤 확인이 되자마자 망설임 없이 슥 하고 그었다. 아래쪽에서부터 찢겨 올라온 상처와는 달리, 즉시 혈관에 접근할 수 있는 방향의 절개였다. 당연하게도 강혁의 손가락과 거의 근접해 있었다.

"이 새끼. 아주 남의 손가락이라고 슥슥 긋네?"

"안 베였잖아요."

"2mm만 더 위면 베였어. 거의 눈 감고 긋던데."

"에이……. 아닙니다. 저도 이제 많이 늘었어요."

"조심해, 인마. 그럴 때가 제일 위험해."

"그건……. 그건 맞죠."

재원은 강혁 덕에 자칫 자만하려던 마음을 가다듬고, 전기칼을 빼 들었다. 휴대용 발전기에 연결되어 있었는데, 이제 이 정도 장비 준비하는 것쯤은 중앙 구조단 측에서는 아무것도 아니었다. 돈의 출처가 나라가 아니라 강혁 앞으로 들어온 후원 계좌인 점은 조금 아쉽긴 했지만. 그래서 딱 중앙 구조단 정도만 처우가 개선되고 있긴 했지만. 아무튼, 개선되고 있다는 것이 중요했다. 치지직. 덕분에 재원은 더 쉽게 살을 갈라 들어갈 수 있었다. 어차피 상완의 해부 정도는 눈 감고도 슥슥 그릴 수 있는 정도인 데다가, 강혁의 손가락이 어느 정도 가이드 역할을 하고 있었기 때문에 찢긴 부위에 닿는 것도 그리 어려운 일은 아니었다.

"음. 역시……."

"시야 개판이지? 닦아. 나 안 놓치니까. 슥슥 닦아."

"네."

다친 부위는 근육도 죄 찢겨 있었다. 근육에 쌓여 있어야 할 혈관도 찢긴 상황이니 당연한 일이긴 했다. 콸콸콸! 강혁은 재원이 베타딘 희석액을 이용해 닦아내고 있는 것을 보며, 그 뒤에 놓인 위팔뼈를 관찰했다.

'금도 안 갔네. 젊은 친구라 그런가? 아니……. 이제 보니까 팔 자체가 두껍네. 운동 좀 했나 봐.'

아마 그렇지 않았다면 지금쯤 개방형 골절이 동반되었을 가능성이 컸다. 부러지는 뼈는 그 날카로운 단면으로 혈관을 더 찢어놓았을 가능성도 있고. 운이 좋다고 해도 좋을 만한 상황이었다. 애초에 여기서 다친 거부터가 불운이기는 했지만.

"좋아. 이제 보이지?"

"네."

"자……. 그럼 잠깐. 나 손 좀 바꾼다."

"네."

지금까지 강혁은 피부 바깥에서부터 혈관을 누르고 있던 참이었다. 여태까지야 재원이 시행한 술기 중에 혈관을 직접 건드린 것이 없기에 어떻게든 버티는 것이 가능했지만. 이제부터는 다를 것이었다. 그러니 혈관을 직접 눌러야만 했다.

"얍."

원래 같았으면 정말 어렵고, 위험한 작업이 되었을 테지만. 강혁은 너무도 쉽게, 약간은 이상한 기합과 함께 왼손 검지와 중지로 혈관의 찢긴 단면을 눌러버렸다. 위치를 잡는 것도 신기한데, 세기도 딱 적당해서 혈관의 모양이 망가지지도 않고 있었다.

"오……."

"놀라고 있으면 어떡해. 빨리 봉합해야지."

"아, 네."

덕분에 재원은 빠르게 봉합해나갈 수 있었다. 이 혈관만 복구하고 나면 시간을 어마어마하게 벌게 된 셈이니, 나머지는 병원에 가서 지속해도 될 터였다. 거기까지 생각이 미친 강혁은 장미를 돌아보았다. 미리미리 보조해주는 것을 넘어 수술을 읽을 수 있는 장미였기에 여유가 넘쳐흘렀다.

"조폭. 병원 전화하라고 해서 2호 오라고 해. 1호는 들어가서 신규랑 같이 수술 끝내고."

"아……. 네."

"아무래도 곧 저기 구조될 거 같아서 말이야."

강혁은 이제 자유의 몸이 된 오른손으로 뒤편을 가리켰다. 그의 말대로 구조 작업이 아주 빠르게 진행 중이었다. 그사이 밥 퍼주는 것을 마친 박성민은 섣불리 현장에 다가가는 대신 기타 물품들을 채워놓고 있었다. 주로 요원들이 중간중간 먹을 수 있는 생수였는데, 이게 또 기자들에게 포착되었다.

'박성민 후보, 말로만 중증외상센터를 위하는 게 아니라 발로 뛴다'

'백강혁 교수와 호흡을 맞추고 있는 박성민 후보'

지지율 올라가는 소리가 들려오는 순간이라 할 수 있었다.

"후."

강혁이 다시 병원으로 돌아온 시각은 오후 10시가 다 되어서였다. 온몸이 너덜너덜하다는 느낌이 들 정도로 고된 하루였다. 돌무더기에서 구출된 환자들을 치료했으니, 그럴 만도 했다.

"그래도……. 다행입니다."

어지간해서는 인상을 찌푸리지 않는 김강률 또한 얼굴에 피로가 가득 묻어 있었다. 땀과 흙먼지에 젖어버리기까지 해서 몰골이 그리 보기 좋아 보이진 않았다.

"다 구한 거죠?"

박성민 의원이 만족스럽다는 미소를 지으며 입을 열었다. 나머지 둘에 비하면 멀끔하다는 표현을 써도 좋을 것 같았지만. 그도 객관적인 시선에서 보면 너저분하긴 매한가지였다. 그나마 양복 대신 후드티 같은 것을 입고 있어 망정이지. 그렇지 않았다면 지금쯤 땀에 절어서 엉망이 되어 있었을 터였다.

"뭐……. 일단 구조 종료죠."

강혁은 이제는 보이지 않는 현장 쪽을 돌아보며 대꾸했다. 한숨 비슷한 것이 섞여 있었는데, 박성민에 대한 것이라기보다는 그냥 몸이 너무 힘들어서일 뿐이었다.

"네. 잔해까지 싹 정리했으니, 이제 더 나올 사람은 없을 겁니다. 주변 정리하고……. 안전성 평가까지 하려면 이제 한참 걸리겠지만. 구조 작업은 끝입니다."

김강률은 박성민에 대해 아주 감정이 좋은 사람이었다. 눈엣가시처럼 굴던 청장을 박살 내버림과 동시에 안중현 단장과 자신을 중앙 구조단에 꽂아넣어 준 인물 아니던가. 심지어 그걸로 끝이 아니라 이후로도 끊임없는 지원을 해오고 있는 마당이었다. 자연히 말투에 친근감이 배어 있었다.

"다행이네요. 나는 그런 현장은 진짜 처음이라……. 오늘 사실 좀 놀랐습니다."

박성민은 그런 강률의 반응에 미소로 화답하고는 강혁처럼 고개를 돌렸다. 보이진 않지만, 현장이 있는 방향이었다. 비록 다분히 계산 속에 행한 행보이기는 했지만. 그렇다고 해서 그가 느낀 바가 전혀 없는 건 아니었다. 아니, 오히려 강혁에게 이런저런 얘기를 전해 듣거나, 또는 병원에서 환자 치료하는 것을 보았을 때보다 훨씬 많은 것을 배운 느낌이었다.

'백강혁 교수가 없었으면……. 그와 함께하는 팀이 아니었으면……'

제대로 된 중증외상팀이 없으면 사람이 죽어 나간다는 건 정말로 과장이 아니었다. 심지어 어디 시골도 아닌, 강남역 한복판에서 터진 사고조차 마찬가지였다. 오늘도 자신 앞에 있는 이들이 아니었다면 거의 두 자릿수에 가까운 인원이 죽었을 터였다.

'그걸 둘로 막았지.'

그나마도 현장에서 즉사한 케이스였다. 아마 살아 있는 상태로 발견되었다면 강혁이 어떻게든 살렸을 터였다. 박성민은 그런 확신이 아주 강하게 들었다.

'강남역 참사로 온 국민의 마음이 무겁게 가라앉은 가운데, 현장에서 활약한 이들이 있어 소개해드리고자 합니다.'

그때 배경음 삼아 켜둔 TV에서 앵커의 낭랑한 목소리가 흘러나왔다. 우연하게도 여기 있는 셋과 관련된 뉴스였는데. 사실 그리 놀라울 만한 일도 아니었다. 지상파 3사를 포함해 거의 모든 방송사에서 특집으로 보도를 내보내고 있었으니까. 세상에 강남역에서 건물이 무너지다니. 물론 건물 전체가 아니라 외부 고정용 철골과 그 철골이 고정되어 있던 외벽 일부이긴 했지만 그것만으로도 온 국민을 놀라게 하는 데에는 충분했다.

'먼저 중앙 구조단의 김강률 팀장입니다.'

"어이구. 제가 나오네. 정신없어서 인터뷰했는지도 몰랐네요."

강률은 쑥스럽다는 듯 고개를 가로저었다. 하지만 화면에 뜬 강률은 늠름하기 그지없었다. 떨지도 않고, 아주 강한 어조로 모조리 다 구출하겠다는 의지를 표명하고 있었다. 그 이후로 실제로 다 구해냈으니 거짓말도 아니었다. 당당할 만하단 뜻이었다.

'다음은 한국대학교 병원 백강혁 교……. 아, 인터뷰가 안 되었군요.'

앵커는 전달받았던 대본을 읽다가, 누군가의 신호를 받은 건지 뭔지 황급히 말을 바꾸었다.

'인터뷰 대신 환자 보는 영상을 송출시켜 드리겠습니다.'

자연히 나머지 둘의 시선이 강혁을 향했다. 강혁은 영문을 모르겠다는 얼굴이었다.

"뭐지? 나한텐 안 왔는데."

"아니……. 아까 갔잖아요. 교수님."

그 말에 박성민이 어이가 없다는 듯한 얼굴로 말했다.

'이거 안 치워? 댁이 눕고 싶어?'

아직도 강혁의 말이 눈앞에 선했다. 어떻게 저리 폭력적인 사람이 사람 살리는 의사가 됐나 싶을 정도였다. 아무튼, 강혁은 기억하지 못하는 이런저런 이유로 인해 강혁에 대한 인터뷰는 정말로 그가 환자 보는 영상으로 대체되었다.

'여기 눌러! 그래! 봉합 기구!'

물론 강혁이 환자 보는 장면은 그 어떤 인터뷰보다도 울림이 있었다. 정말 환자를 살리는 현장이었고 정말로 그 환자를 살리기 위해 최선을 다하고 있었으니까. 뭐가 어찌 되었건 진심은 전해지는 법 아니겠는가.

'다음은……. 아. 박성민 제1야당 경선 후보입니다. 정체를 숨기고 와서 처음엔 아무도 몰랐다가 본사 기자의 제보로 신원이 밝혀졌습니다.'

사실 정체를 숨겼든 뭘 했든 박성민이 박성민이라는 건 무조건 밝혀지게 될 사실이었다. 박성민은 그걸 알고 후드티만 입고 나타난 것이었고. 하지만 일단 숨겼었다는 것이 주효했다.

'아……. 지금 인터뷰하는 겁니까? 이런 거 하려고 온 게 아닌데. 죄송해요, 아. 네. 요원님. 수고 많으십니다.'

심지어 박성민은 인터뷰가 진행 중인 와중에도 손수 요원들에게 국을 떠주거나, 커피를 받아 주고 있었다.

'이거 제가 밤새 우린 건데, 맛이 아주 좋습니다. 제 별명이 국회 바리스타입니다.'

중간중간 깨알 같은 자기 PR도 잊지 않았다. 당연하게도 반응은 무척 좋았다. 우리가 흔히 생각하는 정치인들과는 좀 다르지 않은가. 권위적이지도 않고 쓸데없이 와서 방해만 되는 것도 아니고. 오히려 도움이 되고 있었다. 원래 같으면 이게 당연한 일일 텐데 워낙 그런 경험이 없다보니, 상당한 어필이 되었다.

- 약간 듣보잡 느낌이 있었는데, 요새 같아서는 저런 사람 대통령 되면 어떨까 싶네.
- 나는 저 사람 진심 같아서 좋음. 후드티 입고서는 머리도 안 세우고 다니는 정치인 본 적 있음?
- 오죽하면 그 백강혁 교수님이 도움 많이 받았다고 칭찬하겠음? 나는 박성민 나오면 무조건 뽑을 듯.

특히 젊은 층에서의 지지가 압도적이었다. 아무래도 새바람을 원하는 세대다보니 그럴 수밖에 없었다. 잠시 포털 댓글 반응을 살피던 강혁이 허허 웃으며 박성민 의원의 어깨를 두드려주었다.

"좋은데요? 이러다 진짜 대통령 되시겠어."

박성민은 그런 강혁을 보면서 잠시 긴가민가하단 생각이 들었다. 정말 대통령이 되리라 생각한다면 이런 식으로 대하기는 좀 어렵지 않겠는가? 하지만 그간의 경험을 통해 박성민은 강혁이 일반적인 사람이 아니란 것을 이제 아주 잘 알고 있었다.

'하긴……. 이 사람은 현직 대통령 앞이라고 해도 이렇게 할 거야.'

해서 순수히 기뻐하기로 마음먹었다.

"고맙습니다."

"고맙긴요. 대통령 되면 나도 좋지. 약속 지키는 겁니다? 아니면 나 정말 가만 안 있어요?"

"물론이죠. 제 대표 공약일 겁니다. 벌써 관련 자료는 인쇄까지 들어간 것도 있어요."

"좋아요. 아주 좋습니다."

강혁은 벌써 박성민이 대통령이 되고, 그의 주도하에 완전히 변모한 중증외상센터가 보이는지 껄껄 웃었다. 강률은 감히 둘 대화에 끼어들기가 뭐해서 쭈뼛거리고 있다가, 강혁의 웃음 덕에 잠시 말이 끊긴 틈을 타서 입을 열었다.

"아, 교수님. 아까 4……. 아니, 이동주 선생님한테 들으니까. 다른 병원에서 위탁 교육도 온다고 하던데, 맞습니까?"

"응? 아, 응. 4, 5호 좀 안정되고 나면 부르려고. 아마 다음 달이면 될 거 같은데."

"오……. 그럼 이제 진짜 인력 부족할 일은 없겠네요."

"뭐……. 근데 그 한꺼번에 다 부르진 않을 거야. 그건 말이 안 돼. 아직 우리 센터가 그만한 역량이 없어."

외과학은 어쩔 수 없이 도제식의 가르침을 고수하고 있었다. 교과서나 논문 등으로는 배울 수 없는 노하우가 있기 때문이었고. 스승이 제자를 각 잡고 일대일로 가르쳐야 제대로 된 가르침을 줄 수 있기 때문이기도 했다. 그런데 지금 한국대학교 병원 중증외상센터에서는 스승을 자처할 수 있는 사람은 아직 강혁뿐이었다. 물론 1호 재원이나 2호 강행의 실력이 일취월장하긴 했지만. 그건 제자로서, 또는 소속 의사로서의 실력일 따름이었다. 누군가를 가르칠 수는 없었다.

"아……. 그럼……?"

"두 명씩 돌아가면서 받으려고. 어차피 펠로우 1년 차는 기본기 다루는 것도 중요하니까. 뭐……. 계속 내 밑에 있는 게 좋긴 하겠지만……."

그건 욕심이었다. 괜히 그러다가 이동주, 사대진까지 망칠 가능성이 있었다. 그것도 아니면 위탁 교육을 받으러 온 이들을 그저 일꾼으로만 취급할 가능성도 있었고.

'노예처럼 부릴 수는 없지.'

그가 밑에 있는 펠로우들에게 노예라고 해도 별다른 반발이 없는 게 어떤 이유에서겠는가. 실제로 노예처럼 부리고 있지는 않아서였다. 최소한 센터에서 가장 힘든 사람은 강혁 본인이 되어야 한다는 원칙을 지금까지 단 한 번도 어긴 적이 없었다.

'위탁이든 뭐든……. 날 믿고 들어온 사람들이야.'

그렇다면 그들의 현재는 물론이고 미래까지도 어느 정도는 보장해주고 싶었다. 그런 강혁의 마음을 읽어낸 박성민이 서둘러 입을 열었다.

"실력만 키워주시면 됩니다, 교수님은. 그 사람들 자리는 제가 만들겠습니다."

"그러려면 역시……."

"제가 대통령이 되긴 되어야죠."

"대통령이라."

생각해보니 참 어이가 없는 일이었다. 그냥 중증외상센터 정상화를 위해 이 한 몸 불사르려고 뛰어든 것이 엊그제 같은데. 지금은 대통령을 만드느니 마느니 하고 있었다. 이게 이렇게까지 해야 하는 일인가 싶을 때도 있었지만. 곰곰이 생각해보면 이렇게까지 해도 될까 말까 한 일이기도 했다.

"아무튼, 오늘 정말 고생 많으셨습니다. 저도 이제 들어가보긴 해야겠습니다. 이게 일정을 밀고 한 거라……."

박성민은 대통령 얘기가 나오자 마음이 좀 급해졌는지, 몸을 일으켰다. 강혁이나 강률이나 만만치 않게 피곤한 상태였기 때문에 굳이 붙잡진 않았다. 각자 서로의 자리에서 서로의 할 일을 해야 한다는 것을 잘 알고 있기 때문이기도 했다.

"네, 그럼."

"안녕히 가십쇼, 의원님."

"네, 나중에 또 봅시다."

"그럼 저도 이만 가보겠습니다. 교수님."

"아, 그래. 김 팀장도 잘 가. 쉬어."

"네."

곧 강률까지 해서 모조리 방을 나섰고, 작은 방 안에는 강혁만이 남게 되었다.

"후우."

텅 빈 방 안은 곧 강혁의 한숨으로 가득 차올랐다.

'많이 왔어. 정말 많이 왔는데…….'

아직 갈 길이 더 멀어 보였다. 좀 더 정확히 말하자면, 옛날에는 아예 보이지 않던 터널 끝이 제대로 보이기 시작했다고 보면 될 터였다. 모를 때는 그냥 캄캄한 어둠 속을 달려왔는데, 이제 앞이 보이기 시작하니 좀 더 마음이 급해졌다.

'아냐. 아냐……. 차분히 가자. 서두르면 망해.'

하지만 강혁이 어떤 상황에서 중증외상센터를 이끌어왔던가. 그야말로 기적 같은 행보라고 봐야 옳을 지경이었다. 거의 신의 이끄심을 따라온 지금의 성과를 조급함으로 날려버릴 수는 없었다.

'일단…… 둘씩. 천천히 가자.'

이제 중증외상센터 팀 회진은 꽤 요란해져 있었다. 강혁을 비롯해 한유림까지 하면 교수만 일단 둘이지 않은가. 거기에 펠로우가 재원부터 5호 사대진까지 하면 무려 4명. 여력이 되면 거의 따라붙는 장미도 있었고. 게다가 병원 차원에서 밀어주기 시작한 이후에는 레지던트까지 배정받은 상황이었다. 거의 메이저 과 과장 회진 정도는 되어 보이는, 그런 행차 비슷한 모습이 되어 있었다.

"잘 봐. 여기."

물론 비슷하기는 했지만. 근본적으로는 전혀 달랐다. 다른 과 회진이었다면 교수는 그저 뒷짐 지고 느긋하게 보고를 듣고 있었겠지만, 중증외상센터 회진에서는 오히려 교수가 제일 바빴다. 알아서 클 수 있는 시스템이 아직 정착하지 못했기 때문이다. 더군다나 강혁은 퍽 성질이 급한 사람인지라, 제일 빠른 길을 두고 돌아가질 못했다. 그 빠른 길이 설령 본인이게 상당히 고생스럽다 할지라도 마찬가지였다.

"드레싱할 때 그냥 기계적으로 하면 절대 안 된다고. 상처 소독만 할 거면 솔직히 인턴 시켜도 돼. 아, 인턴 비하하는 건 아니고. 알지? 내 말 무슨 뜻인지."

강혁은 '인턴은 아무것도 모르잖아'라는 말을 장황하게 늘어놓았다. 방금 본인이 벗겨낸, 환자 상처에 붙어 있던 거즈 안쪽을 모두에게 보여주면서였다. 환자로서는 꽤 당황스러울 수도 있는 상황이지만, 별 표정 변화를 보이진 않았다. 이미 한참 전에 강혁 혼자 회진을 돌면서 교육 대상이 될 수 있음을 고지한 덕이었다. 죽다 살아난 환자 입장에서는 도저히 거절할 수도 없는 상황인 데다가, 이 교육을 통해 자신과 같은 사람들이 더 많이 살아날 수도 있다고 하지 않은가. 무조건 협조적으로 나오고 있었다.

"자 봐. 일단 거즈에 묻어난 걸 보라고."

강혁은 환자의 협조에 힘입은 채 거즈 안쪽에 묻은 갈색 액을 가리켰다. 그냥 베타딘이라고 하기엔 색이 좀 진해 보였다.

"바로 어제 수술한 거 아니야. 약간은 피가 묻어날 수 있어. 그런데 양이나 색이 어떻지? 1, 2호는 가만히 있고.”

그리곤 질문을 던졌다. 당연하게도 4, 5호가 유별나게 긴장한 얼굴이 되었다. 누가 봐도 이 질문은 그들을 향한 것이었기에 그러했다.

“3호는 왜 가만히 있지?”

“나, 나도야?”

“아니. 농담이고. 4, 5호 말해봐. 이건 알잖아. 긴장하지 말고. 상식 문제야.”

강혁은 괜히 한유림 교수를 한번 골려주고는 재차 원래 목적이었던 둘을 바라보았다.

‘이 교수님은 우물쭈물하는 걸 틀리는 거보다 싫어해…….’

그나마 강혁을 직접 겪어본 경험이 있는 이동주가 먼저 나섰다. 시술이나 수술에 있어서라면야 당연히 사고 치는 것보다 묻는 걸 선호하는 강혁이었지만. 그저 질문에 대한 답이라면 일단 지르는 게 낫다는 걸 알고 있었기 때문이다.

“야, 양은 적어 보입니다. 색도 완전히 빨갛지 않아서, 출혈이 심각해 보이진 않습니다.”

“좋아.”

다행히 태도도 답변의 내용도 강혁의 마음에 쏙 들었다. 재원은 자신이 전해준 교과서 및 기타 강의 자료가 쓸모가 있었음을 느끼며 남몰래 엷은 미소를 지어 보였다. 장미는 그 미소가 어쩐지 든든해 보였다. 재원이 시간 외로 이 둘은 물론 강행, 시간이 허락하면 자신을 비롯한 다른 간호사들까지 교육하고 있음을 잘 알고 있었기에 그러했다.

“그 외에도 거즈를 통해 알 수 있는 게 꽤 많아. 보라고.”

강혁은 흡 하며 거즈의 냄새를 맡았다. 모르는 사람이 보면 미친 사람인가 싶긴 하겠지만 아는 사람은 모두 고개를 끄덕이고 있었다. 장미와 1, 2, 3호가 바로 그들이었다.

"여기서 역한 냄새가 나면 고름이 나오는 거야. 상처 부위에 감염이 생긴 거지. 물론 거즈에 누런 기가 보이기도 하고. 뭐……. 이분은 너무 깨끗하네."

강혁은 어쩐지 아쉽다는 듯한 어투로 중얼거린 후 거즈를 버렸다. 그리곤 환자의 상처를 향해 고개를 돌렸다. 우측 위팔에 사선으로 그어진 상처와 그 밑으로 엉망으로 뭉개져 있던 상처가 보였다. 이미 봉합이 깔끔하게 되어 있기에 망정이지, 그렇지 않았다면 꽤 끔찍했을 터였다.

"일단 눈으로 봐. 지나치게 붓지는 않았는지. 색은 어떤지."

"괜찮아 보입니다."

"그렇지. 괜찮아. 아니, 좋아."

강혁은 그런 말을 하면서 손등을 살며시 상처 주변에 가져다댔다.

"다음은 이런 식으로 열감이 있는지 보는 거야."

감염이 있는지 없는지를 확인하기 위함이었다. 여기서 미약한 열감 정도는 원래도 있을 수 있는 것이었다. 상처가 나면 어느 정도의 염증 반응이 일어나는 것은 자연스러운 현상이었으니까. 즉 어디서부터 문제가 있는 것인지 의심을 해야 하나 말아야 하나를 결정하는 데는 어느 정도의 경험이 필요하단 뜻이었다.

"이 환자는 완전히 정상이야. 대봐."

"네."

사실 4호 이동주나 5호 사대진 모두 전문의 아니던가. 수술 환자 보는 데는 도가 텄다는 얘기였다. 심지어 본인이 집도해본 경험도 많았다. 그러니 수술 후 환자 관리 정도는 아무것도 아닌 수준이어야 옳다는 뜻이었다. 하지만 둘은 긴장한 나머지 손끝을 떨기까지 하고 있었다.

"음……."

"이 정도가……."

이런 식으로 접근해본 경험은 없었기 때문이다. 그냥 눈대중으로, 어깨너머로 배워 왔을 뿐 체계적인 교육은 없었단 뜻이었다.

"잘 기억해둬."

"네. 교수님."

"뭐……. 문제가 더 있으면 더 볼 게 있었을 텐데. 환자분은 괜찮네."

"네."

환자는 어쩐지 자신이 합병증이 하나도 없는 게 문제란 말인가 하는 표정이 된 채 강혁을 바라보았다. 물론 강혁은 별 신경을 쓰지 않았다. 환자 생각만 하는 미친 의사긴 한데. 친절하다거나 하는 뜻은 결코 아니었기 때문이다. 해서 강혁은 환자를 마주하는 대신 환자의 손끝을 가리켰다.

"그리고 이 환자분은 동맥을 다쳤던 분이지? 그럼 말단 부위를 잘 봐야 해."

"아, 네."

"색이 어때."

"색은……. 괜찮은 거 같습니다."

"그래. 괜찮지. 아……. 내가 수술을 너무 잘해서 이거."

강혁은 계속해서 아무 문제가 없는 환자를 보면서 아쉽다는 듯 혀를 찼다. 하지만 그렇다고 해서 잘 회복 중인 환자를 망쳐놓을 수는 없지 않은가. 제아무리 교육이 중요하다곤 해도, 환자가 최우선이었다.

"자, 주먹 쥐어보세요. 좋아요. 펴보시고. 저랑 악수. 힘주시고……. 좋습니다. 감각은 어때요? 좋죠?"

해서 강혁은 그냥 그대로 쭉 검진을 이어나갔다. 당연하게도 환자의 손 움직임이나 감각은 모두 정상이었다. 딱 어제 실려 올 때까지만 해도 색이 보라색으로 변해 있었던 것을 감안하면, 어마어마한 변화가 일어난 셈이었다. 어찌 생각해보면 한 환자의 생명뿐 아니라 미래를 살렸다고도 볼 수 있었다.

"좋아. 음. 합병증은……. 합병증 케이스가 생기면 더 심도 있게 가르쳐줄게."

상당히 만족한 얼굴로 병실을 나온 강혁은 일행을 돌아보며 입을 열었다. 4호 이동주와 5호 사대진은 반드시 그러리란 얼굴로 고개를 끄덕였다. 하지만 1, 2, 3호 및 장미는 회의적이란 표정을 짓고 있었다. 강혁이 직접 집도한 수술에서 합병증을 보는 건 거의 무슨 우담발라 꽃이 피는 걸 기다리는 것과 비슷한 수준의 일이었기 때문이다. 솔직한 얘기로 이 자리에서 가장 오래 강혁을 따라다닌 재원조차 명백히 수술 후 발생한 합병증이라고 할 만한 것은 본 적이 없을 지경이었다. 그때 강혁의 핸드폰이 요란한 소리를 내며 울렸다. 강혁이라고 해서 모든 전화를 이따위 벨로 돌려놓지는 않았더랬다. 조금 이상한 사람인 거지, 미친 사람은 결코 아니었으니까. 그렇다는 건 응급실에서 걸려온 전화라는 뜻이었다.

"외상 외과 백강혁입니다."

해서 강혁은 하던 일을 모두 멈추고, 전화부터 받았다. 다른 이들 또한 숨을 죽였다. 어제 그 난리를 피웠는데, 또 어떤 일이 벌어질까 하는 긴장감이 병동 복도를 가득 채워나갔다.

"네, 백강혁 교수님. 저 응급의학과 4년 차 차대현입니다."

"아……. 그래, 무슨 일이야?"

강혁은 외과 레지던트들보다 오히려 응급의학과 레지던트들과 익숙한 사이였다. 워낙에 환자군이 겹치니 그럴 수밖에 없었다.

"그……. 현장에서 온 건 아니고요."

"음?"

"전원 문의입니다."

"전원 문의?"

강혁은 영문을 모르겠다는 듯한 얼굴로 고개를 갸웃거렸다. 외상외과에 전원 문의라니. 이건 좀 생소한 상황 아니던가.

'빨리, 빨리 말하자.'

응급실 레지던트 차대현은 여기서 더 시간을 끌면 자칫 욕이 튀어나올 수도 있겠단 생각에 재빨리 입을 놀렸다.

"어제 저희 외상센터, 강남역 사고로 일반에는 닫아두지 않았습니까?"

"아……. 닫았지."

강혁은 조금 아쉽다는 얼굴로 고개를 끄덕였다. 인력이 조금만 더 있었다면 다 받아줄 수도 있었을 터였다. 하지만 아직은 무리였다. 사실 어제 그 현장에서 온 환자들을 다 받은 것만 해도 기적이란 생각이 들 지경이었다.

"그래서 인근 사고가 있었는데, 모두 다른 병원으로 간 모양입니다."

"아……."

"그중에 오토바이 사고 환자 하나가 오후 2시경 바우병원으로 갔는데, 지금 전원 문의가 왔습니다. 발열에 출혈까지 의심된다고 합니다."

"발열에 출혈? 수술은 했고?"

"네. 했다고는 하는데 유선상으로는 정보 얻기에 한계가 많았습니다. 어떻게 할까요? 그냥 일반 외과 쪽으로 문의할까요? 저도 외상 외과 전원 문의는 처음이라."

"음."

강혁은 잠시 고민에 빠졌다. 보통 수술 후 발생한 합병증 같은 경우엔, 원래 수술을 집도했던 사람이 들어가는 게 최우선이었다. 하지만 합병증이 그 집도의의 한계를 넘어갔을 땐 관련 과의 다른 의사가 봐야만 했다. 물론 그 다른 의사 입장에서는 늘 꺼려지는 상황이라고 보면 되었다. 남이 어떻게 해놓은지도 불분명한 수술 뒤치다꺼리하는 느낌 아니겠는가. 게다가 자기 환자를 남에게 넘길 때는 분명 이유가 있기 마련인데, 그 이유는 무조건 나쁜 것이라고 보면 되었다.

'바우병원이면……. 200병상 정도 되던가.'

원래 외상 보는 병원도 아니긴 했다. 주로 충수돌기염이나 치질 또는 탈장 수술을 하는 외과 병원이었다.

'어제 우리 쪽 여력이 없긴 했지…….'

비단 중증외상센터만 풀가동된 것이 아니라, 다른 과 의사들까지 죄 내려와 있지 않았던가.

"오토바이 사고라고 했지?"

강혁은 그러지 않아도 된다는 것을 머리로는 알고 있었지만, 절대 자신의 잘못이 아님을 아주 잘 알고 있었지만, 가슴 한구석에서는 부채 의식을 느끼고 있었다.

"내가 볼게. 보내라고 해. 언제 올 수 있대?"

"이미 전원 준비 끝내고 여기저기 전화 돌리는 거 같았습니다."

"음. 그럼 거의 뭐 바로 오겠네?"

"네."

"오케이. 지금 응급실로 갈게. 경원아, 수술방 준비 좀 해줘라."

"네, 교수님."

강혁은 그리 말하며 전화를 끊었다. 그리곤 그가 신뢰해 마지않고 있는, 심지어 마취과 레지던트 교육마저 전담시키고 있는 경원에게 준비를 맡겼다.

"나머지는 따라와."

"네."

나머지를 데리고 응급실 쪽으로 향하면서였다. 물론 그냥 걷기만 하지는 않았다.

"조폭. 처치실 준비 부탁해. 바로 수술방으로 갈 수도 있는데……. 내 생각에 바이털부터 잡아야 할 수도 있을 거 같아."

수술한 지 하루 만에 전원 문의가 온 상황 아니던가. 어떤 상태일지 감히 감이 잡히지 않았다.

"대장은 5호랑 중환자실 지키고. 어제 수술 하도 많이 해서, 뭔 일 터질지 몰라. 혹 응급 상황 터졌는데 알아서 대응 가능하면 둘이 해요."

"어……. 알겠어."

"나머진 마중 나가자."

"네!"

곧 요란한 사이렌 소리를 내며 구급차 하나가 병원 입구를 통과했다. 아무래도 한국대학교 병원 중증외상센터에서 보유하고 있는 녀석보다는 매우 후져 보이는 구급차였다. 어쩔 수 없는 일일 터였다. 여긴 그나마 보건복지부에서 이것저것 배려 또는 혜택을 받고 있는 병원이지만, 애매한 규모의 병원들은 배려는커녕 타깃이 되는 경우가 많지 않은가. 끼이이익! 강혁이 쓸데없는 생각에 빠져 있는 사이, 구급차가 응급실 앞에 바짝 붙어 섰다.

"자, 가자."

강혁을 비롯한 일행은 구조사가 내리기도 전에 구급차 뒷문을 열어젖혔다.

"읍."

그와 동시에 아주 역한 냄새가 밖으로 새어 나왔다. 강혁은 몰라도 다른 인원들에게는 그리 익숙지 못한 냄새였다.

'농…… 고름 냄새…….'

피비린내야 강혁을 따라다니다보면 질리게 맡게 되는 냄새라 할 수 있었다. 허구한 날 피 칠갑을 한 환자를 보거나, 때론 본인이 피 칠갑을 하게 될 때도 있었으니까. 하지만 고름 냄새는 무척 낯설었다. 강혁의 수술엔 합병증 자체가 적었으니, 감염이 일어나는 경우가 없었단 뜻이었다.

"자! 일단 내려! 빨리!"

해서 상황을 파악한 거의 유일한 사람이라 할 수 있는 강혁이 환자를 끌어 내렸다. 구급차에 붙어 있는 침대는, 보통 그대로 끌어내릴 수 있는 구조를 취하고 있었기 때문에 그리 어려운 일은 아니었다.

"음."

그렇게 환자를 내리자, 아무래도 조금 전보다는 환자를 좀 더 잘 알아볼 수 있었다.

'복부……. 다리……. 그리고 발까지……. 아, 발이……. 이거 안 좋은데.'

강혁은 아주 빠르게 환자 상태를 훑었다. 전원을 가는 것인 데다가, 구급차 뒤쪽에는 보호자까지 타 있었기 때문에 이불도 덮고 붕대도 감고 있긴 했지만 그렇다고 해서 강혁의 눈을 피할 수는 없었다. 남들보다 몇 배는 더 날카로운 그 아니던가.

'어쩌면……. 잘라야 할지도…….'

딱 그 생각을 하고 있으려니, 다른 팀원들이 읏차 소리를 내며 환자를 병원 침대로 옮겼다. 또 같이 구급차를 타고 온 의사 하나가 강혁을 향해 달려왔다. 얼굴이 무척 황망해 보였는데 당연한 일이었다. 본인 병원에서 수술한 환자 상태가 엉망이지 않은가. 여기서 태연할 수 있다면, 그건 의사가 아니었다.

"저, 백강혁 교수님. 저 바우병원 외과 과장 윤종익입니다."

"아, 네. 환자 수술 어떻게 하신 건지 설명 좀 해주시죠. 아, 너희는 일단 환자 처치실로 좀 옮겨줘. 바이털 잡고. 다리 조심해라, 특히 발."

"네, 교수님!"

강혁은 윤종익이라 이름을 밝힌 바우병원 외과 과장을 응대하면서 동시에 지시를 내렸다. 예전 같았으면 상상도 못 할 일일 텐데. 이젠 달랐다. 제자들의 역량이 어마어마하게 올라와 있었다. 장미를 비롯한 간호사들의 실력 또한 마찬가지였다. 덕분에 시간을 좀 벌게 된 강혁은 윤종익을 잠시나마 마주할 수 있었다.

"그……. 일단 어제 환자가 왔을 때부터 말씀을 드리겠습니다."

윤종익은 그런 강혁을 완전히 윗사람 대하듯 하면서 입을 열었다. 나이만 따지고 보면 그가 더 위임에도 그러했다.

"네."

"일단 환자는 오토바이로 배달 가던 중 미끄러지면서 사고가 난 경우입니다."

"좌측 다리가 밑에 깔렸죠?"

"어……. 네."

윤종익은 잠깐 시선을 위로 했다가 고개를 끄덕였다. 워낙 환자 상태가 좋지 못했던 터라 잠깐만 고민을 해봐도 떠올릴 수 있었다.

"그……. 아마 오토바이가 너무 무거워서 그랬는지는 몰라도 골반뼈가 부러져 있었습니다."

"골반뼈 골절이라."

그 말을 듣자마자 강혁의 얼굴이 일그러졌다. 골반뼈 골절 자체도 문제긴 했다. 긴 형태의 뼈가 아니라 상당히 복잡한 형태의 뼈였으니까. 하지만 진짜 문제는 그런 게 아니었다. 골반뼈가 보호하고 있는 다양한 장기들이 더 문제였다.

"방광에 다발성 손상이 있었고……. 신경 손상도 있었습니다만."

"제일 심각했던 건 동맥이죠?"

"아. 네. 어떻게……."

"발 보면 알죠."

"네……. 분명 잘 처리했다고 생각했는데, 좌측 발등 동맥의 맥이 너무 약합니다. 직접 손상도 있어서……. 감염이……."

"음."

이 말은 총체적 난국이라는 뜻이었다. 강혁의 반응에 윤종익의 표정이 더더욱 어두워졌다. 분명 최선을 다하긴 했는데, 결과가 좋지 못하니 그럴 수밖에 없었다. 물론 강혁은 딱히 윤종익이나 바우

병원을 탓할 생각이 없었다. 애초에 그리로 환자가 가게 된 시스템 자체가 문제였으니까.

"뭐, 알겠습니다. 일단 수술 기록이나 기타 기록 있으면 원무과 통해서 등록해주시죠."

해서 강혁은 더 윤종익을 붙들고 정서적으로 괴롭히는 대신, 처치실로 향하는 길을 택했다. 처음부터 별로 기대가 없었기 때문에 딱히 충격도 없었다. 그냥 그런가 보다 하는 정도. 아니, 골반뼈 골절에 대한 걱정만 슥 하고 머릿속을 차지했다고 보면 되었다.

"좀 어때?"

강혁은 그렇게 윤종익을 뒤로하고 처치실 안으로 들어갔다. 안쪽은 상당히 소란스러웠다. 환자 상태가 좋지 못하니 당연한 일이었다.

"검사 나왔어요?"

그 중심에는 1호 재원이 있었다. 그는 벌써 원래 달고 왔던 중심 정맥관 하나를 제거하고, 반대편에 달아둔 참이었다. 발열에 놓까지 있는 상황 아니던가. 원래 있던 놈은 감염원일 가능성이 농후했다.

"네! 백혈구 수치 크게 증가해 있고, CRP 11.7입니다!"

"11.7? 안티(Antibiotics: 항생제) 뭐 달고 왔죠?"

"세프트리악손에 메트로니다졸입니다!"

"일단 레보플록사신 추가! 컬처(배양 검사) 나갔나?"

"네!"

재원의 말에 인턴이 부리나케 외쳤다. 그의 손에는 두 개의 병이 들려 있었는데, 하나는 그람 양성균 배양을 위한 병이었고 다른 하나는 그람 음성균 배양을 위한 병이었다. 지금 당장 뭐가 어떻게 될

건 아니었지만 이렇게 감염이 심각한 상황에서는 환자 치료가 장기전으로 갈 가능성이 있었다. 무조건 배양 검사는 나가는 것이 좋았다.

"좋아. 심전도 괜찮고, 포터블 흉부 엑스레이도 좋으니까, 수액 붓고……. 혈압 유지되는 한에는 승압제는 보류합시다. 근데 소변 잘 안 나오죠?"

"네. 폴리(Foley catheter: 소변줄) 통해서도 잘 안 나옵니다. 혈뇨…… 인 듯합니다."

"골반뼈 골절로 손상이 있는 거 같은데. 음. 일단……. 이제 바이털은 안정이니까, 아. 교수님."

재원은 그렇게 홀로 지시를 내리다가, 강혁을 보자마자 안도의 한숨을 쉬었다. 비록 혼자서도 잘하고 있기는 했지만. 아무래도 아직은 부담이 되었기 때문이다. 게다가 강혁에게는 어떤 힘이 있었다. 얼굴만 봐도 딱 안심이 되게 만드는 종류의 힘이.

"잘했네. 이제 뭐 하고 싶어?"

강혁은 생각보다도 더 바이털이 안정되어 있는 환자를 보고는 재원을 향해 물었다. 이만한 질문 정도는 던져도 좋을 만큼, 환자 상태가 퍽 좋았다.

"음."

그에 반해 재원은 방금 안도의 한숨을 쉰 사람이라고 하기엔 지나치게 어두운 얼굴이 되었다. 환자 상태가 좋지도 않은 데다가, 4호와 5호라는 까마득한 후배가 보고 있는 상태 아니던가. 여기서 틀리면 큰일이었다.

'돌아라, 머리야.'

하지만 이제 재원은 의학적인 지식도 지식이지만 눈치도 어마어마하게 빨리진 참이었다.

'교수님이……. 이 상황에서 질문을 한다는 건…….'

당연히 아주 급한 상황은 아니란 뜻이었다.

'CT……. 너무 찍어보고 싶은데…….'

일단 지금 상황이 궁금했다. 대체 어디가 어떻게 망가진 것인지.

'게다가 우리가 수술한 게 아니잖아.'

물론 수술 기록은 보내올 터였다. 이 환자가 잘 치료되길 바라는 건 중증외상팀이나 보호자들뿐만은 아니었으니까. 바우병원 측에서도 병원 걱정에서든, 아니면 정말 환자를 걱정해서든 문제없이 회복되기를 바라고 있지 않겠는가. 하지만 문서화 된 수술 기록만으로는 얻을 수 있는 정보가 한정적이었다. 이 모든 것을 통해 재원은 한 가지 결론에 도달할 수 있었다.

"CT. 복부, 골반 CT를 찍어봐야 합니다. 그리고 수술방으로 가야 합니다."

"음, 그래. 전원 온 환자한테는 할 수 있으면 검사하고 수술하는 게 맞지. 가자고."

"네!"

해서 재원은 환자를 이끌고 CT실로 향했다. 강혁을 비롯한 다른 팀원들 또한 마찬가지였다.

"자, 그럼 바로 찍겠습니다."

도착한 CT실에서는 방사선사가 아주 능숙한 태도로 환자를 받았다. 비록 미리 연락도 없이 그냥 들이댄 상황이긴 했지만. 중증외상센터는 원래 그런 곳 아니던가.

'호의가 계속되면 권리인 줄 안다던데…….'

기사는 동료에게 들었던 말이 턱 밑까지 차올랐지만 차마 입 밖에 내진 못했다. 그랬다간 강혁의 돌주먹이 바로 날아들 수도 있기 때문이다.

'취객 난동 전담 의사…….'

비록 강혁이 응급실을 지키고 있는 편은 아니긴 했지만 어쩌다 밤에 응급실을 올 때도 있었다. 매일같이 중증외상센터로 외상 환자들이 몰려오지는 않지 않겠는가. 그럴 때면 가벼운 외상 환자들을 보러 왔었는데, 그때마다 취객 하나둘쯤은 강혁의 손에 호되게 혼나곤 했다.

"자, 그럼 찍겠습니다. 인턴 샘만 남으시고 나머지는 모두 나오세요!"

기사는 환자를 CT 검사대 위에 고정하자마자 잡념을 뒤로하고 손을 내저었다. 그러자 강혁마저도 순한 양이 되어 순순히 CT실을 빠져나가 촬영실로 향했다. 누구보다 환자를 위하는 사람이지만 또 동시에 의료진의 안전을 염려하는 강혁 아니겠는가. 방사선을 피하기 위한 노력만큼은 항상 게을리하지 않았다. 순식간에 홀로 남게 된, 무거운 납복을 걸친 인턴 한 명과 환자만이 안에 남게 되었다. 위이잉. 곧 기계가 움직이기 시작했고, 강혁의 시선 또한 모니터를 향해 돌아갔다. 그리곤 천천히 전송되어 오는 CT 영상을 차분히 바라보기 시작했다.

'흠……. 이거…….'

한참 영상을 바라보고 있던 강혁의 고개가 자신도 모르게 바깥쪽을 향해 돌아갔다. 열심히 환자 뒤를 따라다니고는 있지만 차마 현장까지는 오고 있지 못하는 윤종익을 향해서였다.

'개고생하긴 했겠네.'

부러진 골반뼈를 고정하는 것 자체가 아마 엄청 어려웠을 터였다. CT상 확인되는 조각만 무려 4조각이 나 있었으니까. 하지만 그건 아무것도 아니었다.

'방광……. 완전히 찢어져 있었는데, 그건 고쳤지만, 요도가 제대로 수복되질 않았어. 아마도 아래쪽으로 쭉 찢어졌던 모양인데.'

골반뼈 조각 하나가 아무래도 방광 아래쪽으로 손상을 입혔던 모양인데, 그걸 봉합하는 과정에서 요도 손상을 놓친 모양이었다. 하필이면 그게 입구 쪽이라, 소변줄이 헐거워져 있었고 그 사이로 소변이 조금 새어 나가 있었다. 골반염의 원인이 된 셈이었다.

'다리…… 쪽은 이미 감염이 일어났어.'

CT는 평소와는 달리 아예 환자 하반신까지 모두 커버하도록 설정이 되어 있었다. 원래 같으면 방사선사들이 이런 부탁은 잘 들어주지 않는 편이었으나. 어쩌겠는가. 요즘 대세 강혁이 직접 왔는데. 해달라는 대로 해줘야지.

'조영증강이 거의 다리 전체로 된다……. 이건 우리만으로는 안 돼…….'

수술은 시작일 뿐일 터였다. 내과의 도움까지 필요한 상황이었다. 물론 그렇게 도움을 요청하려면 한 가지 전제 조건이 있긴 했다.

'일단 수술을 완벽하게 끝낸다……!'

"마취 시작합니다!"

이미 바우병원에서 기관 절개술을 하고 보내온 마당이었다. 그렇기에 수술방에서 대기 중이었던 경원은 곧장 마취에 돌입할 수 있었다.

"음!"

강혁은 그러라는 건지 말라는 건지, 애매한 소리를 내며 모니터와 환자 골반을 번갈아 바라보았다. 연신 고개를 끄덕이거나, 또는

턱을 쓰다듬어대면서였다. 당연히 수술에 참여하게 된 재원은 그런 강혁을 걱정스러운 눈빛으로 바라보았다.

'어렵구나. 하긴……. 재수술은 어렵지…….'

강혁과 함께하면서 별의별 경험을 다 해봤다고 자부하고 있었는데 이제 보니 한 가지 아주 미흡했던 부분이 있었다. 오전에 강의 비슷한 회진을 돌면서도 느낀 점이었다.

'너무 수술을 잘해……. 그래서 탈이야…….'

강혁은 천재라거나 하는 단어로도 표현이 좀 어려운 부분이 있지 않은가. 그야말로 불가능을 가능케 하는 사람이었다. 더 무서운 점은, 그 와중에도 수술을 늘 완벽하게 해낸다는 점이었다. 물론 지금까지 강혁이 맡게 되었던 모든 환자를 살린 건 아니었지만. 그 환자들을 죽음으로 끝내 인도한 것은 부상 당시의 외상 정도지, 강혁이나 기타 의료진의 처치는 아니었다.

'이거……. 이번 수술은 잘 봐야겠는데.'

재원은 강혁이 한유림 교수와 사대진을 제외한 모두를 수술방으로 불러 모은 이유를 어쩐지 알 것 같았다. 그로서는 너무 드물게 경험하게 되는 합병증, 또는 재수술을 이번 기회에 잘 보라는 뜻일 터였다. 왜 보라는 걸까에 대해서는 그리 고뇌할 필요조차 없을 터였다. 재원이나 강행이나 다른 누구나 경험하게 될 것이 분명하지 않겠는가.

"마취됐습니다."

"좋아. 하의 싹 벗겨."

강혁은 그 말만을 기다렸다는 듯 즉시 움직이기 시작했다. 우선 환자의 헐렁한, 앞뒤가 터져 있는 바지부터 벗겨 내렸다. 그러자 그나마 어떻게든 가려져 있던 환부가 모두의 눈앞에 드러났다.

"으."

"어우."

냄새 또한 삽시간에 수술실 안을 가득 메워나갔다. 역한 고름 냄새, 의사들은 흔히 죽음의 냄새라고 부르는 그런 냄새였다.

"어제……. 어제 사고가 났는데 어떻게 오늘 이러지?"

재원은 정말이지 순수한 궁금증이 가득 담긴 눈빛으로 환자를 바라보았다. 정확히 말하면 환자의 정강이 부근부터 발등으로 이어지는 부분이었다. 그 부위의 상처는 빨간 게 아니라 누렇게 변해 있었다. 그냥 누런 것이 아니라, 누런 액체가 번들거렸다. 그게 다 고름이었다.

"아, 아까 들어보니 환자가 당뇨야."

일견 타당한 의문이었다. 해서 강혁은 베타딘을 집어 든 채, 재빨리 답해주었다. 생각해보니 자기 혼자 들었을 뿐 아직 정보 공유가 안 되었기 때문이다.

"네? 30대던데."

"요새 성인병이 나이 가리냐. 많이 먹고 운동 안 하면 걸리는 게 당뇨지. 너도 조심해, 인마."

"저요? 전 살 빠졌는데. 너무 고생해서."

"근육량이 같이 나가잖아. 한유림 교수랑 같이 운동 좀 해. 내가 너 나이 때는 인마, 밤잠 줄여가면서 근육 조졌어."

"음."

재원은 여기서 반박이 가능하면 얼마나 좋을까 하는 생각이 들었다. 하지만 그건 불가능했다. 정말이지 매일같이 강혁의 벗은 몸을 보고 있었으니까. 맨날 배 어딘가를 잡아 가면서 살이 쪘다는 둥, 근육이 흐려졌다는 둥 얘기를 하는데. 재원으로서는 이해가 전혀 가지 않았다. 그대로 빨래판으로 써도 될 거 같았으니까. 벅벅. 물론 이런 대화를 나누고 있다고 해서 두 사제가 손을 멈추고 있는 건 아니었다. 눈치 빠른 2호 강행이 부리나케 손을 씻으러 밖으로 나간 사이, 둘은 환자의 환부를 베타딘으로 닦아내고 있었다. 그나마 골반 쪽은 좀 사정이 나아 보였다. 적어도 밖에서 볼 땐 그랬다.

"어우."

"고름 장난 아니네. 나도 이 정도 감염은 오랜만인데……. 흠……."

하지만 발등에서부터 정강이 쪽으로 이어지는 부위는 너무 심했다. 분명 갈색 베타딘 액이 흠뻑 젖어 있던 거즈인데, 상처에 닿았다 나오면 누렇게 변할 지경이었다. 심지어 그렇게 닦인 상처 안쪽은 색이 거무죽죽해서 피도 잘 나오지 않았다. 본래 거즈로 문대면 거슬거슬한 면 때문에라도 붉은 피가 조금은 묻어나와야 정상일 텐데.

'절단도…… 고려해야겠는데…….'

이미 죽어가고 있는 부위라고 봐야 했다. 여길 무리해서 살리려고 하다가 전신이 죽어나갈 수도 있었다. 생명과 다리. 그중에서 무엇에 더 무게를 두어야 할지는 자명했다.

"아, 교수님. 보호자가 뵙기 원하십니다. 수술 후에 만나겠다고 전달 드릴까요?"

그때, 지민이 수술방 내에 비치된 전화기를 붙든 채 물었다. 처음 이송되었을 때부터 지금까지는 일이 워낙 정신없이 돌아가는 통에 감히 찾아올 생각조차 못 하고 있었던 모양이었다.

"아니, 지금 나갈게. 어차피……. 일분일초가 급하진 않아."

강혁은 재원이 처치실에서 해 놓은 여러 조치를 바라보며 답했다. 덕분이라고 해야 할지 어떨지는 모르겠지만. 아무튼, 활력 징후는 여전히 안정적이었다.

'게다가 지금 이 방엔 경원이도 있지.'

박경원의 활력 징후 조절하는 솜씨는 타의 추종을 불허할 지경이었다. 심지어 이젠 강혁보다도 일견 나은 부분이 있었다.

"1호. 네가 2호랑 수술 준비 좀 하고 있어. 늦어지면……. 일단 골반 열어. 알지? 어디가 문젠지는."

"방광이랑 허벅 동맥 쪽이죠."

"그래. 그렇게."

게다가 재원이나 강행은 드림팀이라는 얘기를 들어도 좋을 정도로 실력이 많이 늘어 있었다. 덕분에 강혁은 비교적 홀가분하게 방을 뜰 수 있었다. 드르륵. 본관 수술실이라면 수술방이 거의 100개 가까이 되어 거리가 꽤 되겠지만, 여긴 그저 중증외상센터에 딸린 수술방이지 않은가. 물론 여기저기 노는 공간들이 아직 있긴 있어도 거리 운운할 정도의 넓이는 되지 못했다.

"아, 교수님. 저기 기다리고 계십니다."

해서 강혁은 거의 방에서 나오자마자 보호자 대기실로 향할 수 있었다.

"배……. 백강혁 교수님……."

보호자는 그렇게 강혁을 보자마자 허물어지듯 달려들었다. 환자가 그러하듯 보호자도 아직 터무니없이 젊어 보였다.

'아내인가.'

밤새 잠을 한숨도 자지 못했는지, 많이 피곤해 보였다. 옆엔 엄마 다리를 꼭 붙잡은 채 놓아주지 않고 있는 작은 아이도 보였다. 이제 겨우 다섯 살이나 되었을까. 강혁은 무언가 아주 무거운 것이 어깨 위를 짓누르는 듯한 느낌과 함께 겨우 입을 열었다.

"네, 보호자님."

"저희 신랑……. 어떻게 되는 거예요? 어제……. 어제 바로 여길 왔어야 했는데……."

보호자의 목소리엔 죄책감과 후회 그리고 약간의 원망이 묻어나왔다. 무엇 하나 이해 가지 않는 것들은 없었다. 도리어 자연스러울 지경이었다.

'여기서 무슨 말을 해야 할까.'

예전의 강혁이었다면 아마 이랬을 것이었다.

'환자는 좌측 허벅 동맥 손상으로 인한 혈액 순환 부전 및 기저 질환인 당뇨로 인해 무릎 하방 감염과 괴사가 진행 중입니다. 최악의 경우 절단 또는 사망에 이를 수 있습니다.'

의학적인 오류가 전혀 없는 강혁의 입장에서는 정말이지 완벽한 문장의 나열이었다. 하지만 그간의 경험을 통해 몇 가지 알게 된 사실이 있었다. 그중 하나가 이렇게 말하면 환자뿐 아니라 보호자까지 무너뜨릴 수 있다는 점이었다.

'그냥 최선을 다하겠다고 하세요. 어차피 최선을 다하잖아요.'

해서 물어보니 장미나 재원이나 이렇게 알려주었다. 일단은 안심시키라고. 너무 빨리 현실을 마주하지 않게 하라고. 그리고 수술방에서 기적을 보여달라고. 무척 부담되는 말이었지만, 그게 옳은 것 같았다.

"상태가 어찌 됐건 최선을 다하겠습니다. 어제 집을 나서기 전, 남편분의 모습 그대로 만날 수 있도록 노력하겠습니다."

"아……."

"그럼 저는 수술방으로 돌아가겠습니다. 보호자께서는 여기서 기다려주십시오. 아니, 좀 주무시죠. 이러다 보호자 분까지 쓰러지면…….”

강혁은 말을 하다 말고 아이를 바라보았다. 아이는 자기 엄마의 불안감을 고스란히 전달을 받은 건지 어쩐 건지 몰라도 곧 울음을 터뜨릴 것처럼 보였다.

“아이는 누가 봅니까.”

해서 강혁은 자신이 지을 수 있는 최대한의 푸근한 미소를 지으며 아이의 머리칼을 헝클어뜨렸다.

“우, 우에에엥.”

“응?”

나름 훈훈한 그림을 그리며 행한 행동이거늘 아이는 곧 불에 댄 듯이 울기 시작했다. 생각해보면 당연한 일이었다. 강혁이 객관적으로 볼 때 잘생긴 건 분명히 맞았으나 제법 무서운 인상인 것도 맞았으니까. 게다가 팔뚝엔 문신까지 있지 않은가. 그런 인간이 큼지막한 손으로 자신의 머리를 문대는데 울지 않을 아이는 세상천지 어디에도 없다고 보면 되었다.

“응, 응. 우리 아가……. 괜찮아. 괜찮아.”

그래서 그전까지는 넋이 반쯤 나가 있던 어머니가 반강제적으로 움직여야만 하게 되었다. 멀리 서 있던 간호사까지 와서 거들어야 할 정도로 아이의 울음소리가 심상치 않았기 때문이다.

“어유, 교수님. 애를 겁주면 어떡해요.”

“아니……. 난…….”

“아무튼, 여긴 제가 알아서 볼게요. 수술방으로 가시려고 한 거죠?”

“어, 응. 그래. 음. 보호자도 좀 쉬세요.”

강혁은 자신이 방금 보호자가 잠시나마 쉴 수 있었던 기회를 박살 냈다는 것은 깨닫지 못한 채 서둘러 수술방으로 사라졌다.

"쉬쉬……. 엄마 여기 있어."

도망치듯 뛰어간 그 덕분이라고 해야 할지는 모르겠지만 이젠 엄마가 아이를 껴안아주고 있었다. 아까처럼 아이가 엄마의 다리를 붙잡고 있는 것이 아니라. 간호사는 이게 둘 중 누구에게라도 좋을 거란 생각을 하며 수술방을 바라보았다. 소 뒷걸음질 치듯 환자 위로에 성공했듯, 이번에도 기적을 보여주길 바라는 눈빛이었다. 드르륵. 강혁 또한 비슷한 마음이었던지라, 금세 수술방 안으로 들어섰다. 손을 닦고 물기를 뚝뚝 떨어뜨리면서였다.

"교수님. 아까 울음소리 뭐예요?"

장미는 그런 강혁에게 일회용 종이 타월을 건네주며 물었다. 거리가 워낙 가까워서인지 아이의 울음소리가 워낙에 컸던 탓인지 수술방 안에도 고스란히 전해졌던 모양이었다. 강혁은 차마 뭐라 말할지 바로 떠올리지 못하고 잠시 뒤편을 돌아보았다. 그래 봐야 굳게 닫힌 보호자 대기실 문만이 눈에 들어올 따름이었지만.

'한 가정의 가장이다, 이건가.'

그것도 평일엔 회사에 나가 일하고 주말엔 배달업을 하며 어렵게 생계를 꾸려나가던 사람이었다.

"반드시 고치라고 하더라, 아이가."

"네? 울음소리가 아니었어요?"

"응. 그러니까 빨리 시작할게. 목숨도 간당간당하는데……. 다리까지 살리려면 급해."

"아, 네."

장미는 고개를 갸웃거리면서도 지체하지 않고 강혁에게 멸균 가운과 장갑을 착용시켜주었다. 강혁은 착용이 완성되자마자 재원의 뒤로 슥 붙었다. 어디까지 했나 확인하기 위함이었다. 그 바람에 숨죽여 1호의 수술을 보며 배우고 있던 4호 이동주는 부리나케 옆으로 이동해야만 했다.

'호오…….'

재원은 방광보다는 역시 대동맥에 중점을 둔 모양이었다. 어제 다른 사람이 그었을 절개의 봉합사를 모조리 떼어낸 후, 해당 부위를 열어놓은 후였다. 그렇게 드러난 허벅 동맥은 처참하기 이를 데 없었다. 봉합사가 넝마처럼 되었을 동맥을 얼기설기 이어놓고는 있었지만 이대론 제대로 역할을 하기란 무척 어려울 듯해 보였다.

"이건……. 자르고 다시 이어 주는 게 낫겠는데……. 아니면 우회를 하거나."

재원은 나름의 의견을 중얼거렸고, 강혁은 그런 재원을 살짝 옆으로 밀치며 고개를 끄덕였다.

"좋은 생각이야. 우회로로 가자. 어차피 당뇨 환자라 잘라서 이어봐야 원체 혈관이 안 좋아."

"아, 교수님? 오셨어요?"

"그래. 넌 아래로 내려가서, 저기 썩어가는 곳들 싹 정리해."

"절단…… 하지 않고요?"

"하지 말아보자."

재원은 그건 불가능하다고 말하려다가 강혁의 얼굴을 보곤 차마 입 밖에 내진 못하고 고개를 끄덕였다. 강혁의 표정이 어쩐지 엄마의 다리를 붙잡고 있던 아이의 표정과 닮아 있었기 때문이다.

"알겠…… 습니다."

강혁은 아까 재원이 열어두었던 상처를 아예 싹 다 열어젖히는 중이었다. 메스로 긋는 게 아니라, 그냥 봉합사를 가위로 자르고 죄 뜯어내는 방식이었다. 어차피 바로 어제 그어놓은 절개면인 데다가, 환자는 당뇨에 부상까지 겹쳐 상처 회복이 느렸기 때문에 가능한 일이었다. 어떤 부위는 봉합사만 잘라도 툭툭 벌어질 지경이었다.

"음."

"근육 색이……."

"억지로 당겨 꿰매서 그래."

그렇게 드러난 안쪽 근육은 붉은빛을 띠지 못하고 옅은 분홍빛을 띠고 있었다. 혈액 순환이 어지간히 좋지 못하단 뜻이었다.

'최선을 다하긴 했어. 했는데…….'

이걸 그냥 닫지 않았으면 어땠을까 하는 아쉬움이 훅 밀려왔다. 만약 닫지 않고 열어두었다면 지금쯤 상태가 이것보다는 나았을 텐데. 굳이 억지로 당겨 꿰매는 바람에 안쪽 압력이 너무 올라가버리지 않았는가. 근육이야 눌리든 말든 구획 증후군만 발생하지 않으면 그만이지만. 혈관은 어쩌겠는가.

"어?"

강혁이 딱 봉합사를 모조리 풀자마자 아래로 내려가 인턴과 함께 상처 정리에 들어가 있던 재원이 고개를 갸웃거렸다. 조금 전보다 어쩐지 피가 더 잘 나는 느낌이었기 때문이다.

"이거 풀려서 그래. 밑에 혈관 싹 눌려 있었을 거야."

그런 재원을 향해 강혁이 허벅지 근육을 툭툭 두드렸다. 어느새 옅은 분홍빛이었던 근육에 붉은 기운이 돌기 시작하고 있었다. 그래봐야 제대로 된 근육 색이 나오진 않았지만, 아까 전보다는 훨씬 나아진 셈이었다.

"아……. 다행이네요."

"그래 봐야……. 이 상황 그대로면 잘라야 해."

"그건…… 그렇죠."

"일단 이미 죽은 곳 싹 잘라 없애. 절단만 피하자는 생각으로."

"그……. 그러다 이 다리 못 쓰면요?"

재원은 거무죽죽하게 변한 환자의 앞쪽 근육을 가리키며 물었다. 이걸 다 잘라낸다고 하면 과연 환자가 발목을 들 수는 있을지가 의문이었다. 그의 눈에 이 환자의 다리는 이미 잘려 있었기 때문이다.

"남기면 그게 없는 것보단 무조건 나아. 그러니까 철저히 잘라. 그렇다고 멀쩡한 곳까지 막 자르진 말고."

"네."

재원은 강혁의 말에 짤막하게 답한 후 다시 고개를 환자의 다리를 향해 돌렸다. 역한 냄새에는 이미 적응된 지 오래라 눈살이 찌푸려지지도 않았다.

"자, 벌려."

"네."

그사이 강혁은 2호 강행과 함께 본격적인 혈관 재건에 들어갔다. 강행은 이미 이런 종류의 수술에는 도가 텄다는 말을 써도 좋을 정도로 경험이 많지 않던가. 강혁이 입을 열기도 전에 손이 움직였다.

"좋아. 더 위로 벌려 봐. 혈관이 원래도 엉망이네, 이거."

"네. 동맥 경화일까요?"

"뭐든 끼었겠지."

"30대던데……."

"아마 유전적으로 뭐가 있을 거야. 보니까 그렇게 비만도 아닌데. 근육량이 좀 부족하든지."

강혁은 환자의 몸을 슥 훑고는 다시 자신의 손끝으로 시선을 옮겼다. 그가 방금 말했던 대로 환자의 허벅지는 상당히 가는 편에 해당했다. 그에 비하면 배는 볼록 튀어나와 있었고.

"음."

그 모습을 보던 강행의 입에서 옅은 한숨이 튀어나왔다. 딱히 자신의 몸과 별반 다를 바가 없었기 때문이다. 그래도 작년에 전역하고 났을 때는 이러진 않았는데.

'지금은…….'

이러다 곧 성인병의 온상이 되어 이 자리에 눕는 건 아닌지 하는 걱정이 들었다. 강행의 망상 아닌 망상이 죽음으로 이어지려는 찰나, 강혁이 입을 열었다.

"이제 그만. 거기 괜찮네."

"아, 네."

강행은 당황하지 않고 즉시 손을 멈추었다. 그사이 강혁은 모습을 드러낸 허벅 동맥 위쪽을 손으로 훑었다. 무엇보다 날카로운 눈으로 혈관 상태를 살피면서였다. 그의 예민하다 못해 지나치다 싶을 정도의 오감이 모여 한 가지 결론을 내렸다.

'여긴 안전해. 여기서…… 저 밑으로 이어야겠어. 어쩌면…….'

워낙에 혈관이 좋지 못했던 사람이라 새로 만들어주는 편이 예전보다 혈액 순환이 더 나아질 수도 있었다.

"인조 혈관으로 가자. 채취는 의미가 없어."

강혁은 아까 보았던 CT와 지금 보이는 환자의 정맥 상태를 보며 고개를 가로저었다. 제일 좋은 건 환자 몸에 있는 거로 재건하는 거란 얘기가 있긴 하지만 몸에 있는 게 지금처럼 엉망이라면 얘기가 좀 달라졌다. 이런 혈관은 안 쓰느니만 못했다.

"네. 여기 있습니다."

"오."

과연 장미는 어지간한 의사들보다 수술 읽어내는 솜씨가 더 좋았다. 벌써 한참 전에 뜯어놓았는지, 준비가 다 끝나 있었다. 강혁은 역시라는 말로 칭찬을 대신한 후 곧장 인조 혈관을 집어 들었다. 그리곤 환자의 허벅 동맥 상부에서 하부에 가져다대었다. 중앙 부위는 그냥 엉망이라고 해도 좋을 지경이었다.

'이걸 대체 왜 이렇게까지 공들여서 꿰매준 거야.'

강혁 같았으면 보자마자 잘랐을 터였다. 봉합된 부위만 봐도 딱 느낌이 왔으니까. 아마 처음 봤을 땐 거의 걸레가 되어 있었을 터였다.

"자, 여기 물고. 아래 어때?"

강혁은 생각하기도 싫단 얼굴로 고개를 털어 낸 후, 밑을 바라보았다. 베슬 클램프로 허벅 동맥의 측면을 집으면서였다. 그러자 대번에 재원 쪽 표정이 좋지 못하게 변했다.

"아. 피 안 나는데요? 이거 살아 있는 곳인 줄 알았는데."

"혈관 집어서 그래. 반만 집었는데, 그래도 그래?"

"네."

"밑에 진짜 엉망진창인가보다. 아무튼, 그거 고려해서 정리해. 오, 그래도 제법 깨끗해졌네?"

"그럼요. 누가 붙었는데."

재원은 아까와 비교하면 어마어마하게 깨끗해진 상처를 가리키며 으스댔다. 강혁은 잠시 들고 있던 기구를 집어 던질까 하는 욕망이 차올랐지만 애써 참았다. 일단 맡긴 일을 잘하고 있어서였다. 마음에 들지 않게 해놓고 저 지랄이었으면 지금쯤 뭐라도 던졌거나,

아니면 달려들었을 터였다.

"후……."

"죄송합니다."

"아무튼, 고려해."

"네."

물론 재원 또한 눈치가 이제 100단이 되었기에 금세 꼬리를 내렸다. 강혁은 그 모습에 힘을 얻은 후, 봉합 기구를 집어 들었다. 언제나 그러하듯 미세 접합 기구였다. 강행이 처음 보았을 땐, '이 사람이 미쳤나' 싶어했던 바로 그 기구였다.

"옳지. 그래. 거기 집어."

하지만 이젠 많이 달라져 있었다. 강행은 무려 미세 접합의 보조까지 가능해져 있었다.

"좋아."

"네."

"물도……. 그래. 거기. 너 눈 좋구나?"

"2.0입니다. 혹시 몰라서 루페도 꼈고요."

"응? 아, 그렇네. 그래. 좋아. 잘하네."

아무래도 맨눈으로 강혁의 수술을 보조하는 건 무리가 있기 마련이었다. 현미경으로도 보이지 않는 미세한 색의 차이를 잡아내는 사람이니 당연한 일이었다. 하지만 경험은 무서운 법 아니겠는가. 이제 강행은 미세 수술에 들어가기 전엔 무조건 루페 끼는 것을 생활화하고 있었다. 아니, 비단 그뿐만이 아니라 재원도 마찬가지였다. 오직 노안이 와서 루페를 끼면 어지럼증이 오는 한유림만이 끼지 않고 있었는데. 강행은 그 한유림 교수가 유일하게 중환자실에 나가 있게 된 것이 결코 우연이 아닐 거 같았다. 푹. 강혁은 강행이 당겨 준 혈관에 메스로 칼집을 냈다. 그러자 안에 고여 있던 붉은 피가 흘러나왔는데, 곧 강행이 뿌린 물에 씻겨나갔다. 곧장 시야를 확보한 강혁은 바로 인조 혈관을 이어나가기 시작했다. 연신 아래쪽, 환자의 발끝을 바라보면서였다.

'색 변하는 속도 봐라.'

아예 혈관을 다 틀어막은 것도 아닌데, 이 모양이었다.

'어제 내가 했으면…….'

그러지 않으려고 해도 자꾸만 이 생각이 들었다. 당연한 일이었다. 강혁이 했다면 지금쯤 멀쩡히 치료를 받고 있었을 테니까. 물론 상처 태반이 열려 있어서 보기는 좀 흉했을 테지만. 지금처럼 다리를 자르느니 마느니 하는 일은 없었을 터였다.

'아니, 아냐.'

바우병원의 외과 과장 또한 이 환자를 위해 주말에 나와 최선을 다한 참이었다. 명백한 사고를 친 것도 아닌데, 다른 의사를 비난해서는 안 될 일이었다. 그 환자를 볼 만한 충분한 기회가 있었던 것도 아니지 않은가. 그렇다면 그를 비난할 자격이 이 강혁에게조차 없다는 뜻이었다. 도리어 자책이 들면 몰라도. 푹. 강혁은 그런 생각을 하면서도 손을 재빨리 놀렸다. 시시각각 색이 창백해지는 환자의 발가락이 보이는 마당이니 그럴 수밖에 없었다.

"자, 다음."

"네."

해서 강혁은 불과 3분도 채 되지 않아 인조 혈관의 한쪽 끝을 이어준 후, 허벅 동맥 하방을 베슬 클램프로 물었다. 물론 전체를 문 건 당연히 아니었고, 그저 측면을 물었을 따름이었다. 하지만 그것만으로도 혈액 순환은 더더욱 악화되고야 말았다.

“아.”

재원의 입에서 탄식이 터져 나올 정도였다. 강혁은 그런 재원을 돌아보는 대신 메스로 허벅 동맥 하방 측면에 메스로 칼집을 넣었다. 시간을 끄느니 그냥 최선을 다해 연결하는 게 낫다는 생각에서였다. 재원 또한 그 의견에 백방 동의하는 바였기 때문에 굳이 말을 더 이어 나가진 않았다.

“인턴 샘. 거기. 네, 거기 잡아요.”

대신 빠르게 썩은 부위를 잘라 내고, 고름을 긁어내고 있었다. 인턴은 낯선 냄새와 광경에 인상을 잔뜩 쓴 채 고개를 돌리고 있었다. 하지만 집도를 맡은 재원은 상처 부위에 거의 얼굴을 처박고 있었다. 책임감과 지식, 경험의 무게가 태도의 차이를 만든 셈이었다. 재원은 이제 그가 얼마나 깨끗하게 제거하느냐에 환자의 미래가 달렸다는 걸 뼈저리게 알고 있었다. 푹. 그사이 강혁은 믿기지 않은 속도로 하방의 접합마저 끝을 맺었다. 덜컥. 그와 동시에 강행은 위쪽 측방을 막고 있던 베슬 클램프를 풀어다 우회 혈관 바로 아래쪽을 틀어막았다. 원래 피가 다니던 길이 막히자, 곧 피는 갈 길을 찾아 우회로를 따라 흐르기 시작했다. 강혁은 창백하기만 하던 인조혈관에 피가 통해 통통해지고, 또 색이 변하는 것을 확인한 후 하방 측방의 베슬 클램프를 풀었다.

“피 흘러간다.”

재원에게 경고를 해주면서였다.

“우와.”

거의 얼굴을 박은 채 긁어내고 있던 재원은 비명과 함께 고개를 뒤로 젖혔다. 마스크에 미처 피하지 못한 핏방울이 점점이 박혀 있었다.

"오."

그런데도 재원의 표정은 밝기만 했다. 그가 조금 전까지 긁어내던 곳 거의 전반에서 붉은 피가 새어 나오고 있었기 때문이다. 그 말은 곧 피가 잘 통하고 있다는 뜻이었고. 그가 죽은 부위를 제대로 제거해 냈다는 뜻이기도 했다.

"좋네. 좋아. 이게 지혈하자. 너무 빡세게 하진 말고. 대강 눌러서 지혈해. 괜히 태우다가 조직 죽어나간다."

"이대로 두면 괜찮겠죠?"

"음."

강혁은 재원과 마찬가지로 피 나는 것을 보며 좋아하다가 이만 입을 다물어버렸다. 차마 괜찮다는 말을 하기엔 의학적으로 옳지 못하단 생각이 들어서였다.

"두고 봐야 해."

"두고…… 봐요?"

"그래. 합병증 치료가 원래 이래."

다른 것들도 모두 그렇겠지만. 원래 제일 좋은 건 첫 수술에서 완벽하게 치료가 되는 것이었다. 그게 안 되면, 다음부터는 고난의 행군이었다.

"합병증이라……."

"초기 치료가 얼마나 중요한지 느끼는 시간이 되길 바란다."

"음."

"나가자마자 감염내과 컨택해. 상처 열고 나갈 거고, 매일 두 번씩 소독할 거야. 약제 선택은 우리 멋대로 하는 것보다 내과에 묻는 게 나아."

언제나 남 도움 없이 홀로 치료하는 걸 선호하는 사람이 강혁 아니었던가. 하지만 이번만큼은 아닌 모양이었다. 재원의 눈에 비친 강혁은 수술 전과 비슷하다고 느껴질 만큼이나 긴장하고 있었다.

'이제……. 시작인가?'

재원은 어쩐지 그런 생각이 들었다.

다시, 대형 재난

"아……. 아산에서 왔다고?"

강혁은 당직실 침대에 걸터앉은 채 재원을 바라보았다. 등 뒤로 큼지막하게 난 창의 밖은 여전히 어둡기만 했다. 어차피 해 뜨기 전에 일어나고, 해가 지고 나서 잠드는 이들의 방이었기 때문에 커튼은 쳐본 지 오래였다. 그 말은 곧 새벽이라는 뜻이었다.

"네, 교수님. 군의관 안 가고 바로 4년 차에서 펠로우로 올라온 친구들이라……. 벌써 한 3개월 정도 펠로우 과정 밟고 있다고 합니다."

"아. 왜? 면제야?"

"네. 한 명은 여자고요. 다른 한 명은……. 뭐랬더라. 아, 한쪽 귀 전농입니다. 진주종성 중이염으로 3번인가 수술했다가, 마지막에 그냥 청력 날려버렸다더라고요."

"난청이라. 반대편은 정상이지?"

"네. 레지던트 때도 엄청 열심히 했나보더라고요. 교수님 추천서도 있습니다."

"뭐……. 그래. 음."

강혁은 머릿속에 있던 진주종성 중이염에 대한 지식을 떠올렸다. 이비인후과를 비롯한 마이너 과들이 으레 그러하듯 학생 때는 그저 훑어가듯 배우기 마련이었다. 할애되는 강의 시간도 적고, 심지어 학점도 1, 2학점뿐이란 얘기였다. 그래서 질환의 중증도마저 간

과하기 쉬운데, 알고 보면 그렇게 쉬운 문제는 아니었다.

'뭐……. 청력을 날렸다고 한다면……. 추체 절제술 정도를 얘기하는 거겠지.'

그렇다면 아예 한쪽 귀를 막았다고 보면 되었다. 관련 구조물은 죄다 지워버린 채로, 진주종이 일하다 재발할 일은 없을 거란 얘기였다.

'아마도 그랬으니까 레지던트도 하긴 했겠지.'

그렇지 않았겠는가. 일반 외과 레지던트 생활이라는 게 그렇게 만만한 것은 아니었으니. 외상 외과에 비해 여유롭다는 것이지, 절대적으로 보면 어마어마하게 힘든 과정이었다. 실제로 매년 도망가는 인원이 속출할 정도로 고생이었다.

"지금 어딨어?"

"중환자실 입구에서 백장미 선생한테 오리엔테이션 받고 있습니다. 대진이가 가서 돕고 있고요."

"대진이?"

재원은 생소하기 이를 데 없다는 얼굴을 하고 있는 강혁을 보며 나지막이 한숨을 쉬었다.

'이름 다 아시면서…….'

남들이 보면 기함할 정도로 어마어마한 기억력을 자랑하는 양반 아니던가. 근데 맨날 보는 사람 이름을 모른다고? 말이 안 되는 일이었다. 게다가 재원은 몇 번인가 강혁이 언론 인터뷰에 대고는 멀쩡히 이름을 불러주는 것을 목격한 적도 있더랬다.

'하지만…….'

지금은 모른다고 딱 잡아뗄 것이 뻔했다. 아침 댓바람부터 기분 잡칠 이유는 없지 않겠는가. 해서 재원은 그냥 장단을 맞춰주기로 했다.

"5호요……."

"아. 5호. 그럼 가보지 뭐. 어차피 우리……. 그 환자 보러 가긴 가야 해."

"네. 일단 동주. 아니, 4호 보내놨습니다. 2호는 일반 병실 환자 보고 있고요."

"잘했어."

강혁은 고개를 끄덕이며 거침없이 당직실 문을 향해 걸어갔다. 조금 전까지 누워 있던 사람이라고 하기엔 믿기지 않을 만큼 단정해 보였다. 심지어 잠옷처럼 입은 수술복마저도 새 옷 같았다.

'미친 사람인가.'

재원은 후줄근한 자신을 잠깐 돌아보다가, 문득 강혁의 어깨를 붙잡았다.

"아, 한 교수님은 어떻게 할까요?"

그리곤 여전히 비몽사몽에 빠져 있는 한유림 교수를 가리켰다. 이제 곧 6시라 일어나긴 해야 할 시간이었다. 하지만 강혁은 차마 그럴 생각이 들진 않았다. 훤히 내다보이는 한유림 교수의 정수리 때문이다.

'왜 계속 빠지지?'

어떻게 된 게 볼 때마다 진행 상황이 놀라웠다. 만약 저 속도로 중증외상센터 활성화가 진행되었다면 어땠을까. 아마 서울 서쪽이나 경기도 이남에도 센터가 각각 하나씩 돌아가고 있었을 터였다.

"그냥 둬. 좀 쉬라고 하자."

"아, 그럴까요?"

"왜. 아쉬워?"

"아뇨……. 그건 아닙니다."

"노인 공경 좀 해라. 예의가 없니, 사람이."

"네?"

재원은 '그게 당신이 할 소리입니까' 하는 말이 목구멍까지 치밀어 올랐지만. 겨우겨우 씹어 삼켰다. 그랬다간 이 불한당의 주먹을 맛보게 될 게 뻔하니까. 세상엔 더러워서 피해야 하는 똥도 있지만, 무서워서 피해야 하는 똥도 있지 않겠는가. 해서 둘은 우여곡절 끝에 당직실을 빠져나왔다. 다른 사제 지간처럼 대화가 끊기진 않았다.

"근데 그 환자 상처……. 괜찮을까요? 생각보다 회복이 더디던데."

"김창식 환자 말하는 거지?"

"네. 오토바이."

재원은 여전히 발등부터 정강이 앞쪽은 물론 허벅지 일부까지 열어둔 상처를 떠올렸다. 지금 닫아버리면 내부에 있는 혐기성 균이 자라게 되고, 또 압력이 증가해 싹 죽어버릴 수도 있다는 강혁의 의견 때문이다.

'처음엔 그렇게 두면 진짜 금방 좋아질 줄 알았는데…….'

벌써 나흘째인데 거의 그대로였다. 감염내과 협진을 내서 항생제 선택 또한 바꿔 나가고 있는데도 그러했다. 심지어 내분비내과 측에서 혈당 조절까지 해 주고 있음에도 많이 달라지는 것 같지 않았다. 협진 내용에 따르면 환자 상태가 너무 좋지 못하기 때문에, 원래 정상이었던 호르몬 조직들조차 역할을 못 하고 있다고 했다.

"갑상샘 기능도 떨어지고 있던데. 유사이로드 신드롬이라지?"

"네. 그냥 전신 상태에 영향을 받아서 그렇다고 하는데……. 일단은 두고 보자고 했습니다. 몸 상태부터 끌어 올리는 게 급선무라고."

"누가 그걸 몰라서 안 하나, 망할."

강혁 또한 환자의 처참한 몰골을 떠올린 채 고개를 가로저었다. 지금 같아서는 그때 잘랐어도 회복이 잘 안 되었을 가능성이 커 보였다. 생각보다 환자의 당뇨가 너무 심했던 까닭이었다.

'당화혈색소가 10이 넘어가다니.'

아마 나이가 젊고, 바쁘고, 귀찮다는 이유로 치료를 차일피일 미룬 거 같았다.

'어휴.'

혈당이 200을 넘나드는 상태로 아예 관리가 안 되었단 생각이 들자 한숨이 절로 나왔다.

'이러니까 신장에……. 눈까지 안 좋지…….'

아예 생길 수 있는 합병증은 다 생기고 있다고 보면 되었다. 저놈의 당 때문에 혈관이 죄 망가져 있었기 때문인데, 아무리 먹고살기 바빠서였다고 하지만, 화가 치밀어 올랐다. 이번에 제대로 회복만 되면 두들겨 패주고 싶다는 생각이 들 지경이었다.

"교수님. 얼굴 좀 푸세요. 애들 얼잖아요."

"응? 아. 왔구나."

강혁은 중환자실 입구에 도달하고 나서야 그 생각에서 벗어날 수 있었다. 그의 앞에는 아산병원에서 온 펠로우 둘이 서 있었다. 하나는 김정화라고 했고, 다른 하나는 박우식이라 했다. 과연 박우식의 좌측 귀는 강혁이 예상했던 대로 통째로 가로막혀 있었다. 추체 절제술을 받은 모양이었다.

"안녕하십니까, 교수님!"

"그래, 반가워. 대강 오리엔테이션은 받았지?"

강혁은 그렇게 말하면서 김정화, 박우식 대신 장미와 사대진을 바라보았다. 둘은 알 듯 말 듯한 얼굴로 고개를 끄덕였다. 무슨 말을 했을지 정확히는 모르겠지만. 아마도 죽도록 따라다니면 될 거란 말을 했음은 틀림없어 보였다.

"그럼 일단 회진부터 돌지. 그렇지 않아도 골 아픈 환자가 하나 있어서."

그의 말에 장미가 부리나케 중환자실 문을 열었다. 그러자 안쪽에서부터 퀴퀴한 냄새가 아니, 시큼하다고 해야 할 거 같은 냄새가 풀풀 풍겨 나왔다. 공조 시설이 있음에도 불구하고, 이랬다. 당연한 일이긴 했다. 냄새의 진원지가 이 안에 있었고, 앞으로 한동안은 그대로 있을 거 같았으니까.

"음."

강혁은 그대로 직진해서 김창식 환자 앞에 섰다. 여전히 기관 절개창이 그대로 나 있었고, 안으로 박혀 있는 튜브를 통한 인공호흡을 유지 중이었다. 의식을 깨울 시도는 아예 엄두도 못 내고 있었다. 상처가 이 모양인데 사람을 어찌 깨운단 말인가. 통증과 쇼크로 잘못될 가능성이 있었다.

"자, 일단 거즈 갈자."

"네."

강혁은 잠시 침음을 삼키고 있다가, 재원과 함께 상처 소독에 들어갔다. 뒤따르던 장미도 곧장 보조를 시작했다. 셋은 워낙에 합이 잘 맞는 데다가, 벌써 같은 소독을 여러 번 해왔기 때문에 엄청나게 능숙해 보였다. 김정화나 박우식은 벌써 잘 왔나 하는 생각에 그들의 손놀림을 바라보았다. 물론 강혁이나 재원, 장미의 표정은 그렇게 밝지만은 못했다. 상처가 좋지 못했기 때문이다.

"이런 망할. 또 색이 이렇네. 이러다 이거……."

강혁은 상처뿐 아니라 환자의 혈액 검사 결과도 지지부진하다는 것을 아주 잘 알고 있었다. 심지어 신장내과 측에서는 만약 이 상태가 지속될 경우 투석을 돌려야 될 수도 있다는 의견을 남겨 놓은 판이었다. 세상에 신장 투석이라니. 그야말로 다발성 장기 부전으로 천천히 흘러가고 있다는 뜻이었다.

"어쩌죠?"

"에이."

강혁은 재원의 말에 답을 늘어놓는 대신 벗어둔 가운을 돌아보았다. 보다 정확히 말하자면 가운 안에 넣어둔 핸드폰이었다.

"뭐 하세요?"

"아니. 뭐 시킨 거 있는데 안 와서."

"아니……. 이 마당에 택배 걱정이 됩니까? 저는 지금 환자 걱정에 잠을 한숨……. 컥."

"그런 놈이 코를 그렇게 골아? 옆으로 누워서 자라고, 옆으로. 그 코골이 방지 운동이라도 하든지. 내가 보는 유일한 유튜브 채널 몰라?"

"또 그놈의 닥터프렌즈……. 윽."

본격적으로 강혁의 재원에 대한 폭력이 시작되려는 찰나, 어디선가 진동 소리가 들려왔다. 강혁의 가운이었다. 이게 응급실에서 걸려온 전화였다면 아마 왜애애앵 하는 소리를 냈을 터였다. 다른 병원 사람에게서 걸려온 전화였다면 일반적인 벨소리였을 터였고. 그런데 진동? 적어도 재원은 처음 듣는 것 같았다.

"오. 왔나보다."

강혁은 그게 그렇게 반가운지 끼고 있던 장갑마저 벗어 던지고 가운으로 달려갔다. 재원으로서는 당황스럽기만 한 순간이었다. 환자를 보다 말고 저 지랄이라니. 저 백강혁이.

'뭔 일이지?'

하는 눈빛으로 장미를 바라보니, 장미 또한 영문을 모르겠단 얼굴이었다.

"네네. 백강혁입니다. 네. 제가 맞습니다."

그사이 강혁은 벌써 핸드폰을 빼 들고 통화 중이었다. 표정만 보면 오래전 돌아가셨다던 부모님이라도 돌아왔나 싶을 정도로 밝았다.

"지금 나갈게요."

"어디 가세요!"

"잠만 기다려. 금방 와. 상처 그대로 둬. 이제, 이제 환자 살 수도 있어."

"응?"

강혁은 그대로 중환자실을 빠져나갔다. 소독을 관찰하고 있던 김정화나 박우식은 그나마 서 있었기 때문에 쫓아나갈 수 있는 여력이 있었지만 그러기에도 강혁이 너무 빨랐다. 그야말로 나는 듯이 달리고 있었다. 저대로 사바나 초원에 풀어놓으면 사자 버금가는 맹수가 될 것 같은 기세였다.

"뭘까."

"글쎄요."

재원과 장미는 다소 황망하다는 눈으로 그의 뒤를 바라보고 있었다. 하지만 지금껏 강혁이 보여준 기적 때문인지는 몰라도 다소간의 기대감도 품고 있었다. 또 뭔가 보여주겠지 하는 생각이 들지 않으면 그게 오히려 좀 더 이상한 일 아니겠는가. 그사이 강혁은 벌써 응급실 로비에 다다랐다.

"아, 백강혁 교수님."

이제 그는 전국적 스타였기 때문에 배달 기사도 얼굴을 알아보았다.

"네. 왔습니까?"

"네. 이거……. 근데 뭐길래 이렇게 크고 가볍지요?"

기사는 들고 있던 정사각형의 박스를 강혁에게 건네주며 물었다. 강혁은 말해줄까 하다가 이내 웃어버렸다.

"병원에서 쓰는 거라서요."

"아. 네. 그럼 수고하십쇼. 늘 응원하고 있습니다."

"감사합니다. 안전 운전하시고요."

"네."

그리곤 중환자실로 돌아와 박스를 내려놓았다.

"이게 치료의 비밀이다."

이런 말을 하면서였는데 당연하게도 모두의 관심이 박스로 쏠렸다. 때문에 박스가 열리고, 그 안의 내용물이 드러났을 땐 모두 비명을 지를 수밖에 없었다.

"구, 구더기잖아요!"

"아이고, 복스럽게도 생겼네."

"교수님……."

재원은 슬그머니 장갑을 벗으며 중얼거렸다. 한유림 교수라도 불러야 하나 하는 생각이 들어서였다. 너무 이상하지 않은가. 난데없이 새벽에 구더기를 들고 와서 웃고 있는 꼴이라니.

"자아……. 그럼 어디……."

하지만 강혁은 한 치의 망설임도 보이지 않고, 구더기들이 들어 있는 함을 열어젖혔다. 그리곤 무슨 녹차 티백처럼 생긴, 그러나 안에 구더기가 가득 담긴 주머니를 집어 올려 뚜껑을 땄다.

"으아!"

덕분에 의외로 벌레를 무서워하는, 정말로 의외로 무서워하는 장미가 비명을 질러댔다. 다행히 구더기는 꾸물거리며 기어다닐 뿐, 날아다니지는 못하는 벌레 아니던가. 덕분에 뭐가 막 튀어나오지는 못했다.

"뭐 해. 네가 더 무서워."

덕분에 강혁에게 핀잔만 듣고 말았다.

"내가 무섭긴 뭘……."

무안해진 장미는 입을 비죽이다가, 다시 강혁에게로 고개를 돌렸다. 마침 강혁은 핀셋으로 구더기 하나를 집어 올리던 중이었다.

"뭐, 뭐 하시는 거예요!"

"뭐긴. 치료하는 거지."

"무……. 무슨 치료를……."

"내가 전에 강의 안 했나? 아, 여기 아닌가."

강혁은 일부러 긴가민가하다는 표정을 지어 보였다. 몇 해 전 국제 외상 학회에서 강의했던 사실을 똑똑히 기억하고 있었기 때문이다. 당연히 여기서도 한 줄 알았는데, 안 했다는 건 구더기를 주문할 때 이미 인지하고 있었다.

"무슨……."

"어, 어."

"가만히 있어, 인마. 내가 사고 치는 거 봤냐."

"그……."

재원은 뭐라 반박을 하려다 입을 다물었다. 생각해보니까 강혁은 정말로 사고 친 적이 없었기 때문이다. 함께해온 지난 세월을 돌이켜봤을 때 도저히 '완벽한 인간'이란 말은 할 수 없겠지만, 완벽한 의사라는 말은 감히 할 수 있을 정도였다. 톡. 해서 재원, 장미, 강행 등은 강혁이 구더기를 하나하나 환자의 환부 위에 옮겨대는 것을 그저 바라보고만 있어야 했다. 속으로는 미친 사람인가 하는 생각이 치밀어 오르고 있었지만 그래도 참았다. 아마도 옳은 일일 테니.

'그러고보니까 어디서……. 벌레를 치료에 쓰기도 한다는 걸 들어본 기억이 있기는 한데…….'

그중 일종의 공붓벌레에 해당하는 재원은 심지어 관련 내용을 떠올리기까지 하고 있었다. 물론 딱 구더기로 연결된다기보다는 자꾸 거머리만 떠오르긴 했지만.

"좋아. 이 정도로 할까."

그사이 구더기 한 무더기를 환자 상처 위에 옮겨놓은 강혁은 흡족한 미소를 지으며 핀셋을 내려놓았다. 다른 한 손으로는 구더기가 든 통의 뚜껑을 닫으면서였다.

"그……. 이게 뭔지……."

재원은 차마 입을 열지 못하고 있는 다른 이들을 대신해 총대를 멨다. 평소 노예 1호로서, 또 수제자로서 상당한 대우를 받고 있는 그가 아니겠는가. 당연히 이런 의무 또한 지고 있는 셈이었다.

'이걸 모르네.'

강혁은 잠시 한심하다는 생각이 들긴 했지만 그렇다고 버럭 화를 내진 않았다. 그도 재원의 위치를 이해하게 된 지 좀 되었기 때문이다. 게다가 오늘은 아산병원에서 위탁 교육 온 펠로우들도 있지 않은가. 해서 그로서는 상당히 친절한 어투로, 그러나 남들에게는 여전히 위압적인 목소리로 입을 열었다.

“이건 일단 의료용 구더기야. 너희가 본 적 있는 놈들하고는 수준이 다르다고. 아, 본 적은 있어?”

“아뇨…….”

그래도 중증외상센터 의료진 중에서는 제일 유복하게 자란 재원이 제일 먼저 고개를 가로저었다. 강혁도 정확히 재원의 집안 사정에 대해 아는 건 아니었지만 대강 재원이 아주 열심히 돈을 벌지 않아도 먹고 사는 데 지장이 없을 정도의 집안이라는 것은 알고 있었다. 이른바 금수저였으니, 구더기를 한 번도 본 적이 없다고 해도 이상한 일은 아니었다.

“저는 많이 봤는데…….”

그에 반해 장미는 좀 사정이 많이 달랐다. 맨날 얘기해주는데 이름을 까먹게 되는 어느 생소한 바닷가 출신이었고, 동시에 상당히 가난한 집 출신이었다. 아마 그녀가 재원보다 훨씬 강단 있는 모습을 보여주는 데는 아마도 이러한 연유가 있지 않을까 하고, 강혁은 생각해본 적이 있었다.

“뭐, 그건 중요한 게 아니고. 이건 엄청 깨끗한 거야. 되게 비싸.”

“어, 얼만데요?”

“요 티백만 한 거 하나가 일회용이거든. 이게 20만 원이야.”

“네? 그럼 이게…….”

“한 200 깨졌지.”

강혁은 이제 9개 남은 주머니를 보며 고개를 가로저었다. 비록 돈에 초연한 그이긴 했지만 그래도 벌레 사는 데 200만 원을 쓰는 건 좀 아까웠기 때문이다. 하지만 어쩌겠는가. 이거라도 안 쓰면 사람이 죽을 거 같은데. 애초에 생명에 돈을 아까워하면 안 된다는 생각을 하고 있지 않으면 중증외상센터에서 일할 수 없지 않은가.

"200……."

"여기 있는 이게 20만 원어치……."

가격 얘기를 듣고 나자 다들 눈빛이 좀 달라졌다. 은연중에 '비싼 데는 다 이유가 있지 않겠나' 생각했기 때문이다.

"한 200마리 정도 돼. 이거 다 무균이라고. 균이 없는 구더기야. 왜 비싼지 알겠지?"

"아……. 균이 없구나. 근데 그걸 여기다 두면 뭐가 달라지는데요?"

재원은 그나마 안심이라는 기색이 되어 환자의 환부를 바라보았다. 방금 강혁이 흩뿌리다시피 한 구더기들이 꾸물거리고 있었다. 한 가지 신기한 점은 이 녀석들이 죄다 환부에만 몰려 있다는 점이었다. 단 한 마리도 온전한 피부 위로 다니지 않았다.

"얘들 주식이 썩은 살이야."

"썩은 살……?"

"그래. 내가 맨날 가위로 제거하긴 하는데……. 그거 한계가 있다고. 그렇지 않겠냐?"

물론 강혁은 남들보다 훨씬 예민한 시각을 가지고 있는 사람이었다. 최선을 다한다면 그 시점에서 죽은 살은 제거할 수 있다는 것이다. 하지만 매일 그러기엔 체력 소모가 너무 심했다. 다른 수술이라도 하나 한 날이면 불가능했다. 더 큰 문제는 이게 실시간이 아니라는 점이었다.

"그렇죠."

"근데 얘들은 살아 있잖아. 살이 죽으면 귀신같이 파먹어. 물론 살아 있는 것도 먹을 수는 있는데……. 그거야 뭐 우리가 대강 봐서 막으면 되는 문제지."

"아……. 그럼……?"

"그래. 실시간으로 감염 조직을 없애는 거야. 항생제랑 병합하면 거의 최고의 치료가 되는 셈이지."

"아."

재원은 주먹을 불끈 쥘 정도로 기뻐했다. 강혁과 함께 다니면서 실력도 많이 늘었지만 가장 많이 는 것은 아무래도 환자를 생각하는 마음이었기 때문이다. 심지어 강혁보다도 어느 관점에서 보면 더 심할 정도였다. 강혁의 관점은 누가 봐도 좀 비뚤어져 있었으니까.

"근데, 이거 그럼 보험 안 되는 거죠?"

그때 장미가 냉철한 눈빛으로 입을 열었다. 아무리 머리를 굴려 봐도 이런 치료를 나라에서 비용 보전을 해줄 리가 없어 보였기 때문이다.

"응."

강혁은 그게 뭐 대수냐는 얼굴이었다. 당연히 장미의 마음에는 들지 않았다.

"응? 아니, 한 번에 20만 원이나 하는 걸 그럼 그냥 교수님 사비로 털겠다고요?"

"그럼 어째. 나라에서 안 해준다는데."

"그……."

"그래도 삭감은 아냐. 애초에 청구도 안 할 거거든."

"그게 뭐예요……."

논리가 좀 이상하지 않은가. 손해를 보긴 볼 건데 삭감으로 인한 손해가 아니니 괜찮다는 투였으니까. 강혁은 입이 사발만큼 나온 장미를 보며 헛웃음을 지어 보였다.

"조폭. 지금은 그냥 환자 생각만 하자. 죽을지도 몰라. 아니, 이대로 두면 무조건 죽어. 살려야지. 우린 의료진이잖아."

"그래도……. 손해를 보면서……."

"우리가 언제 이득 보면서 치료했냐?"

"그건……."

장미는 뭔가 아니란 말을 하고 싶었지만 그럴 수 없는 자신을 발견하고는 입을 꾹 다물었다. 다만 이제 막 이 길을 걸으려 하는 사람들이 걱정될 따름이었다. 강혁 또한 그랬는지, 어느새 시선을 사대진과 김정화 그리고 박우식을 향해 돌리고 있었다.

"지금은 이래. 외상 외과 현실이……. 아주 좋진 않아."

상당히 진중한 얼굴이 되어 있었다. 미래를 논하는 일이니 그럴 수밖에 없었다.

"하지만 바뀔 거야. 내가 책임지고 바꿀 거야. 박성민 후보도 약속했고……. 뭐 정책이 그대로만 되면 굉장할 거야. 그러니까 일단은 배우는 거만 신경 쓰라고. 머리 아픈 건 내가 할 테니까."

"네, 교수님."

백강혁 같은 위치에 있는 사람이 이런 태도로, 이런 말을 하는데 가만히 안 있는 놈은 후레자식일 터였다. 아니면 이미 사제 간의 정을 뛰어넘은 재원이거나.

"그럼 이거 언제마다 한 번씩 갈아요?"

해서 딴소리를 늘어놓고 있었다.

'이 자식은 간만에 중요한 얘기 하는데.'

다행히 재원을 막상 보자 화가 좀 풀리긴 했다. 그의 눈빛에서 환자에 대한 걱정을 읽어낼 수 있었기 때문이다.

"원래는 2, 3일에 한 번 갈면 돼. 그럼 무균 상태가 끝났다고 봐야 하니까."

"아."

"근데 뭐 그럴 거 있나? 그냥 매일 갈려고 이렇게 산 거야. 그게 더 효과가 좋다는 보고가 있어. 구더기들 먹성이 꽤 중요하거든."

"아하. 하긴 그렇기도 하겠네요."

죽은 살을 양껏 먹은 놈이 뭐 열심히 새로 생기는 염증을 먹고 싶어 하겠는가. 그 자리에 똥이나 안 싸면 다행일 터였다. 즉 배고픈 놈으로 매일 갈아주는 게 훨씬 치료에 이득이 된다 이 말이었다. 비용 효과를 볼 게 아니라, 진짜 그냥 딱 효과만 볼 거면 그랬다.

"자, 그럼 우리 구더기 친구들한테 소독 좀 맡기고. 다른 환자들 보러 가자."

"네."

"조폭은 잘 보고 있어. 혹시 엄한 데 들어가면 잡아 족쳐. 어차피 200마리라 좀 죽여도 돼."

"네? 제가요?"

"네가 봐야지. 중환자실, 네가 왕인데."

"아니……. 이걸……."

"괜찮아. 부드러워서 손가락으로 누르면 죽어."

"그런 문제가 아니라."

"그럼 부탁한다. 환자 목숨이 너한테 달렸다, 조폭."

강혁은 목숨 운운하는 말을 남긴 채 중환자실을 빠져나갔다. 나머지 일행들도 함께였기에 곧 중환자실에는 장미만 남게 되었다. 아니, 200마리의 구더기도 함께.

"에이 시발."

욕이 나오는 것도 무리는 아니었다. 물론 그 누구도 들을 수 없었기 때문에 회진은 순조롭게 진행되었다. 딱히 김창식 환자를 제외하면 상태가 나쁜 환자도 없었으니 그럴 수밖에 없었다. 해서 아주 평화로운 분위기 속에서 직원 식당까지 이동한 후, 나름 뷔페식으로 차려지는 한국대학교 병원의 조식을 한창 먹고 있으려니 전화가 왔다. 왜애애앵! 아까와 같은 진동이 아니었다. 사람을 한순간에 체하게 할 수 있을 정도로 끔찍한 벨소리였다.

"백강혁입니다."

자연히 모두 숟가락을 내려놓고 통화에 귀를 기울이게 되었다. 밥맛이 싹 달아난 덕이었다.

"음. 알았어. 올라갈게. 위탁 교육생이 있어서 그런데, 공간 있으려나?"

아무래도 응급 출동인지, 강혁은 옥상 쪽을 바라보았다.

"아. 매달리면 돼? 그래. 그럼. 알았어. 바로 갈게."

그리곤 듣기에 따라 공포스러울 수도 있는 말을 하며 전화를 끊었다.

옥상에 올라가자마자 강혁을 비롯한 일행은 빠른 속도로 접근 중인 헬기를 바라볼 수 있었다. 꿀꺽. 어디선가 마른침 삼키는 소리가 들려왔는데. 굳이 누구인지 확인해볼 필요도 없었다. 김정화나 박우식 모두 누구 하나 골라낼 필요가 전혀 없을 정도로 긴장해 있었기 때문이다. 특히 강혁은 그의 예민한 시각을 통해 사정없이 떨려 오고 있는 둘의 손가락을 확인할 수 있을 지경이었다.

"자, 가자. 너무 떨지 마. 다 사람 타고 다니는 거니까."

해서 강혁은 둘의 어깨를 툭툭 두드려준 후, 헬기 쪽을 향해 걸었다. 하지만 둘 모두 강혁이 자신의 어깨를 건드렸다는 생각조차 떠올리지 못할 만큼 떨고 있었다. 눈앞에 갑자기 헬기가 나타나 내려앉고 있으니 당연한 일이라 할 수 있었다. 생각했던 것보다 헬기는 상당히 컸고, 또 요란했다. 귀가 얼얼할 지경이었다.

"교수님! 타시죠!"

안쪽에 타고 있던 김강률을 비롯한 다른 요원들이 헤드셋을 착용하고 있는 것이 그저 멋을 위함이 아니란 뜻이었다.

"음! 1호! 너도 빨리 와! 나머지는 병원에서 대기, 아. 위탁 교육생들은 타고!"

강혁은 강률이 내민 손을 덥석 잡은 채 위로 올라탔다. 재원 또한 금세 달려들어 위로 올라탔다. 그러자 강혁은 재차 손을 밖으로 뻗었다. 두 위탁생을 태우기 위함이었다.

"으."

박우식은 너무 긴장한 나머지 주춤거렸고, 그사이 김정화가 한발 먼저 강혁에게로 달려들었다. 방금 강행에게 전해 들은 대로 고개를 숙이고, 눈만 앞을 향한 채였다. 그렇게 하지 않으면 돌풍에 부상을 당할 염려가 있었다.

"옳지."

강혁은 그렇게 접근해온 김정화를 거의 한 손으로 들다시피 해서 위로 끌어다놓았다. 김정화로서는 성인이 된 후, 누군가 자신의 무게를 온전히 감당해낸 것이 퍽 오랜만의 일이라 놀란 얼굴을 감추지 못하고 있었다.

"넌 안 와? 집에 갈래?"

그사이 강혁은 짜증이 솟구친다는 얼굴로 박우식을 바라보았다. 비록 한쪽 귀가 아예 안 들리는 박우식이긴 했지만, 블루투스 보청기를 통해 양쪽의 소리를 모두 듣는 상황이기는 했다. 게다가 원래 귀가 안 좋다보니 사람 입술 읽는 데 도가 트기도 했고. 강혁은 욕을 할 때나 칭찬을 할 때나, 늘 또박또박 말하는 사람이기에 알아보기도 쉬웠다.

"아, 아닙니다!"

해서 공포를 뒤로하고 죽으라고 달렸고. 그 또한 김정화처럼 강혁의 손에 붙들린 채 헬기 안으로 들어설 수 있었다.

"엇."

그렇게 들어선 헬기는 상당히 비좁았다. 원래 정원이 앞 좌석을 제외하면 7명 정도인데, 사실 이것도 빡빡하게 맞춰서 운행하는 실정이었다. MD 902 기종의 정원이 7명이 맞기는 하지만. 닥터 헬기는 그 특성상 안에 뭐가 많이 있었기 때문이다. 거기에 둘이나 더 탔으니 공간이 부족한 것은 당연지사였다. 하지만 별로 걱정할 것은 없었다.

"1호가 할 거야? 아님, 김 팀장?"

"제가 해야죠. 양 선생님은 고소 공포증 있으시지 않습니까."

"거의 고쳐진 거 아닌가?"

"어우."

강혁의 말에 재원은 고개를 절레절레 흔들었다. 확실히 예전에 비하면 정말로 거의 고쳐졌다는 말을 써도 무방할 정도로 증상이 없어지긴 했다. 강혁이나 강률이 무슨 체계적인 교육을 시행해서는 아니었다. 그저 반복 노출을 시켰을 따름이었다. 그것도 도저히 거절할 수 없는 상황에서. 아무튼, 원래 병이 있던 놈에게 시키기는 좀 뭐 한 짓이었기 때문에 강률이 대신 나섰다. 해서 강혁과 강률은 서로 반대편 입구 쪽에 바짝 붙어섰다. 라펠 강하용 고정핀을 바짝 당겨 건 채였다.

"뒤쪽 준비 끝났습니다!"

강률은 강혁이 심지어 자신보다 더 빨리 준비를 마쳤다는 것을 보고는 앞쪽을 향해 외쳤다. 기장은 잠시 이 새끼들이 미쳤나 싶은 생각이 들었지만. 이내 고개를 끄덕였다.

'그러고보니 처음 만났을 땐 운전석에 뛰어들었던 양반이지.'

이만하면 양반이 된 셈 아닌가. 그렇다면 감사히 여길 일이었다. 곧 헬기는 올 때보다도 더 요란한 굉음을 내며 하늘 위로 날아올랐다.

"현장 상황 어때?"

강혁은 헤드폰에 달린 마이크를 붙잡고 물었다. 머리가 문밖으로 살짝 나가 있는 상황이라 어마어마한 바람이 휘몰아치고 있었지만. 표정은 그저 어디 마실이라도 나온 듯 평온했다.

"아까 말씀드렸듯, 화재입니다! 종로 3가에 위치한 7층 빌딩인데……. 이게 뭐가 문제가 있었는지 화재 경보도 제대로 안 울리고, 스프링클러도 오작동이 되어서 피해 상황이 잘 가늠이 되지 않습니다."

"안에 몇 명이나 있지?"

"그것도 파악이 제대로 되지 않고 있습니다. 오래된 빌딩인데, 7층이라 높이가 좀 있어서요. 게다가 골목에 위치한 건물입니다."

서울 구도심의 골목은 좁디좁은 것이 특징이었다.

"소방차 진입이 되지 않아 도보로 들어가고 있다고 합니다."

"어렵겠는데……. 구조 상황은?"

"이제 진입한 지 20여 분 정도 지나고 있으니……. 아마 내리면 업데이트된 정보가 있을 겁니다."

"우린 내릴 수 있는 거고?"

"바로 옆 블록은 재개발이 되어서 큰 빌딩이 있습니다. 옥상 쪽 허가를 받았습니다. 저기입니다."

"아……. 음……. 이거……."

곧 김강률이 아래쪽에 있는 빌딩 중 어느 하나를 가리켰다. 어차피 아예 반대편에 있어서 손가락이 보이진 않았지만. 딱히 그걸 확인할 필요도 없는 상황이었다. 화마에 휩싸인 빌딩이 모두의 눈에 명확하게 보였으니까. 새카만 연기가 사정없이 하늘로 솟구치고 있었는데, 그 근처에 이미 소방 헬기 하나가 떠 있었다. 처음에는 물을 뿌렸는지 어땠는지는 몰라도, 지금은 구조 작업에 나서고 있었다. 라펠 하나가 아래로 내려져 있는 걸 보면 알 수 있었다.

"저희도 돕고 싶긴 한데……. 아무래도 화재는 전문가가 아니면 너무 위험해서요."

강률은 라펠을 타고 연기 안으로 사라져 간 소방 대원 하나를 바라보다가 변명하듯 중얼거렸다. 딱히 그럴 만한 이유가 하나 없음에도 어쩐지 죄책감이 얼굴 가득 드리워져 있었다.

"목숨 거는 횟수로 따지면 김 팀장도 만만치 않잖아. 이번에는 구조된 사람 살리는 데 주력하자고. 김 팀장 잘못되면 앞으로 진짜 많은 사람 곤란해져."

해서 강혁은 실로 그답지 않게, 긴 위로의 말을 전했다. 쿵! 그사이 헬기는 화재 현장에서 딱 한 블록 떨어진 곳에 있는 커다란 빌딩 옥상에 내려앉았다. 워낙에 신식 빌딩이다보니 제대로 된 이착륙장까지 갖추고 있었다. 용도는 불명이었지만, 짓는 김에 제대로 지은 모양이었다. 건물주 입장에서는 돈 지랄이 되었건 뭐가 되었건 강혁에게는 잘된 셈이었다.

“자자, 내려! 내려!”

이미 입구 근처에, 심지어 문을 연 채로 있던 강혁이 제일 먼저 뛰어내렸다. 그 뒤를 따라 재원이 내렸고, 다른 요원들 또한 뛰어내렸다.

“자, 이쪽으로! 배낭 메고! 너희도 놀지 말고 뭐라도 들어! 나중에 환자 볼 때 놓고온 기구 생각나게 하지 말고!”

빠르게 짐을 챙긴 일행은 엘리베이터를 향해 달렸다. 엘리베이터는 빌딩 경비원 중 하나가 잡아주고 있었다.

“빨리, 빨리 오세요!”

표정이 무척 다급해 보였다. 일반인이라고 해서 왜 사람 살리는데 거들고 싶지 않겠는가. 단지 기회가 없기 때문일 터일 것이었다.

“감사합니다!”

강혁은 고개를 꾸벅 숙이며 경비원이 잡아 준 엘리베이터에 탔다. 워낙 건장한 사람들인 데다가, 들고 있는 짐 또한 많아서 정원보다 훨씬 수가 적음에도 거의 간당간당한 수준이었다. 해서 경비원이 내려야만 했다.

“저는 이따 가겠습니다.”

나이 지긋한 사람의 배려에 먼저 내려가게 된 강혁은 잠시 눈을 감았다.

‘7층. 화재 발화점은……. 연기로 미루어 볼 때 3층 아래……. 트램펄린 설치는 없고.’

그렇다면 예상되는 부상의 종류는 몇 가지로 압축되었다.

‘추락. 기도 화상. 직접 화상……. 음…….’

자연히 강혁의 얼굴이 사정없이 찌푸려졌다. 어느 것 하나 만만한 것이 없었으니까. 띵. 그사이 엘리베이터는 1층에 도달했고, 곧

문이 열렸다.

"음."

즉시 반대편 블록에서 하늘 위로 솟구치고 있는 연기를 확인할 수 있었다. 어쩐지 열기가 느껴지는 느낌이었다.

"호스! 호스 가져와!"

"야야! 조심해! 거기! 유리 깨져!"

"돌입, 돌입!"

도착한 화재 현장은 그야말로 아비규환이었다. 강혁의 예상대로 화재는 2층에서 발생한 것으로 보였는데, 새카맣게 그을린 간판으로 미루어 짐작해보건대 아마도 기원인 듯했다. 바둑을 두다 담배를 피웠는지, 라면을 끓였는지는 알 수 없는 일이었지만. 아무튼, 불은 사정없이 번지고 있었다. 와장창! 요란한 소리에 위를 올려다보니 6층 창문이 깨지고 있었다. 누가 힘을 주어 깬 것이 아니라, 그냥 불 때문이다.

"배낭 머리 위로!"

강혁은 급히 외치며 등에 있던 배낭을 머리 쪽으로 가져갔다. 몸이 얼었는지, 아니면 당황했는지 움직이지 못하고 있는 박우식의 배낭까지 위로 가져가면서였다. 후두둑. 곧 잘게 부서진, 심지어 열까지 머금은 유리 조각이 배낭에 부딪힌 후 바닥에 떨어졌다. 그 모습을 본 김강률이 부리나케 달려와 고개를 숙였다.

"죄, 죄송합니다! 미리 드렸어야 했는데. 현장용 헬멧입니다."

"아냐. 우리가 너무 빨리 온 거지. 구조된 인원은 있대?"

"아직……. 없습니다."

"벌써 30분 넘은 거 아닌가?"

"발화 시각으로부터는 50분 다 되어 갑니다."

"이런."

강혁은 강률이 건네준 헬멧을 착용하며 혀를 찼다.

'50분이라.'

모든 구조와 모든 치료에는 골든 아워가 있는 법이었다. 이렇게 오래된 빌딩에서 화재가 발생한 후 50분이라니. 안의 상황이 어떨지 상상하기조차 끔찍할 지경이었다. 규제되기 전에 쓰인 건축 자재들이 타오르면서 독성 연기를 내뿜고 있을 터였고, 탈출을 고려하지 않고 만들어진 좁디좁은 통로들은 미로 역할을 하고 있을 터였다.

'뛰어들어?'

정말 생각 같아서는 그러고 싶었다. 하지만 이 상황에서 비전문가인 강혁이 뛰어드는 것은 그저 구조 요청자 하나를 더 늘리는 것에 지나지 않았다. 아니, 오히려 방해될 터였다.

'일단 기다리자…….'

강혁은 한 분야에 정통한 사람으로서 다른 분야의 전문가를 존중할 줄 아는 인간이었다. 해서 섣불리 뛰어들기보다는 그저 상황을 지켜보기로 마음먹었다. 와장창! 그때 3층 쪽 유리창 또한 박살이 나며 바닥으로 우수수 쏟아졌다. 이젠 의료진이나 요원들 모두 헬멧에 장갑까지 착용한 상태였기 때문에 별다른 안전사고는 없었다. 쿵! 이번엔 화재로 인한 것이 아니었는지, 뒤이어 큼지막한 나무 의자 하나가 떨어졌다. 자연히 모든 이들의 시선이 방금 유리가 깨진 곳을 향했다.

"어!"

그리고 그곳을 통해 사람 여럿이 모습을 드러냈다. 작은 사무실에 있던 사람 중 하나가 의자를 던져 유리창을 깬 모양이었다. 별로 상태는 좋아 보이지 않았는데, 그럴 만도 했다. 멀리 있기 때문에 나이가 가늠되지는 않았으나 시커먼 검댕으로도 지울 수 없는 흰 머리가 보였다.

"빨리, 빨리! 간이라도 설치해!"

"여기!"

"위로! 위로! 건물 도면 구했어?"

"네! 초기 도면은 구했습니다! 근데 칸이 새로 만들어진 곳이 많아서 아직 완전히 파악되진 않습니다!"

"아니, 건물주는 대체 이거 업데이트도 안 하고 뭐 하는 거야?"

"그……. 외국에 거주한다고……."

"이런 망할."

현장에 나와 있는 소방경이 고개를 가로저었다. 워낙에 큰 사고였기 때문에 사방에서 취재진이 몰려들고 있었다. 물론 소방차도 못 들어오는 골목에 들어오려고 하는 몰상식한 인간은 없었지만 아무튼, 쏟아지는 관심 자체가 부담이었다. 특히 지금처럼 구조가 쉽지 않을 때는 더더욱 그러했다. 철커덕. 지휘관이 낙심하고 있는 와중에도 소형 트램펄린은 완성되었다. 아무래도 내구성이나 안전성이 떨어지는 물건이긴 했지만, 어쩔 수 없는 일 아니던가. 일단 이거라도 있는 게 어디냐는 생각이 들 만한 현장이었다.

"뛰세요! 뛰면 옆에서 받아줍니다!"

소방경은 설치를 확인하자마자 확성기를 들고 외쳤다. 그러자 안에 있던 사람 중, 아마도 의자를 던진 것으로 추정되는 사람이 제일 먼저 뛰어내렸다.

"윽."

하지만 무심코 창틀에 손을 댄 것이 화근이었다. 어마어마한 열기로 인한 통증 때문에 균형을 잃고 말았다. 그래서 트램펄린을 향해 뛰어내리는 게 아니라, 떨어지는 형국이 되었다.

"어어!"

"받아, 받아! 몸으로라도 받아!"

소방경은 그렇게 외치며 자신도 모르게 몸을 구조 요청자에게로 다가갔다. 물론 거리가 멀어서 진짜 가까이 가지는 못했지만 아무튼, 그의 간절한 마음만은 전해진 셈이었다. 퉁! 그사이 요청자는 트램펄린에 어깨로 떨어진 후 튀어 올랐고 그걸 옆에서 대기 중이었던 소방 대원들이 붙잡아주었다.

"으. 으!"

"어깨가! 어깨가 빠졌어!"

다리로 떨어지거나 했으면 별문제가 없을 만한 높이였는데 하필 어깨로 떨어진 것이 문제였다.

"어, 어."

게다가 제일 먼저 용기 있게 뛰어내린 사람이 다친 마당 아닌가. 남은 사람들이 망설이게 된 것도 무리는 아니었다.

"자, 환자분."

그때 강혁이 트램펄린에 뛰어내린 환자를 향해 달려갔다. 아니, 이미 도달해 있었다. 소방 대원들은 이 사람이 대체 언제 왔을까 하는 생각에 빠졌는데, 미처 어떤 결론에 내리기도 전에 강혁이 환자를 붙잡았다.

"으, 으!"

환자는 대단히 극심한 통증을 호소하고 있었다. 당연한 일일 터였다. 외상으로 인한 탈구는 근처 인대를 강제로 늘려버리니까.

"자, 잠깐만 참으시고."

강혁은 그런 환자의 어깨를 한 손으로 움켜쥐고는 다른 한 손으로 훅 돌려 집어넣어버렸다. 이미 떨어질 때 어떤 방향으로 빠졌겠거니 하고 확신을 할 수 있었기에 가능한 일이었다.

"억. 어?"

"이제 안 아프죠?"

"어……. 네."

"저기 가서 검진 더 받으세요. 코 밑이 시커메서 불안해."

"아, 네."

해서 순식간에 환자를 치료한 후, 재원에게 인계해주었다. 환자는 아직 이게 무슨 일인지 파악도 하기 전이었기 때문에 그저 순순히 따랐다. 강혁은 그렇게 환자를 보낸 다음 위를 올려다보았다. 다행히 몇몇은 뒤로 숨는 대신 아래를 바라보고 있었다.

"저 백강혁입니다! 한국대학교 병원 외상 외과 백강혁!"

강혁은 그런 그들을 향해 목청껏 외쳤다. 부디 자신의 유명세가 도움이 되길 바라면서였다.

"아!"

놀랍게도 상당한 도움이 되었다. 고개를 내민 구조 요청자 중 하나가 기침을 연신 해대는 와중에도 반가움을 표시했다.

"저 믿으시고! 뛰어내리세요! 거기 있으면 안 됩니다!"

"음. 음!"

그러곤 강혁의 말대로 뛰어내렸다. 아까 앞선 이가 손을 그대로 창틀에 댔다가 어떤 꼴을 당했는지 똑똑히 본 터라 이미 손에 천을 대고 있었다. 덕분에 그는 바로 뛰어내릴 수 있었고, 아무 부상을 입지 않고 재원에게 인도되었다. 그 뒤로는 일사천리였다. 퉁. 퉁. 방 안에 있던 모두가 뛰어내렸다. 강혁은 이제 재원을 도와 환자 상태를 살피기 시작했다. 병원을 떠나기 전부터 기도 화상을 염두에 두고 있었기 때문에 기도 검사를 위한 파이버 옵틱을 구비한 채였다. 그는 코를 통해 상기도 전체를 훑고는 고개를 끄덕였다.

"일단 급한 환자는 없는데, 맨 처음 나온 환자. 그분은 일단 병원에서 잘 보라고 해줘. 기관 삽관은 무리일 거고, 하게 되면 절개. 세트 옆에 두고 잘 봐야 해. 이비인후과 있는 쪽으로."

"네, 교수님."

그리곤 빠르게 지시를 내렸다. 일단 여기서 당장 뭘 더 하거나 아니면 한국대병원으로 헬기 이송을 할 만한 환자는 없다는 것이 그의 결론이었다. 어차피 종로 근처에 다행히 대한민국에서 손꼽는 병원이 하나 있지 않은가. 그쪽으로 차량으로 이송을 해서 봐도 무방할 환자뿐이었다.

'일단 시작은 좋아. 시작은 좋은데…….'

앞으로 어떨지가 문제였다. 소방 호스로 물을 끌어와서 뿌리고 있음에도 불구하고, 불이 잡히는 거 같지가 않았다. 그나마 날이 후덥지근하긴 해서 다행이긴 했지만. 안에 너무 많은 사무실이나 상가들이 들어차 있는 데다가, 그 안에 집기들 또한 꽉꽉 채워져 있기 때문이다. 끌 수 있는 방법은 제한되는데, 탈 만한 것은 너무 많은 그런 상황이었다. 우르릉! 그사이 1층을 통해 진입한 소방 대원 문국진은 눈앞에서 통로가 막히는 것을 목도해야만 했다. 막 진입하려던 찰나, 가벽이 무너져버린 것이다.

"이런."

문국진 대원은 탄식과 함께 위쪽을 바라보았다. 새카만 거스름이 벽을 타고 올라 천장을 가득 물들이고 있었다. 마치 자신의 가슴 속을 가득 메우려 하는 절망과 비슷한 모습이기도 해서 더더욱 마음이 좋지 못했다.

“여, 여기……. 사람…….”

그때 지금 막 무너진 가벽 너머에서 목소리가 들려왔다. 연기를 들이켠 것인지, 아니면 나이 탓인지는 몰라도 목이 잔뜩 쉬어 있었다. 어쩐지 곧 끊어질 수도 있겠단 생각이 들게 하는, 그런 목소리였다.

‘돌아가야 하나.’

문국진은 이제 가벽이 아니라, 하나의 불덩이를 마주하고 있었다. 천장에 있던 거스름이 아래로 떨어지더니, 곧 불길로 화했기 때문이다. 해서 주변을 돌아보았지만 보이는 것은 그저 붉은 불길과 까만 재뿐이었다. 도저히 길이 보이지 않았다.

“여, 여기……. 제발…….”

또다시 가벽 너머, 아니 불길 너머 목소리가 들려왔다. 차분히 생각해보면 정말이지 말이 안 되는 일이었다. 모든 것이 불길에 휩싸여 가고 있는 상황 아니던가. 그런데 저 다 죽어가는 목소리가 들린다고? 스스로 의심이 되었지만 어쩌겠는가, 소방 대원인데. 사람이 있다면 가야 했다.

“잠깐만 기다리세요!”

해서 문국진은 그렇게 외친 후, 호흡을 가다듬었다. 보호 장구를 갖추고 있음에도 불구하고 공기가 뜨거웠다. 그나마 비 오듯 흐르는 땀이 습기를 보전해주어 망정이지, 그렇지 않았다면 그의 기도마저 타들어갔을 터였다.

“흡!”

그는 자신이 이 정도라면 구조 요청자는 어떨까 하는 생각에 불덩이를 뚫었다.

"큭."

시야가 완전히 가려져 있던 바람에 무너진 구조물 중 무언가 뾰족한 것이 그의 보호의를 뚫고야 말았다. 옆구리 쪽이 따끔했지만. 일단은 참을 만했다.

'괜찮아, 괜찮아.'

피가 나는 것 같지는 않았으니. 일단 그렇게 생각하기로 했다. 뚝. 뭐가 박혔는지는 몰라도. 곧 부러졌다. 몸 안에 무언가가 남았을 수도 있다는 것을 의미했다.

"아!"

다행히 구조 요청자를 찾는 건 그리 어렵지 않았다. 땀마저 마른 요청자는 바닥에 납작 엎드린 채 손만 살짝 들고 있었다. 그 주변으로도 사람들이 몇몇 보였지만, 모조리 시신들뿐이었다.

'이따 확인은 해봐야겠지만…….'

일단 구조해야 할 사람은 명확해 보였다.

"자, 뛰겠습니다!"

문국진 대원은 두 손으로 환자를 안아 들었다. 얼굴을 자신의 몸을 향하게 해서였는데, 그 순간 아까 다친 우측 옆구리가 다시 따끔했다. 다리가 휘청거릴 정도의 통증. 그제야 이게 별거 아닌 건 아니구나, 하는 걸 알 수 있었다.

'하지만 두고 갈 수는 없어.'

해서 문국진은 애써 힘을 쥐어짜냈다. 다행히 그가 지금껏 대원이 되기 위해 받은 그리고 대원이 된 후 받아온 혹독한 훈련이 빛을 발했다.

"갑니다!"

덕분에 통증에도 불구하고 다시 한번 불덩이를 뛰어넘을 수 있었고 계단을 뛰어내릴 수 있었고 마침내 건물 밖으로 나설 수 있었다.

"하, 한 명 구조!"

그가 그렇게 외치자마자 대기 중이던 의료진들, 즉 강혁을 포함한 모든 이들이 달려들었다.

"직접 화상……. 등 쪽에 2도. 3도로 진행할 가능성이 커! 탈수 대비해서 빨리 수액 꽂아!"

"네!"

"기도 화상……. 음. 기관 절개하자. 빨리!"

"네. 네!"

그사이 문국진 요원은 천천히 현장을 향해 고개를 돌렸다. 막상 나오고보니, 통증이 느껴지지 않아서였다. 어차피 보호의를 갖춰 입은 마당이라 다른 동료들 또한 그의 이상을 눈치채지 못했다. 오직 한 명, 강혁만이 알아차릴 수 있었다.

"잠깐, 당신."

"네?"

"옷 벗어봐. 지금 제일 크게 다친 게 그쪽 같은데."

"아니, 전……."

문국진 대원은 저도 모르게 뒷걸음질을 쳤다. 방 안에 두고 나온 시신들이 눈앞에 아른거렸다. 그 시신들 뒤로 닫혀 있던 문. 그 문이 기억에 남았다.

'어쩌면…….'

옆방에는 살아 있는 사람들이 있을 수도 있었다. 통로였던 곳이 불덩이로 가로막혔다는 건 오직 그만이 알고 있는 사실 아니던가. 말로 설명해줘봐야 아무도 알아먹지 못할 터였다. 오래된 건물이었고, 도면은 엉망인 데다 불길은 잡힐 생각을 안 하고 있었으니까.

"익."

하지만 눈앞에 있는 강혁은 완고했다. 조금 전까지 불 앞에 서 있던 터라 뜨거운 열기를 담고 있는 보호의를 꽉 잡은 채 놓아주질 않았다.

'무, 무슨 힘이…….'

일반인은 절대 제대로 훈련받은 소방관의 힘을 견뎌낼 수 없었다. 애초에 온전히 혼자서 사람 하나 들고 나오는 것을 원칙으로 하는 사람들이지 않은가. 그런데 강혁은 전혀 흔들림이 없었다.

"애쓰지 말아요. 다쳤잖아."

"안에……. 안에 사람이……."

"지금 들어가면 당신도 위험해요. 주변을 보라고. 동료들, 많아."

강혁은 손목을 꽉 잡은 채 주변을 가리켰다. 아까보다 소방 대원들의 수가 월등히 많아져 있었다. 불길이 쉽게 진화되지 않는 데다가, 상업 빌딩에서의 불이기 때문에 워낙 많은 구조 요청자가 있을 것으로 예상되는 상황 아니던가. 인근 소방서에서 증원이 왔고, 또 오고 있었다.

"음."

그런데도 문국진은 쉽게 고집을 꺾지 않았다. 분명 아까 구조 요청자 하나를 안아 들고 나올 때만 해도 통증이 어마어마하긴 했더랬다. 하지만 시간이 지금은 버틸 만했다. 아니, 정말 그런지는 모르겠지만 일단 아까보다는 나았다. 그렇게 느껴졌다.

"말, 거 참. 더럽게 안 듣네. 김 팀장, 이 친구 좀 잡아줘."

"아, 네."

"엇……."

"김강률 팀장이야. 중앙 구조단. 알죠? 까마득한 선배인 거."

"어……."

하지만 김강률이 나서자 그도 더는 뻗대지 못했다. 지금 김강률이나 안중헌 단장은 젊은 소방관들 사이에서는 거의 아이돌이나 마찬가지였기 때문이다. 하루가 멀다고 헬기를 타고 현장으로 향하고 있다니. 그럼에도 불평 한 번 터뜨리지 않고 있다니. 이건 정말 대단한 일이었다.

"읏차."

덕분에 강혁은 보다 수월하게 환자의 보호의를 벗길 수 있었고.

"억……."

그 뒤에 있던 위탁 교육생 둘. 즉 김정화, 박우식은 비명 비슷한 신음을 흘렸다. 드러난 문국진의 옆구리 상처가 상당히 심각했기 때문이다.

"왜, 왜……. 그러시죠?"

문국진은 무려 두 의사의 얼굴이 사색이 되는 것을 보고야 겁을 집어먹었다. 차마 아래를 쳐다보고 있지 못하는 그를 향해 강혁이 고개를 가로저었다.

"쇠에 찔렸죠? 달궈진 쇠에 찔렸으니……. 상처가 이렇게 되지……."

피가 나오고 있진 않았다. 단 한 방에 타버린 까닭이었다. 강혁이 보건대, 간까지 분명 손상을 입은 것으로 보였다. 내부 장기 화상이 발생했다는 뜻인데, 이건 정말이지 심각한 일이었다. 누차 말하지만, 화상은 그냥 그대로 있는 것이 아니라, 열기로 인한 누적 손상을 입히기 때문이다. 게다가 상처 안쪽으로 보이는 무언가는 분명 달궈진 쇠 같았다. 손상을 더더욱 가속화시킬 터였다.

'이걸 이대로 방치하면 간부전이 생길 수도 있어. 아니…….'

강혁은 전쟁터에 있어본 경험이 있지 않은가. 얼핏 생각해보면 총상이 제일 심각한 부상이 될 거라고 생각하겠지만, 실제 전쟁터에 가 보면 총상은 거의 제일 가벼운 손상에 해당했다. 무서운 건 열이었다.

'장기가……. 익는다…….'

주변부가 싹 다 타들어갈 가능성도 염두에 둬야 했다. 강혁은 그렇게 드러난 상처를 살짝 쓸어내리며 문국진의 얼굴을 살폈다. 통증은 전혀 느껴지지 않는 모양이었다. 아니, 아예 감각이 없는 듯했다. 당연히 좋지 않은 사인이었다.

"지금 제가 여기 만지는 거 못 느끼셨죠?"

"네? 만졌습니까?"

문국진은 그제야 고개를 아래로 돌렸다. 그래 봐야 보호의가 워낙 두꺼워서 시야 확보는 되지 않았지만 아무튼, 전혀 모르겠다는 눈치였다.

"음."

강혁은 매우 굳은 얼굴로 손을 뗐다. 그리곤 현장 쪽을 돌아보았다. 아까부터 물을 뿌리고, 헬기도 뜨고, 대원들도 들락날락하고 있는데 현장 상황은 별로 좋아진 것이 없어 보였다. 대원들을 탓할 일은 아니었다. 그저 현장이 너무 궂은 것일 뿐이었다.

'앞으로 어떤 환자가 나올지……. 알 수가 없어.'

정말 심각한 환자들이 나올 가능성이 아주 컸다. 이 환자처럼 열기를 머금은 어떤 물질에 의한 화상이 아니라 불에 직접 화상을 입은 환자가 나올 수도 있었고. 기도 화상 환자가 나올 수도 있었다.

'하지만 지금 내 눈앞에 있는 환자는 이 사람이야.'

더구나 이 사람은 소방 대원이었다. 훌륭하기로 따지자면 강혁보다도 더한 사람이라는 뜻이었다. 강혁은 자신의 안전이 확보된 곳에서 사람을 살리지만 이 사람은 자신의 목숨을 걸고 사람을 살리니까. 실제로 임무 중 순국하는 소방관들이 얼마나 많던가. 환자에게 빈부로 인한 차이를 두어서는 안 된다고 굳게 믿는 강혁이었지만 지금과 같은 상황에서는 마음이 움직일 수밖에 없었다.

"1호. 현장을 부탁한다."

"네?"

해서 강혁은 재원에게는 청천벽력과도 같은 말을 내던졌다. 당연하게도 재원은 다소 황당하다는 얼굴로 강혁을 바라보았다. 지금도 혼자 기도 화상 환자를 진단하고, 간단한 화상 환자들은 처치해주고 있던 참이긴 했지만. 그래도 강혁이 이곳에 있고 없고는 너무 큰 차이 아니던가. 이런 반응을 보일 수밖에 없었다.

"소방 대원이 다쳤어. 소홀히 할 수가 없어. 2호 보낼 테니까, 그동안 여기 김정화, 박우식 선생하고 같이 좀 있어."

재원은 역시나 아까 한 번 들은 이름을 찰떡같이 기억하고 있는 강혁을 보며 뭐라고 하고 싶었지만 그 앞에 말 때문에 순순히 고개를 끄덕일 수밖에 없었다.

'소방 대원…….'

중증외상센터엔 VIP가 없다는 것이 원칙이지만. 늘 그렇듯 원칙에는 예외가 생길 수 있는 법 아니겠는가. 비록 처음 보는 사람일지라도 같이 사람을 살리기 위해 목숨을 건 사람이었다. 가족처럼 대해줘야 했으며, VIP 대접을 해줘야만 했다.

"네. 알겠습니다. 대신……. 빨리 보내야 해요."

"알았어. 가자마자 보내도록 할게. 김 팀장, 요원 좀 빌려줘. 환자 옮겨야 해."

강혁은 고개를 끄덕이며 강률을 돌아보았다. 그러자 이미 강혁과 오랜 시간 손발을 맞춰온 바 있는 요원 둘이 들것을 들고 뛰어왔다. 그 모습을 본 문국진은 한사코 손을 내저었다. 치료를 받겠다고는 동의했지만 실려 가진 않아도 된다는 생각에서였다.

"저, 저 괜찮습니다."

"아니, 아닐걸요."

"무슨……."

"지금 조금 움직이니까, 숨차죠?"

"어……."

문국진은 아주 당황스럽다는 얼굴이 되었다. 강혁의 말대로 호흡이 짧아진 느낌이 들었기 때문이다.

"얌전히 누워요. 당신, 생각보다 아주 심각하다고. 내가 현장을 이탈한다는 게 어떤 뜻인지 잘 모르겠지만, 지금보다는 심각하게 생각해."

"아……. 그……."

문국진은 손을 내저으려다가. 강혁의 심각해진 얼굴을 보고는 이내 고개를 끄덕였다.

'뭔 놈의 의사 얼굴이 이렇게 무섭냐…….'

물론 강혁에게 설득이 되어서는 아니긴 했지만 아무튼, 강혁의 목적은 달성된 셈이었다.

"자, 그럼 달리자고."

"네, 교수님."

"빨리 와야 합니다!"

"알았어, 알았어."

강혁은 재원의 말에 건성으로 고개를 끄덕인 후, 곧장 아까 헬기가 내려섰던 그 빌딩으로 달리기 시작했다. 어지간하면 들것을 든 요원을 돕는 그였지만 지금은 그저 환자 상태를 살피는 데만 주력하고 있었다. 아직 산소 포화도가 떨어지고 있지는 않았지만, 언제 떨어져도 이상하지 않을 만큼이나 진행 속도가 빨랐기 때문이다.

'체력도 비축해두는 편이 좋겠어.'

이 환자는 암만 봐도 쉽지 않을 거 같았다. 강혁을 대체할 만한 의사가 있다면 좋겠지만 아쉽게도 아직 재원이나 강행을 제외하면 어지간한 수술은 맡길 수조차 없었다. 이런 말을 하면 한유림 교수가 무척 서운해하긴 하겠지만 어쩌겠는가. 사실이 그러한데. 때문에 강혁은 그저 달리고 있었고, 요원들은 그런 그를 서운하게 생각하지 않았다. 띵. 그저 최대한 빨리 헬기를 향해 달려야 한다는 일념으로 뛰고 있을 뿐이었다. 타타타타! 김강률이 미리 기장에게 연락을 취한 덕에 헬기는 이미 시동이 걸려 있었다.

"자, 빨리 갑시다. 빨리!"

"네, 교수님."

기장은 늘 그러하듯 뒤가 정리되자마자 헬기를 띄웠다. 그리곤 최선을 다해 병원을 향해 날아가기 시작했다. 타타타타! 강혁은 그와 동시에 멀어져가기 시작한 화재 현장을 돌아보다가 이내 환자를 향해 고개를 돌렸다. 현장이 걱정이기는 했다. 하지만 지금은 이 환자에게 집중해야 할 때였다.

'믿자……. 시바……. 안 믿기긴 하지만…….'

그러자면 재원을 신뢰해야 했다. 강혁에게는 더없이 어려운 일이었지만. 어쩌겠는가. 그놈 말고는 뭐가 없는데.

"믿을 만한 놈이다……. 믿을 만한 놈이다……."

해서 계속 같은 말을 중얼거리기 시작했다.

"자, 이제 내립니다!"

그사이 헬기는 병원에 도달했고, 곧 이착륙장으로 내려앉았다. 미리 연락받은 장미와 강행이 뛰어나와 있었다. 강행은 현장으로 가야 한다는 말을 전해 들은 참이라, 배낭을 메고 있었다. 강혁은 그런 강행의 어깨를 툭 친 후, 장미와 함께 옥상 엘리베이터로 향했다.

"금방 갈 테니까, 1호랑 잘하고 있어. 다 살려놔야 해. 죽더라도 나 가고 나서 죽게 하라고."

"아."

상당히 부담되는 말을 남긴 채였는데 강행이 뭐라 대꾸를 하려고 했을 때는 이미 강혁은 옥상 엘리베이터에 다다른 후였다. 아마 그가 가까이 있었더라도 뭐라 말을 걸기란 무척 어려웠을 터였다.

"기관 삽관! 환자 산소 포화도 떨어진다!"

환자 상태가 급변하고 있었으니까. 아니, 그보다 멀리서도 확연히 보일 만큼 강혁이 가장 긴장 중이었다. 적어도 강행은 이런 강혁을 본 기억이 없었다.

"이건 내가 알아서 할 테니까! 너흰 그냥 환자 끌어!"

마음이 다급해진 강혁은 요원이고 뭐건 간에 일단 반말로 지껄였다. 그야말로 눈에 뵈는 게 없는 상태였으니, 어찌 보면 당연한 일이긴 했다. 그래서 그 누구도 반발하지 않고 환자를 그대로 엘리베이터 안으로 잡아끌었다. 드르르. 그사이 강혁은 환자 머리 쪽에 선 채, 심지어 뒷걸음질을 치면서 환자의 목 안쪽을 들여다보았다. 그야말로 어디 의료 서커스라도 나가야 할 것 같은 묘기였는데, 불행하게도 여기 있는 사람 중엔 딱히 훌륭한 관중이 없었다. 묘기 따위에 팔릴 정신이 없다고 하는 게 좀 더 맞는 표현이긴 하겠지만. 아무튼, 아무도 강혁의 신기에 가까운 술기에 감탄을 터뜨리지 않았다. 쑥! 강혁은 기가 막히는 속도로 튜브를 환자의 기도 안에 쑤셔 넣었다. 다행히 보호의에 헬멧까지 걸치고 있던 덕에 기도 화상을 입은 것 같지는 않아 보였다. 만약 저 아래쪽에서부터 횡격막을 비롯해 폐 손상이 올라오고 있는데, 위에는 기도 화상까지 있다? 그랬다면 강혁은 지금쯤 환자를 포기해야 했을지도 몰랐다.

'이걸 다행이라고 생각해야 할지는 모르겠지만…….'

강혁은 고개를 가로저으며 엘리베이터 버튼을 바라보았다. 분명 평소와 같은 속도로 내려가고 있는데, 너무 느리게 생각됐다.

'지금이라도 빼?'

그러다보니 자연히 환자의 상처 쪽으로 눈이 돌아갔다. 겉으로 볼 때는 그저 그리 크지도 않은 화상일 따름이었다. 물론 흉측한 구멍이 동반되어 있기는 했지만 근처 살이 전부 익는 바람에 피도 흘러나오지 못하고 있었다. 하지만 진짜 문제는 그따위 것이 아니라, 안에 들어가 있는 쇠였다. 달궈진 쇠.

'아냐……. 어설프게 건드리다가 오히려 사고 나지…….'

강혁은 애써 전쟁터에서 겪었던 참상을 떠올렸다. 물론 그때 본 것들은 포탄 파편들이긴 했지만 그런 거 괜히 섣불리 건드렸다가 안에서 더 부러지거나 하면, 정말이지 재앙이었다. 그대로 환자 사망으로 이어지는 경우도 있었다. 띵. 강혁이 내적 갈등을 겪고 있는 사이, 엘리베이터는 평소 그 속도 그대로 1층에 도달했다.

"교수님."

장미는 별말 없이 강혁을 부른 채 눈을 들여다보았다. 옛날 같으면 대체 뭐냐고 물었겠지만. 이젠 척하면 척하는 사이가 된 지 오래인 팀 아니던가. 강혁은 즉시 수술방 쪽을 가리켰다.

"검사는 필요 없어."

"네!"

해서 일행은 일단 원무과에 접수도 하지 않고 수술방을 향해 달렸다. 만약 여기 초짜 요원이 있었다면 뭔가 의문을 품었을 수도 있겠지만 모두 베테랑뿐이었다. 그 어떤 절차보다도 환자 생명이 우선시 되어야 한다는 것을 이해하다 못해 뼛속 깊이 새겨 두고 있단 뜻이었다. 드르르. 심지어 한국대학교 병원은 환자들마저 비슷하게 행동했다. 선두에 선 강혁을 확인한 환자나 보호자들은 마치 홍해가 갈라지듯 복도 좌우로 붙어 섰다. 딱히 뭘 외치지도 않았음에도 그러했다.

"어머, 소방관인가 봐."

"아……. 저기 나오는 저긴가 보다."

"아까부터 시끄럽더니, 어떡해 이거."

그리곤 소방관 옷을 미처 벗지도 못하고 혼절해버린 문국진 대원을 보며 안타깝다는 듯, 한 마디씩 보태주었다.

"백 교수님! 화이팅입니다."

"교수님이 직접 보시는데 살겠지, 당연한 거 아닌가."

그중 일부는 강혁에게 응원 메시지를 보내기도 했다. 모두 강혁이 처음 왔을 땐 상상조차 할 수 없었던 일들이었다. 그땐 목청껏 소리 높여 외쳐야 겨우 길이 터졌고 비켜서는 환자들의 얼굴에 의문과 두려움이 가득했더랬다. 당연히 강혁이나 의료진을 향한 응원은 꿈도 꿀 수 없었다.

'감사한 2년이로구만.'

돌이켜보면 어떻게 여기까지 왔는지 짐작조차 못 하겠는 세월이었다. 심지어 다시 그때로 돌아간다고 하더라도 이만큼 할 수 없을 거 같았다. 물론 강혁이 너무 잘한 것도 있겠지만 운이 좋았다는 말이 더 맞을 터였다.

"교수님! 수술방 1번 방 준비됐습니다! 혹시 몰라서 체외 순환기까지 세팅했습니다!"

옆에서 늠름한 태도로 외쳐 주는 조폭. 아니, 장미. 이런 간호사를 어디 가서 만날 수 있겠는가. 그냥 우연히 만났다는 건 정말이지 큰 행운이라 할 수 있었다.

"오케이. 삽관은 되어 있으니까, 바로 마취 걸어!"

"네! 일단 수술대 위로 옮기겠습니다!"

뒤이어 환자를 받아 준 이는 경원이었다. 경원은 언제나 그러하듯 거의 완벽한 대응을 하고 있었다. 일단 환자 호흡을 완전히 넘겨받은 후, 기도 화상 여부를 물은 후에야 인공호흡기를 연결해주었다. 물론 아래쪽에서 화상이 진행해오고 있었기 때문에 쓸데없이 산소 농도를 높이진 않았다. 화상 환자에서 산소 농도가 높아질 경우 그 화상을 진행시킬 수 있기 때문이다.

"자, 약 들어갑니다."

경원은 그렇게 호흡을 잡아준 후에야 환자 몸무게를 확인했고, 그에 딱 맞춰서 약을 주었다. 다행히 환자는 기저 질환이 아예 없었고, 심장을 비롯한 순환 기계에는 전혀 손상이 없었기 때문에 마취제 선택에 제한이 있거나 하진 않았다.

"나, 나는 뭘 하면 되지?"

남들 다 개고생하고 있는 동안 그나마 쉬고 온 한유림 교수가 다급한 어조로 물어왔다. 이미 강률과 재원에게 현장 상황 및 환자 상태를 전달받은 터라 긴장한 기색이 역력했다. 세상에, 달궈진 쇳덩이가 몸 안에 박힌 환자라니. 여기 와서 별별 꼴 다 봤다고 생각했었는데, 그건 오산이었다. 어떻게 된 게 계속해서 새로운 케이스가 튀어나오고 있었다. 그것도 기상천외한 것들로만 골라서.

"뭐 하긴. 정신 나갔어요? 소독해야지. 나 손 닦고 오는 동안. 지금 환자 상태가 시시각각 안 좋아지는데."

"그……."

한유림 교수는 감히 기조실장이라는 하늘 같은 자신에게 정신 운운하는 강혁을 보고 있자니 말문이 턱하고 막혔다. 하지만 그간 알게 모르게 강혁에게 세뇌되어버린 그가 아니었던가. 신기하게도 나쁜 기분은 금세 사라져버렸고. 죽어가는 환자만이 뇌리에 남았다.

"아, 알았어."

"그래. 그래야 대장이지."

"어후."

그래도 대장이라는 말은 귀에 거슬리긴 했지만. 아무튼, 한유림 교수는 장미의 도움을 받아 환자 소독을 시작했다. 이제 그도 척하면 척하는 수준에 이르러 있었기 때문에 굳이 강혁이 여기 닦아라, 저리 닦아라 할 필요도 없었다. 알아서 가슴부터 서혜부 바로 위까지 슥슥 닦아냈다. 쉽게 말하자면 그냥 몸통 전체를 다 닦아버렸다는 뜻이었다. 촤라락. 그사이 강혁은 수술방 앞에 위치한 손 닦는 곳 앞으로 다가가 무릎으로 버튼을 눌렀다. 그러자 물이 쏟아져 내렸는데, 놀랍게도 찬물이 아니라 약간 미지근한 물이었다. 그간 강혁이 미친 듯이 푸시해왔던 것이 효과를 보고 있는 셈이었다.

'흠.'

덕분에 강혁은 옛날처럼 번갯불에 콩 구워 먹듯, 손을 살기 위해 문지르지 않고 잠시 생각에 잠길 수 있었다. 물론 무슨 쓸데없는 잡념에 빠진 것은 결코 아니었다.

'쇠…… 를 제거하고. 주변 조직을 어쩐다.'

화상이 진짜 무서운 점은, 열기를 머금게 된 조직 또한 손상을 가하는 가해자가 되어버린다는 점이었다. 즉 아까까지만 해도 열 때문에 피해를 보고, 망가진 놈이 조금 더 시간이 지난 후에는 옆에 있는 다른 기관을 망가뜨린다는 것이다.

'후…….'

그렇다고 그 조직을 제거하는 작업이 쉬운 것은 아니었다. 아니, 강혁과 같은 어마어마한 실력을 지닌 외과 의사에게 기술적인 어려움은 딱히 없을 터였다. 다만 어디까지 제거하느냐는 가히 도전 과제라 부를 만할 정도였다. 화상에 의한 피해는 연속적인 것이라서, 어디를 기준으로 할지 애매했기 때문이다.

'일단……. 일단 열자.'

강혁은 어느새 베타딘 솔로 박박 문지른 손을 재차 물에 가져다 대고 있었다. 손등과 팔뚝 쪽이 벌겋게 달아올라 있었는데, 아무래도 평소보다 힘을 준 모양이었다. 강혁이 손을 닦을 때까지도 계획이 완벽하게 서지 않을 때가 거의 없지 않은가. 긴장되는 것도 무리는 아니었다. 드르륵. 강혁은 그렇게 물기를 팔꿈치에 뚝뚝 떨어뜨리며 재차 수술방 안으로 들어섰다. 마침 한유림 교수가 소독을 마치고 밖으로 나오려 할 때쯤이었다.

"빨리 닦고 와요. 오늘 수술……. 어려울 거야."

"알겠어……. 그럴 거 같더라."

강혁은 그런 한유림 교수에게 다시 한번 부담감을 팍팍 심어준 후, 장미가 건네준 종이 타월로 손을 닦았다. 끊임없이 환자의 환부를 바라보면서였는데, 그럼에도 불구하고 딱 정리되는 느낌이 들진 않았다.

'이런 망할.'

심지어 수술 가운을 다 걸쳤을 때까지도 그러했다.

"교수님. 이거."

"아, 응."

장미는 평소와 달리 약간 넋이 나가 있는 듯한 강혁을 도와 드랩을 완료했다. 덕분에 환자는 곧 환부만을 드러낸 채 나머지 부위는 일회용 소독 천에 의해 온몸이 가려지게 되었다. 시야가 깔끔해진 만큼, 생각도 간단해지면 좋으련만 그렇지는 않았다. 여전히 머릿속은 누군가 강제로 엉켜놓은 것처럼 복잡하기만 했다.

"음. 일단 그 쇳덩이 빼는 거지?"

그때 한유림 교수가 종이 타월로 손을 닦으며 이렇게 물어왔다.

"음."

누구나 떠올릴 수 있는 계획이라고 보면 되었다. 열기를 머금은 쇳덩이가 틀어박혔으니까. 그것부터 제거하는 게 우선 아니겠는가.

"그래. 그래야지."

하지만 그보다 뒤에 있을 일을 골몰하느라 얼이 빠져 있던 강혁에게는 퍽 새롭게 느껴졌다.

'그래. 차근차근……. 내 스타일대로 간다.'

덕분에 강혁은 주파수가 안 맞던 라디오처럼 지직거리던 머리가 정돈되는 것을 느낄 수 있었다.

"자, 붙어요. 바로 갑시다."

"어, 응. 그래."

해서 강혁은 장갑은 슥 당겨 끼고는 장미에게서 메스를 건네받았다. 상처 자체는 옆구리 쪽에 나 있었지만, 그쪽을 섣불리 더 째거나 하진 않았다. 대신 상처가 난 방향 및 추가 손상의 진행 정도로 미루어 볼 때, 지금 쇳덩이가 있을 만한 곳에 수직인 방향으로 그었다. 횡격막보다는 약간 아래였고, 배꼽을 기준으로 하면 우상방이었다. 지이익. 강혁이 메스를 가져다 대자마자, 한유림 교수는 급히 보조에 들어갔다. 처음엔 그렇게 서툴더니, 이젠 완숙해 보였다. 원래 수십 년을 칼잡이로 살아온 사람 아닌가. 분야가 조금 달라진다고 해서 아예 새 출발은 아닌 셈이었다. 치지직. 어느새 강혁은 메스를 내려놓고 전기칼을 들고 있었다. 그 전기칼은 금세 살가죽을 완전히 뚫고, 복막을 가르고 들어갔다. 다음은 장간막이었는데 그건 한유림 교수가 한쪽으로 젖혀 주었다. 순식간에 배 속을 바라볼 수 있게 된 셈이었다.

"읍."

그와 동시엔 무언가 탄내가 수술실 안을 가득 채우기 시작했다. 진원지가 어디인지는 딱히 고민할 이유도 없었다. 특히 수술 장면을 두 눈 똑바로 뜨고 바라보고 있는 강혁, 한유림 그리고 장미는 더더욱 그러했다.

"탔구나……. 간이……."

"노란색으로 변한 건 처음 봐요."

덕분에 어지간해서는 수술장에서는 입을 열지 않는 장미조차 탄식을 내뱉을 지경이었다. 강혁 또한 평소와는 달리 입을 꾹 다물고 있지만은 못했다.

"후."

상부 쪽 간이 누렇게 타버리지 않았는가. 타버렸다기보다는 익은 거 같아 보이긴 했지만. 아무튼, 그쪽 기능을 완전히 잃었다고 봐야 했다.

'이미 타버린 부위가……. 30%……. 인접한 부위까지 하면 절반…….'

물론 강혁은 나머지 둘처럼 마냥 놀라고만 있진 않았다. 우수한 시력을 이용해서, 또 그의 풍부한 경험과 머리를 이용해서 사태 파악에 들어갔다.

'일단 간 절제술을……. 해야겠어. 여기서 쇳덩이 꺼내는 건 의미가 없어.'

그럼 뭐 하겠는가. 이미 그 주변 부위는 다 탔는데. 한꺼번에 떼는 게 나을 터였다.

"다시, 전기칼."

마침내 계획이 선 강혁은 더없이 날카로운 눈빛으로 손을 내밀었다. 드디어 문국진 대원을 살릴 자신이 생긴 순간이었다.

강혁은 전기칼을 건네받자마자 톡톡톡톡 점을 찍어나가기 시작했다. 보조를 맡고 있는 한유림 교수는 이 사람이 뭐 하나 하다가 이내 그의 의중을 알아차렸다.

"아, 통으로 제거하는 건가?"

"맞아요. 보세요 이거. 이 안에서 쇳덩이 꺼내서 뭐 해."

"거의 생체 간 이식이 되겠구만……."

한유림 교수는 강혁이 점선처럼 만들어 놓은 선을 보며 중얼거렸다. 솔직한 심정으로 말하자면 저거 저대로 안 쨌으면 어떨까 하는 생각이 지배적이었다. 비록 전공은 항문외과지만, 한 과의 과장을 맡았던 몸 아니던가. 대부분의 수술이 어떻게 이뤄지는지는 대강이나마 알고는 있었다. 해본 적은 없을지라도.

'생체 간 이식……. 난도가 거의 최상이지…….'

우리가 흔히 알고 있는 간 이식은 대부분 사후 이식, 즉 간 전체를 이어 붙여주는 방식으로 이루어지는 이식이라고 보면 되었다. 얼핏 생각하면 엄청 어려울 거 같지만. 사실 원래 있던 간 떼고, 남의 간을 통째로 붙여 주면 되는 문제 아니던가. 물론 그렇다고 해서 난도가 낮은 건 결코 아니었지만. 그렇다고 죽도록 어려운 건 아니었다.

'하…….'

하지만 생체 간 이식은 얘기가 달랐다. 공여자의 간문맥과 간동맥을 살려 두면서 나머지 간을 떼어내야 하는 작업이지 않은가. 그 까다로움이란 감히 비교하기조차 미안할 지경이었다. 그나마 이 환자의 경우 떼어낸 간을 어디 사용할 게 아니라 그저 폐기할 목적이긴 했지만.

"뭐 해요? 왜 정신을 빼."

"아니, 아냐."

"어렵다니까 고새 정신 털렸나? 왜 이렇게 멘탈이 약해요?"

"아니라니까……."

"그럼 보조 잘 부탁합니다. 어려워 이거. 진짜 어렵다고."

"자꾸 그런 말을 하니까 후달리잖아."

"후달리라고 하는 말이 아닌데?"

"듣는 사람 입장이 중요……. 아니, 아니다. 됐다. 하자, 해."

한유림 교수는 강혁과 뭔가 더 대화를 이어 나가려다가 이내 고개를 절레절레 흔들었다.

'내가 미친놈이지.'

이런 놈하고 무슨 놈의 대화란 말인가. 항상 말려놓고도 또 시작하다니. 아무래도 자신의 지적 능력에 하자가 생긴 것은 아닌가 하는 걱정이 들 지경이었다. 치직. 물론 그런 걱정이나 불만은 그리 오래 가지 못했다. 강혁이 풀어줘서는 당연히 아니었고. 그냥 지 멋대로 수술을 시작했기 때문이다. 치지직. 우선은 점선으로 이어진 선을 이어주고 있었다. 그냥 대강대강 그은 것이 아니라, 해부학적인 사항을 다 고려하고 그어 둔 것이었기 때문에 거침이 없었다. 진짜 팍팍 긋고 있었다. 한유림 교수로서는 보조 외의 다른 것을 떠올릴 겨를이 없게 된 셈이었다. 간 내부를 지나는 담관은 물론이고, 각종 작은 혈관들 그리고 제일 중요한 간문맥까지. 어느 것 하나 고려치 않고 긋는 절개가 없었다. 하나하나가 완벽한 절개라는 뜻이었다.

“여기는 타이.”

“아, 응.”

중간중간 혈관이나 담관을 묶기도 했다. 아무래도 잘려나가는 부위가 있으니 그럴 수밖에 없었는데. 신기한 일은 마치 안이 보이기라도 하는 것처럼 미리 말을 해준다는 점이었다.

‘진짜 신은 아니겠지.’

한유림 교수는 의심이 가득 담긴 눈초리를 강혁을 향해 보냈다. 그의 말에 따라 그가 켈리로 잡고 있는 담관을 묶으면서였다.

‘에이, 설마…….’

하지만 이내 고개를 저어댔다. 이런 놈이 신이라니. 절망적이지 않은가. 차라리 악마라면 또 모르겠지만.

‘아니지. 사람을 살리긴 하잖아.’

하지만 어떻게 생각해보면 강혁만큼 훌륭한 사람도 없었다. 자신의 안위를 돌보지 않고 동시에 자기 욕심을 채우지 않고 환자 생명을 살리고 있었으니까. 그걸 생각하면 조금 성질 더러운 건 넘어갈 수 있지 않나 뭐 그런 생각도 들었다.

"거, 타이 하나 하는 데 더럽게 오래 걸리네. 이태리 장인이야?"

"빠, 빠르잖아."

"빠르다는 건 이럴 때 하는 말이지."

"어후."

물론 강혁과 말이 길어지자 금세 악마 쪽으로 마음이 기울었다.

'역시 좋은 놈은 아냐.'

사람을 살리긴 하지만. 아무튼, 좋은 놈은 아니었다. 한유림 교수는 그런 생각을 하면서 강혁의 타이를 바라보았다.

"하……."

"한숨은 왜 쉬어요. 타이는 기본 술긴데."

"지금 보니까 기본 아닌 거 같아서."

"뭔 소리래. 자, 계속 자릅시다."

"응……."

해서 한유림 교수는 아까보다는 조금 풀 죽은 얼굴로. 하지만 아마도 환자는 살겠다는 희망을 지닌 채 보조에 들어갔다.

둘이 그렇게 희망찬 수술을 지속하는 사이, 재원은 거뭇해진 안색으로 현장을 바라보고 있었다. 딱히 안에 들어갔다 온 것은 아니었다. 실로 오랜만에 구조된 환자를 처치하다가 생긴 자국이었다.

"망할."

나지막이 욕설을 내뱉은 것에 다른 이유가 있진 않았다. 지금 막 하얀 천에 의해 얼굴이 가려지고 있는, 아까 재원이 처치했던 환자에 있었다. 이젠 고인이 되어버렸는데, 사실 처음 나올 때부터 희망이 없어 보이긴 했다. 기도 화상에 의해 폐가 싹 익어 있었으니까.

"선배. 또 나올 겁니다."

강행 또한 얼굴이 반쯤 썩어들어 가고 있었지만 일단은 하늘 같은 선배를 위로해주었다. 아까 얼마나 재원이 이리 뛰고 저리 뛰었는지 다 보고 있었던 까닭이었다. 하지만 어렵게 시행한 기관 절개에서 단면이 노랗게 익어버린, 심지어 까맣게 탄 부위도 있는 기관을 확인한 후에는 모든 것을 포기한 얼굴이 되어버리고야 말았다.

"나올까? 불 봐, 저거."

재원은 강행의 위로에도 별반 표정 변화를 보이지 못했다. 싸가지가 없어서라기보다는 정말 희망을 점차 잃어 가고 있었기 때문이다. 불은 여전히 건물을 휩쓸고 있었다. 그나마 대원들이 직접 드나들게 된 2층까지는 소강상태에 접어들긴 했지만. 그 이상 층으로는 여전히 불이 우세였다.

"음."

"시간이 지날수록 생존 확률이 희박해질 거야. 배웠잖아. 교수님한테."

재원은 얼마 전 강혁에게 들었던 화재 현장 강의를 떠올렸다. 매주 토요일 오전에 이루어지는 강의인데, 당연하게도 매번 성사되지는 않았다. 토요일 오전이라고 해서 중증외상센터가 안 돌아가지는 않기 때문이다. 거의 절반가량은 환자를 보고 있다는 뜻이었다. 즉 쉴 수 있는 시간에 이루어지는 강의란 뜻이었다.

'처음엔 진짜 싫었지.'

조금이라도 잘 수 있거나, 조금이라도 쉴 수 있는 시간에 강의라니 당연히 싫지 않겠는가. 하지만 들으면 들을수록 도움이 되는 강의였더랬다. 멤버들끼리 돌아가면서 하는 토막 강의도 도움이 되긴 했지만 특히 강혁이 해 주는 강의는 금과옥조와도 같은 말씀이었다.

"그건……. 음."

"아까 봤지? 기도 탄 거. 어쩌냐, 이거……. 어쩌면……."

재원은 검댕이 묻은 얼굴로 주변을 돌아보았다. 김강률도 비슷한 표정을 지은 채 한쪽 다리를 달달 떨고 있었다. 바삐 현장을 드나들던 대원 중엔 구슬땀을 흘리며 바닥에 드러누운 사람들도 있을 지경이었다. 모두 최선을 다하고 있었지만, 그 모두의 얼굴에 절망이 드리워지고 있었다.

쿵. 그때 낮은 충격음이 건물 쪽에서 들려왔다. 재원을 비롯한 팀원들이 그쪽으로 고개를 돌렸지만, 이내 관심을 껐다. 지금껏 들려왔던 소음과 별반 차이가 없었기 때문이다. 하지만 안쪽에서 벌어진 일에는 큰 차이가 있었다.

"후."

다행히 화장실 쪽에 있던, 건물 5층에 있는 작가 사무실에서 일하던 웹소설 작가 서효석이 안도의 한숨을 쉬었다. 방금 마대 자루로 찌른 것이 효과가 있었던 까닭이었다. 굳게 닫혀 있던 화장실 문이, 차마 손잡이에는 손을 대지 못할 정도로 뜨거워져 있던 문이 덜컹 하고 떨어져 나갔다.

'이게……. 이게 무슨 일이래.'

화장실에 있는 사이 어디선가 비명이 들리나 싶더니 불이 나 있었다. 하필 창문이 있는 화장실도 아니었던지라, 밖으로 뛰쳐나갈 수도 없었다. 그나마 수건인지 걸레인지 모를 천에 물이라도 묻힐 수 있는 상황이었기에 망정이지. 그렇지 않았다면 지금쯤 연기에 쓰러졌을 수도 있었다. 닫힌 문은 서효석의 탈출을 가로막기엔 충분했지만. 연기를 막아 주진 않았으니까.

"으."

서효선은 자세를 최대한 낮춘 채, 수건으로 입과 코를 가리고 화장실을 천천히 나섰다. 사방에서 불길이 치솟아 오르고 있었지만, 사무실 위치를 헷갈릴 정도는 아니었다.

'안에 사람이 많아…….'

다들 동료였고, 다들 친구였다. 서효석은 그런 사람을 두고 갈 만큼이나 매정한 사람은 못 되었다. 해서 부리나케 달려 사무실로 향했다. 언제나처럼 문은 굳게 닫혀 있었다. 글 쓰는 사람들이다보니 조용한 환경이 얼마나 중요하겠는가. 언제나 문을 닫아두는 것이 일상이었다. 쾅! 다행히 낡은 건물에 딸린 낡은 문이라 발로 참과 동시에 쿵 하고 열렸다.

"으……."

그와 동시에 서효석의 눈에 들어온 건 여기저기 널브러져 있는 동료들이었다. 누군가는 창문 곁에 쓰러져 있었고, 또 누군가는 검게 그을린 채 처박혀 있었다. 살아 있는 사람이 없나 하는 생각이 들 때쯤, 누군가 그를 애타게 불렀다.

"효, 효석아."

고개를 돌려 보니, 동료 작가 이진욱이 눈에 들어왔다. 넘어지는 책장에 다리를 다쳤는지 피가 흐르고 있었는데, 다행히 숨이 차 보이진 않았다.

"너뿐이야?"

"아까……. 창문 깨다가……. 불이 확 일었어……. 난 넘어져 있어서 살았어……."

제대로 된 상황 설명은 아니었다. 하지만 몇 가지 확실한 건 있었다. 다들 잘못되었다는 것. 자신이 이 친구를 살려야 한다는 것.

"그래……. 걸을 수 있어?"

"아니. 부러진 거 같아."

"그럼……. 일단 부축해줄게."

"고마워……."

둘은 어렵게 어렵게 사무실을 빠져나왔다. 그리곤 천천히 발걸음을 옮기기 시작했지만, 쉬운 일은 아니었다. 우선 서효석은 훈련받은 대원이 아니지 않은가. 건장한 체격이라고 해도 성인 남성 한 명의 체중을 온전히 감당할 수 있을 정도는 아니었다.

"으."

"머, 먼저 갈래?"

"아냐. 안 돼."

억지로 끌고 나오고 있긴 했는데 솔직히 죽을 거 같았다. 우르릉! 그리고 곧 진짜 죽을 지경에 빠지고야 말았다. 계단 쪽을 내려가려는데, 위쪽 난간이 아래로 무너져 내리고야 말았기 때문이다.

"으아."

"윽.

덕분에 둘은 고립되고 말았다. 계단에서 불타는 난간에 가로막힌 채. 죽음이 시시각각 둘을 덮쳐오고 있었다.

화마(火魔).

서효석과 이진욱은 왜 옛사람들이 심한 불을 마귀에 빗대어 불렀는지 비로소 알 것 같았다.

"으……."

"뜨, 뜨거워……."

"입. 입 다물어. 예전에 들었어. 그러다 안에 탄다고……."

"으."

넘실거리는 불은 마치 악마의 혓바닥처럼 둘 주변을 넘나들고 있었다. 저러다 바람 한 번이라도 불면 그냥 둘을 덮칠 것 같았다.

죽는 것도 두려웠지만. 온몸이 산 채로 불타오르는 통증이 더더욱 두려웠다. 그런 얘기들 있지 않은가. 사람이 겪을 수 있는 통증 중 불타 죽는 게 제일이라고.

"흐……. 시발……."

걱정과 통증이 한데 어우러진 탓인지 순하디순하던 이진욱의 입에서 욕설이 튀어나왔다. 당장 수 시간 전까지만 해도 당장 오늘 밤에 올릴 원고 분량 걱정이 세상에서 제일 심각한 걱정이었던 그였는데. 지금은 끔찍한 불을 눈앞에 두고 있지 않은가. 욕설이 튀어나오는 것도 무리는 아니었다.

"이런 젠장……."

그래서 서효석 또한 딱히 이진욱을 나무라거나 하지는 않았다. 그저 자신만의 문제에 사무친 듯 또 다른 욕을 더 할 뿐이었다. 아무래도 이진욱보다는 나이가 지긋해서 격정적인 욕을 쏟아붓고 있진 않았지만. 그렇다고 해서 아주 담담할 수는 없는 노릇이었다. 으르릉! 그때 또다시 벼락 치는 듯한 소리가 들려오는가 싶더니, 아까까지 둘이 있던 작가 사무실의 복도 쪽 벽이 무너져 내렸다. 아마 그 안에 있었더라면 둘은 지금쯤 산목숨이 아니게 되었을 터였다.

"시발……. 시발……."

"흐……. 이런 제기랄……."

둘은 잠시 안도감이 든 얼굴이 되었으나 다시금 넘나드는 불길에 암담한 심정이 되고 말았다. 어차피 둘이 죽는 건 시간문제란 생각이 들었기 때문이다.

'아까 옐……. 두고 갔으면 좀 나았을까?'

서효석은 자신도 모르게 욕을 주절거리고 있는 이진욱을 돌아보았다. 그러다 돌연 고개를 가로저었다. 동료보다는 가족 같은 느낌으로 지내던 사이 아니었던가. 아니, 서효석에게 이진욱은 일종의 은인이라고 봐야 할 수도 있었다.

'그래……. 얘가 내 글을 얼마나 많이 봐줬는데…….'

대개 창작하는 일들이 다들 그러하겠지만 웹소설 또한 성공하는 데 있어 나이는 전혀 중요치 않았다. 둘이 처음 만났을 때는 진욱이나 효석이나 둘 다 지망생이었지만 진욱은 대번에 대박 작품을 터뜨리면서 승승장구했고, 효석은 당장 내일 먹을거리를 걱정해야 할 정도로 궁핍했다.

"형……. 미안……. 나 때문에……."

"아냐, 인마……. 아냐……."

그때 효석을 도와줬던 사람이 진욱이었다. 밥 사는 것은 물론이오, 진부했던 효석의 문장과 스토리를 보다 트렌디하게 탈바꿈시켜주었다. 덕분에 글 밥 좀 먹게 되었다 싶었는데 이제 다 틀린 모양이었다. 효석은 아까부터 깜빡, 깜빡 꺼져가기 시작한 머리를 톡톡 두들기고는 진욱을 재차 바라보았다.

"어?"

진욱은 이미 눈을 감고 있었다. 숨을 쉬는지 아닌지는 확인이 불가했지만 일단 방금 말에는 반응을 보이지 못했다. 이미 다리를 다친 마당이라 효석보다 체력적으로 더 달리는 모양이었다.

"야! 야! 쿨럭, 쿨럭."

해서 효석은 부리나케 그를 뒤흔들어 보았지만. 별 소용이 없었다. 도리어 뜨거운 공기가 한가득 입안으로 들어와 효석의 기도를 괴롭힐 따름이었다.

"쿨럭."

한 번 그렇게 나오기 시작한 기침은 효석의 숨이 잦아들 때까지 계속되었다.

"쿨럭……."

효석은 점점 시야가 흐릿해져가는 것을 느꼈다.

'이렇게……. 가는구나…….'

인생 참 덧없구나 하는 생각만 들 뿐이었다. 그나마 혼자가 아니라 진욱과 길동무가 되어서 다행일까 하는 생각도 들었고. 우르릉! 효석은 마지막으로 눈이 감길 때쯤, 예의 그 천둥소리를 들었다. 이번엔 어디가 무너졌을까. 생각하기도 싫었다.

"야! 비켜!"

"네!"

소방 대원들은 이제 도끼와 망치를 들고 진입 중이었다. 점점 건물 내벽이 무너지고 있었기 때문에, 뭐라도 부수면서 나가지 않는 한에는 길을 뚫을 수가 없었다. 쾅! 이번에도 계단 한가운데를 가리고 있던 철제 캐비닛을 박살 낸 참이었다. 오래된 빌딩답게 쓸데없는 물건들이 참 많았는데, 불난 상황에서는 단순한 쓰레기가 아닌 장애물이 되었다. 아니, 불에 타는 장작 역할도 했다.

'이런 시발. 이런 데가 어떻게 점검을 통과한 거야.'

대원들은 그런 생각을 하며 부서진 캐비닛 더미를 밟고 위로 올라섰다. 우르릉! 또다시 천둥소리가 들려왔다. 천둥일 리는 없었고, 그저 건물이 무너지는 소리일 따름일 터였다.

"서둘러!"

"네!"

당연하게도 대원들의 마음이 급해졌다. 주변인들 증언에 따르면 빌딩 안에 상주하는 인원은 무려 100명가량. 구조된 인원은 절반 조금 넘는 수준인 70명 정도였다. 아직도 30명 정도가 안에 있다는 뜻이었다. 다시 말하면, 30명의 살아 있는 사람들이 죽어가고 있다는 뜻이었다.

"올라가, 올라가!"

그러다보니 대원들은 점차 자신의 안전은 도외시한 채, 한 사람이라도 더 데리고 나오길 골몰하고 있었다.

"여, 여기……! 여긴 끊어졌습니다!"

"뭐가?"

"계단이……."

"계단이 끊어져? 그게 무슨……. 아. 아니, 뭔 건물이……."

선임 대원 천지평은 황당하다는 얼굴로 끊어진 계단을 바라보았다. 너무 오래되어서 그런 건지는 몰라도 정말로 계단 자체가 무너져 있었다.

"어쩌죠? 어떻게 올라가죠? 헬기 쪽으로 요청을 해 볼까요?"

"야, 잠깐!"

그렇게 위를 바라보던 천지평 대원은 잠시 후대 대원들을 제지시켰다. 그가 이렇게 나올 땐 반드시 구조 요청자와 관계가 있다는 것을 나머지 대원들은 아주 잘 알고 있었다.

"지금……. 뭔 소리 안 들려?"

"네?"

"기침……. 들리는 거 같지 않아?"

"기침……?"

그제야 나머지들도 귀를 기울여 '기침'을 찾기 시작했다.

"아."

그리곤 거의 모두가. 거의 동시에 끊어진 계단 저 너머를 바라보았다.

"저기에……. 있습니다."

"그래. 저기 있어. 생존자가 있다."

대원들의 얼굴이 비장해졌다. 그저 희망 없이 불길을 가르고 길을 뚫을 때도 비슷한 얼굴이었지만, 그렇게 여기까지 오느라 이루 말로 다 할 수 없을 만큼 지쳐 있었지만, 지금 막 힘이 차오르는 느낌이었다.

"쿨럭……."

저 위에서 흘러 내려오는 아니, 굴러떨어지는 듯한 기침 소리가 대원들에게는 그 무엇과도 비교할 수 없는 에너지 충전제였다.

"내가 간다. 너희는 밑에 있어."

천지평 대원은 이미 로프를 허리에 감은 채 지시를 내렸다. 당연하게도 반발이 있었다.

"네? 너무 위험합니다!"

"위험한 건 알아, 나도."

천지평은 그리 말하면서 로프를 수직 상방으로 휙 던졌다. 워낙에 훈련을 세게 받아온 몸이라, 그리고 경험도 꽤 많이 쌓인 몸이라 그런지 실수가 없었다. 바로 위쪽 계단 난간에 로프가 걸렸다.

"여긴……. 단단한 거 같아."

"같아, 라뇨! 선배. 이러다 저기 무너지면……."

"너희가 받아 줘. 올라간다."

"아니……. 아……."

천지평은 이미 로프를 따라 위로 올라가고 있었다. 원래 체중도 꽤 나가는 사람인 데다가 보호의에 이것저것 장비까지 하고 있는 사람 아니던가. 거의 100kg에 육박한다는 뜻인데, 그 상태 그대로 줄타기를 하고 있었다.

'미친…….'

후배 대원들 또한 체력으로는 누구에게도 뒤지지 않는다 생각하고 있었지만. 천지평과 같은 괴물은 거의 없었다.

"읍."

후배들이 경악에 빠져 있는 사이, 천지평은 난간을 붙잡고 계단 위로 넘어갔다. 다행히 우려했던 것처럼 난간이 무너지거나 하는 일은 없었다. 그쪽은 이음새가 단단히 잘 남아 있던 모양이었다.

"거기서 대기해! 위험하면 나 버리고 가고!"

"그렇게 말하면 어떻게 갑니까!"

"아, 버리는 게 아니라 두고 가!"

"에이."

천지평은 아래쪽에 남아 있는 후배 대원들과 입씨름 아닌 입씨름을 한 후, 기침 소리가 난 쪽으로 고개를 돌렸다. 안타깝게도, 이제 더 기침 소리가 들려오지는 않았다. 천지평은 고요 속에 잠시 고개를 갸웃거렸다.

'설마 착각은 아니었겠지.'

얼마든지 그랬을 가능성은 있었다. 이곳은 불이 타오르는 현장이었으니까. 여기저기 소음이 가득했으니까. 게다가 천지평을 비롯한 대원들 모두 생존자가 있기를 간절히 바라고 있었으니까.

'이쪽…… 이었던 거 같은데.'

물론 천지평은 결코 희망을 버리지 않고 있었다. 작은 소화기 하나를 든 채, 기침 소리가 났던 곳을 향해 걷고 있었다. 치이익! 그리고 눈앞을 가로막고 있던 불을 조금이나마 옆으로 거두어냈을 때, 무너진 계단 때문에 이동하지 못하고 있던, 그러다 결국 쓰러져버린 서효석과 이진욱을 발견할 수 있었다. 삐이익! 천지평은 그와 동시에 호루라기를 불었다. 그러자 대원들은 딱 훈련받은 대로 그에게 몰려들었다. 물론 위로 올라가지는 못했지만.

"찾았습니까?"

"두 명! 둘 다 의식 없어! 밑에서 받을 수 있어? 척추 부상은…… 의심 안 돼. 어느 정도 자세는 흐트러져도 돼!"

"저희 자리 잡았습니다!"

"오케이. 일단 하나……. 어이구. 꽤 무겁네."

천지평은 우선 둘 중 그나마 가벼워 보이는 이진욱부터 안아 들었다. 상대적으로는 가벼워 보이긴 했는데, 그래도 꽤 무거웠다. 물론 천지평은 워낙에 훈련이 잘되어 있던 터라 무리가 있거나 하지는 않았다.

"자. 받을 수 있어?"

원래 같으면 어디 고정해서 밑으로 내려보내거나 해야겠지만 지금은 그 모든 것이 사치인 상황이었다. 원리원칙 따지다가는 다 죽게 생겼다는 얘기였다.

"네, 네!"

"저희 넷 대기 중입니다! 더 불렀어요!"

"오케이. 보이지? 지금."

"네!"

"내려간다."

천지평은 급한 대로 환자 허리에 고정대를 묶은 후 난간에 도르래 형식으로 연결해두었다. 그리곤 최대한 천천히 아래로 환자를 내리기 시작했다. 물론 절대적으로 보면 꽤 빠른 속도였다. 아무리 천지평이 힘이 세다고 해도 혼자 다른 성인 한 명의 무게를 온전히 감당하는 건 어려운 일이었으니까.

"어어."

"자, 잡았습니다!"

"받았습니다!"

다행히 밑에 대기 중이던 대원들도 상당히 능력 있는 사람들이었기 때문에 환자는 별문제 없이 아래로 이송될 수 있었다. 만약 허리나 목 등에 부상이 있었다면 얘기가 완전히 달라졌겠지만 다행히 이진욱이 다친 곳은 다리 하나였다.

"바로 아래로 이송합니다!"

"또 다른 환자 준비되면 말씀 주십시오!"

"알았어!"

천지평은 일단 한 명이 무사히 내려갔다는 생각에 아까보다 좀 더 움직임을 서둘렀다. 이미 한 번 해본 작업인 데다가 도르래도 설치가 되어 있었기 때문에 별 어려움은 없었다. 다만 서효석의 육중한 무게가 문제였는데, 그건 천지평의 괴력으로 어느 정도 해결이 되었다.

"자! 또 내려간다!"

"네! 준비됐습니다!"

해서 서효석 또한 천천히 아래로 향했다. 지지직. 무언가 불길해 보이는 소리가 들려오긴 했지만 어찌 되었건 무사히 내려갔다.

"나도 내려갈게! 수색은……. 어렵겠어!"

천지평은 아쉬움이 가득하다는 표정으로 사방을 둘러보았다. 이미 화마가 사방을 잠식해, 혼자서는 도저히 무리였다. 제아무리 사람 살리는 데 매진해온 그라곤 해도 무용해 보이는 위험을 무릅쓸 필요는 없지 않은가. 해서 아까 이진욱과 서효석을 아래로 내려보내는 데 썼던 도르래에 본인의 몸을 실었다. 지직. 그와 동시에 아까 그의 귀에 거슬렸던 소리가 다시 한번 찾아왔다. 낡아버린 난간이 더 버티기를 포기해버린 듯한 소리였다.

"어. 어!"

"선배!"

그리곤 무너져내린 난간에 몸이 깔리고야 말았다.

"선배!"

"소, 소리만 지르지 말고 일단 이거 치워!"

"이런 젠장, 젠장!"

대원들은 비명과 함께 천지평 대원 구조에 들어갔다. 이미 이진욱, 서효석 등의 구조 요청자들은 안전하게 1층으로 이송된 다음이었기 때문에 다들 전력을 다할 수 있었다. 또 전력을 다해야만 했고.

"이, 이거!"

"오케이!"

"야, 아무 데나 던지지 마! 현장이야!"

"아, 네!"

덕분에 어떻게든 천지평의 몸 위를 가리고 있던, 뜨겁게 달궈진 난간을 치워낼 수 있었다. 다행히 천지평은 보호의를 단단히 갖춰 입고 있었기 때문에 딱히 화상을 입거나 하진 않았다.

"선배!"

"의식이……. 의식이 없어!"

하지만 답을 하지도 못했다. 떨어지던 충격으로 인해 의식이 날아가버린 모양이었다. 아니, 그랬으면 좋겠다는 생각이 모두의 머릿속에 그득했다. 그게 아니라면 상황은 좀 더 복잡해질 테니까.

"일단, 일단 밖으로 날라!"

"양재원 선생님한테 보여드려! 선생님이 보면 뭐라도 달라지겠지!"

"들것!"

물론 다들 희망 회로만 돌리고 있지는 않았다. 다들 베테랑답게 이 상황에서 할 수 있는 것, 그중에서도 반드시 해야 하는 것부터 하기 시작했다.

"흔들리지 않게! 다른 구조 요청자들하고는 달라!"

"네!"

천지평이 허리부터 계단으로 떨어져 내리는 장면은 여기 있던 모두가 목격한 바 있지 않은가. 다들 내색은 하고 있지 않지만 허리에 어떤 식으로든 부상이 가해졌을 가능성이 있다고 생각 중이었다. 그렇다면 절대 흔들려서는 안 되었다. 이송 중에 2차 부상이 이어져서는 안 될 일이었으니까. 예전 이런 개념이 없었던 당시 발생했던 마비 환자들 사례를 보면 오히려 2차 부상이 더 심각한 부상을 일으킬 수도 있었다.

"자자, 들어! 흔들리지 않게! 하나, 둘, 셋!"

"셋!"

해서 대원들은 한마음 한뜻이 되어 천지평을 옮기기 시작했다. 천지평은 그렇게 누군가 자신의 몸을 들것에 옮기고, 그 들것을 실어 나르는 중에도 눈을 뜨지 못하고 있었다. 다다다! 대원들은 그런 천지평을 데리고 1층을 향해 달렸다. 1층 밖으로 나가면 양재원이 있을 테니까.

"메스!"

양재원은 옆 건물 1층 로비를 빌려다가 응급 진료소로 쓰고 있었다. 차마 강혁도 떠올리고 있지 못했던 것인데, 뒤늦게 왔던 강행이 조언을 해 준 덕이었다. '왜 멀쩡한 옆 건물 두고 밖에서 진료를 해요?'라는 간단한 질문에서 시작된 변화였다. 다행히 옆 건물의 건물주는 생각이 트인 사람이어서 흔쾌히 허가해주었다. 어차피 건물엔 오가는 사람도 없는 상황이기는 했다. 옆 건물에 불이 나서 죄다 대피했으니.

"네, 여기."

"기도 화상에서는 일단 숨길을 확보하는 게 가장 중요해."

재원은 메스를 건네받은 후, 즉시 서효석의 목을 가로로 쨌다. 원래 초응급 상황에서는 세로로 째는 게 보다 효과적일 수 있겠지만. 재원은 이제 어떤 상황에서건 가로로 들어가도 수초 안에 삽관할 수 있는 능력이 있었다. 그렇다면 가로가 좀 더 나았다.

"자, 튜브."

"네."

"들어간다."

재원은 강행의 보조를 받아 순식간에 튜브를 넣은 후, 재차 손을 내밀었다. 뭐라 말도 없었지만. 강행은 즉각 뭘 달라는 건지 알아차렸다. 자기라도 이걸 달라고 할 테니, 당연한 일이었다.

"좋아."

재원은 그렇게 받아든 파이버 옵틱을 튜브 안쪽으로 집어넣었다. 구불구불한, 작은 뱀 같이 생긴 내시경은 금세 튜브를 타고 들어가 환자의 기도를 비춰주었다. 당연하게도 제대로 들어갔기 때문에, 재원은 다른 구조물이 아니라 기관 분기부를 확인할 수 있었다. 다행히 위쪽과는 달리 아직 이쪽은 괜찮아 보였다. 점막이 많이 붓지도 않았고 그을린 흔적도 없었다.

"우선 산소 없이 지켜보자. 산소 포화도 떨어지면 주도록 하고……. 가능하면 최대한 빨리 병원으로 이송."

"네!"

"알겠습니다, 양 선생님."

김강률 팀장은 재원의 똑 부러지는 지시에 고개를 끄덕였다. 아무래도 강혁이 같이 있을 때처럼 빠르진 않았지만 이만하면 안정감이 괜찮은 편이었다. 어찌 되었건 환자를 접했을 때 뒤로 내빼는 법이 없었고. 지시에 막힘이 없는 데다가, 그 근거조차 명확했다.

"여, 여기!"

그렇게 재원이 방금 구조된 두 명에 대한 응급조치를 취하고 잠깐 앉으려 하는데. 대원들이 부리나케 건물을 빠져나오며 외쳤다. 들것을 든 채였는데 빛을 반사하는 재질의 옷을 입은 환자였다. 재원은 멀리서도 그게 소방 대원이라는 것을 알아차릴 수 있었다. 다다다! 그 때문인지는 몰라도 재원은 자신도 모르게 발걸음을 그쪽으로 옮겼다. 당연히 그 뒤에 있던 강행이나, 위탁 교육을 받으러 온 김정화, 박우식 또한 마찬가지였다.

'장난 아닌데…….'

'현장이 이렇게까지 험할 줄은…….'

강행이야 노상 이런 현장을 넘나들어 왔으니 태연했지만 나머지 둘은 아무래도 좀 지쳐 있었다. 딱히 둘이 한 것이라고는 보조뿐임에도 그러했다. 환자가 끊임없이 나오고, 그 환자를 구하기 위해 들어갔던 이들조차 다쳐서 나오는 이 현장의 기운이 너무 힘들기만 했다.

"의식은?"

"없습니다!"

"어떻게 된 건데요?"

물론 재원은 한 치의 망설임도 없이 들것에 따라붙었다. 어디로 이동할지 지시를 내리면서였는데, 대원들은 그의 지시에 따라 달리면서 동시에 질문에 답해주었다.

"난간에 로프 달고 내려오다가 떨어졌습니다."

"난간?"

"계단입니다."

"그럼 바닥도 계단입니까?"

"그……. 네."

"이런."

그냥 평평했으면 그나마 좀 나을 텐데 계단이라는 말에 재원의 얼굴이 일그러졌다. 모서리는 아무래도 좀 더 손상을 일으킬 가능성이 컸기 때문이다.

"여기, 손 좀!"

해서 재원은 옆 건물 로비에 마련한 진료소에 도달하자마자 손을 번쩍 들었다. 그렇지 않아도 뒤를 따르던 강행과 두 위탁 교육생이 바짝 붙었다.

"환자 옮기자. 하나, 둘, 셋."

"셋!"

대원들에 의사들의 손길까지 붙으니 옮기는 것만큼은 일사천리였다.

"음."

재원은 그렇게 옮겨진 천지평 대원을 내려다보며 잠시 신음을 내뱉었다. 앞이 보이지 않아서는 아니었다. 단지 뭐부터 해야 할지 정리하기 위함이었다. 이제 재원은 예전 같은 애송이가 아니라, 숙련된 외상 외과 전문의였으니까.

"우선 옷 싹 잘라! 모니터 달고!"

"네!"

강행은 그런 재원의 명을 따라 가위로 보호의를 벅벅 잘라내었다. 아무래도 소재가 소재인지라 질기기 짝이 없었지만. 그렇다 해도 의료용 막가위를 견뎌 내진 못했다. 특히 중증외상팀이 보유하고 있는 이 가위는 주로 현장 노동자들을 구해낼 때 쓰기 위한 가위였다. 보호의 정도는 별거 아니라는 듯 찢어발길 수 있었다.

"중심 정맥관! 강행아, 너는 소변줄 꽂아!"

"네!"

"나머지 뭐 해! 보조 안 해?"

"아, 네네!"

그렇게 드러난 천지평의 몸은 엉망이었다. 우선 뒤로 떨어지면서 입은 부상 때문인지 등부터 올라온 멍이 옆구리까지 번져 있었다.

'단순한 멍이 아니야…….'

아무래도 내부 출혈이 일어난 모양이었다. 그렇지 않고서는 이렇게 빨리 멍이 번지기는 어려웠다. 퉁퉁. 게다가 확인해보니 과연 복수 소견이 보였다. 멀쩡한 사람이 배에 물이 차 있을 턱이 있는가. 피라고 봐야 했다.

'차라리……. 차라리 이게 다면 좋겠는데.'

재원은 제발 척추는 괜찮길 바라며 환자의 우측 경정맥을 베타딘 액으로 소독했다. 쇄골하 정맥이나 허벅 정맥도 후보군에 있을 수 있으나. 지금은 아니었다. 혹시 모를 부상의 범위에 들어갈 수 있었으니까. 방해가 안 될 만한 부위에 중심 정맥관을 잡으려면 지금은 목이 최선이었다.

"산소 포화도는 유지됩니다만……. 혈압이 낮습니다! 출혈이 의심됩니다!"

보조로 따라붙었던 김정화가 다급한 어조로 외쳤다. 비록 위탁 교육생 신분이긴 하지만 어찌 되었건 외과 전문의 아니던가. 게다가 외상 외과를 분과로 선택한 몸이기도 했고. 당연히 도움이 되어주었다.

"그러니까! 일단 정맥관 잡고 수혈! 피 있지?"

"네! 환자 혈액형은……."

"환자, 소방 대원이야! 목에……. 그래! AB형! AB형으로 달아!"

"네!"

박우식 또한 일찌감치 혈액을 찾고 있었다. 그러다 재원에게 혈액형을 듣자마자 AB형 팩 3개를 들고 뛰어왔다. 그리곤 급한 대로 팔뚝에 라인 하나를 잡았다.

"음."

쉬운 일은 아니었다. 환자는 통증과 출혈 때문에 혈압이 뚝 떨어진 상황이었으니까. 혈관들이 죄다 안쪽으로 숨어버렸다는 뜻이었다.

"괜찮아! 일단 준비만 하고 있어! 이쪽에서 들어간다!"

재원은 이해한다는 얼굴로 고개를 끄덕였다. 자신도 처음 강혁을 따라 현장에 왔을 땐 마음만 앞서고 도움이 되지 못하지 않았던가. 아니, 마음이 앞서지도 못했던 것 같았다. 그저 벌벌 떨었을 뿐. 그에 비하면 이 둘은 훨씬 나은 셈이었다. 아마 강혁이 이 광경을 보았다면 흐뭇하게 웃지 않았을까, 뭐 이런 생각이 들었다. 푹. 그 와중에도 재원은 손을 쉬지 않고 카테터를 경정맥에 찔러넣었다. 경동맥과 워낙에 달라붙어 있는 혈관이기 때문에 주의를 요하는 편이었지만. 재원에게는 별문제가 되지 않았다.

"됐어. 연결. 혈액 줘. 바로!"

"네."

재원은 순식간에 라인을 단 후, 혈액을 달았다. 워낙에 혈액이 부족한 상황이었기 때문에 굳이 짜지도 않았음에도 불구하고 들이붓는 듯한 느낌이 들었다.

"혈압은?"

"아직……. 조금 올라가긴 합니다만……."

"망할. 어디가 어떻게 터진 거야."

재원은 욕설과 함께 천 대원의 배를 돌아보았다.

'기분 탓인가?'

어쩐지 아까보다 더 불러 보였다.

'아냐……. 기분 탓이 아니야……. 진짜로……. 더 부었어.'

내부 출혈이 상당히 심각하다는 뜻이었다.

'어쩌지?'

아마 강혁이 있었다면 이 자리에서 배를 열었을 수도 있었다. 하지만 애석하게도 재원은 강혁이 아니었다. 훌륭한 의사긴 하지만 신은 아니라는 뜻이었다.

"최대한 빨리! 빨리 병원으로!"

"네!"

"헬기는 와 있죠?"

"네. 대기 중입니다!"

"그럼 달려요! 피 최대한! 아니, AB형은 다 챙겨!"

"네!"

그렇다면 어떻게든 병원으로 가야만 했다. 재원은 자신도 모르게 옆 빌딩을 바라보다가 이내 달리기 시작했다. 천 대원을 데리고 나온 다른 대원들 또한 마찬가지였다. 다다다다! 모두 거의 전속력으로 달렸다. 그사이 천 대원 몸에 달린 여러 수액과 혈액 그리고 소변줄 등이 사정없이 흔들렸다. 상당히 위태로워 보이는 광경이었는데, 재원에게는 그게 꼭 천 대원의 생명 같아 보였다.

'안 돼. 교수님이라면……. 절대 포기 안 해.'

하지만 이내 지금 이 자리에 없는 강혁을 떠올리고는 다리에 힘을 주어 달렸다.

"이쪽! 이쪽입니다!"

아까부터 전심전력으로 대원들을 돕던 경비원이 또다시 엘리베이터를 잡고 외쳐댔다. 덕분에 일행은 너무 늦지 않게 옥상으로 향할 수 있었다. 미리 연락을 받은 기장은 이번에도 시동을 걸어둔 참이었다.

"빨리!"

"위로, 위로!"

"네!"

재원은 제일 먼저 위로 올라탄 후, 아직 밑에 있는 강행을 바라보았다. 그리곤 따라 올라오려는 그를 제지했다.

"너, 넌 현장을 지켜! 아직 안에 사람 많아!"

"저……. 혼자요?"

"일단 있어! 없는 것보단 낫잖아! 너 실력 괜찮다고!"

"그……. 음……. 알겠습니다! 네!"

"다 탔습니다. 갑시다!"

재원은 그렇게 강행을 홀로 남겨 둔 채, 자신도 홀로 대원들과 헬기에 탄 채 기장을 향해 외쳤다. 더없이 급해 보이는 얼굴이었다. 당연한 일이었다. 시시각각 환자의 배가 불러오고 있었으니.

"전화 연결됩니까?"

재원은 날카로운 눈빛으로 환자의 배를 바라보다가 이내 뒤를 돌아보았다. 그의 뒤편에는 헤드폰을 엉성하게 낀 대원이 하나 있었다. 하도 급하게 끼느라 머리카락이 엉망으로 엉켜 있었다.

"아직, 아직입니다!"

"아……. 거기도 장난 아닌가 본데……."

대원이 건 전화는 당연하게도 수술실 1번 방 쪽으로 연결 시도 중이었다. 환자의 배가 시시각각 불러오는 상황 아니던가. 제아무리 재원의 실력이 일취월장했다곤 하지만. 이대로 들어갔다간 아무래도 환자가 잘못될 공산이 컸다.

'이 사람……. 소방 대원이야…….'

게다가 얘기를 들어보니 이제 슬슬 현장에서 물러날 나이이기도 했다. 명예로워야 할 자리를 슬픔만이 가득하게 만들고 싶진 않았다. 어떻게든 아무 후유증 없이 살려내고 싶었다.

"아, 네! 저 중앙 구조단 김시현입니다!"

그때 대원이 반갑다는 얼굴로 외쳤다. 전화가 연결된 모양이었다.

"지금 백 교수님은 수술 중이신데……. 무슨 일이시죠?"

전화를 받은 이는 신규 지민이었다. 원래 같으면 중환자실에 있었어야 하는 지민이었지만, 수술방 상황이 워낙에 급하다보니 이리로 충원이 된 참이었다. 강혁이 이것저것 신경질적으로 찾고 있었는데, 그걸 맞춰주려면 아무래도 경력직이 필요했다.

"저, 저 주세요!"

재원은 시선은 환자의 배를 향한 채 손을 내밀었다. 대원은 굳이 자신이 통화를 이어 갈 생각을 접고는 재원에게 전화기를 넘겨주었다.

"양재원입니다."

"아, 양 선생님. 저 지민이에요."

"아……. 황 간호사님. 수술방 어때요?"

"음……."

지민은 뭐라 말을 해야 하나 하는 생각과 함께 강혁 쪽을 바라보았다. 강혁의 얼굴에 튄 붉은 핏자국이 지나치다 싶을 정도로 선명해 보였다. 아까 간 부분 절제술을 하다가 튄 것인데 차마 닦아 주러 가 보지도 못했다. 워낙에 수술이 급하게 이어지고 있었기 때문이다.

"물!"

"네!"

"온도 좋아. 계속 이대로!"

강혁은 간이 떨어져 나간 후에도 긴장을 놓고 있지 않았다. 쉿덩이가 나갔음에도 불구하고 그 주변으로 어느 정도의 손상이 관찰되었기 때문이다. 특히 간과 완전히 맞닿아 있는 횡격막과 위 등의 소화기관이 그러했다.

'횡격막을 자를 수는 없어…….'

더군다나 횡격막과 같은 장기는 간과는 달라서 자를 수가 없었다. 이건 간처럼 다시 자라나질 않을 테니까. 한 번 자르면 그걸로 끝이었다. 환자의 호흡은 영영 어려워질 터였다.

'그대로……. 음…….'

그렇다고 고대로 두자니 마음이 좀 걸렸다. 누가 봐도 횡격막이 익어 있었으니까. 제대로 된 근육처럼 왔다 갔다 움직여 주질 못하고 있었다. 더 살아 있질 못하고, 죽어버렸으니 그럴 만도 했다.

'피판을 돌려줘야겠어. 어쩔 수 없지.'

그나마 위쪽은 어느 정도 정리를 마친 상황이었다. 일부 타긴 했는데, 그 탄 부위를 잘라내고 나머지 조직을 이어 붙여주는 데 성공했다는 얘기였다.

"대장. 유리 피판 돌리자."

"응?"

그래서 대강 수술이 끝났겠거니 하고 있던 한유림 교수가 황당하다는 눈으로 강혁을 바라보았다. 횡격막이 익긴 했지만. 저걸 어쩌겠는가. 일단 닫고 나가서 기다려 보는 수밖에 없다는 것이 한유림 교수의 생각이었다. 그러나 한유림 교수에게는 지극히 불행하게도 강혁은 의견이 좀 달랐다. 아니, 조금이 아니라 아주 많이 달랐다.

"유, 유리 피판? 어……. 어디서?"

"어디긴 어디예요. 만만한 곳이 허벅지지."

"허벅지……. 안 닦았는데."

"그러니까 닦으라고. 말귀를 못 알아듣네. 슬슬 귀 잡수시나."

"이, 이놈이 못하는 소리가 없네. 기조실장한테."

"옳지. 이런 건 또 귀신같이 듣지. 닦아요. 횡격막 이대로 두고 나갈 순 없어. 무조건 문제 생길 거야."

"음……."

한유림 교수는 방금 강혁이 가리킨 곳을 유심히 바라보았다. 제대로 된 횡격막 대신 누렇게 익어버린 횡격막이 보일 따름이었다. 도저히 제 기능을 할 수 있을 거 같지는 않았다.

'하.'

언제 강혁의 의학적인 판단이 틀린 적이 있었던가. 어지간하다면 따르는 것이 옳았다.

"알았어……. 그럼 다리 닦을게. 인턴이나 좀 빌려줘."

“그럼요. 내가 설마 혼자 닦게 하려고. 내려가.”

“네, 네! 교수님.”

강혁의 명을 들은 인턴은 그 즉시 수술복을 벗으며 환자의 하체 쪽으로 내려갔다. 일단 병원 내의 실세라고 알려진 한유림 교수와 함께인 데다가 병원에서 제일 성질 더러운 백강혁과 수술을 하고 있는 상황 아니던가. 긴장이 안 되면 그게 더 이상한 일이라 할 수 있었다. 그렇게 한유림 교수와 인턴 둘이서 환자 다리를 가지고 씨름을 시작한 사이 강혁은 복부 쪽 혈관을 정리하기 시작했다.

‘동맥은……. 아까 묶어 둔 간동맥 분지로 하면 될 거고……. 정맥은…….’

정 안되면 간문맥에다가 이어도 되긴 할 터였다. 하지만 간문맥은 어떤 식으로든 조작하기 꺼려질 정도로 중요한 혈관이었다. 간에 한정하면 동맥보다도 더 중요한 정맥이었으니까. 오죽하면 간 이식에서 간문맥만 똑바로 이어줘도 간이 살 수 있다는 말이 있겠는가.

‘이건……. 좀 길게 빼서 위로 잇자.’

이렇게 하면 동맥과 정맥이 서로 교차하는 방향이 되기는 하지만 서로 꼬일 수 있다는 위험 때문에 어지간하면 지양하는 게 원칙이기는 했지만.

‘나는 할 수 있어.’

강혁은 자신감이 있었다. 어느덧 머릿속으로는 이미 거의 완전하게 회복된 환자를 그릴 수 있을 지경이었다. 그렇게 그의 얼굴에 미소가 번져가고 있을 때쯤, 지민이 다가왔다.

“저, 교수님.”

당장 아까까지만 해도 옆에 작은 소란만 있어도 벼락같이 화를 내던 사람이 강혁이었다. 그냥 어려운 수술이거나, 수술이 잘 안 되어 가는 것도 아니지 않은가. 수술이 잘 풀리는데도 환자 상태가 좋지 못하니 그럴 만도 했다. 하지만 지금은 마치 현자와 같은 얼굴로 지민을 돌아보았다.

"어, 왜?"

물론 딱히 친절하거나 하지는 않았지만 이제 지민은 이런 반응에 일희일비할 만큼 여린 사람이 아니었다. 슬프게도 이 망할 놈의 중증외상센터가 지민을 이렇게 만들었다.

"양 선생님 전환데요. 지금 환자 데리고 이리로 오고 있답니다."

"응? 현장은?"

"이강행 선생님한테 맡겼다고 합니다. 환자 상태가 안 좋다고 합니다. 소방 대원인데, 복부 출혈이 의심된다고 했습니다."

"복부……?"

강혁은 일견 이해가 안 간다는 얼굴이었다. 화재 현장에서 왜 복부에서 피가 날까.

'하긴. 이 환자도 뭐…….'

따지고 보면 화재 현장에서 흔히 볼 수 있는 환자는 아니지 않은가. 뜨겁게 달궈진 쇠꼬챙이가 간을 찌르다니. 그리고 하필이면 그 안에서 뚝 하고 끊어져서 나머지를 익히다니. 세상에 이럴 수가 있단 말인가.

"네. 전화 바꿔 드려도 될까요?"

지민은 연신 수술 부위와 옆에서 보조 중인 장미 얼굴을 번갈아 보며 물었다. 장미는 수술 읽어내는 솜씨가 남다른 사람답게 고개를 끄덕여주고 있었다. 장미가 볼 때 이 수술의 고비는 넘어간 지 오래였다. 이제부터 강혁이 하는 수술은 환자를 살리기 위함이라기보다는 환자는 더 오래, 더 잘 살 수 있게 하기 위함이었다.

"응."

"네."

그제야 재원은 오매불망 기다리던 강혁과의 통화를 할 수 있게 되었다.

"교수님!"

자연히 목소리는 무척 컸다.

"귀 떨어져. 뭔데."

"환자 소방 대원으로, 구조 요청자 구조 작업 후 계단 난간에서 하강하다가, 난간 파손되어 추락하였습니다. 허리로 아래층 계단에 떨어졌으며 현재 의식 불명확하여 척추 신경 손상 여부는 확인하지 못하였고, 저혈압 소견 보여 중심 정맥관 삽입 후 수혈 중입니다. 복부 팽창이 진행 중인 것으로 볼 때 내부 출혈이 강력하게 의심됩니다."

"음."

재원은 통화 대기 중에 계속 연습을 했는지 어쨌는지 따다다다 노티를 쏟아냈다. 워낙에 노티를 많이 해본 데다가, 본인도 노티를 많이 받아본 덕에 아주 깔끔했다.

"혈압이 얼만데?"

"수혈하면서 90에 60입니다."

"기저질환은?"

"없습니다."

"허리로 떨어졌는데 복부 팽만이 온다 이거지?"

"네."

"안 좋은데."

강혁은 가만히 눈을 감았다. 그리곤 해부학적 구조도를 잠시 떠올렸다.

'후복막 장기의 손상을 의심해야 할 텐데…….'

그중에서 복부 팽만을 일으킬 수 있는 구조물이 뭐가 있을까.

'복부 대동맥……. 위치는 불명.'

탄식이 절로 나오는 순간이었다. 무언가에 찔림으로써 발생하는 혈관 손상은 그래도 대응이 쉬운 편이었다. 물론 쉽다는 말을 쓰기엔 절대적인 난도가 있었지만 상대적으론 쉬웠다.

'둔탁한 손상에 의한 거라면……. 음…….'

일단 손상이 어떤 식으로, 얼마만큼의 범위로 이루어졌는지 알 수 없었다. 실제로 밧줄로 인한 복부 대동맥 파열 사망률을 생각해 보면 될 일이었다. 거의 병원으로 오기 전에 사망하기 일쑤였고 병원에 오더라도, 사망하는 경우가 잦았다. 심지어 수술 도중에 사망하는, 소위 테이블 데스도 제법 있을 지경이었다.

"지금 어디지?"

"병원 보입니다."

"음……. 일단 2번 방으로 가. 일단 혈압 유지하면서 그것만 하고 있어."

"네, 교수님."

재원은 그 어떤 확답을 듣지 못한 상황이었다. 하지만 어쩐지 안심했다는 얼굴을 하고 있었다. 뭐가 어찌 되었건 강혁에게 상황을 알리지 않았는가. 그것만으로도 어느 정도는 안심할 수 있었다. 재원에게 강혁은 그런 존재였다.

"자, 힘내서 수술방까지 갑시다!"

"네, 선생님!"

헬기 분위기가 한결 살아나고 있을 때쯤 1번 방은 정반대의 분위기로 돌아가고 있었다.

"응? 지금 뭐라고 했어?"

특히 한유림 교수의 얼굴은 썩어가고 있다고 해도 좋을 지경이었다. 그에 반해 강혁은 뻔뻔하다는 말을 써야 하나 싶을 정도로 멀쩡했다.

"대장이 이거 이으라고, 혈관 찾아놨잖아. 안 어려워. 내가 지금 싹 박리했어. 봐봐."

강혁은 아까 교차하는 방향으로 놓여 있던 혈관을 귀신같이 정리해둔 참이었다. 일반적인 유리 피판술이 되었단 소리인데 지극히 어려운 수술에서 어려운 수술로 변했다고 보면 되었다.

"안 어렵긴? 혈관 잇는 거 자체가……."

"아, 옆에 오는 대원은 대동맥 터진 거 같은데……. 그럼 거기로 갈 거예요?"

"대동맥?"

"응. 복부 대동맥. 1호랑 둘이서 한번 해보든지. 아마 혈압도 뚝 떨어지고……. 어쩌면 테이블 데스 가능성도 있을 거 같은데."

"아."

테이블 데스라니. 모든 외과계 의사들이 두려워하는 상황이었다. 자신의 눈앞에서 환자가 실시간으로 죽는다는 소리 아니던가. 그걸 겪은 의사 중 일부는 아예 메스를 놓게 된다는 보고도 있을 지경이었다. 한유림 교수로서는 그 비슷한 상상을 하는 것만으로도 오금이 저리는 기분이었다.

"여기……. 이거 할게……."

"오케이. 어차피 나 옆방이니까 사고 칠 거 같으면 부르고."

"휴……."

"근데 아마 괜찮을 거예요. 이제 대장 이거 많이 해봤잖아."

"그럴까?"

"그럼요."

"움."

강혁은 수술방을 나서면서 한유림 교수에게 격려 아닌 격려를 해주었다. 덕분에 한유림 교수의 축 처져 있던 어깨가 조금은 살아났다. 그사이 재원은 헬기에서 내려 수술방을 향해 맹렬히 달리고 있었다. 아무래도 피를 쏟아붓는 것만으로는 조금 부족했는지, 혈압이 점점 떨어지고 있었다.

"일단……. 일단 흉부 압박! 압박하면서 갑니다!"

드르르륵. 요원들이 침대를 끌고 내달리고 있었다. 재원은 그 위에 올라탄 채 환자의 가슴을 눌러대고 있었고. 당연히 그 모습을 본 거의 모든 사람이 깜짝 놀란 얼굴을 한 채 옆으로 비켜섰다.

"선생님! 저도 돕겠습니다!"

몇몇 응급의학과 레지던트는 팔뚝을 걷어붙이고 그에게 달려들었다. 그렇지 않아도 화재 현장에서 몰려드는 환자들로 정신이 없을 텐데 참으로 갸륵한 상황이었다.

"네, 그럼. 좀……."

물론 재원은 땀이 비 오듯 하는 상황인지라 순순히 옆으로 비켜섰다. 무려 심장을 대신하기 위한 압박 아니었던가. 설렁설렁 눌러서는 아무 소용없다는 뜻이었다. 정말로 갈비뼈가 부러질 정도로 눌러야 효과를 볼 수 있었다. 그나마 강혁 주도하에 운동을 해왔기에 망정이지. 그렇지 않았다면 진즉에 나가떨어졌을 터였다.

콱콱. 재원을 대신해서 올라탄 응급의학과 레지던트 또한 재원에 뒤지지 않는 힘으로 꾹꾹 눌러댔다. 그사이 재원은 환자의 심전도를 확인했는데, 누를 때만 반응이 있고 떼면 없어지는 식이었다. 좀 더 명확하게 표현하자면 이랬다.

"심정지! 침대 멈춰! 여기서 바로 흉부 압박하고! 심장 살아나면 이동한다!"

해서 재원은 수술실로 향하는 복도에서 이렇게 외쳤다.

"네, 네!"

심정지라는 소리에 침대를 끌던 요원들은 즉시 발걸음을 멈췄다. 이미 어느 정도 멈춰가던 심장이긴 했지만 멈춰가는 것과 멈춘 것은 격이 다른 문제였다. 지금까지의 심폐 소생술은 그저 예방적인 차원에서 이루어진 것이었다면, 이제부터는 정말 죽은 사람을 살리기 위한 소생술이었다.

"거기! 백 교수님 모셔와요!"

재원은 일단 에피네프린을 꽂아넣으면서 요원 하나를 지목했다. 요원은 그와 동시에 하던 것을 멈추고 수술실을 향해 달렸다. 어떤 의문도 던지지 않았다. 강혁을 불러와야 한다는 건 누구나 떠올릴 수 있는, 완벽한 계획이었으니까.

"계속! 계속 눌러! 앰부 짜고!"

"네!"

재원은 그사이 심폐 소생술을 계속해서 지휘했다. 호흡보다는 심장 압박에 주안점을 두고 있었는데 최신 트렌드에 부합하는 지휘였다.

"잠깐! 잠깐 손 멈춰봐! 아니, 계속! 계속 눌러!"

그럼에도 불구하고 환자의 심장은 돌아올 생각을 하고 있지 않았다. 재원이 그렇게 고군분투하고 있을 때쯤, 강혁이 달려왔다. 그를 부르러 갔던 요원보다도 훨씬 빨랐다.

"1호! 비켜!"

강혁은 거의 무슨 태클이라도 걸 듯한 기세로 달려들며 외쳤다. 물론 그와 워낙 오랜 시간 함께해 온 바 있는 재원은 아주 자연스럽게 비켜서주었다. 미친 사람한테는 어쩔 수 없지 않은가. 정상인이 맞춰 주는 수밖에 없었다.

"메스!"

강혁은 그렇게 환자에게 바짝 붙은 후 손을 내밀었다. 아직 소독되기 전이었는데, 그 누구도 그러한 사실을 지적하진 못했다. 무균술이고 나발이고 일단 심장이 멈춘 상황 아니던가. 여기서 베타딘 찾고 있으면 두들겨 맞아도 할 말 없었다.

"여기!"

간호사는 강혁이 그나마 장갑이라도 끼고 있음에 안도하며 메스를 건네주었다. 강혁은 그 메스를 이용해 환자의 5번 갈빗대 사이를 깊숙하게 그었다. 지이이익. 그가 난데없이 나타나 가슴을 그을 줄은 몰랐기 때문에 모두들 그만 바라보고 있었다. 당연한 얘기였지만 이래서는 안 되었다. 지금은 응급. 아니, 초응급 상황이었으니까.

"뭘 봐! 쥐어짜! 넌 눌러!"

"네, 네!"

강혁은 넋을 놓고 있는 요원과 재원 그리고 나머지 의료진을 향해 윽박질렀다. 요원은 그제야 제정신을 차리고 앰부를 쥐어짜기 시작했다. 잔뜩 쪼그라들었던 폐가 다시금 부풀어 올랐다. 가슴 또한 위아래로 요동치기 시작했다. 응급의학과 레지던트가 최선을 다해 꾹꾹 눌러대고 있었기 때문이다. 다시 말하면 수술 부위가 사정없이 움직이고 있다는 뜻이었는데, 강혁은 별로 당황스러워 보이지 않았다. 그저 재원에게 가까이 오라고 손짓을 해 보일 따름이었다.

"아, 네!"

재원 또한 강혁의 뜻을 따라 곧장 옆으로 달려왔다. 그리곤 강혁이 방금 넣은 절개 틈이 잘 보이도록 기구를 걸어 당겨주었다. 그 또한 고작 장갑 하나만을 끼고 있는 상황이었지만. 어쩔 수 없는 일이었다. 때론 무균 시술보다 훨씬 중요한 일이 있기 마련이니까.

"좋아."

강혁은 그렇게 벌어진 틈새에 아주 약간의 구멍을 내고는 사이로 가위의 날을 끼워 넣었다. 흉막을 가르는 방식이었는데 이렇게 하면 아래쪽에 있는 부드럽기 그지없는 폐를 다치지 않으면서도 손쉽게 흉막을 가를 수 있었다.

"이거. 이거 살짝 옆으로 틀어."

강혁은 흉막을 가르자마자 세로 방향으로 모습을 드러낸 구조물을 가리켰다. 횡격 신경(Phrenic nerve)이었는데, 횡격막의 움직임을 조절해주는 아주 중요한 신경이었다. 재원 또한 그 사실을 아주 잘 알고 있었기 때문에 고개를 끄덕이고는 고무줄로 걸어서 옆으로 젖혀놓았다. 이렇게 하면 신경에는 직접적인 손상을 주지 않으면서도 경로를 효과적으로 틀어 둘 수 있어서 꽤 많이 쓰이는 수법이었다. 물론 이렇게 물 흐르듯 할 수 있는 보조의가 그리 흔한 것은 아니었다. 당연하게도 강혁의 입가에 미미한 미소가 잡혔다. 그래 봐야 너무 급한 상황이야 그리 오래 유지되지는 못했지만.

"다시 가위."

"네."

강혁은 횡격 신경이 비켜 간 곳 아니, 거기보다 좀 더 중앙 쪽에 있는 막을 가위로 잘라내기 시작했다. 심낭이었는데, 이 안에 바로 심장이 있었다.

"이제 가슴 그만 눌러."

강혁은 출렁이는 와중에도 기가 막히게 심장 주머니를 갈라 낸 후, 응급의학과 레지던트를 향해 말했다. 벌써 두 차례인가 손이 바뀌어 있었는데 지금 올라탄 녀석도 가운까지 땀에 흥건하게 젖어 있었다.

"네, 네……."

레지던트가 헉헉거리며 아래로 내려오자, 강혁은 방금 절개해둔 틈새로 손을 불쑥 넣었다. 그리곤 그 손으로 안에 들어 있던 심장을 쥐어짜기 시작했다. 아무래도 밖에서 누를 때보다는 훨씬 효율이 높을 수밖에 없었다. 게다가 쥐어짜고 있는 사람이 백강혁 아니었던가. 심장은 거의 제힘으로 뛰고 있는 것처럼 피를 온몸으로 뿜어내고 있었다.

"아……. 혈압 돌아옵니다."

재원은 다소 안심했다는 얼굴로 중얼거렸다. 하지만 강혁은 아직 멀었다는 표정이었다.

"이대로 수술방으로 가자. 가서……. 배 열어야 해. 지금 이 환자 심장이 왜 멈췄는지는 알겠지?"

"네."

재원 또한 강혁의 말을 듣자마자 다시 긴장한 얼굴로 되돌아왔다. 멀쩡하던 환자의 심장이 왜 멈추었겠는가. 기저질환도 없는 사람인데. 피가 흘러나오고 있긴 하지만 일단 그만큼 쏟아붓고 있지 않은가.

'복압이……. 너무 올라갔어.'

우리 몸 안 어딘가의 압력이 올라간다는 건 반드시 어떤 문제를 수반한다고 보면 되었다. 그게 배처럼 커다란 곳이라면 상당히 많은 문제를 일으킬 수 있었다. 일단 복부 동맥과 정맥에서의 저항이 모두 올라갔다. 혈류가 더더욱 제한된다는 뜻이었다.

'횡격막도 위로 밀려 올라갔지…….'

거기에 그치지 않고 가슴을 위로 누르는 역할을 했다. 그렇게 되면 호흡과 심장 박동 모두 제한을 받게 되었다. 그런데 지금 이 환자는 기관 삽관을 해 놓은 상황이 아니던가. 어떻게든 폐에는 공기가 들어가고 있다는 뜻이었다. 가뜩이나 공간이 부족해지는데 폐는 팽창하고 있으니 심장은 꽉 낀 상황이 되지 않겠는가. 마친 심낭 압전이 온 것처럼 압박되다가 심장이 멈춰버린 것이라고 보면 되었다. 그렇다는 건 어서 빨리 복압을 해결해주어야 한다는 뜻이었다.

드르륵. 때문에 재원은 다른 의료진들과 함께 침대를 밀고 달리기 시작했다. 강혁 또한 심장을 쥐어짜면서 동시에 달렸다. 무척 어려운 일이었지만 그에겐 가능한 일이었다.

"경원이, 조폭 둘 다 2번으로 오라고 해."

물론 그냥 강혁이라고 해서 아무 준비도 없이 들어갈 생각은 전혀 없었다. 그에게 있어 가장 든든한 아군들을 모조리 데리고 갈 생각이었다. 여기 있는 재원 그리고 저 안에 있는 경원과 장미. 그야말로 중증외상센터의 드림팀이라고 보면 되었다.

"아, 네!"

레지던트는 고개를 숙인 후 즉시 1번 방으로 달려갔다. 그나마 어렵게 어렵게 수술을 하고 있던 한유림 교수가 역정을 낸 것은 어찌 보면 당연한 일이었다.

"뭘 이렇게 다 데리고 가!"

"백 교수님이……."

"야, 너는 나보다 백 교수가 무섭냐?"

"네."

"네? 네?"

"솔직히……. 그렇잖아요……. 한 교수님……."

하지만 레지던트의 말을 듣고보니, 확실히 무섭긴 무서웠다. 백강혁……. 생각만 해도 오금이 지리는 사람 아니던가. 적어도 이 병원 안에서만큼은. 아니, 한유림 교수가 알고 있는 한 가장 무서운 사람이었다.

"그래……. 가라……. 대신 빨리 보내……."

해서 그냥 보내 주고야 말았다.

'뭐……. 잘돼 가고 있긴 하잖아.'

일단 수술이 잘되어 가고 있었다. 강혁처럼 무슨 맨눈으로 막 수술을 하고 있진 않았지만 일단 현미경을 대고 혈관 잇는 거 정도는 이제 한유림 교수도 잘할 수 있었으니까.

'그래……. 복부 대동맥 터졌다잖아…….'

한유림 교수는 그리 생각하기로 했다.

"빨리, 빨리!"

때마침 강혁의 목소리가 방 밖에서 들려왔다. 무심결에 고개를 돌려 보니, 과연 상황은 아주 급해 보였다. 일단 강혁이 한쪽 손을 환자 가슴 안에 넣고 있었다.

'저게 뭐야.'

경험 많은 외과 의사인 한유림 교수로서도 선뜻 이해가 잘 가지 않는 상황이었다. 대체 어떻게 손이 가슴에 들어간 걸까. 뭘까, 저게.

"빨리!"

그 의문은 오래지 않아 풀렸다. 가까이 오는 강혁을 자세히 보니 손을 끊임없이 움직이고 있지 않은가. 언젠가 강혁에게 들었던 강의가 떠올랐다. 개방형 심장 마사지라고 했던가.

'미친. 저거 진짜 하는 거구나.'

한유림 교수는 다시는 강혁이 하는 일에 토를 달지 않아야겠다는 생각을 하며 고개를 돌렸다. 그사이 강혁은 1번 방을 지나쳐 2번 방 안쪽으로 들어갔다. 안에는 방금 넘어간 경원과 장미가 기다리고 있었다.

"마취는……. 아, 음. 최대한 안정적으로 가겠습니다."

경원은 아주 자세한 브리핑을 들었던 것은 아니었던지라 환자 상태를 정확히 알지는 못하고 있었다. 하지만 상태를 딱 보자마자 즉시 대응에 들어갈 수 있는 능력은 있었다.

"오케이."

강혁은 그가 그렇게 해주리라는 것을 믿고 있었기 때문에 고개를 끄덕이고는 아예 환자 활력 징후에서는 관심을 끄기로 했다. 환자 상태가 수술 부위에 전심전력을 다 하지 않으면 살리는 것이 불가능한 상황이었기 때문이다.

"일단 소독해. 배 전체."

"네."

"애초에 심장 오리진이 아닌 심정지였기 때문에……. 복압만 해결되면 돌아오긴 할 거야. 하지만 배 여는 순간……. 알지?"

"네. 음."

열면 안에 있던 피는 물론이고 장까지 밀고 나올 공산이 컸다. 어마어마하게 험난한 난관이 눈앞에 펼쳐져 있다는 뜻이었다. 그래도 어쩌겠는가. 그것 말고는 환자 살릴 길이 없는데. 알아도 가야 하는 길이란 뜻이었다. 슥슥. 강혁은 그렇게 부리나케 닦고 있는 재원을 보고 있다가, 이내 고개를 돌려 장미 쪽을 향했다. 장미는 한창 수술 기구를 점검 중이었다. 얼굴에는 곤란한 기색이 역력했는데, 대체 어떤 식으로 수술이 진행될지 감이 잘 잡히지 않았기 때문이다. 당연한 일이었다. 강혁도 확실히 계획이 서지 않았으니까.

"일단, 다 꺼내. 다. 이 수술은 일 벌어지고 대응하면 늦어."

"아, 네!"

"긴장하자. 환자……. 이대로 죽을 수도 있어."

"네!"

"마취 걸었습니다."

경원은 차분하게, 물 흐르듯 마취를 걸고는 강혁에게 말해주었다. 강혁은 그런 경원을 보며 고개를 한번 끄덕여주고는 이내 재원을 바라보았다.

"네, 교수님."

그렇지 않아도 아까부터 내내 강혁만 바라보고 있던 재원이었다. 배가 점점 불러오던 것을 넘어 지금은 심장을 마사지하는 상황 아니던가. 여기서 혼자 뭘 해봐야지 하는 생각이 든다면, 그게 미친놈일 터였다. 다행히 재원은 미친놈이 아니었던지라 강혁의 명을 기다리는 중이었다.

"뭘 기다리고 있어. 빨리 손 닦고 들어와. 난 못 움직여."

"아……. 네."

"그리고 인턴이나 레지던트, 되는 대로 닥닥 긁어 와. 너 혼자 절대 못 해, 이거."

"네."

재원은 강혁의 닦달과 함께 밖으로 나섰다. 환자 옮기는 것을 도왔던 인턴과 눈을 마주치면서였는데 인턴은 이미 자신의 운명을 직감했었는지, 별로 놀라지도 않았다. 그저 말없이 재원을 따라 손 닦으러 갈 뿐이었다.

"너도 와."

심장 마사지하는 게 신기해서 따라와 있던, 하지만 예감이 좋지 않아 수술 방까지는 들어가지 않았던 레지던트도 재원의 레이더망에 걸렸다.

"네……."

외과 레지던트인데 어쩌겠는가. 인제 와서 '저 지금 다른 파트 돌고 있는데요'라고 말할 수도 없는 노릇이었다. 그랬다간 점점 강혁을 닮아가고 있는 재원에게 무슨 소리를 듣게 될지 알 수 없었다.

"좋아. 둘이면 뭐, 어떻게든 되겠지."

재원은 인턴과 레지던트를 돌아보고는 한숨과 함께 중얼거렸다. 저 둘도 심란하기는 할 테지만 솔직히 제일 힘든 사람은 재원 아니겠는가. 이제 저 큰 수술의 집도를 맡아야 하는데.

'후.'

자연히 손이 조금 떨려왔다. 그나마 물이 따뜻해져서 망정이지. 그렇지 않았다면 혈관이 더더욱 수축해서 아릴 지경이었다.

'할 수…… 있겠지?'

하지만 예전처럼 마냥 두려워하지도 그렇다고 근거 없이 자신감에 불타오르지도 않았다. 그저 지금까지 강혁을 따라 겪어온 모든 수술을 천천히 떠올렸다.

'그래……. 해보자.'

신기하게도 차츰 손 떨림이 잦아들었다. 아직 어찌해야 할지 계획이 서지는 않았지만 단단하게 쌓아 올려진 경험이 재원을 수술실 안으로 당당히 들어갈 수 있게 해주었다. 드르륵. 그렇게 담담한 표정이 되어 안으로 들어서자, 바로 강혁을 마주할 수 있었다.

"이 새낀 드라마 찍나. 얼굴이 왜 또 청순가련해졌어. 빨리빨리 해. 나 힘들어!"

강혁은 언제나 그렇듯 분위기를 깨버렸다. 재원은 그런 강혁을 보며 잠시 고개를 내저었다.

"어휴."

누가 봐도 한심하다는 투였기 때문에, 강혁은 불같이 화를 냈다.

"너, 너 지금 뭐 하냐?"

"준비하죠."

"방금 한숨은 뭔데?"

"그냥 뭐. 어, 어. 움직이면 안 되죠. 심장 쥐고 있는 분이."

"와, 이놈 이거. 너 일로 와."

"가겠어요? 그런 눈으로 기다리는데?"

재원은 긴장을 마저 떨쳐버리려는 듯 억지 미소를 짓고는 종이 타월로 손을 닦았다. 강혁은 그런 재원을 바라보며 으르렁거리긴 했지만 그렇다고 움직이지는 못했다. 그저 인테리어라도 된 듯 그 자리에 서 있을 따름이었다.

"자, 여기 드랩이요."

그사이 장미는 재원의 가우닝을 도운 후, 일회용 소독 천을 건네주었다. 재원은 인턴과 레지던트와 함께 환자의 몸을 천으로 덮어나갔다. 상당히 서두르고 있었기 때문에 드랩은 금세 끝이 났다. 재원이 베타딘 액으로 인해 갈색으로 변한 환자의 배를 마주하게 되었단 뜻이었다.

"후."

"한숨 쉬지 말고. 내가 도와줄 테니까."

"솔직히 교수님도 한숨 쉬었잖아요."

"내가 언제."

"방금."

"한 마디를 안 지지, 아주."

강혁은 지겹다는 투로 고개를 털어내고는 이내 진중한 얼굴로 돌아왔다. 그 순간 수술실 분위기가 바뀌는 듯한 느낌이 들었는데 당연하게도 단순한 느낌에 그치지 않았다. 지금 강혁의 모습은 동네 건달이 아니라, 중증외상센터 팀장의 모습 그대로였다. 국민이 알고 있는, 그리고 언론에 비친 바로 그 모습이란 얘기였다.

"일단 복강경으로 들어가."

"네? 복강경?"

재원은 복강경이라는 얘기에 눈을 동그랗게 떴다. 모름지기 복강경이라는 건 예정 수술의 전유물이 아니었던가. 비교적 간단한 수술을 최소한의 상처만을 주고 하는. 그런데 대동맥이 터진 지금 복강경이라니. 이 사람이 미쳤나 싶었다.

"그래. 바로 개복해봐라. 환자 죽어 그냥. 저혈량 쇼크로 죽는다고."

"아……."

하지만 이어지는 강혁의 설명을 듣고서는 바로 납득할 수 있었다. 확실히 지금 그냥 배를 열면, 안에 고여 있던 피가 밖으로 쏟아져 나올 터였다. 아니, 그보다 심각한 문제는 올라가버린 복압의 갑작스러운 해소였다. 그렇게 되면 겨우겨우 막혀 있던 출혈이 한 번에 터질 테니까. 강혁이 심장을 쥐어짜건 뭘 하건 죽게 될 거란 얘기였다.

"그러니까, 복강경으로……. 구멍만 내. 그걸로 천천히 피 빼서 수혈이 따라잡을 시간을 주라고."

"무슨 말인지 이해했습니다."

"그래. 많이 컸네, 진짜. 옛날 같았으면 지금도 어벙하게 서 있을 텐데."

"무슨……. 아무튼, 트로카 주세요."

강혁은 지금 재원에게 시비를 걸고, 놀려댐으로써 심장 짜는 힘을 얻고 있을 터였다. 이게 대체 무슨 개소린가 싶을 수도 있겠지만 강혁은 원래 그런 인간 아니던가. 해서 재원은 더 입씨름할 생각을 접고는 장미를 향해 손을 내밀었다. 장미는 복강경 얘기가 나올 때부터 쥐고 있던 트로카를 즉시 건네주었다.

"배……. 당겨 줘. 아니, 음. 필요 없겠다."

재원은 마치 말뚝처럼 생긴 트로카를 쥐고 레지던트를 바라보다가 그냥 환자의 배꼽 아래를 톡톡 두드렸다. 워낙 빵빵해져 있어서, 굳이 이걸 당길 이유가 없어 보였기 때문이다. 지익. 재원은 그 트로카를 잠시 레지던트에게 맡긴 후, 메스로 칼집을 넣었다. 그냥 뚫어도 된다고는 하지만, 강혁이 늘 이렇게 하는 걸 보았기 때문이다. 아무래도 외과 의사들은 딱 교과서에 나온 대로 한다기보다는 스승의 술기를 그대로 따라 하게 되는 경우가 더 잦았다. 푹. 재원은 그렇게 절개된 가죽 안쪽으로 트로카를 꽂고는 손잡이를 돌려 조금씩 전진시켰다. 원래도 첫 트로카가 제일 위험한 법이었다. 복강경이라고 하는 카메라가 없이 그냥 꽂는 것이니 그럴 수밖에 없었다.

"그래. 그 방향. 그 방향 지켜서."

"네."

하지만 강혁과 함께라면 그렇게 큰 어려움이 있지는 않았다. 분명히 속을 보고 있는 것도 아니건만. 마치 들여다보고 있는 것 같은 조언이 이어졌다.

“잠깐 멈춰. 지금 뭐 걸렸지?”

“아, 네.”

“장간막 아닌 거 같은데. 너무 팽창되어서……. 소장일 수 있어. 벌써 출혈한 지 20분 됐잖아. 소장들 다 부었을 거라고. 너덜너덜할 텐데……. 트로카라고 해도 찢긴다, 그거 그대로 넣으면.”

“그럼…….”

“살짝 우측. 살짝만 비켜 가면 돼. 그래, 그렇게. 오케이.”

재원으로서는 신기할 따름이었다. 막상 트로카를 쥐고 있는 건 자신이지 않은가. 그런데 상황을 더 정확히 알고 있는 사람은 강혁이었다.

‘게다가 이게……. 정상 해부도 아닌데.’

복부 대동맥에서의 출혈은 단순히 출혈만을 일으키는 게 아니었다. 복강 내에 있는 장기들로의 혈류가 줄어든다는 것을 의미했다. 물론 다리 쪽도 전부 줄어들기는 할 테지만 거긴 복강 내 장기처럼 에너지를 소모할 만한 기관은 없지 않은가. 게다가 복강은 복압 때문에 잔뜩 눌리기까지 한 상황이었다. 장기들이 죽어가고 있다는 뜻이었다. 그 말은 곧 부어오르고 있다는 뜻이 되었다.

‘바뀐 해부는 어떻게 아는 거야?’

재원은 그런 생각을 하며 강혁이 지시한 대로 트로카를 전진했다.

“자, 이제 그만.”

강혁은 필요한 만큼 트로카가 들어가자마자 재원을 제지했다. 재원은 귀를 쫑긋거리고 있었기 때문에 즉시 멈출 수 있었다.

“이제부터 중요해. 그 안에 그거 막 빼지 말고. 피 쭉 튄다.”

"네."

"천천히. 아주 천천히. 완전히 뽑지 말고. 그걸로 조절해야 하니까."

"네네."

"그래. 일단 그 정도로 유지해봐."

강혁은 방금 재원이 꽂은 트로카를 통해 줄줄 새어 나오기 시작한 피를 보며 고개를 끄덕였다. 색은 묘했는데, 오래된 출혈과 지금 계속 일어나고 있는 출혈이 뒤섞인 탓이었다. 다른 사람에게는 어떻게 보일지 몰라도 강혁에게는 그게 보였다.

'이게……. 엄청 많이 찢어진 모양인데.'

지금 흘러나가게 하는 피의 양만 해도 꽤 많거늘. 그럼에도 불구하고 복압이 줄어드는 거 같지 않았다. 그 말은 곧 빠져나가는 만큼 채워지고 있다는 뜻이었다.

'아주……. 아주 잠깐만 안을 보면 되는데.'

강혁은 그 생각을 하며 환자의 배를 바라보았다.

"좀 더 빼봐. 아주 조금만 더."

"네."

재원에게 지시를 이어 나가면서였다. 주르르. 배에서 쏟아져나오기 시작한 피는 곧 수술대를 타고 바닥으로 떨어지기 시작했다. 눈치 빠른 간호사가 양동이를 밑에 대지 않았다면 지금쯤 웅덩이가 생겼을 터였다. 다행히 속도가 조금 늘자, 팽창했던 복부가 아주 조금은 누그러지는 것을 확인할 수 있었다. 그만큼 환자의 몸에 들이부어야 하는 피의 양도 많아지고 있었지만, 이러다 후에 파종성 혈관 내 응고 장애가 생길 수도 있겠지만, 지금은 감히 후일을 생각할 때가 아니었다.

"좋아. 심장……. 압박이 좀 풀린다."

복압이 내려가면서 심장에 가해지는 압력이 줄어들고 있었다. 그 심장을 손에 쥐고 있는 강혁은 누구보다도 더 빠르고 정확하게 이 사실을 깨달을 수 있었다. 해서 손을 뗐는데, 다행히 심장은 제대로 뛰기 시작했다. 과연 소방 대원의 심장다웠다.

'주인 닮아서 포기를 모르는구만.'

잘된 일이었다. 덕분에 두 손이 자유로워진 강혁은 흡족한 미소를 지어 보였다.

"이거, 일단 이대로 두자."

그리곤 심장 쪽 절개를 닫을까 하다가, 이내 고개를 저었다. 혹시 언제 또 쥐어짜야 하는 상황이 생길지 알 수 없지 않은가. 그렇다면 열어두는 것이 옳았다. 보기는 좀 찝찝하지만.

"지금 속도 딱 유지하고 있어. 나도 손 닦고 들어올 테니까."

"아, 네."

강혁은 재원에게 계속 피를 빼라고 지시한 후 수술방을 나섰다. 그전에 잠시 경원과 눈을 맞추었는데, 알아서 잘하란 뜻의 눈빛이었다. 경원은 그런 강혁을 보며 살며시 미소를 지어 화답했다.

'뭐, 저 놈 걱정은 안 해도 되겠지.'

알아서 공부하고, 알아서 연구하는 녀석이었다. 재원이나 강행도 기특하긴 했지만 경원은 약간 결이 달랐다. 의지가 되는 존재였다. 좌르륵. 강혁은 물을 틀고 솔로 손을 문지르며 1번 방 쪽을 바라보았다. 생각 같아서는 가서 어떻게 하고 있나 확인을 하고 싶었지만 그러기엔 2번 방 환자 상태가 너무 안 좋았다.

'뭐, 저 양반도 교순데……. 문제 있으면 불렀겠지.'

무소식이 희소식이란 말도 있지 않은가. 적어도 병원에서만큼은 거의 빗나가지 않는 말이라고 보면 되었다. 조금이라도 이상하면 노티가 되는 세상이었으니까. 해서 강혁은 1번 방 환자를 머릿속에서 잠시 지우기로 했다. 그리곤 재차 2번 방 안으로 들어갔다.

"교수님. 빨리……. 피가 계속 나니까 너무 불안해요."

그사이 이미 양동이 하나를 가득 채우고, 두 번째 양동이에 피를 쏟아내고 있던 재원이 애원하듯 말을 걸어왔다. 강혁은 아까부터 이미 각오했던 장면이었지만. 이렇게 직접 보니 또 느낌이 다르긴 했다.

"알았어. 우선 그렇게 하고 있어봐, 너는."

"뭘……. 어쩌시려고요?"

재원은 부리나케 가운을 걸치고는 자신 쪽이 아니라, 반대편으로 가는 강혁을 향해 물었다. 강혁은 메스를 쥐며 대꾸해주었다.

"봐. 이럴 때 출혈 어떻게 막는지 보여줄 테니까."

"후."

강혁은 방금 자신만만하게 말한 것치고는 상당히 깊은 한숨을 쉬었다. 재원은 그런 강혁을 보고 뭐라 하고 싶었지만 애써 참았다.

'이 상황에서……. 뭘 하든 장난 아니겠지…….'

당연한 일 아니겠는가. 환자 생명이 수술대 위에서 왔다 갔다 하고 있는데. 이러다 자칫하면 그대로 죽어버릴 가능성이 있었다. 물론 아까보다는 상황이 좀 나아지기는 했지만. 그럼에도 불구하고 환자는 여전히 죽음에 더 가까이 있었다.

'좋아…….'

재원마저도 입을 다문 지금. 강혁은 완벽한 침묵 속에서 메스를 고쳐 쥘 수 있었다. 눈은 환자의 옆구리 쪽을. 아니, 그보다 살짝 앞판을 응시하고 있었다.

'할 수 있어.'

제아무리 강혁이라고 해서 메스를 단박에 가져다댈 수는 없었다. 여전히 환자의 복강 안에는 피가 가득 차 있었고, 복부 대동맥은 터져 있었으니까. 절개 자체가 지니는 위험이 너무 크단 소리였다.

"음."

해서 강혁은 또다시 신음을 흘린 채 다시 한번 절개할 부분을 쓰다듬었다. 메스를 쥔 오른손이 아니라, 빈손인 왼손으로였다. 아무래도 부담이 된단 얘기였다. 꿀꺽. 이런 모습은 상당히 오랜만에 보는 재원이나 장미는 저도 모르게 마른침을 삼켰다.

"그래. 이제 긋는다……. 경원아, 혹시 모르니까 잘 봐라. 바이털."

"네, 교수님."

강혁은 머릿속에 박힌 그의 해박한 해부학적 지식과 지금 느껴지는 배의 촉감. 그리고 오직 그에게만 보이는 미세한 색 변화를 종합해서 복부 대동맥의 찢어진 부위를 유추해냈다. 지이익. 해서 강혁은 드디어 메스로 배를 그었다. 철저하게 계산된 길이었는데, 옆에서 보기엔 대체 뭘 계산한 건가 싶은 순간이었다. 하지만 뒤이어진 강혁의 행동을 보고 나서는 바로 납득할 수 있었다.

'손……. 아니……. 팔뚝에 맞춘 거구나.'

강혁은 절개 틈새로 피가 팍 쏟아져나오려는 찰나, 메스를 집어던지고 오른손을 쑥 집어넣어버렸다. 그러자 수술복을 입은 강혁의 팔뚝이 절개 틈새에 꽉 끼어버렸다. 정말로 꽉 끼었기 때문에 그 사이로 흘러나오는 피는 단 한 방울도 없었다.

"오……."

"조용히 해봐. 아직……. 아직이야."

"아, 네."

재원은 저도 모르게 감탄사를 터뜨리다가 강혁의 타박에 입을 다물었다. 별로 섭섭하거나 하지는 않았다. 지금 이 기술이 얼마나 중요한가는 딱히 더 말할 필요도 없었으니까. 그야말로 환자의 목숨이 걸려 있는 순간이라고 보면 되었다. 텁. 그사이 강혁은 자신의 오른손을 거침없이 안으로 밀어넣어, 복부 대동맥에 가 닿았다.

'이 위……. 음……. 10cm기랑……. 음.'

더없이 예민한 그의 손은 장갑을 끼고 있음에도 불구하고 피 나는 위치를 정확히 잡아낼 수 있었다. 예상한 것보다도 더 찢어진 부위가 길었기에 표정이 일그러지기는 했지만. 그 부위의 모양이 지그재그로 되어 있어 더더욱 그랬지만. 아무튼, 강혁은 어찌어찌 상처를 손으로 틀어막을 수 있었다.

'아까보단 낫네…….'

심장을 쥐어짜고 있을 때보다야 아무래도 나을 수밖에 없는 상황이었다. 그때와는 달리 지금은 그냥 손으로 막고 있으면 됐으니까. 물론 그것도 그리 쉬운 일은 아니긴 했지만 강혁에게는 어려운 일이 아니었다.

"1호. 잡았어. 피 나오는 양 어때?"

"응? 혈관을 잡았어요?"

"그래. 다행히 한 손으로 막혀. 피 나오는 양이나 좀 볼래?"

"아, 네. 음."

재원은 뜨악한 표정을 짓고 있다가 이내 양동이 쪽으로 고개를 돌렸다. 여전히 배 안에서 나오는 피의 양은 어마어마하게 많았다. 그가 아까 꽂아둔 트로카를 통해, 마치 수도꼭지처럼 콸콸 쏟아져

나오고 있었다. 그만큼의 양을 벌충하기 위해 무려 세 군데에 달아 둔 혈액과 수액이 쏟아져 들어가고 있었고. 딱히 강혁이 잡았느니 어쩌느니 하기 전과 비교해서 차이가 없어 보였다.

"어……."

하지만 시간이 지날수록 점점 흘러나오는 피의 양이 줄어들고 있었다. 그뿐만이 아니었다.

'색이……. 변했어.'

재원은 아직 눈치채지 못했지만. 강혁은 알아차릴 수 있었다. 배에서 흘러나오는 피의 색이 혼탁해졌다는 것을. 그것이 의미하는 것은 역시나 단 하나였다.

'더는 새 피가 흘러나오지 않는다.'

그렇다는 건 강혁이 틀어막은 것이 효과를 내고 있다는 뜻이기도 했다.

"좋아. 양 줄었지?"

"네. 준 정도가 아니라……. 안쪽 출혈은 거의 멎은 것 같습……니다."

재원은 여전히 양동이 그리고 자신이 꽂아넣었던 트로카만 번갈아 바라보는 중이었다. 강혁을 돌아볼 여유 따위는 없었다. 너무 놀란 까닭이었다.

'그냥……. 블라인드하게 들어가서 복부 대동맥 출혈을 막아? 이게 말이 돼?'

여태까지 강혁이 해 온 수술 중에 말이 안 되는 것들이 제법 많기는 했다. 예를 들면 신경을 잇는다든지, 근섬유를 잇는다든지 하는 것들. 하지만 지금처럼 극적인 변화를 바로 보여준 것은 많지 않았던 것 같았다.

'죽을 사람이었는데…….'

딱 조금 전까지만 해도 죽음 바로 곁에 있던 환자가 이제는 삶 쪽으로 확 이끌려 오고 있지 않은가. 이런 걸 기적이라고 불러야 했다. 다른 게 아니라.

"그럼 뭘 망설이고 있어? 빨리 배 열어!"

"네?"

"배 열고 혈관 봉합해야지! 이대로 그냥 주야장천 둘 거야?"

"아, 아! 네. 교수님."

그렇게 넋을 놓고 있던 재원은 강혁의 호통을 듣고 나서야 비로소 움직일 수 있었다. 재원을 탓할 만한 일은 아니었다. 장미조차 미처 수술 기구를 준비하지 못하고 있었으니까. 장미도 재원처럼 확 줄어들어버린 출혈에 정신이 팔려 있었다. "여, 여기."

"네."

그래서 재원은 좀 더 기다린 후에야 장미에게 또 다른 메스를 건네받을 수 있었다. 강혁이 오른손을 쑤셔넣기 전에 썼던 메스를 바닥에 떨어뜨려둔 탓이었다. 새것을 까야만 했다는 얘기였다. 귀찮은 일이었지만. 그렇다고 강혁을 탓할 수는 없었다.

'미친……. 이 사람……. 진짜 살 수도 있겠어…….'

방금 강혁은 정말로, 정말로 신과 같은 일을 해낸 것이라고 보면 되었다. 그 누구도 할 수 없는 일이었으니까. 이 환자는 그야말로 강혁을 만나서 살아난 것이니까. 그가 아니었다면 지금쯤 죽었을 터였다. 장미는 100% 확신할 수 있었다. 이 환자는 강혁이 살린 거라고.

지이익. 그사이 재원은 신중한 기색으로 환자의 배를 갈랐다. 명치끝에서부터 배꼽을 휘돌아 감고는 아래로 쭉 이어지는 긴 절개였다. 그럼에도 불구하고 재원의 손은 한 치의 흔들림도 보이지 않았다. 과연 강혁의 수제자를 자처할 만한 실력이라 할 수 있었다. 일단 강혁이 조용히 입을 닫고 있는 것만 봐도 알 수 있었다. 그가 꽤 잘하고 있다는 것쯤은.

'새끼……. 늘었어, 확실히.'

재원은 강혁이 까딱이는 고개를 보고 용기를 얻어, 보다 빠르게 손을 놀려댔다. 치지직. 이젠 메스를 내려놓고 전기칼을 휘두르고 있었다. 어느새 살가죽 밑에 놓인 근육을 가르는 중이었다. 아니, 복막이었다. 치지직. 얼결에 딸려 들어와 있던 인턴과 레지던트는 재원의 시야를 확보해주기 위해 안간힘을 쓰는 중이었다. 당연하게도 재원의 마음에 쏙 들지는 않았다.

"거기. 거기 그렇게 말고 위로 들면서 당겨. 그래야 아래 장기가 안 다쳐."

"아, 네."

"거기도……. 거기도 그렇게 당기면 안 되고."

"네."

다행히 재원은 강혁을 그렇게나 오래 따라다녔음에도 불구하고 여전히 부드러운 사람이었다. 덕분에 큰소리가 나지는 않았다.

"휴."

단지 한숨만 쉴 뿐이었다. 물론 그것도 그리 오래가지는 못했다.

"뭔 한숨이여. 너 재작년 생각 안 하냐?"

계속 출혈을 막고 있느라 무료하기도 하고, 스트레스도 쌓인 강혁의 멘탈 공격이 시작됐기 때문이다. 말이 출혈이지. 복부 대동맥이 아니던가. 이런 거라도 해야 계속 버틸 수 있었다. 물론 강혁 혼자만의 생각이긴 했지만.

"제가 애들보다는 잘했거든요?"

아무튼, 재원은 강혁의 공격에 바로 낚여서 파닥거렸다. 강혁으로서는 반가운 일이었다. 무슨 말로 답하든 간에 그는 공격할 수 있었으니까.

"넌 펠로우였잖아. 레지던트 2년 차랑 인턴보다 잘하셔서 아주 자랑스러우시겠어."

"뭔 말을 못 하겠……."

"새꺄. 집중이나 해. 이제 복막 갈라졌다."

"저도 알거든요? 여기, 이거 장간막부터 젖히자. 절개가 길어서 굳이 잘라낼 필요는 없어."

재원은 대강대강 대꾸하다가 이내 인턴을 바라보았다. 중증외상센터의 오랜 격언, '강혁과는 말을 섞지 말자'라는 말을 떠올린 까닭이었다. 당연하게도 강혁의 마음에 들지는 않는 일이었다.

"반말 나한테 하냐?"

"아뇨? 인턴한테 한 건데요?"

"왜 헷갈리게 섞어 말해."

"시끄럽고. 일단 이렇게 젖히라고."

"이놈 보소?"

"어어. 집도의 건들지 마시고. 아시죠? 수술방에서는 메스 쥔 놈이 짱이라는 거."

"와……."

강혁은 벙찐 얼굴이 되어 장미를 돌아보았다. 뭐라도 좀 거들라는 표정이었으나, 장미는 냉담했다.

"맞는 말이긴 하잖아요, 교수님. 지금은 양 선생님이 제일 중요하죠, 뭐."

"와……. 이놈들 좀 봐."

"쉿. 혈관 찾고 있잖아요."

"와……."

강혁은 더더욱 황당하다는 얼굴이 되었지만 그렇다고 더 떠들지도 못했다. 장미의 말대로 지금 재원의 역할은 아주 중요했으니까. 물론 강혁이 제일 중요한 일을 하고 있는 건 맞기는 한데 강혁의 일은 이미 반쯤 끝난 것이나 마찬가지 아니던가.

"음. 좋아. 여기 교수님 손 보이네."

"막 치지 마, 인마."

"어허. 가이드로 삼고 혈관 찾아야 하니까 가만히 있어요."

"너……. 너 메스 영원히 쥘 거 같냐?"

"아뇨. 그래도 이 순간을 즐기겠습니다."

"하."

재원은 그렇게 강혁을 침몰시키곤, 강혁의 손을 가이드 삼아 혈관을 빠르게 찾아나갔다. 덕분에 원래 같았으면 시간이 제법 걸렸을 작업이 순식간에 끝나버렸다. 큼지막한 강혁의 손만 찾아 들어가면 될 일이니 당연한 일이라 할 수 있었다.

"오케이. 찾았어요."

"어때?"

"엄청……. 불규칙하네요. 이거 어떻게 안 보고 막고 있는 거예요?"

"손끝으로 느껴서. 밖에서 대강 예측하기도 했고."

"괴물."

"뭐 인마?"

"아무튼, 닫을 수는 있겠어요. 아예 전반적으로 터지거나 한 게 아니라…….”

재원은 그런 말을 하면서 레지던트에게 이미 설치되어 있던 복강경 카메라로 혈관을 비추도록 지시했다. 덕분에 강혁은 모니터를 통해 혈관을 바라볼 수 있었다. 재원은 그런 강혁을 향해 재차 입을 열었다.

“이제 닫겠습니다. 검지 쪽부터 해서 닫을게요.”

“그래, 뭐……. 그래.”

강혁은 본인이 생각하기에도 검지 쪽부터 막는 것이 좋겠다고 생각하고 있던 참이었기에 묵묵히 고개를 끄덕였다. 그사이 장미는 미세 봉합 기구를 재원에게 건네주었고 뒤에 서 있던 지민은 루페를 재원의 눈에 씌워주었다.

“좋아.”

아무래도 강혁처럼 맨눈으로 혈관 봉합을 하는 건 자신이 없던 재원이었기에 루페를 통해 시야를 확보해야만 했다.

“물 뿌리고. 교수님은 1mm씩 손가락 빼요. 잘하죠? 그런 거.”

“혹시 모르니까 카메라는 계속 비춰.”

“네. 들고 있으라고 할게요.”

“그래.”

“그럼 시작합니다.”

강혁과 재원이 천지평 대원을 살리고 있는 동안, 강행이 나가 있는 현장에서도 구조는 계속되고 있었다. 아니, 오히려 속도가 나고 있었다. 구조된 서효석과 이진욱 구조 요청자의 증언에 따라, 보다 많은 구조 요청자들의 위치를 확보할 수 있었으니까.

“기도 화상 레드!”

“여긴 4도……. 회생 불가합니다. 블랙…… 입니다.”

덕분에 강행은 그야말로 눈코 뜰 새 없이 바빴다. 그나마 위탁 교육을 온 김정화와 박우식이 있어서 망정이지 그렇지 않았다면 지금쯤 나가떨어졌어도 한참 전에 나가떨어졌을 터였다.

“기관 절개 했어요?”

“네! 방금! 튜브 넣었습니다!”

“그럼 바로 근처 병원으로 이송해줘요!”

“네!”

일단 김정화는 손이 좋았다. 술기가 빠르고 야무지다는 뜻이다. 다만 아직 현장 파악과 환자 정리는 무리였는데, 그건 강행이 하고 있으니 문제없었다.

“일단 수액 달았습니다! 어떻게 할까요?”

“대기하세요! 대기! 골절이 있어서!”

박우식은 김정화보다 느렸지만 멘탈이 좋았다. 제아무리 끔찍한 몰골의 환자를 봐도 별로 흔들림을 보이지 않았다. 솔직히 경험 많은 강행도 버티기 어려운 환자가 많은데 실로 대단한 일이었다.

‘둘 다……. 괜찮네.’

과연 아산병원이라는 대형 병원 출신다웠다. 괜히 ‘큰 병원, 큰 병원’ 하는 게 아니라는 듯. 둘은 실력이 상당했다.

“그쪽, 그쪽 잡아요! 당깁니다!”

“네!”

심지어 일반 외과적인 지식뿐 아니라 다른 외과적 지식도 어느 정도는 숙지하고 있었다. 강혁이 한국대학교 병원 중증외상센터 교육 자료를 무상으로 각 병원에 뿌린 덕이라 할 수 있었다.

‘교수님…….’

강혁은 지적 우위를 통해 갑질하는 것 대신 그냥 모두에게 나누는 방식을 택했다. 그래야 중증외상센터가 보다 빨리 이 나라에 자리 잡을 수 있다는 생각에서였다. 그야말로 머릿속에 중증외상센터 정상화만 든 사람만이 할 수 있는 일이었다. 전혀 이걸로 남들보다, 다른 병원보다 우위에 서고 싶은 생각 따위는 없어 보였다.

'그 덕에 다른 병원들의 호응도가 좋기는 하지.'

당연한 일이라 할 수 있었다. 국내 제일 아니, 세계 제일의 의사가 자신의 자료를 아낌없이 풀고 있지 않은가. 그냥 서면 자료가 아니라, 자신의 수술 동영상까지 풀고 있었다. 소문에 따르면 펠로우들뿐만이 아니고, 교수들까지 그 동영상에 매진하고 있다고 했더랬다. 쑤욱. 그 효과를 강행이 톡톡히 보고 있었다. 일반 외과 둘이 왔는데 뼈도 맞추고, 머리도 대강 정리하고 있었으니까. 이 현장을 홀로 지휘해야만 하는 강행으로선 상당한 도움을 받고 있는 셈이었다.

"됐어! 뼈 맞았고……. 부목 댑시다! 일단 칼은 내려놔요! 여기서 더 못 해!"

강행은 강혁이 있었다면 달랐겠지만 하는 생각을 하면서 외쳤다. 그냥 그만의 판단인 것은 당연하게도 아니었다.

'어지간하면 혼자서는 칼 대지 마.'

강혁의 가르침이 있었더랬다. 불가피한 상황이 아니라면 무조건 완벽한 세팅이 갖춰진 곳에서 칼을 대라는 것. 물론 강혁을 따라다니다보면 약간 '아무 때나 칼 대는 게 아닌가' 하는 생각이 들 수도 있겠지만 그것도 아주 잠시뿐이었다. 오래도록 따라다니다보면 강혁에게도 다 기준이 있었다. 지금 칼 대는 것의 이득이, 즉 시간을 아끼는 것의 효과가 다른 불리한 점을 상쇄시키고도 남음이 있을 때만 칼을 대었다. 그조차 그러한데 어찌 강행이 함부로 칼을 꺼내들까. 기관 절개가 아닌 술기는 어지간하면 안 하고 있었다.

"김 팀장님! 아직……. 병원 쪽에서는 아무도 안 온 거죠?"

강행은 나름 잘 정리하고 있기는 했지만, 점점 더 힘에 부친다는 느낌이 들어 강률을 불렀다. 강률 또한 생각보다 강행이 잘 해내고 있지만, 불안감이 치밀어 오르고 있기는 매한가지였다. 해서 몇 번인가 전화를 걸었는데, 아쉽게도 돌아오는 답은 하나였다.

"기다리라고 하십니다! 그쪽 수술이……. 만만치 않은 모양입니다."

"하긴……. 하긴 그럴 것 같기는 했어요."

"그래도……. 이 선생님 지금 환자 벌써 10명이나 정리하셨습니다. 잘하고 계셔요."

"지금까지는 그런데……."

강행은 이러다 심각한 환자가 나오면 어쩌냐는 말은 애써 씹어 삼켰다. 말이 씨가 된다는 말도 있지 않은가. 물론, 미신 같은 말이긴 했지만. 실제로 그런 일이 벌어지기도 하는 곳이 바로 병원이었고, 현장이었다. 어지간하면 입은 안 터는 것이 좋았다.

'빨리 오면 좋겠는데…….'

강행은 그저 강혁과 재원 심지어 한유림 교수를 떠올릴 따름이었다. 모두 한창 수술 중인 사람들이었다.

"현미경 건들지 마! 현미경!"

한유림 교수는 전에 없이 날카로운 목소리로 소리쳤다. 덕분에 방금 이마로 현미경 렌즈를 민 레지던트는 사색이 되고야 말았다.

"죄, 죄송합니다."

"주의하라고. 한 번에 시야가 훅 흔들리잖아!"

"네."

한유림 교수는 그런 말을 하면서도 계속 봉합 기구를 놀려대었다.

'그래도 되긴 되네. 이게……. 되는구나…….'

목소리는 날카로운데 표정은 그렇게 나쁘지만은 않았다. 아니, 오히려 좋은 편에 속했다. 나이가 예순에 가까운 처지에서도 새로이 뭔가 배울 수 있다는 사실이 그를 들뜨게 하고 있었다.

"아, 건들지 말라고."

"네, 네."

그걸 방해하는 레지던트가 미울 따름이었는데 그래도 어찌어찌 수술은 잘 진행 중이었다.

"근데 옆방은 어찌 되고 있어?"

그러다보니 슬슬 딴생각이 들었다. 아까 2번 방으로 들어가던 환자 생각이었다. 세상에 심장을 직접 손으로 쥐어짜고 있을 줄이야. 의사 생활을 그래도 수십 년을 했는데, 그런 광경을 직접 눈으로 보는 건 처음이었다. 뭐 중증외상센터 와서 처음 보는 게 딱히 그것만은 아니긴 했지만 그렇게 충격적인 건 처음이었다.

"아. 한번 알아볼까요, 기조실장님?"

추상같은 기조실장의 말이었다. 간호사 중 하나가 부리나케 다가와 그의 의사를 되물었다. 한유림 교수로서는 실로 드물게 본인이 기조실장이라는 사실을 깨닫게 되는 순간이었다.

'하여간 외상센터 놈들은 버릇이 없지.'

해서 한유림 교수는 껄껄 웃으며 고개를 끄덕였다.

"응, 부탁 좀 할게."

"네, 실장님."

간호사는 더없이 공손한 태도로 고개를 숙이곤 1번 방과 2번 방 사이로 뚫린 문을 통해 빠져나갔다. 아니, 빠져나가려 했다. 한유림 교수가 아주 급하게 잡지 않았다면.

"아아, 잠깐, 잠깐!"

한유림 교수는 거의 수술이 잘못되기라도 한 것처럼 다급해 보였다. 당연하게도 간호사는 딱 멈춰선 채 그를 돌아보았다.

"네, 실장님."

"너무 무리해서 묻지는 말라고. 분위기 봐서 해. 알았지?"

황당하게도 한유림 교수는 겁먹은 얼굴이 되어 있었다. 그를 탓할 만한 일은 아니긴 했다. 백강혁은 무서운 사람이니까. 특히 수술이 잘 안 풀릴 때의 백강혁은 거의 악마 그 자체라고 보면 되었다.

"아……. 네."

간호사는 '불쌍한 한유림 실장'이라고 생각하며 고개를 끄덕였다. 그리곤 재차 방에서 빠져나갔다. 한유림 교수는 그런 간호사의 뒷모습을 보며 복잡한 표정을 지었다.

'괜히 알아보라고 했나.'

이 일 때문에 혹시 강혁에게 혼나는 것은 아닌가 하는 생각이 들어서였다.

'아니, 아니지? 내가 왜 그분한테……. 아니, 아니지. 그놈……한테 혼나?'

곧장 반박하는 생각 또한 들기는 했지만. 후자는 다분히 억지였다. 그는 정말로 강혁을 두려워하고 있었다. 드르륵. 그사이 간호사는 2번 방 내부로 들어섰다. 상당히 긴장한 얼굴이었는데, 그 또한 아까 심장 마사지를 받으며 2번 방으로 들어가던 환자를 보았기 때문이다.

'어쩌면 돌아가셨을지도…….'

산전수전 다 겪은 그이기에 오히려 생각은 나쁜 쪽으로 흘러갔다. 사람이 다들 그러하듯 살아난 환자보다는 돌아가신 환자들의 인상이 더욱 강하게 남기 때문이다.

"좋아. 석션."

"네."

"다시, 실."

"네."

헌데 2번 방은 그야말로 평화롭기만 했다. 늘 그러하듯, 부드러운 재원의 목소리만이 2번 방을 채우고 있었다.

'응?'

이상한 일이었다. 강혁이 같이 들어가는 걸 봤는데, 강혁이 집도를 하고 있지 않았으니까. 자세히 둘러다보니 강혁은 환자의 몸통에 손을 꽂아넣고 있었다.

'그렇구나. 아니, 손이 왜 들어가 있어?'

그걸 그냥 그런갑다 하고 넘어가던 간호사는 뜨악한 얼굴이 되어 강혁을 재차 돌아보았다. 정말로 강혁의 오른손이 환자의 몸 안에 들어가 있었다. 이게 대체 무슨 일일까 하고 있으려니 지민이 다가왔다.

"아, 황지민 선생님."

강혁에게는 여전히 신규라고 불리고 있지만 역사가 짧은 중증외상센터에서는 선배 중의 선배가 된 지민이었다. 지민은 깍듯하기 그지없는 인사를 받으며 입을 열었다. 네가 뭘 궁금해하고 있는지 다 알고 있다는 듯한 얼굴이었다.

"백 교수님이 복부 대동맥 출혈을 잡고 계시는 거야."

"네? 출혈을……. 잡아요?"

"응. 그러니까 어떻게 된 거냐면."

그러곤 2번 방에서 있었던 일을 모조리 설명해주었다. 1번 방에서 넘어온 간호사의 표정이 시시각각 변하게 된 것은 결코 우연이 아니었다.

"1, 1번 방도 장난 아니었는데……. 여긴……."

"여긴 진짜 그냥 기적이지 뭐."

"녹화 딴 거죠?"

"당연하지. 우리 센터는 무조건 다 따잖아."

장미는 고개를 끄덕이면서 무영등 쪽을 가리켰다. 수술실 내에 설치된 두 개의 무영등 모두 카메라가 설치되어 있었고, 돌아가고 있었다. 직접 와서 본 것만큼은 아니겠지만. 저걸로 녹화된 영상도 볼 만은 할 터였다. 모조리 시청각 자료가 될 거란 얘기였다.

"옆방은 어떻게 되어 가고 있어?"

강혁은 참 귀가 밝은 인간이었다. 옆방에서 넘어올 때부터 다 듣고 있었다. 이미 수술이 막바지에 다다랐기 때문에 정신을 다른 곳에 쏟을 여유가 있기 때문이기도 했다. 간호사는 잠깐 당황했다가 이내 입을 열었다. 저 높은 한유림 교수조차 두려워하는 인간 아니던가. 심기를 거스르는 일은 피하는 것이 좋았다.

"아, 네. 기조실장님도 거의 다 끝나갑니다."

"기조실장? 아, 대장님."

"네, 뭐……."

"다행이네. 1호. 너도 이제 다 된 거지?"

강혁은 고개를 끄덕이며 시선을 재원에게로 돌렸다. 재원은 그가 방금 물어본 것처럼 거의 봉합을 마무리해 가고 있었다. 차라리 쭉 찢어져버리면서 충격이 분산된 덕에 혈관 파열까지는 오지 않은 상황이었다. 그냥 봉합만 해주면 된다는 뜻이었다.

"네, 지금 마지막 땀 마쳤습니다."

“오케이.”

“어, 어! 그렇다고 손을 그렇게…….”

“괜찮잖아. 나도 다 화면으로 보고 있다고. 단단하게 잘 꿰매더만, 뭐.”

“네, 그……. 네.”

“잘했어. 마무리 좀 해. 나는 옆방 가서 우리 대장은 어떻게 하고 있는지 좀 볼게.”

“아, 네.”

예전 같았으면 강혁을 붙잡았을 재원이었지만 이젠 더 그러지 않았다. 자신이 있었기 때문이다. 강혁 또한 그런 재원을 딱히 탓하거나 하진 않았다.

‘슬슬……. 양재원 팀을 가동해도 되겠는데.’

아니, 오히려 전혀 엉뚱한 생각을 하고 있었다. 재원에게는 반갑기도 하면서 부담스러울 만한 생각이었는데. 아직 입 밖에 내진 않았다. 뭐 딱히 그렇게 심오한 이유가 있지는 않았다. 단지 사건이 터지고 나서야 얘기해 주는 것이 재밌을 거 같단 생각만 하고 있을 뿐이었다.

‘그래. 대장을 주자. 둘이……. 사제지간이 바뀌는 거…….’

그게 좀 그렇겠단 생각이 들 법도 했지만. 역시 백강혁은 나쁜 놈이었다.

‘재밌을 거 같아.’

실제로 그렇게 두진 않겠지만. 그럴 거 같다는 생각이 들게 하는 것만으로도 재밌을 거 같지 않은가.

승격

"잘하고 계셔?"

강혁은 그대로 1번 방으로 넘어가 한유림 교수 뒤로 다가갔다. 한유림 교수는 이제 혈관 봉합을 다 마치고, 현미경까지 치워둔 상황이었다. 아까보다도 더 여유가 넘친단 뜻이었다.

"잘하고 있지. 자, 보라고."

게다가 이번 봉합은 상당히 마음에 들기까지 했더랬다. 강혁에게 바로 보여줄 수 있을 정도로.

'확실히 재원이가 대장보단 낫네.'

강혁은 그런 생각을 하면서 고개를 끄덕였다. 한유림 교수로서는 '이놈이 그래도 내 봉합이 마음에 들었구나' 하는 생각 말고는 달리 떠올릴 것이 없는 순간이라 할 수 있었다.

"잘했지?"

"좋네. 닫읍시다. 같이 닫죠."

"응? 옆방으로 다시 안 가보고?"

강혁의 말에 한유림 교수가 엄지로 2번 방 쪽을 가리켰다. 여전히 강혁이 심장 안에 손을 넣어서 마사지하고 있던 장면이 눈앞에서 아른거렸다. 그런 환자 마무리를 재원에게 온전히 맡긴다니. 평소의 강혁답지 않았다.

"괜찮아요. 재원이 이제 잘해."

"잘하긴 하지. 응? 방금……."

한유림 교수는 강혁이 1호나 노예라는 명칭 대신 재원이라는 명칭을 썼다는 것을 깨닫고는 눈을 동그랗게 떴다. 뭔가 더 묻고 싶은 말이 한가득했지만. 강혁은 벌써 2번 방에서 입고 온 장갑과 가운을 벗어 던지고 다시 손을 닦으러 나간 참이었다.

'재원이라고 한 거 맞나?'

강혁은 어지간히 급한 수술 아니면 손 닦는 데 상당한 시간을 할애하는 편이었다. 1번 방 수술은 이제 마무리 단계에 접어든 것을 넘어, 거의 다 끝나 가고 있지 않은가. 당연하게도 꽤 오래 씻고 있었다. 그 덕에 한유림 교수는 홀로 생각할 시간을 확보할 수 있었고. 다소 엉뚱한 결론에 도달했다.

'내가 잘못 들은 게 확실해.'

한유림 교수를 탓할 일은 아니었다. 그간 강혁을 따라다니면서 본 강혁의 모습을 토대로 내린 결론이었으니까. 아무튼, 이 때문에 한유림 교수는 강혁이 다시 돌아온 이후에도 딱히 이 사안에 대해서 질문을 던지진 않았다. 그것 말고도 물어볼 것이 너무 많았다.

"근데 애초에……. 간에 쇳덩이 박힌 건 어떻게 안 거야? 밖에서는 보이는 게 없던데."

일단 진단의 첫 단추부터가 의문이었다. 화상 입은 거야 누가 봐도 확실한 상황이었지만 그 화상이 간 근처까지 닿았고, 안에 심지어 쇳덩이가 들어 있어 빠르게 진행하리라는 건 대체 어떻게 알았단 말인가. 수술 시작부터 지금까지 1번 방에서 환자를 살펴온 한유림 교수는 이게 계속 궁금했다.

"아, 그거 별거 아닌데."

"별거 아니라고?"

"조금만 생각해보면 유추할 수 있는 사안이죠."

강혁은 한유림 교수와 손을 맞춰 길게 늘어선 절개 면을 닫으며 입을 놀려댔다. 딱 그가 자기 자랑할 때 그 표정을 지으면서였다.

'아이고.'

한유림 교수로서는 아차 싶은 순간이었지만. 그렇다고 궁금증이 어디 달아나는 건 아니었다. 해서 귀를 기울이고 있으려니, 강혁이 말을 이었다.

"일단 이 환자는……. 이름 뭐더라. 아, 문국진 대원. 그래. 보호의 입고 있었죠?"

"응. 그렇지."

"보호의 엄청 질기잖아요."

"아……. 그렇더라."

한유림 교수는 비록 현장에 있진 않았지만, 수술방에서 환자 바지며 뭐며 다 찢어발긴 장본인이지 않은가. 아직도 수술용 막가위에 서걱거리던 옷감이 떠올랐다. 청바지 따위와는 비교도 할 수 없을 정도로 질겼다.

"그게 뚫렸다고. 그럼 쇠꼬챙이 말고는 생각할 수 있는 게 없지. 나무 같은 거로는 어지간한 충격 아니고서는 절대 안 뚫리거든, 이거."

"아. 그렇군."

"그리고 쇠는 달궈지면 약해져. 특히 이런 보호의를 뚫을 정도로 날카로운 끝이라면 더더욱 그렇지."

"그것만으로 안에 쇳덩이가 있을 거란 걸 알았다고?"

"아, 나 전쟁터에 있었잖아요. 경험도 있지. 이런 게 제일 골 때려……."

그나마 이 환자는 조각이 딱 하나 박혀 있었지만 전쟁터에서, 특히 폭발에 휘말려서 온 환자들은 그런 조각이 수십 개가 박혀 있는 경우도 많았다.

'몇을 잃었는지…….'

경험이 쌓이기 전에는 더더욱 그랬지만 어느 정도 경험이 쌓인 후에도 품 안에서 죽어버린 환자들이 꽤 될 정도였다. 외상 외과에서 제일 중요한 것은 의사의 실력이 아니라, 환자가 애초에 얼마나 다쳤는가라는 말이 괜히 나온 게 아니라는 뜻이었다.

"그렇군……. 음. 그 경험 아니었으면 환자 죽었겠는데."

한유림 교수는 마스크에 가려진 강혁의 씁쓸한 표정은 읽어내지 못한 채, 환자의 옆구리 쪽에 난 상처 쪽으로 고개를 돌렸다. 딱 이렇게만 보면 그냥 피부 겉만, 그것도 그렇게 넓지 않은 범위의 화상만 입은 것처럼 보였다. 그 화상의 정도가 상당히 심각하긴 했지만 어차피 화상 환자에서 예후에 가장 결정적인 건 범위 아니던가. 강혁이 아닌 다른 사람이 봤다면 손상 정도가 저평가되었을 가능성이 아주 컸다는 뜻이었다.

"그렇죠. 그러니까 출동 나갈 때 투덜거리지 말라고."

"내가 언제……."

"힘들다고 맨날 징징거리잖아."

"진짜 힘들어서 그래, 진짜 힘들어서. 내 나이가 몇인지 알아?"

한유림 교수는 세상에서 제일 힘들어 보이는 얼굴로 강혁을 바라보았다. 그래 봐야 나이에 걸맞지 않게 건장한 체구가 어디 가는 건 아니라, 별로 설득력은 없었다.

"지영이가 말해줬어요. 올해로 58세라고."

"지영이라고 하지 말라고! 너 일부러 이러지!"

"지금도 봐. 목청 좋은 거. 나보다 더 건강한 거 같아. 비결이 뭐예요?"

"뭔……. 그……. 나 엘리베이터 잘 안 타잖아."

한유림 교수는 버럭 화를 더 내려다가, 건강하다는 소리에 훅 누그러지고 말았다. 중년 사내에게 건강하다는 말보다 더 좋은 말이 어디 있겠는가.

'참 반응이 좋아.'

강혁은 놀릴 맛이 나는 한유림 교수를 보며 잠시 미소 짓다가, 이내 들고 있던 봉합 기구를 내려놓았다. 쉴 새 없이 떠들어대면서도 봉합을 마친 탓이었다. 그야말로 괴물이라는 말이 딱 어울리는 인간이었다.

"나도 끝."

한유림 교수도 괴물 따라다니다보니 좀 닮아가는지 강혁 못지않은 속도로 자신이 맡은 부위의 봉합을 마쳤다. 강혁은 그 부위를 점검하고는 마침내 고개를 끄덕였다.

"자, 그럼 나가자."

"중환자실로 가지?"

"그럼 이 환자를 일반 병실로 데리고 나가시려고요? 간을 절반이나 자르고, 횡격막은 새로 만들다시피 했는데?"

"뭐, 뭘 그렇게 날카롭게 반응해. 확인한 건데."

"실력이 들쑥날쑥하니까 불안해서 그렇지. 아무튼, 나가면 이 환자는 한유림 교수님이 봅시다."

"백은 백 교수가 보는 거지?"

"아뇨."

"응?"

수술이 잘 끝났다는 생각에 들떠 있던 한유림 교수의 얼굴이 즉시 일그러졌다. 백을 안 보겠다니. 숫제 환자를 자신에게 맡기겠다는 뜻 아니던가. 물론 이제 수술 후 관리 실력도 꽤 늘기는 했지만 그래도 혼자 보는 건 좀 무서웠다.

"나 말고 재원이한테 물어보면 돼요."

"야, 양재원?"

강혁의 입에서 재원의 이름이 나오자, 방금까지 불안에 떨던 한유림 교수의 얼굴이 황당해하는 표정으로 변했다. 그럴 만도 하지 않은가. 같은 교수도 아니고 기껏해야 펠로우인데. 3년 차 펠로우라 임상 조교수 대우를 받고 있긴 하지만.

"네. 양재원 선생. 이제부터 2팀장이라고 불러요."

"티, 팀장?"

"1팀은 내가 팀장이고, 2호랑 4, 5호 교육 맡을 거예요. 2팀은 재원이가 팀장, 대장이 팀원으로 백업하고. 장미랑 경원이도 2팀으로 몰아줄게."

"아니……. 아니, 잠깐만. 백 교수."

"어허. 일단 환자 중환자실로 빼고."

"아."

예전의 한유림 교수였다면 환자고 뭐고 일단 자기 할 말을 했을 터였다. 하지만 중증외상센터로 온 이후로는 맨날 환자 생각만 하는 백강혁을 밤낮없이 보고 있지 않은가. 영향을 받지 않을 수가 없었다. 해서 일단 입을 다물고 중환자실로 향했다.

'내가 양재원 밑으로……. 간다고?'

물론 그렇다고 해서 머리까지 멈추진 못했다.

'내 제자였는데…….'

당연히 꺼려지는 마음이 먼저 들었다.

'외상 외과 실력은……. 훨씬 위긴 하지.'

하지만 지난 반년 넘는 시간 동안 그가 보아온 재원의 실력은 그야말로 어마어마한 것이었다. 도저히 예전에 자기 밑에 있던 사람과 같은 사람이라는 생각을 할 수 없을 정도로 늘어 있었다. 심지어 그 기간 동안 더더욱 늘기도 했고.

'하……. 그래도 내가……. 하…….'

한유림 교수가 이런저런 생각을 하는 동안, 환자는 중환자실에 가 닿았다. 들어가보니 이미 2번 방 환자가 도착해서 정리 중에 있었다. 당연히 재원도 거기 있었다. 평소에도 딱히 거침이 없는 성격의 강혁 아니던가. 이럴 때라고 해서 예외는 아니었다. 강혁은 1번 방 환자, 문국진 대원 정리가 끝나자마자 재원을 불렀다.

"재원아, 이리로 와봐."

"네. 음?"

호칭만은 예전과 달라도 너무 달랐다. 1호나 노예가 아니라 이름이었으니까. 당연하게도 당사자인 재원은 무척 놀랐고 주변에 있던 경원이나 장미, 지민 또한 눈이 휘둥그레졌다.

"어?"

"뭘 그렇게 놀라. 일로 와보라고."

"어……. 네, 교수님."

강혁은 그렇게 다가온 재원의 어깨를 툭툭 두드렸다.

"뭐 요새 보니까 실력 많이 늘었더라고."

"가, 감사합니다."

재원은 계속 영문을 모르겠다는 얼굴이었다. 아니, 얼떨떨하다는 표현이 더 맞을 거 같았다. 아무튼, 그사이에도 강혁의 말은 계속되었다. 지긋이 한유림 교수를 바라보면서였는데, 한유림 교수는 그 눈빛을 잠시 피할 수밖에 없었다.

'노인네……. 장난을 못 치겠어.'

강혁은 그런 한유림 교수를 보며 피식 웃다가 이내 말을 이었다.

"그래서 재원이를 2팀장으로 올릴 거야. 팀원은 그때그때 스페어로 줄 거야. 너 말고는 아직 다 내 밑에서 배워야 하거든."

"어?"

"백 교수! 아까 그럼 그건!"

"장난이죠. 한 교수님 아직 멀었어요. 나한테 배워야지, 가긴 어딜 가. 호되게 계속 배워봅시다."

"아."

한유림 교수는 이걸 좋아해야 하나, 말아야 하나 하는 얼굴이 되었고 재원은 여전히 얼떨떨하다는 얼굴이었다.

'이게 무슨 일이래…….'

"저, 정말이에요? 제가 팀장?"

"그래. 양재원 팀장."

"1호……. 아니고요?"

"응. 넌 이제 이름 불릴 자격이 있어."

"하, 시바……."

"욕을 해?"

"너무 좋아서 말이 헛나왔어요."

재원은 정말이지 세상에서 제일 행복해 보이는 얼굴을 하고 있었다. 아마도 감개무량하다는 말이 지금 이럴 때를 위해서 존재하는 말이 아닐까 하는 생각마저 들게 할 지경이었다. 덕분에 강혁도 굳세게 쥐었던 주먹을 풀고야 말았다.

'뭐, 이것도 이것대로 좋겠지.'

사실 지금 이 순간이 한량없이 좋은 사람은 비단 재원뿐만은 아니었다. 아마 그 정도로 따지자면 강혁도 못지않게 기쁠 터였다. 드디어 팀이 두 개가 되었으니까. 비록 아직 팀원은 나누지 못하고, 팀장만 있는 반쪽짜리 팀이긴 했지만. 그래도 이게 어디란 말인가. 처음 강혁이 대한민국 땅을 다시 밟았을 때만 해도 과연 이런 날이 올까 싶었던 바로 그날이었다.

"축하해요, 양 선생님."

"선배, 축하드립니다. 아니, 팀장님이라고 해야 하나."

"흠흠. 양 팀장 축하해."

그사이 재원은 장미와 경원 그리고 지민, 한유림 등에게 축하를 받았다. 동고동락하다시피 한 사이들인지라 그 축하의 의미가 더 각별했다. 그래서일까.

"흑, 흑……. 정말……. 감사……."

재원은 울어버렸다.

"하이고. 그냥 1호로 내릴까."

강혁은 그런 재원이 당혹스러운 나머지 고개를 돌렸고 언제나 눈치 빠른 경원은 티슈를 후다닥 건네주었다. 그 바람에 장미는 부리나케 집어 들었던 거즈를 저 멀리 던져버려야만 했다.

'하긴 이거로 얼굴 문대면 까지지.'

자신의 세심하지 못함을 탓하면서였다.

"울어도 돼. 뜻깊은 날에는 울어도 돼. 나도 지영이 태어나는 날에 울었어."

거기에 더해 한유림 교수는 연륜이 묻어나는 축하를 한마디 더 보태 주었다. 그야말로 인격자다운 풍모가 드러나는 순간이라 할 수 있었다. 세상에 자기는 그대로 대장으로 남고, 제자는 팀장이 되었는데 축하라니. 실로 대단한 사람 아니겠는가. 물론 저 팀 밑으로 들어가라고 했으면 지금쯤 중환자실을 뛰쳐나갔을 수도 있긴 하겠지만.

"흑, 네. 흑."

덕분에 재원은 마음껏 울어댈 수 있었다. 어찌나 크게 울었는지, 소식을 듣고 달려와 밖에서 대기 중이던 대원들 보호자들의 가슴이 철렁일 지경이었다. 혹시나 환자 잘못된 것은 아닌지 전화까지 왔더랬다.

"네네. 아뇨. 아뇨. 울기는 우는 건데……."

장미는 보호자 대기실에서 걸려온 전화를 받고 잠시 곤란하다는 표정을 지었다. 이걸 대체 어찌 설명해야 한단 말인가. 산전수전 다 겪은 장미라 할지라도 이건 당최 감이 잘 오질 않았다. 중환자실에서 울음이 터져 나오는 경우야 꽤 접해보긴 했지만 그 우는 사람이 의료진이고, 그 울음을 들은 사람이 환자들의 보호자들인 건 처음이었으니까.

"야야, 주접떨지 말고. 현장 가자. 언제까지 울려고 그래."

"아, 네……."

그 곤란하고도 당황스러운 상황은 강혁이 기어코 성질을 내고 나서야 멈추었다. 다행히 재원은 팀장이 되고 난 후에도 강혁에게 비로소 이름이 불리게 된 이후에도 본분을 잊지 않고 있었다.

"바로 가죠."

"좋아. 대장은 여기 남아서 환자 보고 있어요. 조폭이랑, 경원이도. 뭔 일 나면……."

강혁은 빠르게 지시를 내리다가, 잠시 고개를 갸웃거렸다.

'지금 이 환자들……. 상태가 그렇게 나쁘진 않지.'

처음 실려 올 때만 해도 둘 다 죽음의 문턱을 이미 넘었나 싶은 수준이었는데 지금은 활력 징후가 둘 다 완전히 안정되어 있었다. 지금 당장 어떤 문제가 생길 가능성은 없다고 봐도 좋을 지경이란 뜻이었다. 아마 감히 예견하건대, 지금 당장이 아니라 한참 뒤에도 상태는 괜찮을 것 같았다.

"일단 너희끼리 해결해봐."

해서 강혁은 이런 지시를 마저 내린 후, 옥상으로 향했다. 옥상에는 재원이 타고 온 헬기가 아직 대기 중이었다. 그사이 이착륙장에서 대강의 정비와 주유까지 끝냈는지, 기체 상태도 좋았다. 기장 컨디션도 좋았고.

"갈까요?

"네. 교수님."

강혁과 재원은 요원들과 함께 재차 헬기에 올랐다. 처음 출동을 나갈 때처럼 활기차 보이진 않았지만 적어도 크게 지쳐 보이지는 않았다. 거듭되었던 출동을 돌이켜봤을 때, 이만하면 괜찮은 셈이었다. 타타타타! 곧 헬기가 하늘 높이 날아올랐다. 강혁은 곧장 헤드폰을 낀 후, 대기 중이었던 요원에게 질문을 던졌다.

"현장 상황은 어때요? 급한 전화 안 온 거 보면……. 괜찮은 거 같은데."

"아, 네. 이강행 선생님하고 김강률 팀장님 지휘하에 구조 작업 중이라고 들었습니다. 교수님 여기 오신 이후 18명 구조했고, 그중 3명은 사망……. 나머지는 모두 응급조치 후 최기병원으로 이송되었습니다."

"음. 최기병원이면……. 연새병원인가?"

"네."

"뭐, 괜찮겠네."

연세면 나름 빅 5 아니던가. 작은 병원을 무시하는 건 아니었지만. 규모의 차이는 곧 시스템의 차이로 이어지기 마련이었다. 중증외상 환자들에게는 의사 개개인의 실력도 중요하지만. 결국, 생사를 가르는 것은 시스템이었다. 덕분에 강혁은 다소 안심한 기색이 된 채 재차 입을 열었다.

"그럼 아직 구조 요청자가 얼마나 남았지?"

"아마……. 이제 막바지일 겁니다. 불이 드디어 잡혔거든요."

"아."

아마 다른 사람이었다면 '그럼 다시 갈 필요 없는 거 아닌가' 하는 생각을 했을 터였다. 하지만 강혁은 물론이고 재원 또한 어엿한 외상 외과 의사가 된 지 오래 아니던가. 본인들이 관여했던 현장이 어찌 되었는지가 너무 궁금했다. 몸이 피곤한 것과는 별 관계없이.

"아, 저긴가."

이제 해가 떨어지기 시작해 슬슬 어두워지고 있었지만 기상 자체는 맑았고, 그리 먼 거리를 비행하는 것도 아니었기에 금세 현장에 닿을 수 있었다. 그 덕에 강혁은 까맣게 그은 빌딩을 바라볼 수 있었다. 낮과는 달리, 붉은 불이 타오르고 있진 않았다. 그저 연기만 드문드문 올라올 뿐.

"다행이네요. 저걸 어떻게 껐지?"

강혁보다도 더 오래 현장에 있던 재원은 고개를 갸웃거렸다. 아까 타오르던 기세를 봐선 도저히 끄는 것이 불가해 보였기 때문이다. 주변 골목을 아예 싹 밀고 소방차를 들이밀면 또 모를까.

"아……."

그의 의문에 답해 준 사람은 기장이었다. 이제 막 옆 빌딩 위에 내려서는 중이었는데, 다행히 빌딩에서 전폭적으로 협조를 해주고 있어서 착륙은 수월했다.

"소방 헬기 총동원했다고 들었습니다. 거의 산불 경보급으로 명령 내려와서요."

"산불……. 그럼 청장 지시인가?"

"네. 소방청장님……. 중증외상센터 관련한 일에는 진짜 열심이시지 않습니까."

"뭐……. 그렇죠."

강혁은 아마도 이 일이 박성민과 연관이 있을 거란 생각이 들었다. 지금 소방청장에게 직접적인 압박을, 그것도 대통령 지시에 버금가는 압박을 줄 수 있는 사람은 박성민뿐이지 않은가. 대통령은 딱히 이런 일에 지대한 관심을 두고 있진 않으니, 박성민 짓이라고 생각하는 게 합당한 추론일 터였다.

'일 하나는 정말 잘한단 말이지.'

강혁은 본인의 추론을 확신하며 헬기에서 내렸다. 아무래도 아까와는 달리 상당히 여유로운 모습이었다. 당연한 일이었다. 현장이 거의 정리되었으니까.

"가시죠."

"응."

해서 강혁과 재원은 무려 걸어서 현장에 당도할 수 있었다. 그렇게 도착한 현장엔 얼굴에 검댕이 잔뜩 묻은 채 진료 중인 강행과 두 위탁 교육생이 있었다. 김강률 팀장은 보이지 않았는데, 아무래도 다른 쪽 처치하러 가거나 한 모양이었다. 어디 숨어서 쉬고 있으리란 생각이 들진 않았다.

그런 사람이 아니었으니까.

"어때? 잘되어 가?"

"아, 아! 교수님!"

강행은 강혁의 목소리를 듣자마자 강혁의 품으로 와락 안겨들었다. 평소 같았으면 그 전에 니킥이라도 날렸을 강혁이었지만 멀리서부터 이미 강행의 몰골을 보면서 조금은 미안하단 생각을 하고 있던 참이었다. 그래서 대응이 조금 늦었는데, 그사이에 강행은 이미 얼굴을 강혁의 가슴에 대고 비비적거리고 있었다.

"얘가 미쳤나. 왜 이래."

"교, 교수님도 없고! 양 선배도 없고! 저 혼자서! 이 큰 현장을! 흐앙."

"아 씨……. 왜 다 울어. 아 씨……. 우니까 검댕 더 흐르잖아. 어쩔 거야 이거."

"지, 지금 가운 더러워지는 게 문제십니까? 저 진짜 죽는 줄 알았다고요."

"대원도 아니고 저 안에 들어간 것도 아닌데 네가 왜 죽어, 죽기를."

"심정이 그랬단 거죠. 심정이!"

강행은 계속해서 본인이 얼마나 힘들었는지를 피력했다. 물론 강혁은 시큰둥하기만 했다. 딱 현장을 보니, 강행이 했다는 고생이 어떤 종류였을지 감이 잡혔기 때문이다. 워낙 경험이 많은 사람이다 보니 이게 저절로 됐다.

'환자 수는 많이 봤는데……. 중증도가 아주 높진 않았어.'

만약 그랬다면 일단 죽은 사람이 더 나오지 않았겠는가. 강행의 실력을 뻔히 아는데.

'그리고 저 두 친구가 꽤 일을 잘해준 거 같은데.'

비록 중환자가 나오지 않았더라도 강행 혼자서 15명의 환자를 처리했을 수는 없는 일이었다. 그 말은 현장에서 상당한 도움을 받았다는 뜻이리라. 그 도움을 준 사람이 누구일지는 명확했고.

"뭐, 수고했네."

"그게 다예요?"

"그럼 뭐 해. 뭐 목말이라도 태워드려?"

"아니, 그게 아니라……."

강혁은 잠시 실망한 기색이 역력한 강행을 가만히 바라보다가 이내 그 큼지막한 손으로 머리를 쓰다듬어주었다. 미소를 잔뜩 지은 채였다.

"혼자 현장 지휘한 건 처음이지? 잘했어, 이만하면."

"아……."

"환자 치료에 있어서 현장이 얼마나 중요한지……. 그 현장에 나가 있는 인원이 얼마나 중요한지 알게 되는 시간이었길 바란다."

"그……. 감사합니다."

강행은 이제 잔뜩 감동한 얼굴이 되어 있었다. 강혁은 그런 강행을 마주하는 대신 나머지 둘, 그러니까 위탁 교육생에게 다가갔다.

"후……."

둘은 잔뜩 지쳐 있었다. 일단 병원이 아닌 다른 곳에서 일한다는 거 자체가 피로한 일이지 않은가. 게다가 이곳은 현장 중에서도 꽤 험악한 현장에 속하는 곳이었다. 멀쩡하면 그게 더 이상한 일이었다.

"너희도 고생했다."

"아, 아닙니다."

"현장은 어때? 좀 다르지?"

"아……. 네……."

김정화, 박우식은 얼떨떨한 얼굴로 고개를 끄덕였다. 아직도 현장의 떨림이 가시지 않은 채였다. 강혁은 둘의 손끝을 바라보면서 흐뭇한 미소를 지었다. 일부러 현장에 남겨둔 보람이 느껴지는 순간이었다.

"그래. 한 달이지? 위탁이."

"네."

한 달. 고작 한 달이었다. 짧은 시간 내에 최대한의 인원을 교육해야 하는 입장에서 선택한 어쩔 수 없는 기간이라고 보면 되었다. 당연하게도 가르치는 입장인 강혁으로서는 아쉽기 그지없었다.

'뭐……. 기간은 상대적일 수 있는 거니까.'

하지만 강혁은 자신 있었다.

"긴 시간은 아니지만……. 아마 길게 느껴질 거야."

한 달을 일 년처럼 쓸 자신이. 지금 한국대학교 병원 중증외상센터로 쏟아지는 환자 수를 생각하면 충분히 가능한 일이었다.

"좋아. 방금 나온 환자가 마지막이지?"

김강률 팀장은 강혁의 예상대로 이미 불이 꺼진 현장에서 구조를 돕고 있었다. 불이 활활 타오를 때야 접근을 할 수 없었지만 어느 정도 정리가 된 이후라면 문제가 없지 않은가. 아니, 오히려 환자 처치 및 이송은 이쪽이 더 전문가였다. 방금도 구조 요청자 한 명을 들것에 실어 나오는 중이었고.

"네, 교수님."

김강률 팀장은 그렇게 실어 나온 환자를 강혁에게 인계해주며 고개를 끄덕였다. 얼굴이나 옷에는 온통 검댕이 묻어 있었다. 그가 얼마나 자기 안위를 도외시한 채 환자를 구조해왔는지를 한눈에 알 수 있는 대목이었다.

"어찌어찌…… 해결은 됐구나."

강혁은 그가 어렵게 구조해 온 환자에 대한 응급조치 및 후속 조치까지 완벽하게 시행한 후, 중얼거렸다. 시선은 홀랑 다 타버린 빌딩을 향하고 있었다. 당연하게도 표정이 그리 좋진 못했다. 그건 그의 곁을 지키고 있던 김강률 팀장 또한 마찬가지였다.

"너무……. 너무 많이 죽었습니다."

딱 누구 탓이라고 하기 어려울 정도로 문제가 많았던 현장이었다. 우선 빌딩이 너무 오래된 것이 문제였다. 안에 불법 증축 및 개조가 수도 없이 시행되어 있던 것 또한 문제였고. 빌딩으로 향하는 골목길이 너무 좁은 것도 문제였다.

"그래……. 많이 죽었지."

강혁은 속으로 현장에서 죽어 나간 사람들을 셈해보았다. 죽어서 나온 사람들도 있었지만 그중엔 강혁이 손수 블랙 스티커를 붙여야만 했던 사람들도 있었다. 그리고 그 경험을 하게 된 건 비단 강혁뿐만이 아니었다. 잠깐씩 현장 지휘를 맡았던 재원이나 강행 또한 마찬가지였다. 돌아보니, 과연 둘의 얼굴은 그리 밝지 못했다.

"누구의 잘못도 아니야. 그냥 현장이 지랄 같았을 뿐이야."

강혁은 잠시 주변을 돌아보며 중얼거렸다. 아니, 중얼거렸다기보다는 외쳤다는 표현이 어울릴 것 같았다. 강한 힘이 실려 있었고, 실제로 현장 전체로 뻗어나갔으니까.

'그래……. 현장이 지랄 같았어.'

'대원 둘이나 다쳤어……. 그것도 죽을 뻔했잖아.'

그 아무것도 아닌 것 같은 말은 곧 현장에 있던 모두의 귓전을 울렸다. 그리곤 모두의 죄책감을 조금은 덜어내주었다. 어차피 죄책감을 가질 필요조차 없는 상황이었지만. 그런데도 마음 한쪽이 무거웠던 대원들과 의료진들은 아까보단 한결 편한 얼굴을 할 수 있었다.

"자, 그럼 다시 병원으로 가자. 대원들 괜찮은지 봐야지."

강혁은 그렇게 정말로 현장을 정리한 후, 좌우에 서 있던 재원과 강행의 어깨를 두드렸다.

"아, 네."

"네, 교수님."

그제야 둘은 상념에서 벗어나 몸을 움직일 수 있었다. 위탁 교육생들이나 다른 대원들 또한 마찬가지였다. 특히 천지평 대원과 문국진 대원과 같은 서에서 온 이들의 반응이 격했다.

"아, 백 교수님!"

그중 천지평 대원 정도의 짬을 지니고 있는 대원 하나가 앞장서서 달려왔다. 안색이 눈에 띄게 어두웠는데, 죄책감이 뚝뚝 떨어지는 듯한 기분이 들 지경이었다. 워낙 현장이 급하다보니 가장 친한, 그리고 오래된 동료 생각을 지금까지 미루고 있었단 생각이 들어서일 터였다.

"무슨 일이죠?"

"천지평 대원……. 좀 어떻습니까?"

해서 아주 조심스럽게 물어왔다. 강혁은 무어라 말을 하려다 그만 입을 다물었다. 물론 천지평 대원의 상태야 눈을 감지 않아도 눈앞에 선할 정도였다. 바로 자신의 이 오른손으로 심장을 쥐어짜지 않았던가.

'용병 같은 얼굴을 하고 있네.'

하지만 강혁은 굳이 말을 하지 않고, 헬기 쪽을 가리켰다. 이 사람에게 천지평이란 사람은 단순 직장 동료가 아닐 터였다. 실제 사선을 넘나들고, 목숨을 서로에게 맡기면서 지금까지 버텨온 전우일 것이었다. 그런 이에게는 자격이 있었다. 누구보다도 먼저 상태를 직접 볼 수 있는 자격이.

"같이……. 가도 됩니까?"

"네. 가셔서 보시죠. 아마 지금쯤이면 볼 수 있을 겁니다."

"아, 감사…… 감사합니다. 국진이도 볼 수 있는 건가요?"

"물론입니다. 단, 대원님만 오시죠. 너무 많이 가면……. 일단 헬기가 못 떠요."

"네, 네. 그렇게 하겠습니다. 감사…… 합니다."

해서 강혁은 그 대원까지 데리고 헬기 쪽으로 향했다. 이미 현장은 정리된 지 한참이었지만, 그럼에도 불구하고 경비원들은 강혁 및 일행에게 전폭적으로 협조하고 있었다.

"이쪽으로 오시죠. 엘리베이터 잡아뒀습니다."

이미 늦은 시간이라 빌딩 내에 이용객이 없는 것도 한 가지 이유이긴 했지만 그보다는 강혁 개인의 영향력이 워낙에 지대해진 덕이라 보는 것이 옳을 터였다. 더구나 이들은 오늘 강혁과 그 팀원들이 얼마나 바쁘게 움직이는지 보지 않았던가. 언론에 비치는 모습보다도 오히려 더 힘들고, 더 열심이었다. 감동하지 않았다면 그게 더 이상한 일이라 할 수 있었다.

"감사합니다."

덕분에 강혁은 곧장 옥상에 오를 수 있었고, 얼마 지나지 않아 병원 중환자실로 향할 수 있었다.

"보호자분들 모두 오셔서 일단 면회하게 해드렸습니다. 각 10분씩."

안에 들어서자, 중환자실의 수문장이라고도 할 수 있는 장미가 그간 있었던 일을 보고했다. 잘한 일이었다. 환자야 의식이 없어 별 도움을 얻진 못했을 테지만 보호자들에게 어느 정도 환자의 상태를 알게 하는 것 또한 의미가 있는 일이었으니까.

"잘했어."

"응? 이분은?"

"아……. 천지평 대원이랑 문국진 대원 동료. 대표로 오셨어. 덧가운이랑 모자랑 발싸개 좀 드려."

"아……. 아, 네."

장미는 의아한 표정을 금세 지우고 중환자실 입구에 비치되어 있는 물품을 가져다주었다. 그리곤 역시나 입구에 비치된 손 닦는 곳으로 안내했다. 일반적인 중환자실에는 이런 설비가 갖추어져 있지 않은 경우도 많았는데 역시나 강혁이 중증외상센터 중환자실은 뭐가 달라도 달라야 한다고 주장한 덕에 여러 설비를 새로 들여올 수가 있었다.

'엄청 철저하구나…….'

이러한 설비의 장점은 비단 실질적인 감염 관리에만 있는 것이 아니었다. 이곳을 드나들게 되는 보호자들의 마음속 깊은 곳에 신뢰감을 그득그득 심어놓을 수 있었다.

"이쪽으로 오시죠."

강혁은 자신도 손을 닦고, 원내 가운으로 갈아입은 후 대원을 향해 손짓했다. 대원은 하릴없이 강혁의 뒤를 따라, 더 깊숙한 곳으로 향했다. 예전과는 달리 중환자실도 제법 넓어져 있었다. 옆에 다른 센터들 창고쯤으로 쓰이던 공간을 터서 중환자실로 편입시킨 덕이었다. 해서 베드가 무려 4개로 늘어나 있었다.

“천지평 대원이에요.”

“아……. 아…….”

천지평 대원은 좌측 가슴 앞쪽과 명치에서 서혜부까지, 그리고 좌측 옆구리 부근에 각각 기다란 절개선이 놓여 있었다. 그나마 처음 실려 올 때처럼 배가 산만큼 불어나 있지 않아 훨씬 나은 몰골이었지만 대원이 보기엔 이게 살아 있는 건가 싶을 정도로 중해 보이기만 했다.

“괜찮습니다. 활력 징후는 안정적이에요. 추후 얼마나 완전하게 회복이 될지는 더 두고 봐야겠지만. 최소 목숨이 왔다 갔다 하지는 않을 겁니다.”

강혁은 그의 불안한 표정을 읽고는 일단 안심부터 시켜주었다. 문국진 대원에 대한 설명도 대동소이했다. 대원은 강혁의 말을 전부 듣고 나서야 다소 안심한 얼굴이 되었다.

“그……. 그렇군요. 죽지는……. 않겠구나. 다행입니다.”

“네. 그래도 제때 헬기가 떠서 바로 병원에 올 수 있었던 것이 주효했습니다.”

“감사합니다.”

“감사는요.”

“그럼……. 저는 이만 다시 가보도록 하겠습니다.”

“현장으로요?”

“아뇨. 서로 돌아갑니다. 아마……. 언론에서 눈에 불을 켜고 달려들 겁니다. 오늘……. 사상자가 워낙 많아서요.”

“아.”

강혁은 알 만하다는 얼굴로 고개를 끄덕였다. 그렇지 않아도 현장 주변에 취재진이 꽤 많이 모여 있지 않았던가. 아마 오늘 종일

TV에서 보도가 되었을 터였다.

'겁나게 물어뜯겠군…….'

사망자만 20명이 넘게 나오지 않았던가. 그마저도 강혁이 이끄는 중증외상팀이 아니었더라면 배 이상 늘어났을 터였다.

'누군가 책임을 져야 한다고 생각하겠지, 다들.'

무려 두 대원이 죽을 뻔할 정도로 열심히 구조했지만 아마도 비난의 화살 중 일부는 대원들을 향할 터였다. 어쩌면 강혁을 향해 날아들 수도 있었다.

'참아야겠지?'

강혁은 어두운 얼굴로 멀어져가는 대원을 보며 자신의 흉골 근처를 톡톡 두드렸다. 예전 같았으면 앞뒤 재지 않고 욕하는 기자들이나 댓글에 대응했을 것이 분명했다. 하지만 지금은 너무 큰 목표를 눈앞에 두고 있는 상황이었다. 더는 강혁의 마음대로 행하기엔 뒤에 딸린 식구도 너무 많았고.

'일단 반응을 좀 볼까.'

물론 그렇다고 해서 언론 반응이나 여론이 궁금하지 않은 건 아니었다. 해서 핸드폰을 들여다보려는데, 눈치 빠른 장미가 먼저 중환자실 내에 비치된 휴게실 TV를 틀었다. 딱히 채널 조정을 한 것도 아닌데 오늘 낮에 있었던 화재에 대한 보도가 흘러나오고 있었다. 어찌 보면 당연한 일이었다. 가히 '참사'라는 말을 붙여도 어색함이 없을 정도의 사고지 않은가.

"금일 종로 3가 인근 빌딩에서 발생한 화재로 인한 사망자 수가 23명으로 집계되고 있으며, 인근 병원 및 한국대학교 병원 중증외상센터로 이송된 중환자 수 또한 21명으로 집계되고 있어 차후 사망자 수가 크게 늘어날 수 있다는 전망입니다."

"어떻게 서울 한복판에서 난 화재가 이렇게 큰 피해로 번질 수 있었는지가 의문인데요. 혹 당국의 대처가 미흡했던 것은 아닌지 하는 생각까지 듭니다."

"아무래도 그럴 수밖에 없는 상황인데요. 전문가분들의 의견을 들어보겠습니다."

자연히 강혁의 고개가 소위 전문가라고 하는 사람들을 향해 돌아갔다. 어디 교수도, 어디 단체 소속 인원도 있는데 정작 현장에 있었던 대원은 보이지 않았다. 당연한 일이었다. 대원들은 전부 현장에서 사람 살리느라 다치거나 진이 빠져 있었으니까.

'이런 시발?'

전문가들은 현장에 있었던 것도 아니면서 마치 거기 있었던 것처럼 이러쿵저러쿵 판단하기 시작했다. 물론 완전히 틀린 소리만 하는 건 아니었지만 원론적인 얘기가 주를 이루고 있음에는 틀림이 없었다. 즉 현장 상황과 잘 들어맞지는 않는다는 뜻이었다. 부우웅! 덕분에 강혁이 막 폭발하려는 순간에 핸드폰이 울렸다. 응급실이나 기타 다른 병원 쪽 전화는 아닐 터였다. 그랬다면 시끄러운 알람이 울렸을 테니.

"음."

박성민 후보였다. 강혁은 어디 CCTV라도 달았나 하는 생각에 주변을 돌아본 후 전화를 받았다.

"어이구, 백 교수님. 오늘 정말 수고 많으셨습니다. 진짜 고생 많으셨어요."

박성민은 전화를 받는 즉시 호탕한 웃음과 함께 강혁의 고생에 대한 칭찬을 잔뜩 늘어놓았다. 강혁은 조금이나마 화가 덜어내어지는 것을 느끼며 대꾸했다.

“네, 뭐. 대원들이 진짜 죽을 고생 했죠.”

“알죠, 알죠. 사상자가 좀 많이 나오긴 했는데……. 걱정 마십쇼. 제가 그 친구들 절대 불이익 가지 않게 이미 다 조치 취해놨습니다.”

“그래요?”

“그럼요. 아니, 최선을 다해 사람 살린 사람들에게 불이익이 있어서야 되겠습니까?”

“그게 맞는 얘기죠. 감사합니다.”

“하하. 뭐, 그건 그렇고…….”

박성민 의원은 대화를 그대로 끊지 않고, 말끝을 흐렸다. 뭔가 더 할 말이 있다는 뜻이었는데, 강혁은 그걸 놓치지 않았다. 눈치가 없는 게 아니라, 눈치가 없는 척하는 사람이었기 때문이다.

“네, 무슨 일 있으십니까?”

“아, 아뇨. 대단한 건 아니고. 이제 경선 시작을 앞둔 마당이라……. 얼마간은 제가 따로 연락을 못 드릴 거 같아서요.”

“그거 어차피 결정된 거 아닙니까, 누가 될지?”

“그건 그런데. 그래도 이게 딱 손안에 쥐기 전에는 확실하지가 않네요.”

“하긴. 그럼 식사나 한 끼 할까요?”

“네. 제가 그쪽으로 가겠습니다. 정책 관련해서 나눌 얘기도 있고 해서요. 내일 어떤가요?”

정책 관련한 얘기라는 데서 강혁의 눈이 번쩍 뜨였다. 확실히 이 박성민은 마지막까지 약속을 놓지 않는 종류의 인간이었다. 그런 사람의 요청을 어찌 거절할 수 있겠는가.

“내일이라……. 뭐, 환자만 없으면 괜찮습니다.”

"네. 그럼 내일 뵙겠습니다."

아침 7시경. 누군가 당직실 문을 두드렸다. 그게 누구라 할지라도 찾아오기엔 무척 이른 시간이었지만. 당직실 안에 있던 강혁을 비롯한 의료진 중 누구 하나 당황하는 사람이 없었다.

"네, 들어오세요."

"네. 교수님."

강혁의 말이 있자마자 안으로 들어선 이는 다름 아닌 박성민이었다. 강혁이란 인간은 시간이 자유롭지 못한 인간이지 않은가. 24시간 중증외상센터에 메여 있다보니, 애매하게 점심 약속을 잡았다간 파투 나게 될 공산이 너무나도 컸다. 때문에 강혁과 박성민은 그냥 이른 아침에 만나는 것으로 합의를 본 바 있었다. 이편이 박성민에게도 한결 나았다. 뒤에 주르륵 놓여 있는, 그야말로 산적한 스케줄에 지장을 받지 않아도 되었으니.

"아침인데, 안 막혔습니까?"

강혁은 박성민 의원의 비서가 건네준 상자를 열며 물었다. 상자 안에는 이 시간에 그나마 구할 수 있는 만찬이라 할 수 있는 모닝세트가 들어 있었다. 대학 병원 교수와 야당 원내 대표와의 식사치고는 지나치게 조촐한 감이 있었지만 이제 둘은 둘이 무얼 먹는가에 구애받는 사이는 아니었다. 그저 이 시간 자체가 중요한 사이가 된 지 오래였다.

"워낙 일찍 출발하다보니까 하나도 안 막히던데요. 아, 저는 팬케이크로. 요새 이게 그렇게 맛있더라고요."

"시럽 너무 많이 발라 먹지 마세요. 당뇨 생겨."

"네네."

박성민은 강혁의 지극히 의사스러운 당부를 귓등으로 흘린 채 팬케이크를 집어 먹기 시작했다. 강혁은 잠시 그런 박성민을 황당하다는 듯한 눈빛으로 바라보고 있다가, 이내 자신 몫의 작은 버거를 집어 들었다. 지금 안 먹으면 또 언제 먹을 수 있을지 모르겠다는 생각이 늘 뇌리에 박혀 있는 사람 아니겠는가. 적어도 먹을 것을 앞에 둔 상황에서는 딴 얘기가 잘 나오지도 않았다.

"그, 경선 말입니다."

덕분에 둘이 본격적인 대화를 시작하게 된 것은 그로부터 대략 10분 후쯤부터였다. 이제 둘뿐만 아니라 다른 이들 거의 모두가 버거 대신 커피를 들고 있었다.

"네, 의원……. 아니, 후보라고 해야 하나?"

"아직 사퇴는 안 했으니까 어떻게 불러도 상관은 없습니다."

"네, 뭐. 그런데요?"

박성민은 심드렁한 강혁을 보며 속으로 웃었다.

'처음부터 지금까지 늘 한결같은 사람이야……. 정말로.'

적어도 박성민 자신에게 대하는 태도로만 보자면 이런 사람은 극히 드물다 할 수 있었다. 특히 요즘 들어서는 더더욱 그렇다고 할 수 있었다. 이제 박성민은 차기 대통령 후보 중 가장 대통령 자리에 가까이 있는 사람이었으니까. 물론 대선이라는 건 끝까지 가봐야 알 수 있는, 어떤 의미에서는 생명이 있는 것처럼 변화무쌍한 과정이기는 했지만. 아무튼, 누구에게나 지금 당장이 제일 중요한 법 아니겠는가. 어떤 이들은 벌써 박성민을 대통령 대하듯 하는 사람도 있었다.

'이런 사람이 진국이겠지.'

아부를 좋아하는 사람도 있겠지만 박성민은 천성이 담백한 사람이었다. 권력을 탐하지만, 그 권력 자체보다는 그것으로 이룰 수 있는 일들을 탐하기 때문이다. 덕분에 강혁 같은 이의 됨됨이를 그나마 제대로 바라볼 수 있었다.

"경선에도 일종의 유세 활동이 있습니다. 알고 계십니까?"

박성민은 그런 생각을 하면서 넌지시 질문을 던졌다. 평소 정치에 딱히 관심이 없던 강혁으로서는 당연히 모르는 일이었다. 사실 당내 경선이라는 말도 좀 어색하게 느껴지는 상황이니 그럴 만도 했다.

"아뇨."

"역시."

"중요한 일입니까?"

"네. 당원들을 대상으로 한 유세 활동이거든요. 공약을 내걸어야 한다는 뜻입니다."

"아……. 그럼 그 공약이……."

"결국, 대선 때의 공약이랑 얼추 방향이 맞게 됩니다. 물론 다른 경선 후보들과의 조율도 거치긴 하지만, 거의 변하는 일이 없어요. 당원들에게 했던 말을 바꿀 수는 없는 노릇이니까."

"아하."

잘 생각해보면 지극히 당연한 일이라고 할 수 있었다. 당원들이라 함은 지금 야당에 있어 가장 중요한 지지자들 아니던가. 그런 사람들에게 A라고 말해 놓고 '실은 B였습니다'라고 할 수는 없는 노릇이었다. 제아무리 가장 유력한 후보인 박성민이라 해도 그건 마찬가지였다. 지지자가 없이 존재할 수 있는 정치인은 존재하지 않았으니까.

"때문에 일단 중증외상센터 관련한 정책들과 제가 앞으로 그거 관련해서 할 발언들을 검토해주셔야 합니다."

"아……. 얼마나요?"

"여기."

"허."

강혁은 기껏해야 몇 장 되겠나 하는 얼굴로 있다가 고개를 절레절레 저어댔다. 박성민의 말이 끝나기가 무섭게 비서가 올려놓은 것은 서류 뭉치가 아니라 숫제 상자 뭉텅이였기 때문이다.

"이걸 다……?"

"네. 조금이라도 틀리는 게 없었으면 해서입니다. 대강대강 할 수는 없지 않겠습니까?"

"그건……. 그야 뭐……. 맞는 말인데."

강혁은 일단 상자를 열면서 중얼거렸다. 그 모습을 바라보고 있는 비서나 박성민의 표정은 무척 복잡해 보였다. 저 서류들을 완성하는 데 들인 수고가 떠올랐기 때문이다.

'각 나라에서 시행 중인 정책들을……. 최대한 그대로 들여오면서 동시에…….'

'우리나라 실정에 맞게 뜯어고쳐야만 하는 곳은 과감히 고쳤어…….'

그 과정에서 물론 강혁과 커뮤니케이션이 전혀 없었던 것은 아니었다. 하지만 강혁은 서류 작업에는 그렇게 재능을 보이는 편이 아닌 데다가, 중증외상센터와 관련한 정책에 관해서는 최고의 전문가라고 하기에 조금 무리가 있는 사람이었다. 말하자면 현장에서 뛰는 사람이지, 나라 전체를 두고 일하는 사람은 아니란 뜻이었다. 물론 지금은 대한민국의 현실 때문에 둘 다 짊어지고 있긴 했지만. 해서 박성민은 아예 다른 나라 정책관들과 직접 통화를 해 가면서

이 공약과 관련한 정책을 만들었더랬다.

"이건……. 하루 이틀로 될 게 아닌데요?"

강혁 또한 박성민이 그런 수고를 들였다는 거 정도는 잘 알고 있었다. 어쩌다 통화가 되어서 들려오는 질문의 수준만 봐도 파악할 수 있었다. 이 사람들이 얼마나 진심으로 중증외상센터 관련 정책을 만들고 있는지. 그런 자료를 이 자리에서 그냥 훑어본다? 그건 예의가 아니었다. 그리고 대한민국 중증외상센터 활성화를 위한 일도 아니었고.

"언제까지 해야 하죠?"

"다음 주면 될까요? 경선 활동하려면 아무래도 그 이후로는……."

"일주일이라."

강혁은 저도 모르게 한숨을 푹 쉬었다. 남들에게 일주일은 꽤 긴 시간이겠지만. 강혁에게 일주일은 환자 보는 데만도 빠듯한 시간이었기 때문이다.

'그나마 재원이가 있어서 다행이네.'

허나 이 일은 강혁이 해야만 하는 일이었다. 다행히 어지간한 출동은 재원이 해결 가능할 터였고. 아마 한 달만 전이었더라 해도 도저히 불가했을 테지만. 이제는 가능해졌다는 얘기였다.

"알겠습니다. 최선을 다해서 검토하겠습니다."

"감사합니다. 저희도 검토해서 오류 없는, 그리고 실제로 도움이 되는 정책을 만들도록 하겠습니다."

"감사합니다."

"별말씀을. 그럼 가보겠습니다. 저희도 뒤로 일정이 있어서."

"네."

박성민은 7시에 와서 8시가 채 되기도 전에 병원을 떠나갔다. 워낙에 바쁜 사람인지라 어쩔 수 없는 일이었다. 물론 중증외상팀 인원들 또한 그에 못지않게 바쁜 인원들이었다.

"자, 대강 정리하고. 중환자실 가서 환자 보자. 좀 어땠어?"

"활력 징후 둘 다 안정적이고, 수술 부위 드레인 양도 많지 않습니다. 색은 아주 옅은 빨강입니다."

"다행이네. 둘 다 그래?"

"네."

"좋아. 직접 가서 보자. 신규는 이제 가서 쉬어."

"네."

어제 밤을 새우고 와서 밥을 같이 먹은 지민은 고개를 끄덕인 채 곧장 당직실을 빠져나갔다. 뒷모습이 예전과는 달리 터덜터덜 걷고 있지 않아 안심이었다. 지금도 물론 격무에 시달리고는 있겠지만. 그래도 인원이 충원된 덕일 터였다. 강혁은 그런 생각을 하며 나머지 인원들과 함께 중환자실로 향했다.

"너희는 괜찮냐?"

그러다 문득 유독 힘들어 보이는 둘을 향해 질문을 던졌다. 김정화와 박우식, 그러니까 위탁 교육생들이었다.

"아……. 네. 조금 힘들긴 한데, 괜찮습니다. 익숙하지 않아서 그렇습니다."

둘 중 그나마 눈이 덜 부은 김정화가 즉시 답했다. 그래 봐야 목소리가 잔뜩 쉬어 있긴 했지만. 아무튼, 의지는 확인한 셈이었다. 그것만으로도 충분했다.

"좋네. 뭐 출동 없으면 우리 분과는 쉬는 거니까, 아예 통으로 쉬는 날도 있긴 있어."

그런 날이 거의 없다는 게 함정이긴 했지만. 주말이고 명절이고

간에 관계없이 나가는 경우가 더 많다는 것 또한 함정이긴 했지만. 아무튼, 예기치 않게 남들 다 일하는 날 쉬는 경우가 있는 것이 사실이기는 했다. 드르륵. 강혁이 위로 아닌 위로를 하는 사이 일행은 중환자실 안으로 들어섰다. 미리 와서 환자를 보고 있던 4호와 5호가 부리나케 달려와 강혁 앞에 섰다. 그리곤 조금은 부끄러울 만한 말을 건넸다.

"그, 근무 중 이상 무."

"군인이냐? 군의관으로 다녀온 주제에 왜 그래?"

"기, 긴장해서요."

"긴장을 왜 해. 맨날 도는 회진에."

"위, 위탁 교육생이 있어서……."

"너도 교육생이야. 그냥 하던 대로 해. 여기서 누구 가르칠 만한 사람은 나 말고 경원이랑 재원이 둘 뿐이라고. 아, 한 교수님도 항문외과는 기가 막히는 거 알지? 그쪽은 고수여."

강혁은 한유림 교수를 돌아보며 조잘거리다 이내 환자에게로 고개를 돌렸다.

'이게 칭찬인가 아니면 놀리는 건가.'

한유림 교수는 잠시 고민을 시작했으나, 그리 오래 끌지는 못했다.

"대장, 뭐 해요. 와서 봐야지. 대장 환자잖아."

"아, 아. 그렇지."

강혁이 불렀기 때문이다. 기조실장 주제에 누가 부른다고 막 가는 게 좀 이상한 일이었지만 그 누군가가 백강혁이라면 어디든 가긴 가야 했다.

"음……."

한유림 교수는 그렇게 불려가서는 사뭇 진지한 얼굴이 된 채 환자를 살피기 시작했다. 딱 강혁에게 배운 대로 아니, 원래 알고 있었던 것을 강혁이 상기시켜준 대로 머리끝에서부터 발끝까지 보고 있었다. 딱 수술한 곳만 봐서는 어떤 문제를 놓칠지 알 수 없다는 것이 강혁의 의견이었다. 잠깐만 생각해봐도 무조건 옳은 말이었던지라 한유림 교수를 비롯한 모든 인원이 이것을 기본으로 따르고 있었다.

"일단 황달이나 빈혈 소견 없고……. 피 검사 결과도 그렇고. 엑스레이에서도 우측 폐 하엽 말고는 폐 깨끗하고. 드레인 색 좋고. 상처 부위 좋고. 다 좋은 거……. 같은데?"

"같은데?"

"아니……. 다 좋습니다. 아니지. 다 좋아."

"그래요. 진짜 좋네. 우측 폐 하엽은……. 저거 저대로 안 돌아올 거 같으면 나중에 웨지로 치든지 하고. 일단 둡시다."

"네. 아니, 응."

"다음은……. 재원아. 천지평 대원은 좀 어때?"

"아, 네."

당장 어제부터 1호에서 재원으로 격상된 양재원 제2팀장은 호기롭게 앞으로 나섰다. 그리곤 아무래도 한유림보다는 훨씬 능숙한 눈길로 환자를 살피곤 막힘없이 노티를 이어나갔다.

"랩 나간 것 중 헤모글로빈 말고는 다 정상입니다. 다행히 파종성 혈관 내 응고 장애로의 진행은 보이지 않고 있습니다. 헤모글로빈이 8점대로 떨어져 있는데, 출혈도 출혈이지만 수액이 많이 들어가서 희석된 것으로 생각됩니다. 아직 들어간 만큼 소변이 나오고 있지 않고, 약간의 폐부종이 있어서 라식스 처방했습니다. 그 외 발열 없고, 수술 부위 깨끗합니다."

"완벽해. 확실히 팀장 맞네."

"감사합니다."

"그러니까 이번 주만 출동을 우선 네가 맡아라."

"네?"

"네가 일단 나가라고."

"와……."

재원은 헬기에 탄 채 고개를 절레절레 털어댔다. 상당히 어이없어하는 얼굴이었다.

"왜 그러세요, 2팀장님."

그런 재원을 향해 강행이 이렇게 물어왔다. 2팀장님. 듣기 좋은 말이긴 한데 마냥 그렇지만은 않은 말이기도 했다.

"야……. 왜 그러는지 몰라서 그러냐?"

"대충 알긴 알죠."

"근데 왜 그래."

"그냥. 그렇게라도 해야 외상 외과 일이 더 재밌잖아요."

"아오."

재원은 화를 내려다 말고 다시 고개를 털었다. 돌이켜 생각해보면 자신도 이름을 불리기 전에는 저러지 않았던가.

'딱히 변한 게 있는 건가 싶긴 했었는데…….'

항문이라고 불리다가 노예로 불리다가 1호로 불리던 시절과 마침내 이름으로 불리게 된 지금과의 차이가 있나 싶었단 얘기였다. 하지만 이렇게 헬기를 타고보니 그 차이가 역력히 느껴졌다.

'아니……. 진짜 나만 보낸다 이거지?'

재원은 자신도 모르게 병원 쪽을 돌아보았다. 이미 멀어진 지 오래라 잘 보이지도 않았지만 여전히 자신을 향해 환하게 웃으며 손을 흔들던 강혁이 보이는 것 같았다.

"잘 다녀오세요, 2팀장님!"

강혁은 그렇게 외쳐대고는 며칠 전부터 붙들고 있던 서류를 들고 다시 병원 안으로 쏙 들어가버렸다. 위탁 교육생들과 함께였는데, 그 이유가 퍽 놀랍고도 뻔뻔스러웠다.

'단독 출동할 실력은 돼도, 누굴 가르칠 실력은 안 돼. 애들은 여기서 내가 가르친다.'

물론 강혁이 병원에 남는다고 해서 팽팽 놀고 있는 건 아니긴 했다. 이제 한국대학교 병원 중증외상센터는 가히 대한민국을 대표하는 수준에 이르렀으니까. 구급차로도 이송되어 오는 환자들이 많았고 심지어 다른 병원에서 대강의 처치만 하고 보내는 경우도 이루 말할 수 없을 만큼 많았다. 즉 위탁 교육생 수준에서는 병원에 있든, 현장에 가든 배울 것투성이라는 뜻이었다.

'아무리 그래도 그렇지……. 헬기까지 태워 보내면서 그런 말을 하냐…….'

머리로는 이해가 가지만 마음은 상한 재원은 입을 사발만큼 내밀었다.

"저, 선생님."

하지만 그럴 만한 시간도 그렇게 많진 않았다. 지금 재원은 어디 놀러 가는 것이 아니지 않은가. 현장으로 가는 길이었다.

"아, 네. 김강률 팀장님."

그것도 헬기로 출동해야만 한다고 결정된 현장이었다. 시간이 많을 리가 없다는 얘기. 일분일초가 급했다. 가는 길에 어지간한 브리핑은 마치는 것이 좋았다.

"현장 상황에 대해 알려드리겠습니다."

"네네."

"하남 비료 공장에서 일어난 사고고……. 지게차 사고입니다. 인부 중 일부가 바닥에 앉아 쉬고 있는데, 갑자기 경사면에 세워두었던 지게차가 미끄러져 내려가면서 등 쪽에 충돌이 있었다고 합니다."

"등……? 앉아 있는데 등이요?"

"네."

"이런."

예전 같았으면 그냥 머릿속이 하얘지거나 또는 같이 가는 강혁만 바라보고 있었을 재원이었다. 하지만 2팀장이 된 지금은 달랐다. 그냥 2팀장이 된 게 아니라, 강혁에게 인정받아 된 몸이 아니던가.

'후두부 손상 및 경추 손상이 가장 염려되는데…….'

일단 지게차 자체가 딱 머릿속에 들어왔다. 이것만 해도 크나큰 발전이라 할 수 있었다. 의사들이 언제 지게차를 눈여겨본단 말인가. 어떻게 생긴 건지, 무엇에 쓰는 건지 모르는 의사들이 태반이었다.

"지금 상황은 어떻답니까?"

"그게……. 아직 현장 요원들이 도착을 못 했습니다."

"네?"

"그게……. 경기도라고 해도, 공장 있는 곳은 거의 벌판이라 길이 구불구불해서 닿기가 어렵습니다. 게다가……. 저 밑을 좀 보십쇼."

재원은 강률의 손가락을 따라 시선을 아래로 향했다. 약간의 고소 공포증이 있던 몸이라 조금 뜨끔한 기분이 들기는 했지만 예전처럼 죽을 거 같진 않았다.

"뭔 놈의 차가 이렇게 많죠?"

"아, 요일 모르시지. 오늘 토요일입니다. 슬슬 휴가철이기도 하고요."

"아……. 그렇구나. 몇 월인데요?"

"그……."

김강률은 황당하다는 눈으로 재원을 바라보았다.

'요일 모르고 사는 것도 좀 이상한데…….'

월도 모를 줄이야.

'호칭이 문제가 아니라, 이 정도면 정말 노예 아닌가?'

뭐 이런 생각까지도 들었다.

"왜요?"

"아, 아뇨."

물론 김강률은 구조 대원으로서의 경력뿐 아니라, 사회인로서의 짬밥도 먹을 만큼 먹은 사람이었기에 즉시 표정을 원래대로 되돌릴 수 있었다.

"6월입니다, 6월."

"와……. 올해도 벌써 반이나 갔네."

"네."

재원은 잠시 먼눈을 하고 있다가 다시 강률 쪽을 바라보았다. 상념에 젖어 들기엔 너무 시간이 없지 않은가.

'현장은……. 어떻지?'

대한민국의 외상 외과 전문의로 살아가려면 많은 것들을 포기해야만 했다. 다른 나라의 외상 외과 전문의들도 일정 부분 그랬지만 아직 대한민국은 그 정도가 훨씬 더 심했다. 다행히 재원은 자신보다 더 많이 희생하고 있는 스승을 하나 알고 있었고, 그의 영향을 많이 받아온지라 그러한 사실을 그렇게까지 서글퍼하진 않았다.

"아무튼, 그럼 지금 현장에는 거기 직원분들만 있는 거죠?"

"네."

"큰일이네……. 얼마나 남았죠?"

"잠시만요."

강률은 본인 삶은 전혀 챙기지 못하는 주제에 남 걱정만 하고 있는 재원에 대해 감복하면서 앞자리로 다가갔다.

'백 교수님이……. 제자 복이 있으신 건가. 아니면 좋은 스승인 건가.'

암만 생각해도 제자 복이 있다는 쪽으로만 사고 회로가 돌았다. 좋은 스승인 것도 맞기는 한데, 어쩐지 인정하기 싫었기 때문이다. 물론 김강률도 재원 못지않은 프로였기 때문에 쓸데없는 생각만 하고 있진 않았다.

"얼마나 남았죠?"

해서 기장에게 즉시 다가가 물었고,

"곧. 아, 저기 보이네. 그래도 요새 공장들에 저런 게 구비가 돼서 참 좋아."

기장은 앞창 하방을 가리켰다. 보다 정확히 표현하자면 그렇게 크지 못한 공장 근처 주차장 쪽이었다. 그 주차장에는 몇몇 인부들이 나와 있었는데, 모두 연기 나는 신호 장치를 들고 있었다. 제아무리 대낮이라 해도, 샛노란 연기가 피어오르고 있었기 때문에 위치 잡기가 무척 좋았다.

"박성민 의원님이 일단 한국대학교 병원 출동 범위에 닿는 곳에는 구비하도록 예산 편성해놨을 겁니다. 이현종 의원님의 협조를 받아서요."

"아. 그 이현종."

이현종 의원. 한빛 부대 대위로 복무하다가 부하들을 구하기 위해 온몸을 던졌던. 그 대가로 총알 8발을 맞았으나, 강혁에 의해 가까스로 생명을 구한 바로 그 이현종을 지칭하는 말이었다. 올해 초 있었던 보궐선거에서 상대를 압도적인 표 차로 따돌리고 당선되었으며, 현재 국회 행정안전위원회의 위원으로서 활동 중이었다. 산하에 행정안전부 및 소방청 등 현재 중증외상센터 활성화와 직접적인 관계가 있는 국가 기관들을 둔, 아주 핵심이 될 만한 위원회의 위원이란 뜻이었다.

"요새 신세 많이 지고 있지."

"애초에 행안부 일하려고 국회의원 되신 거니까요."

"보통 그렇게 한다고 하고 막상 들어가면 말 바꾸잖아."

"그런 사람은…… 아닌 거 같습니다."

"운이 좋아, 백 교수님이나 우리나."

기장은 그리 말하면서 천천히 기체를 하강시키기 시작했다. 그 말을 들은 김강률은 묵묵히 고개를 끄덕이다가, 이내 자리로 되돌아갔다. 제아무리 숙련된 요원이라고 해도 착륙 시에는 방심하면 안 되었으니까. 구조하러 갔다가 아무것도 하지 않은 채 구조 요청자가 될 수는 없는 노릇 아니겠는가. 천천히 내려앉기 시작한 헬기를 확인한 인부들은 부리나케 몸을 피했다. 다행히 공장 주차장은 트럭 몇 대 정도가 들어갈 만큼 여유가 있어서, 헬기가 내려앉기에도 충분했다. 덜커덩. 물론 맨 흙바닥인지라 충격이 상당하긴 했지만. 이 정도 충격은 이제 더는 중증외상팀을 방해할 수 없었다. 그게 심지어 2팀장 양재원이라고 해도 마찬가지였다.

"어디 있죠? 환자?"

쫄기는커녕 헬기가 내려앉자마자 뛰어내린 채 인부를 붙들고 있었다. 등에는 산만 한 배낭을 메고 있었는데, 별로 힘들어 보이지도 않았다.

'덩치가 좀 커지셨나?'

강률은 그런 재원의 옆에 따라붙으며 고개를 갸웃거렸다. 불과 며칠 새에 좀 듬직해진 느낌이 들어서였다.

"저쪽입니다!"

"네. 강행아, 동주야 달려!"

"네!"

그사이에 재원은 벌써 인부와 함께 공장 안쪽으로 달려 들어가고 있었다. 강행과 4호 이동주도 마찬가지였다. 둘도 배낭을 메고 있었는데, 저 셋이 메고 있는 배낭 짐만 풀어도 어지간한 수술방이 펼쳐질 수 있을 정도로 짐이 많았다. 공장 내부는 상당히 넓었다. 해서 달려가야 하는 거리도 꽤 되었는데. 그 말은 곧 달리면서 생각을 정리할 만한 시간 또한 어느 정도 있었단 뜻이었다.

'더러워……. 공장이……. 뭐가 이렇게 더럽냐.'

일단 제일 처음 든 생각은 '더럽다'였다. 아무래도 비료 공장이지 않은가. 사람 몸에 들어가는 게 아니라, 땅속에 묻는 물건을 만드는 곳이다보니 상대적으로 위생이 열악했다. 일단 악취가 있었고, 공기 중에 비산하는 가루도 많았다.

'여기서 상처 여는 건 미친 짓이야.'

진짜 숨이 꼴딱꼴딱 넘어가고 있으면야 당연히 생각이 좀 달라지겠지만. 어지간하면 절개는 피해야겠다는 쪽으로 생각이 모였다. 그렇게 어느 정도 머릿속이 정리될 때쯤, 악취에 피비린내가 섞여 들어왔다.

"저깁니다!"

고개를 들어보니 과연 피를 잔뜩 뒤집어쓴 채 쓰러져 있는 환자가 눈에 들어왔다. 정말 세워져 있던 지게차에 치인 게 맞나 싶을 정도로 피를 많이 흘리고 있었다.

"식염수 부어! 김 팀장님은 들것 준비해주세요!"

"네!"

물론 재원이나 강행은 흘러나온 피에 정신이 팔리지 않았다. 이미 나온 피를 뭐 어쩐단 말인가. 대강 양이 어느 정도인지만 가늠했다면, 그 이후로는 아무짝에도 의미 없는 녀석이라는 뜻이었다.

"어, 네!"

물론 다 그럴 수 있는 건 아니었다. 아직 외상 외과에 완벽히 적응하지는 못한 이동주는 잠시나마 넋을 놓고 말았다. 다행히 그 양옆에는 나름 숙련된 재원과 강행이 있었기에 정신을 차리긴 했지만. 아무튼, 재원이 이끄는 팀은 즉시 식염수를 환자의 상처에 부어 흘러나온 피가 아니라, 상처 자체를 파악하는 데 성공했다. 강행이나 이동주는 그렇게까지 자세한 파악을 하진 못했으나 재원은 어느 정도 계획까지 세울 수 있었다.

'다행히 지게차가 세워져 있었던 것은 맞는 거 같은데.'

지게차의 삐죽이 뻗은 부분이 애매한 위치에 놓여 있지 않고, 바닥으로 끌어내려져 있었다. 그 말은 곧 환자의 등이나 머리를 적어도 모서리로 들이받지는 않았다는 뜻이었다. 그래서인지 찢긴 상처는 환자의 하체에만 나 있었고, 등 부위에는 시퍼런 멍만 들어 있었다. 애초에 걱정했던 척추 부상이나 머리는 염려를 덜었다는 뜻이었다.

'문제는 하체가……. 너무 많이 찢겼어. 혈관이……. 이거……. 이게 무슨 혈관이지?'

하지만 좌측 허벅지가 거의 살점이 뜯겨 나갈 정도로 찢겨 있었다. 그 틈새로 혈관 단면이 보였고 당연하게도 혈관에서는 피가 여전히 줄줄 새어 나오는 중이었다.

'막아? 아니면 가서 확인해?'

제대로 된 해부학적 구조를 갖추고 있었다면야 당연히 뭔 혈관인지 딱 알아차렸을 텐데. 지금은 너무 많이 망가진 상태라 헷갈렸다. 이런 상황에서 함부로 혈관을 잡는 건 너무 위험했다. 자칫 동맥을 잡게 되면 이 환자의 다리를 잘라야 할 수도 있을 테니까.

'일단……. 일단 누르자. 교수님이라면 그렇게 했을 거야.'

해서 재원은 백강혁을 떠올리며 꾹 상처 부위를 눌렀다. 정확히 강혁이 현장에서 보고받은 자료를 토대로 위탁 교육생 및 3호 한유림, 5호 사대진에게 강의를 늘어놓고 있을 때쯤이었다.

"지게차는 칼이 아니잖아. 뒤에서 덮쳤으면……. 아마 동맥은 아닐 거고, 큰두렁 정맥 정도가 찢길 거야. 묶으면 돼. 대세에 지장 없다고."

"혈압이 너무 낮습니다! 일단 수액 달겠습니다!"

"기관 삽관 할까요? 아니면 절개?"

재원이 꾹 혈관을 누르고 있는 동안에도 강행과 동주는 멈추지 않고 움직였다. 각자 자신이 맡은 바 임무를 결코 잊지 않고 있다는 얘기였다. 재원은 둘의 질문을 들으면서 또한 강혁을 떠올렸다.

'자기 할 일만 해서 되는 게 아니구만…….'

강혁은 늘 가장 어렵고, 가장 중요한 일을 맡아 왔더랬다. 그것만으로도 대단하다고 생각했었는데 막상 맡아 보니 그것만 한 것도 아니었다.

'남들 할 일도 관리 감독을 해야 해……. 이런 게 팀장이야…….'

그 말인즉슨 팀장이 되려면 상황 전반적인 것을 읽어내는 능력뿐 아니라, 자신이 해야 하는 일을 하면서도 다른 일에 신경 쓸 수 있는 능력까지 있어야 한다는 뜻이었다.

'여기서 남을 가르쳐?'

그제야 재원은 왜 강혁이 자신에게 위탁 교육생을 붙여주지 않았는지 알 수 있었다. 재원은 아직 그 정도의 역량이 되진 못했다. 지금 당장 할 일을 하는 것만 해도 급급했으니까.

"기도 삽관은……. 절개로 해! 절개! 너무 목 뒤로 젖히지 말고! 그냥 수평으로. 할 수 있어?"

"네. 할 수 있습니다."

"혈압은……. 수액부터 달고! 헬기에서 경과 보면서 중심 정맥관 잡을지 말지 결정하자."

"네!"

"들것은? 준비됐어요?"

"네! 정리되면 바로 갈 수 있습니다!"

"오케이."

그나마 다행인 점은 재원이 이 정도 케이스에서는 나름 자기 할 일도 하고, 지시를 내릴 수도 있는 실력을 갖추고 있다는 점이었다. 그럼에도 불구하고 재원은 뿌듯하다는 생각보다는 아직도 부족하다는 생각만 들었다.

'교수님이……. 다 알고 보낸 거야……. 내 역량을……'

아마 지게차 사고가 아니라 다른 사고였다면 자신을 보내지 않았을 거란 확신이 들었다. 그저 티를 내지 않을 뿐. 강혁은 무척 사려 깊은 사람 아니었던가. 다른 사람은 몰라도, 재원은 알 수 있었다. 그와 붙어 지낸 지가 벌써 2년이니까.

"기관 절개 했습니다! 산소 포화도 80대에서 100으로 올라갑니다!"

"혈압은……. 계속 100 미만으로 유지됩니다, 일단 헬기 가서 다른 처치가 필요할 거 같습니다!"

그사이 강행과 대진은 재원의 지시를 충실히 이행한 후 결과를 보고했다.

"좋아! 그럼 바로 헬기로! 야! 흔들지 마! 내가 잡고 있는 거 안 보여? 혈관?"

재원은 그 결과를 한번 둘러본 후, 재차 다른 지시를 내렸다. 한바탕 성질도 내고 소리도 질러 가면서였다. 어찌나 파이팅이 넘치는지 다친 근로자 동료들이 가까이 다가오지도 못하고 있었다.

"저 사람이 양재원……. 실제로 보니까 엄청 빡세네."

"그러니까. 백강혁 교수만 무서운 줄 알았는데."

"보통 성격으로 저런 일 하겠어?"

"하긴……."

의외로 백강혁 못지않게 유명한 사람이 바로 양재원 아니었던가. 「중증외상센터: 골든 아워」 히든 클립에서 수술하느라 똥 지린 에피소드가 소개되었기 때문인데, 걱정했던 것처럼 웃음거리가 되기는커녕 거룩한 희생처럼 포장되고 있었다. 덕분에 중증외상센터에는 백강혁이라는 성질 더러운 의사와 양재원이라는 천사가 있다는 말도 돌 정도였다. 하지만 오늘 공장에서 재원이 보여준 모습은 세간의 평과는 조금 달랐다.

"멋지네……."

"살겠지?"

"딱 보니까 그럴 거 같은데. 뭔가 좀 다르잖아? 벌써 피 멎은 거 같은데?"

"안 따라가봐도 되나?"

"차로 가, 차로. 저기 가면 민폐여. 헬기를 왜 따라 타."

"하긴. 그것도 그렇네."

물론 나쁜 쪽으로 다른 것은 아니었다. 재원은 이러쿵저러쿵 들려오는 칭찬 비슷한 소리를 뒤로한 채 헬기를 향해 내달렸다. 타타타타! 헬기는 여전히 시동을 끄지 않고 대기 중이었다. 환자가 타면 바로 떠야 하지 않겠는가.

"으."

"고개 숙여! 숙이고 계속 달려!"

그 말은 곧 프로펠러가 계속 돌아가고 있다는 뜻이었고 밑에 있는 흙이며 모래며 하는 것들이 한데 뒤섞여 날아온다는 뜻이기도 했다. 환자 이송하기에 거의 최악의 순간이라고 보면 되었는데, 다행인지 불행인지는 몰라도 일행은 이러한 일에 무척 익숙했다. 특히 재원은 더더욱 그러했다. 그는 한국대학교 병원 옥상에 헬기 이착륙장이 생기기 전에도 출동했었으니까.

'그때는 병원에서도 이랬지.'

그때와 비교하면 지금은 가히 천국이라는 말을 써도 무방할 정도로 쾌적해져 있었다. 재원은 그런 생각을 하면서도 발을 쉬지 않았고, 손으로 혈관 누르는 일 또한 멈추고 있지 않았다.

'이거……. 동맥 아닌 거 같은데.'

심지어 머릿속 한쪽 구석에서는 계속해서 이 혈관이 과연 무엇일까에 대한 고민도 하고 있었다.

"올라오십쇼!"

"내 손 안 흔들리게! 밑에서도 밀어!"

"네!"

그 사이 들것은 헬기 바로 앞에 도달했고, 슬라이딩 시스템 덕에 단숨에 안쪽으로 들어갈 수 있었다. 강혁은 늘 귀신같이 미끄러져 들어가는 들것과 속도를 맞추어 들어가는 신기를 보였지만. 재원은 괴물이 아니라 인간이었다. 그러자면 다른 사람의 보조가 필요했다.

"웃차."

해서 뒤따르던 요원의 도움을 받고서야 위로 올라올 수 있었다. 물론 상처를 놓치지는 않고 있었다. 이것만 해도 충분히 남들 눈에는 괴물처럼 보일 텐데. 재원은 만족할 수 없었다.

'백 교수님은 대체 실력이 얼마나 뛰어난 걸까.'

분명 실력이 늘고 있기는 했다. 그것도 요 몇 달 사이에는 정말이지 폭발적으로 늘어났다. 본인도 느낄 수 있었고, 강혁에게도 인정받을 정도로. 그런데도 강혁과의 간격은 오히려 더 멀어진 것만 같았다. 실력이 느는 게 재원만이 아니라 강혁 또한 마찬가지였기 때문이다. 더구나 실력이 늘면 늘수록 보이는 것도 달라지지 않던가. 그 말은 즉 보이지 않던 실력 차가 보이게 된다는 뜻이기도 했다.

"혈압 어때?"

하지만 재원은 마냥 열패감에 사로잡혀 있을 수만은 없는 몸이었다. 뭐가 어찌 되었건 이 팀의 팀장이었으니까. 이 환자의 목숨이 지금 당장은 자신에게 달려 있었으니까. 맡은 바 일을 하지 않는다면 애써 구조한 환자가 죽을 테니까.

"유지……. 아니, 떨어집니다! 너무 많이 피를 흘렸어요. 게다가……."

"알아, 나도! 여기서 계속 새고 있어! 음!"

그의 말에 강행이 혈압을 보며 고개를 가로저었다. 재원이 죽을

힘을 다해 누르고 있는 상처 부위를 바라보면서였는데, 이유는 단 하나였다. 그쪽에서 여전히 피가 새어 나오고 있었다. 혈관 하나는 재원이 누르고 있지만 다른 상처는 제대로 누르기가 어려웠기 때문이다. 그리고 그 절단면에서 흘러나오는 피의 양도 만만치는 않았다.

"일단 수액 하나 더 달겠습니다!"

"그래, 반대편에 달아! 대진이는 소변줄 달고! 병원까지 얼마나 걸리죠?"

재원은 지시를 내리면서 앞쪽을 돌아보았다. 이미 김강률이 재원에게 헤드셋을 씌워준 후였기 때문에 기장은 즉시 그의 말을 들을 수 있었다.

"20분……. 최소 20분인데, 바람이 좀 붑니다! 더 늦어질 수 있습니다!"

"20분이라……."

하남에서 강남에 있는 병원까지 20분이면 사실 늦는 건 아니었다. 이건 정말 착륙하는 시간까지 다 계산해서 하는 말이었으니까. 하지만 재원에게는 너무 길게 느껴졌다.

'90 밑으로 떨어진다……. 피를 준다고 해도……. 음.'

혈압이 계속 떨어지고 있었기 때문이다. 단지 피가 많이 나서는 아닌 것 같았다.

'환자 나이가……. 너무 많아…….'

하도 강혁을 따라 여러 환자를 봐서 그런지 이젠 얼굴이랑 몸을 보면 대강 나이도 보였다. 이 환자는 적어도 50대 중반은 넘어간 듯했다. 체격 자체는 건장했지만 의학적으로 중요한 것은 체격이 아니라 환자의 나이 그 자체였다.

'심장이 버티질 못할 거야. 수액이랑 피가 들어가도…….'

지금 흘러나오는 양 정도는 어찌어찌 맞출 수 있을 터였다. 하지만 현장에 도착하기 전에 흘러나온 피는 어쩐단 말인가. 대략 가늠해봤을 때 대략 500ml에서 1L는 되어 보였다. 환자가 의식을 잃었다는 걸 고려하면 아마도 500ml 쪽보다는 1L 쪽에 가까울 터였고.

'안 돼. 어떻게든 지혈이라도 해야 해. 그러자면……. 역시 이 혈관이……. 동맥이 아니어야 하는데.'

거기까지 생각이 닿은 재원은 찬찬히 자신의 손이 가리고 있던 상처를 살펴보기 시작했다.

"선생님! 부정맥이…… 살짝 섞입니다!"

바로 그때 여전히 활력 징후를 노려보고 있던 강행이 다급한 어조로 외쳤다. 고개를 돌려보니, 과연 그의 말대로 심전도에 노이즈가 붙고 있었다. 심장이 저혈량을 극복하기 위해 무리하다가 한계에 부딪히고 있다는 뜻이었다. 이대로 시간이 좀만 더 흐르면 심실세동으로 갈 수도 있었다. 외상 환자에서 심실세동은 곧 죽음을 의미할 만큼 예후가 좋지 못했다.

"이, 일단 세트 풀어!"

"세트요?"

"그래! 혈관 묶어야 할 수도 있어!"

"그거 동맥이면……."

"다리 살리려다가 환자 죽일래? 그리고 동맥이 아닐 수도 있어! 좀만 기다려봐!"

"그……. 알겠습니다!"

강행은 뭔가 더 의문을 제시하려다가 입을 다물었다. 재원을 팀장으로 격상시킨 후, 강혁이 따로 불러 모아 했던 말이 떠올랐기 때문이다.

'나 없을 땐 이제 재원이가 왕이야. 말에 토 달지 마. 의학적으로 누가 봐도 잘못된 지시를 하는 거 아니면 그냥 따라. 그게 환자를 살리는 길이야. 안 그럼…… 알지?'

뒷말을 흐리긴 했는데. 아마도 뒈진다는 말이 아니었을까 싶었다. 장미가 위탁 교육생의 존재를 알리지 않았다면 반드시 그 말이 튀어나왔을 터였다.

'그래……. 백강혁 교수님이 결정한 거야. 그 사람이 틀릴 리가 없어.'

강행은 죽기도 싫은 데다가, 강혁을 신뢰하고 있었기에 일단 재원이 시킨 것을 충실히 이행하기 시작했다. 그사이 재원은 지금까지 내내 누르고 있던 혈관에 대한 심사숙고에 들어갔다.

'허벅 동맥 주행 경로는……. 사타구니에서 제일 외측으로 나왔다가 샅고랑 인대 안쪽으로 들어가. 이 환자에서……. 그래. 그렇군.'

재원은 환자의 사타구니 쪽으로 시선을 옮겼다. 이미 현장에 있던 인부들이 119대원의 지시에 따라 옷을 죄 잘라놨기 때문에 시야에 제한은 없었다.

'뭉개져서 불명확하긴 한데…… 이거. 이거 샅고랑이야. 그럼…….'

샅고랑 인대는 온전히 남아 있었다. 물론 그렇다고 해서 안쪽의 혈관이 괜찮으리란 법은 없었지만.

'혈관 단면을 보고 어떤 혈관인지 모르겠으면……. 그 혈과 주행 경로를 한번 눌러봐. 동맥이면 반드시 느낌이 온다고.'

그때 강혁이 언젠가 해주었던 말이 떠올랐다. 언제나 그렇듯 교과서에는 나오지 않는 가르침이었지만 뼈가 되고 또 살이 되는 그런 종류의 가르침이었다.

'그럼……. 여길 누르면 되지.'

해서 재원은 심호흡한 후 허벅 동맹이 있는 사타구니 쪽을 꾹 눌렀다. 그렇게까지 강하지 못한 박동이 느껴졌다.

'상태가 진짜 별론데…….'

라는 생각을 하면서 자신이 누르고 있는 혈관을 바라보았다. 만약 이게 허벅 동맹이라면, 그게 아니더라도 이 동맥에서 이어져 내려오는 다른 동맥이라면 지금쯤 혈류가 줄어들어야 정상이었다. 하지만 전혀 변화를 보이지 않고 있었다.

'동맥이 아니면서 이 위치면…….'

덕분에 재원은 아까보다는 조금이나마 밝아진 얼굴로 고개를 끄덕일 수 있었다.

'큰두렁 정맥이야. 묶어도 되겠어.'

재원은 강한 확신이 든 후에도 몇 번인가 더 자신이 누르고 있던 부위를 확인했다. 아마 강혁이었다면 그냥 그대로 묶어버렸을 테지만 재원은 강혁이 아니지 않은가. 사고 치고 뒤늦게 후회하는 것보다는 조금 천천히 가는 게 나았다.

'일단 혼자 있는 것도 아니니까…….'

해서 재원은 이제 막 수술 기구 세팅을 마친 강행을 돌아보았다.

"강행아, 이것 좀 봐봐. 큰두렁 정맥 맞는 거 같냐?"

"네? 아, 그……. 지금 피나는 데 말씀하시는 거죠?"

"응."

"잠시만요."

강행 또한 재원 정도까지는 아니더라도 그간 강혁을 따라 다니면서 이것저것 참 많이도 배운 참 아니었던가. 그중에서도 가장 혹독하게 배운 것이 있다면 역시나 해부였다. 본과 1학년 때 배우고 치워두었던 사지 해부를 달달 외우게 되었다는 뜻. 그런 강행이 보기에 재원의 말은 상당히 일리가 있어 보였다.

'좀 뭉개져서 불안하긴 한데…….'

일단 강혁이 고른 사람이 하는 말 아니던가. 게다가 큰두렁 정맥이라는 말을 듣고보니, 어떻게 봐도 그렇게만 보이는 것 같았다.

"맞는 거 같은데요?"

재원은 연신 고개를 끄덕여 대는 강행을 보고서도 완전히 마음이 놓이지 않았다. 해서 강행을 보조하고 있던 이동주 쪽을 돌아보았다. 어쩌면 팔다리에 관해서는 이 녀석이 더 나을 수도 있었다.

"동주, 너는? 너 정형외과 보드잖아. 이런 거 빠삭하지?"

"아, 그렇네. 동주가 정형외과지 참. 뭐 같아?"

강행도 재원의 질문에 동참했다. 동주는 잠깐 고개를 갸웃거리다가 이내 입을 열었다. 어딘지 모르게 자신감이 넘쳐흐르는 표정을 하고서였다. 둘의 말대로 그는 정형외과 아니던가. 당연히 이쪽 해부는 통달했다고 할 수 있었다. 그래 봐야 강혁보다는 못했지만.

"제 생각에도 그렇습니다. 고관절 수술할 때……를 생각해보면 단면에서 그렇게 보였던 거 같습니다."

"같습니다, 로는 안 돼. 이거 묶을 거야. 동맥은 아닌 거, 확실하지?"

"아, 네. 그건 확실합니다. 정맥입니다, 무조건."

"오케이."

재원은 나머지 둘의 의견까지 듣고서야 만족했다는 표정을 지었다. 그리곤 강행을 재차 돌아보았다.

"장갑 끼고, 묶어 이거."

"아, 네. 수처 타이 할까요?"

"당연하지. 터지면 대박이야. 딴 데서도 피가 너무 많이 나잖아. 혈압 봐라 저거……."

"네. 서두르겠습니다."

"그래. 어쩌면 동맥이라고 해도 묶었어야 할지도 몰라."

"네."

강행은 재원의 명에 따라 서둘러 장갑을 끼고는 봉합 기구를 집어 들었다. 상당히 큰 바늘이 물려 있었는데, 굵은 정맥을 묶으려다 보니 어쩔 수 없는 일이었다. 큰두렁 정맥이면 소위 유명한 정맥 아니던가. 심근경색에서 혈관 우회 수술에도 쓰일 정도로. 대강 묶었다가는 터질 위험이 농후했다. 지이익. 물론 강행의 수처 타이 실력은 이제 어느 정도 경지에 다다라 있었다. 강혁의 수술에 늘 보조로 끌려 들어가다보니 어쩔 수 없이 그렇게 된 것이었다. 못하면 뒈지게 혼나거나 내쫓기기도 하니, 뭐 어쩌겠는가. 살려면 죽으라고 연습을 하는 수밖에 없었다.

"오케이. 잘하네. 너 늘었다?"

"네? 그럼요. 저 이제 교수님 수술 들어가도 많이 안 혼나요."

"그러니까. 이 정도면 뭐, 훌륭하지. 처음 왔을 때는 진짜……."

"진짜……. 뭐요? 그땐 저 잘한다고 칭찬했잖아요."

"도망갈까 봐 그런 거지. 그때 나한테 네가 얼마나 소중했는지 아니."

재원은 기껏해야 2년도 안 된 지난날을 떠올렸다. 강혁도 처음 한국대학교 병원 중증외상센터에 왔을 때 황당했겠지만. 재원도 거의 비슷한 심정이었더랬다. 교수랑 펠로우 그리고 장미랑 달랑 셋이서 시작한 참이었으니까. 그나마 그땐 강혁이 지금처럼 유명하지 않아서 망정이지. 환자가 요즘처럼 밀려왔다면 아마 죽었을 터였다.

'과장이 아냐…….'

솔직히 말하면 그때도 죽을 거 같았다. 강행이 오지 않았더라면 아마 죽었을 터였다.

"아, 하긴. 그때 둘이었죠. 혼자서 이걸 어떻게 했어요?"

"몰라, 나도. 그때 뭐가 씌었나……. 아무튼."

재원은 거기까지 말하곤 가위로 타이 된 실을 툭 하고 잘랐다. 그리곤 손을 천천히 떼어 냈는데, 당연히 흘러나오는 피는 없었다. 막대한 양의 출혈이 거짓말처럼 멎어 있었다. 한결 여유가 생긴 셈이었다.

"일단 지혈 좀 더 하자. 보비 줘봐."

"네."

"아니다. 나 손 닦는 동안에는 너네 둘이서 좀 하고 있어. 피부 겉에는 하지 말고, 안쪽. 너무 안쪽에 안 보이는 데는 그냥 둬. 알지?"

"네, 선생님."

드디어 오른손이 쉬게 된 재원은 의욕적으로 수술 부위를 향해 덤비려다가, 이내 뒤로 물러섰다. 피로 물든 장갑 안쪽에 든 손이 그리 깨끗하지는 않다는 걸 상기했기 때문이다. 물론 어차피 지게 차라는 더러운 물건에 다친 상처긴 했지만. 수술장 들어가서 세척을 하고, 소독하고, 항생제도 때려 붓겠지만 그래도 처음부터 오염을 안 시키는 것이 최선일 터였다. 슥. 재원은 시선은 수술 부위에 고정한 채, 손을 닦기 시작했다. 아무래도 헬기에 수도 시스템을 들여놓는 건 무리였기 때문에 그저 클로르헥시딘에 알코올 성분이 함유된 액으로 닦는 것뿐이긴 했다.

"잘되어가?"

덕분에 금세 손을 닦아 낸 재원은 가만히 액체가 마르기를 기다리면서 질문을 던졌다. 한창 근육 주변의 출혈을 지지고 있던 강행은 고개를 끄덕이며 대꾸했다.

"네. 뭐……. 그거 말고는 메인 혈관 출혈은 없어 보입니다. 저 안쪽에 스멀스멀 나오는 거 보면 더 있을 거 같기는 한데……. 저건 수술장 가서 하는 게 좋을 거 같고요."

"아, 저기. 저긴 그냥 거즈 쑤셔 박아, 일단."

"네."

강행은 재원이 시키는 대로 식염수로 적신 거즈를 피가 흘러나오는 곳에 쑤셔 박았다. 급할 땐 일단 누르기라도 하라는 강혁의 가르침을 충실히 이행한 셈이었다. 그러는 사이, 재원이 손이 다 말랐고 재원은 즉시 장갑을 꼈다.

"비켜봐. 이제 내가 할게."

"네, 선생님."

재원의 지혈 방식 또한 강행과 크게 다를 것은 없었다. 스승이 같은데 다른 게 더 이상한 일 아니겠는가. 그저 위험하지 않은 곳의 출혈은 찾아서 지지고. 제대로 시야가 잡히지 않는 곳은 누르고. 이게 다였다. 너무도 간단해 보이는 지혈 작업이었지만, 그 효과는 대단했다. 드디어 들어가는 수액과 피의 양이 출혈량을 역전하면서 동시에 혈압이 천천히 돌아오기 시작했다.

"심박동 수는 어때?"

"줄고 있습니다."

"어디……. 아, 그래. 그……. 아까 노이즈도 없어졌네."

“네. 다행히. 진짜 여기서 심실세동 떴으면…….”

“재수 없는 소리 하지 말고.”

재원은 딱히 미신을 믿는 타입은 아니었지만 현장에서 불길한 소리 해대는 것이 좋을 것은 없다고 믿는 사람이었다. 비단 그뿐만이 아니라 목숨이 걸려 있는 현장에 나가는 이들은 대개 그러했다. 강행도 예외는 아니었던지라 입을 꾹 다물었다.

“죄송합니다.”

사과까지 덧붙이면서였다. 재원은 그런 강행의 어깨를 두드려준 후, 강률 쪽을 돌아보았다.

“이제 병원까지 얼마나 남……. 김 팀장님, 뭐 하세요?”

“네? 아, 아뇨.”

김강률 팀장은 강행의 말에 황급히 핸드폰을 가렸다. 적어도 재원은 처음 보는 광경이었다. 그가 본 강률은 내내 일만 하는 사람이었으니까. 현장에서 돌아가는 길에 딴짓을? 이건 좀 이상한 일이었다.

“문자……? 연애하세요?”

“여, 연애요? 아닙니다. 시간이 없죠.”

“그럼 뭐 하셨어요?”

“아니, 뭐. 그냥 개인적인 용무입니다.”

“흐음.”

재원은 무척 수상하다는 듯한 눈빛으로 강률을 바라보았다. 아마 강혁이었다면 핸드폰을 뺏든 뭘 하든 했겠지만 다행히 재원은 일반인 아닌가. 그런 짓을 하진 않았다.

“얼마나 남았어요?

해서 그저 아까 물으려던 거나 묻고 말았다. 강률 또한 아무렇지 않게 답해주었고.

“이제 곧입니다. 아래 보십쇼.”

“저 아래 잘 못 보는 거 아시면서.”

“병원입니다, 병원. 교수님도 나와 계시네요.”

“아.”

이제 거의 도착이라는 말에 재원은 서둘러 환자 정리에 들어갔다. 짧은 거리지만 어찌 되었건 이동은 해야 하지 않는가. 그냥 이대로 가는 건 무리였다. 상처 부위가 마른다는 건 감염의 위험이 확 올라간다는 것과 마찬가지였으니까. 때문에 팀원들 전원이 젖은 식염수로 상처 부위를 감싸기 시작했다. 그사이 강률은 재원이 더는 자기 쪽을 바라보지 않는단 걸 확인하자마자 다시 핸드폰을 집어 들었다.

- 묶었어?

강혁의 문자를 보기 위함이었다.

‘이 괴물…….’

강혁이 재원을 믿고 인정하기로 결심한 것은 맞았다. 하지만 그렇다고 해서 정말 혼자 다 하도록 맡길 생각이 든 건 아니었다. 그래서 강률에게 현장 사진을 보내라고 지시를 했고, 강률은 곧장 지게차 및 환자 상처 사진을 찍어 강혁에게 보내주었다. 어차피 현장 사진을 남기는 것이 현장 업무 중 하나긴 했기 때문에 재원이나 다른 의료진 또는 팀원들은 별 의심할 생각도 하지 못했다.

‘그것만 보고 어떻게 어떤 혈관이 다쳤는지 알았지?’

강률은 사진을 보내자마자 온 답문에 무슨 말을 해야 할지 모르겠다는 생각이 들었었다.

- 큰두렁 정맥 잘린 거 같은데……. 혹시 지켜보다가 안 묶는 거 같으면 알려줘.

무슨 점쟁이 팬티를 뒤집어쓴 것도 아니고. 어찌 저 먼 곳에 있으면서 상처 부위를 여기 있는 의사보다 더 잘 파악한단 말인가. 다른 사람이 그랬다면 약 파는 거라 생각하고 씹었을 테지만. 이게 백강혁이라 그럴 수도 없었다. 틀릴 리가 없었으니.

- 묶었습니다.

- 오. 언제?

- 헬기에서요.

- 현장이 지저분하던데. 그럼 바로 파악하고 들어와서 묶은 건가?

이 말에 강률은 잠시 고민했다. 물론 재원이 입 밖으로 자신의 고뇌를 털어 놓지는 않았지만 옆에서 보면 다 보이지 않는가. 이 사람이 언제 확신을 했는지. 적어도 현장에서는 아니었다.

'우리 양 선생님도 칭찬 한 번 대차게 받을 때 됐지. 이게 첫 팀장으로서의 출동이기도 하고.'

하지만 강률은 사려 깊은 사람이었다.

- 네. 아마도 그런 것 같습니다. 헬기 타자마자 바로 묶었습니다.

해서 이런 문자를 보냈고, 동시에 옥상에 있던 누군가가 무척이나 놀랐다는 표정을 지어 보였다. 바로 강혁이었다.

"야, 묶었어? 잘했다."

그리곤 헬기에서 내려선 재원을 향해 칭찬을 건네주었다. 재원으로서는 영문을 모르겠다는 표정을 지을 수밖에 없었다.

"네?"

강혁이 대체 뭘 알고 말하는 건지 알 수 없었으니.

"큰두렁 정맥 알고 묶은 거지?"

"네? 아, 네. 근데……. 그걸 어떻게 알았어요?"

재원은 설마 하는 생각에 자신의 머리칼부터 털었다. 이 인간 성격에 CCTV 같은 거라도 설치해놨을 가능성이 아주 없지는 않았기 때문이다. 하지만 아무것도 떨어져나오는 건 없었다. 그저 김강률이 후다닥 어디론가 사라지는 것만이 보일 뿐이었다.

"저, 저……!"

그제야 재원은 아까 강률의 핸드폰에 어떤 대화가 오갔을지 어렴풋이나마 파악할 수 있었다. 그래서 성질을 내려고 하는데, 강혁이 그런 재원의 머리를 짱짱 두드리며 말을 이었다.

"일단 수술 마무리 잘하고. 오늘 저녁은 축하 파티하자. 2팀장 양재원의 성공적인 데뷔를 기념해서."

"네……?"

"너 첫 출동에서 환자 살린 거 아냐? 잘했지 뭐."

"아."

"좀 늦어졌네."

"좀이요? 저 벌써 출동 몇 번을 더 갔다 왔는데."

재원은 심드렁한 얼굴로 중얼거리고 있는 강혁을 황당하다는 눈빛으로 바라보았다. 그냥 황당한가 보다, 하는 정도가 아니라 무척 억울하고 분통한 심경 또한 담겨 있었다. 어지간한 사람이었다면 감히 재원과 눈도 못 마주쳤겠지만. 강혁은 보통 사람이 아니지 않은가. 그저 위에서 내려다보고 있을 따름이었다.

"뭐 인마. 축하하지 마?"

아니, 도리어 화를 내기까지 했다. 재원으로서는 무척 황당했지만 어쩌겠는가. 축하는 받아야 했다.

"아뇨, 아뇨. 아닙니다……."

게다가 지금껏 축하 파티를 하지 못한 게 딱히 강혁 잘못도 아니긴 했다. 그냥 팀이 너무 바빠서였으니까. 그 와중에 강혁은 박성민 후보 경선 자료 검토까지 했었고. 눈코 뜰 새 없다는 말이란 바로 그런 때를 위해서 만들어진 게 아니었을까, 뭐 그런 생각이 들 지경이었다.

"그래, 그럼 잠자코 따라와."

"네."

해서 재원은 이게 축하를 받으러 가는 길인지, 아니면 혼나러 가는 길인지 모르겠는 발걸음으로 강혁의 뒤를 따랐다. 강혁은 나름 케이크를 들고 있었는데, 초는 딱 하나만 꽂혀 있었다. 재원의 나이는 이제 나름 30대 중반을 향해 달리고 있었지만, 외상 외과 전문의로서의 나이는 한 살이기에 그러했다. 끼이익! 강혁이 그 케이크를 들고 들어간 방은 역시나 당직 방이었다. 처음엔 각 과에서 버리다시피 한 자재들로 채워져 있던, 엉망진창인 방이었지만. 이젠 확연히 달라져 있었다. 새 2층 침대가 한쪽 구석으로 쫙 밀려 있었고, 가운데에는 나름대로 회의를 위한 테이블도 놓여 있었다. 그 주변으로 꽤 여러 명이 앉아 있었는데, 무려 박성민도 끼어 있었다.

"아, 교수님. 이렇게까지 안 해주셔도 되는데."

그는 허허 웃으면서 손을 내저었다. 그러면서도 아주 자연스럽게 몸을 일으키는 것이, 케이크를 받아먹으려는 생각인 듯해 보였다. 당연하게도 강혁으로서는 이게 뭔 일인가 싶을 따름이었다.
"뭘 해줘요?"
"아니, 제 축하 파티 아닙니까?"
"축하……? 대선 치렀나?"
"아뇨, 아뇨. 저 경선."
박성민은 혹시 자기가 잘못 알고 왔나 해서 비서를 돌아보았다. 비서는 말없이 자신과 강혁이 주고받았던 문자 내역을 보여 주었다.

- 7월 X일 축하 파티 오세요.

역시나 착각은 아니었다. 박성민은 젊은 나이에 고시에 합격하고 국회의원까지 해먹은 사람인 만큼 총명하기 그지없는 사람 아니겠는가. 기억력 하나는 끝내준다는 뜻이었다.
"아, 경선……."
다만 강혁이 다른 사람들과 너무 다른 게 문제였다.
"설마 축하 파티가……. 경선 통과해서 하는 게 아니었습니까?"
"네, 뭐. 그거 무조건 된다고 했어서."
"아니……. 그래도 뚜껑 열기 전에는……."
"에이. 거의 전 지역에서 90% 이상 득표로 이겼던데요. 지면 말이 되나."
"그……. 허 참."
박성민은 듣다보니 강혁의 말이 맞는 건가 싶기도 해서 그냥 웃어버렸다. 그러다 문득 그렇다면 대체 자신의 경선 통과마저도 밀어버린 축하가 무엇을 위한 축하인지가 궁금해졌다.

'설마 자기 생일은 아니겠지.'

설마 싶긴 하지만. 강혁이라면 그럴 수도 있을 것 같았다. 아주 자아도취에 심각하게 빠져 있는 인간이었으니까.

"뭐……. 뭘 축하하는 겁니까, 그럼?"

"아. 우리 제2팀장님 취임식이죠. 양재원 선생."

강혁은 설마 하는 박성민 후보를 지긋이 바라보며, 자신의 커다란 덩치에 반쯤 가려져 있던 재원을 가리켰다. 그제야 박성민은 뭔가 납득했다는 표정을 지을 수 있었다. 양재원이라면 성대한 축하연을 받을 만한 자격이 있는 사람이었으니까.

"아……. 맞다. 맞아. 이제 팀장님 되셨다고. 아이고, 이거 축하합니다. 제가 축하받는 줄 알고 선물도 못 챙겨왔네."

"아닙니다, 의원님. 저야 뭐……."

"아니에요. 사실 양재원 선생님이 계셔서 팀이 여기까지 온 것도 있죠. 백 교수님만 있었으면……. 이렇게 밑에 더 사람들이 왔겠습니까."

"그건 뭐 그렇긴 하죠."

"뭐, 새꺄?"

"이거 봐요. 이거. 어디 사람이 남아나겠어요?"

"이놈 봐, 이거. 팀장 되더니."

강혁은 그 큰 주먹을 쥐고 이리저리 위협을 하다가 이내 너털웃음을 터뜨렸다.

"에이. 일단 앉아."

뭐가 어찌 되었건 애송이가 팀장이 되는 날 아니던가. 오늘 하루쯤은 제자 녀석이 아무리 까불어도 다 참아 줄 수 있을 거 같았다.

"저도……. 꼽사리 껴서 축하받아도 되는 거죠? 안 그러면 서운할 거 같은데."

박성민 후보는 짐짓 강혁이 내려놓은 케이크 쪽으로 몸을 기울이며 물었다. 그러자 옆에 잠자코 있던 최하림 감독도 나섰다.

"그럼 저도 축하받을래요."

"응? 감독님은 무슨 축하요?"

"모르셨어요? 「중증외상센터: 골든 아워」 이번에 200만 넘겼잖아요. 독립 영화 사상 거의 최대치라고요."

"아……. 200만이나 봤구나."

"맨날 뉴스에서도 나왔는데. 뭐 워낙 바쁘시니까."

"아무튼, 그럼 붙어요. 오늘 다 축하하지 뭐."

강혁은 좋은 게 좋은 거라는 심정으로 손짓을 해댔다. 그 바람에 재원은 박성민, 최하림 감독 사이에 낀 채 축하 노래를 들어야만 했다.

"사랑하는 양재원, 최하림, 박성민 축하합니다!"

그것도 어딘지 모르게 도매급으로 넘어가는 듯한 노래였다. 그렇다고 해서 기분이 상하지는 않았다. 재원에게 이날은 정말이지 의미가 깊은 날이었으니까.

"이거 사진 찍어서 부모님 보내드려도 됩니까?"

"부모님? 당연하지. 너 집 못 가본 지 좀 됐잖아."

"됐죠……. 코앞인데……."

좀 된 정도가 아니라 작년이었다. 벌써 7월 말을 향해 달려가고 있다는 걸 생각해보면 어마어마한 일이라 할 수 있었다.

"어디랬더라?"

"도곡동이요."

"맞아. 음."

"음이 너무 불안한데."

"같이 갈까? 이거 뭐 수제자랍시고 해도 한 번도 얼굴도 못 보고 살았어."

"아니……. 아뇨. 진짜 괜찮아요."

재원은 자신을 길러주신 소중한 부모님을 떠올렸다. 일반 외과라는 상당히 험한 과를 돌면서도 천사라는 별명이 있을 정도로 순둥한 재원을 길러내신 분들이었다. 물론 나름 깝죽거리는 성격도 있긴 했지만 아무튼, 재원의 부모님들은 순하디순한 사람들이었다.

'교수님 보면……. 다시 반대할 거야.'

때문에 재원이 일반 외과를 지원했을 때도 괜히 고생한다고 울었고 전문의를 따고 세부 분과로 외상 외과로 지원한다고 했을 땐 앓아누웠더랬다. 그나마 영화를 보고 난 후에는 그래도 우리 아들이 훌륭한 일 한다고 마음을 돌이켰지만 같이 일하는 사람이자 스승인 강혁의 성격을 직접 겪고 나면 어떻게 될까. 보지 않아도 보이는 기분이었다.

"에이. 뭐 조폭네처럼 다섯 시간 걸리는 곳에 있는 것도 아니고. 안 막히면 10분 아냐?"

늘 눈치가 빠른 편에 속하는 강혁은 이럴 때는 또 눈칫밥 말아먹은 사람처럼 나서고 있었다.

"제발……. 제발 그냥 두세요……."

해서 재원은 이 좋은 날 울상을 한 채 싹싹 빌어야만 했다. 다행히 강혁은 워낙 바쁜 사람인지라 재원을 금세 놓아주었다.

"그래, 뭐. 난 잠깐 박성민 후보랑 얘기 좀 하고 있을게."

"네. 감사합니다."

“감사는. 너 정말 괜찮아? 나중에 서운하다고 하지 마.”

“아뇨. 진짜 괜찮습니다. 아니, 그냥……. 그냥 좀 가세요.”

강혁은 그렇게 재원에게 등을 떠밀리고 나서야 재원의 시야에서 사라졌다. 재원은 그의 그 단단하고 넓은 등을 보면서 고개를 절레절레 흔들었다.

‘부모님이 사고라도 당하지 않는 이상에는 절대로 만나게 하지 말아야지.’

반대로 사고를 당하면 무슨 수를 써서든 백강혁을 만나게 만들겠지만 애초에 그런 일은 안 일어나는 게 제일 좋은 일 아니겠는가. 그가 이렇게 망상 비슷한 것을 하고 있는 사이, 강혁은 어느새 박성민 후보 앞에 가 있었다.

“교수님. 덕분에 적어도 중증외상센터 활성화 관련 정책은 거의 완성 단계입니다. 아마 이대로 내도 별 수정 사항이 없을 거예요. 돈만 확보된다면.”

박성민은 일단 감사 인사부터 건네주었다. 강혁이 얼마나 바쁜지도 잘 알고 있고. 그가 자료를 얼마나 꼼꼼하게 검토해주었는지도 잘 알고 있었기 때문이다.

“의원님도 고생하셨죠. 보니까 제가 드리지 않았던 사안도 있던데.”

물론 강혁도 박성민의 노고를 잘 알고 있었다. 그가 각국 정책 담당관은 물론이고, 해외 학회 관련 교수들에게까지 문의하고 있다는 것도 건너, 건너 들려왔으니까.

“저도 보다보니……. 이 사안이 얼마나 중요한지 알아서 그렇습니다. 사실 이 나라가……. 이제 잘 사는 나라 아닙니까? 그런데 기술이 부족해서가 아니라 돈이 부족해서 죽는 사람이 있어서 되겠습니까. 고칠 수 있으면 고쳐야죠."

중증외상 환자들과 암 환자를 비롯한 다른 질병 환자들과의 차이점이 바로 이것이었다. 후자는 현대 의학의 한계 때문에 죽어 가는 경우가 압도적으로 많았다. 물론 미국 같은 나라는 후자의 경우에도 돈이 없어서 죽는 사람이 많기는 했지만. 대한민국은, 우리나라는 달랐다. 우리나라 건강보험 제도는 그래도 전 세계에 자랑할 만큼 잘되어 있었으니까. 하지만 외상환자에 대해서는 지나치리만큼 무관심해왔던 것도 사실이었다.

"그렇죠. 고쳐야 합니다."

"이걸 고치려면……. 지자체급에서도 협조를 받아야 하겠지만. 결국, 교수님 말씀대로 중앙 정부에서 끌고 나가지 않으면 이루어지지 않을 겁니다. 이번 정부처럼 말로만 떠들어놓고, 예산 편성을 하지 못하면 말짱 꽝이 된다는 뜻이죠."

"그럼 역시 후보님께서 대통령이 되셔야겠군요."

"부끄럽지만……. 그렇습니다. 지금 대한민국에서 이 일에 저만큼 관심이 있고, 또 저만큼 잘 아는 정치인은 없을 겁니다."

아마 이런 얘기를 다른 사람이 했다면 강혁은 코웃음을 쳤을 터였다. 하다못해 지금의 보건복지부 장관 최필두라 해도 마찬가지일 터였다. 그 사람은 물론 호의적인 사람이었지만 그렇다고 해서 그렇게까지 협조적인 사람도 아니었으니까. 하지만 박성민은 달랐다.

"인정합니다. 의원님은 어지간한 정책가보다 훨씬 잘 알고 계시죠. 아마 저보다도 나을 겁니다."

"그래서 말인데……."

박성민이 말끝을 흐리자, 옆에 서 있던 비서가 무언가를 건네주었다. 일정표였다. 대선 일정표.

"이제 여당이나 제2야당도 경선이 끝납니다. 8월부터는 본격적인 캠프 활동에 들어갈 겁니다."

"음. 제가 캠프 활동까지 할 수는 없을 텐데요."

"그런 것까지는 안 해주셔도 됩니다. 말이 안 되죠. 진료 공백이라니. 그건 안 됩니다."

"그렇죠? 아무래도. 그럼 뭘……."

"일단 저희 캠페인 인원들에 대한 교육을 부탁드리고 싶습니다."

"교육이라……. 이 정책에 대해서요?"

"아뇨. 이 정책이 얼마나 중요한지에 관해서요."

"아."

같이 일할 사람들부터 설득해달란 뜻이었다. 물론 박성민 의원도 달변가이니 어느 정도는 가능하겠지만. 현재 대한민국에서 백강혁의 말 한 마디가 가지는 힘은 정말이지 장난이 아니었다. 강혁은 영웅이었으니까. 그것도 별 흠결이 없는.

"알겠습니다."

"감사합니다. 그리고……. 저희 캠프 열 때, 백강혁 교수님 지지를 받고 있고, 저희도 지지한다는 말 써도 됩니까?"

"그야 물론이죠. 얼마든지 이용하십시오. 저는……. 환자만 살릴 수 있으면 됩니다."

"감사합니다."

"이런 식으로…… 사람들이 모이는구나."

강혁은 아주 흥미롭다는 얼굴로 고개를 끄덕였다. 강남 모처에 마련된 박성민 의원의 사무실에 들어서면서였다. 아무래도 원래 지역구인 종로보다는 강남이 접근성 면에서 좋다는 판단하에 만들어진 사무실이었는데, 크기가 제법 컸다. 무려대선 후보 사무실이었으니 그럴 만도 했다.

"네. 박성민 의원님 팬이 꽤 많습니다. 백 교수님 덕도 있는데……. 그 전부터도 워낙 깨끗한 정치인으로 유명하셨거든요."

안내를 맡은 비서가 무척 자랑스럽다는 듯한 얼굴로 입을 열었다. 그럴 만도 할 터였다. 보좌관 입장에서 박성민처럼 뒷수습하지 않아도 되는 의원을 모시게 되는 일은 거의 없다고 보면 되었으니까. 병역부터 입시, 세금 및 상속 등 그 어떤 문제에도 걸려 있는 게 없었다. 심지어 자녀 문제도 깨끗했는데, 이게 정말 대단한 일이었다. 대부분 자녀 문제에서 넘어지기 마련이었으니까.

"하긴 깨끗하지. 깨끗해."

"네. 이제 대한민국도 이런 대통령 한 번쯤은 경험할 시간이 됐죠."

"그렇게 되면 좋겠는데. 이번 여당 후보도 장난 아니라면서요."

강혁은 그야말로 정치의 '정' 자도 모르겠다는 얼굴로 비서를 바라보았다. 비서는 잠시 당황했지만 금세 원래의 그 신중한 얼굴로 돌아왔다.

'이 사람……. 언제 정치에 관심을 가질 수 있겠어.'

매일, 정말 매일 환자와 씨름하는 사람이었다. 그냥 환자를 치료하는 데 그치지 않고, 그 환자를 구출하는 현장에까지 가서 데려오기까지 하고 있었다. 심지어 그 과정을 이제 제자들에게 가르쳐주고도 있었다. 그중 하나는 벌써 실력을 인정받아서 팀장이 되기도 했고. 비서는 잠시 2팀장 재원을 돌아보다가, 이내 강혁 쪽으로 고개를 돌렸다.

"네. 사실……. 이번에 현용수 의원부터 해서……. 청와대 비서실장까지 연루되는 마약 게이트 때문에 무주공산이라고 생각을 했었거든요."

"아, 얼마 전에 시끌시끌했다던데. 나는 박 반장님한테 들었어요. 뉴스를 안 보고 사니까……."

"네. 근데 갑자기 거물이 등장했습니다. 진짜 갑자기 나왔는데……. 뭐, 그래도 걱정 마십시오. 복잡한 일은 저희가 알아서 하겠습니다."

"네. 저는 그냥……. 중증외상센터 활성화만 되면 됩니다."

"그럼요. 그건 꼭 이루어야죠."

비서는 강혁의 말을 들으며 고개를 끄덕였다. 처음에는 솔직히 정말 강혁을 이용하려는 생각밖에는 없었더랬다. 요새 핫한 사람이기도 하고, 국민 영웅이기도 했으니까. 하지만 같이 일을 하고, 또 외상센터에 대해 배우다보니 생각이 완전히 바뀌고야 말았다.

'더는……. 그렇게 죽어나가는 사람이 있어서는 안 돼.'

물론 아직 대한민국은 멀었다고 말하는 사람들도 있었다. 하지만 대체 언제까지 생명을 뒷전으로 두고 발전만을 위해 달려나간단 말인가. 이제 조금은 한눈을 팔아도 좋을 터였다. 강혁은 그의 진심이 담긴 반응에 흐뭇한 미소를 지으며 앞에 놓인 문을 밀었다. 끼이익. 안에는 이미 박성민 후보를 비롯해 그를 돕기 위해 전국 각지에서 모여든 인원들이 도착해 있었다. 단지 깨끗하기만 한 의원도 아니었고. 단지 백강혁의 후광만을 바라보던 의원도 아니었기 때문이다. 박성민 의원은 지역구 내에서도 아주 유능한 사람이었고, 당내 입지도 탄탄했을뿐더러, 의원 재직 시절 가장 활발한 의정 활동을 해 온 사람이었다. 그간 쌓인 신뢰가 이렇게 돌아오고 있었다.

"어이구, 백 교수님! 바쁘신데, 시간 내주셔서 감사합니다."

"아뇨, 뭐. 병원 코앞에서 하는 건데요. 혹시 환자 있다고 하면 돌아가긴 할 텐데……. 어지간하면 우리 양 선생님 선에서 해결될 겁니다."

강혁은 박성민의 호의 넘치는 환영에 껄껄 웃고는 바로 뒤에 서 있던 재원의 어깨를 팡팡 두드려주었다. 옛날 재원 같았으면 얼굴을 붉히거나 적어도 민망해하기는 했을 텐데. 지금은 그저 담담히 강혁의 칭찬을 듣고만 있었다. 그 태도가 어찌나 당당했던지, 약간은 뻔뻔해 보일 지경이었다.

"네, 뭐. 제가 해결하면 됩니다. 교수님께서 교육하시는 동안에는……. 저 혼자 감당하겠습니다."

"이거 믿음직스럽네요. 키도 크셨나……. 사람이 좀 커 보입니다."

하지만 지금 재원의 모습을 아는 사람들은 그렇게 생각하지 않았다. 현재 재원은 우리나라에서 강혁을 제외한다면 정말이지 최고의 외상 외과 의사였으니까. 팀장으로 취임하고 몇 달간 그가 살린 환자들의 수를 일일이 세기조차 힘들 지경이었다.

"너무 띄워주지 마세요. 우리 양 팀장은……. 칭찬에 너무 약해서."

"아, 그런가요. 하하. 아, 이거야 원. 너무 우리끼리만 떠들었네요. 자자, 이쪽으로 오시죠."

박성민은 도저히 대선 후보라는, 높으신 자리에 앉은 사람답지 않게 소탈한 미소를 지으며 강혁을 앞쪽으로 끌었다. 그의 말대로 사람 모아놓고 시답잖은 잡설로 시간을 좀 잡아먹은 참이었지만 모인 사람 중엔 누구도 불만을 표하는 사람이 없었다. 애초에 박성민을 지지하는 사람들 중에 백강혁을 지지하는 사람들이 대부분이었기 때문이다. 간판으로 내걸고 있는 공약의 주인공이라 할 수 있는 사람이니 당연한 일이라 할 수 있었다.

"자, 여러분. 오래 기다리셨습니다. 오늘……. 저희 캠프에 아주 귀한 손님이 오셨는데, 혹시 누군지 알아보시겠습니까?"

잠시 후, 박성민 후보는 강혁과 함께 방 맨 앞쪽에 마련된 단상 위로 올라섰다. 원래 이런 식으로 쓰이는 방이 아니었기에 급조된 단상이었지만. 그래도 둘의 무게를 감당하는 데는 별 무리가 없어 보였다.

"네!"

"누구시죠?"

"백강혁 교수님이요!"

약간 팬 미팅 비슷한 그런 느낌이었다. 이제 강혁은 이런 분위기가 그리 낯설지 않게 된 사람이었기 때문에 담담한 눈빛으로 청중을 바라보고 있었다. 재원도 비슷한 얼굴이었는데, 중간에 확 고개를 숙이고야 말았다.

'어……. 엄마, 아빠가 왜 여기 있어?'

절대, 어디 다치지 않는 한에는 절대 강혁을 만나보지 않게 하려 했던 그의 부모님이 여기 계셨다.

'뭐야……. 뭐냐고…….'

심지어 환하게 웃고 있었는데, 시선은 아들인 자신이 아니라 강혁을 향해 고정해두고 있었다. 백강혁의 어마어마한 팬인 듯했다.

"네, 방금 소개받은 백강혁입니다."

그사이 강혁은 한 걸음 앞으로 다가가 인사를 건넸다.

"와아아아!"

당연하게도 한차례 더 소란이 일었다. 그중에서도 제일 열광하는 사람 둘이 있었는데 바로 재원의 부모님이었다.

'하아.'

재원은 도저히 그 모습을 못 보겠어서 고개를 숙여버렸다.

'차라리 병원으로…….'

이걸 보느니 환자 보러 병원으로 가는 게 좋지 않을까, 뭐 그런 생각까지 들었다. 하지만 문득 또 이런 생각도 들었다.

'아냐……. 아냐. 나 없을 때 나에 관해 물어보면…….'

갑자기 손발이 차갑게 식는 듯한 느낌이었다. 워낙에 재원이 중증외상센터에 남는 것을 반대했던 부모님들이었더랬다. 심지어 아버지는 거기서 개고생하다가 분명히 나올 거라고 확신을 하고는 개원 자리를 알아보고 계시기도 했다. 다른 동기들은 그 개원 자금이 없어서 난리인 마당에 풍족한 부모님 덕을 보게 생겼으니 황송한 일이긴 했지만 아무튼, 외상 외과를 택한 입장에서는 왠지 좀 껄끄러웠던 것이 사실이었다.

'그나마 요새는 응원해주시긴 하는데…….'

그러던 것이 최근 개봉했던 「중증외상센터: 골든 아워」를 시청하고 나서는 확 바뀌어버렸다. 우리 아들이 그냥 어디 끌려가서 개고생만 하고 있는 줄 알았는데. 알고보니 진짜 사람 생명을 줄기차게 살려대고 있지 않던가. 더구나 최근에 팀장까지 되어서 단독으로 신문에 실리는 경우도 심심치 않게 생긴 마당이었다. 대체 언제 중증외상센터에 남는 걸 반대했는지 모르겠을 정도로 열렬한 지지자가 되어 있었다. 설마하니 여기까지 모습을 드러내게 될 줄은 꿈에도 모르고 있었지만.

"그렇습니다. 지금 한국대학교 병원 중증외상센터는 저와 양재원 팀장을 필두로 두 개 팀이 돌아가고 있습니다. 중앙 구조단의 전폭적인 지지를 받아 헬기 출동도 거의 도맡아서 하고 있고요."

재원이 혼자만의 고뇌에 빠진 동안 강혁은 이미 강의를 시작한 참이었다. 정신을 차려보니 아까까지 거의 팬클럽처럼 소란스럽기만 했던 방 안이 어느새 조용해져 있었다. 모두가 눈을 똘망똘망하게 빛내며 강혁을 바라보고만 있었다. 늘 그렇듯 강혁의 강의에는 사람을 흡입하는 힘이 있었기 때문이다. 워낙에 뭔가 가르치는 걸 잘하는 사람이지 않던가.

"그 결과 서울 남부와 경기도 동남부의 외상 환자 사망률은 크게 줄어들었습니다. 3년 전에 비하면 거의 20%로 줄었죠? 작년과 대비해도 30%가 줄었습니다. 그에 반해 사고 발생률 자체는 변화가 거의 없고요."

더구나 이 중증외상센터 자체에 관한 얘기를 할 때면 백강혁 자체가 확 달라져버리는 느낌이었다. 온 정신을 중증외상센터 활성화 그리고 사람 살리는 것에만 집중하고 있는 사람이기에 그러했다. 말로만 그런 게 아니라, 글로만 그런 게 아니라, 단지 히포크라테스 선서만 외운 것이 아니라. 그의 평생으로 보여주고 있는 사람이지 않던가.

"즉 어설프게나마 돌아가고 있는 중증외상센터가 하나라도 있으면 그 주변 사망률이 크게 준다는 뜻입니다. 물론 들어가는 재정은 어마어마합니다. 저희 센터는……. 후원금으로 적자를 메우고 있는 특수성을 갖추고 있지만, 이는 영원하지 않죠. 다른 센터에 적용할 수도 없고요. 그래서 지금 여러분들이 눈앞에 두고 있는 정책이 중요한 겁니다."

강혁은 열변을 토하는 중간에 사람들의 책상을 가리켰다. 정확히 말하자면 책상 위에 놓인 두꺼운 책자였다. 강혁과 박성민 그리고 그 의원실 소속 인원들이 죽을힘을 다해 만든 정책집이었다.

"이 정책이 통과되어야……. 사람들이 살아날 수 있습니다. 더 많은 지역에 있는 더 많은 사람들이 그나마 치료 받을 수 있는 기회라도 얻을 수 있습니다."

강혁의 말을 듣던 비서 중 하나가 고개를 반대편으로 돌렸다. 다른 정책이나 법안 발의하는 데 참여한 경험이 아주 많은, 감히 잔뼈가 굵었다고 말할 수도 있을 법한 그런 사람이었다. 하지만 이 정책을 짜는 건 조금 다른 일이었다. 뭔가 정말 죽어가는 사람들이 눈에 보이는 듯했다. 그리고 정책을 짜는 순간순간, 마치 자신도 사람을 살리는 듯한, 그런 느낌이 들었다.

"이 정책을 믿고 수련받기 시작한 50명의 훌륭한 젊은 외과 전문의들이 있습니다. 사람이 없는 게 아니라 그 사람들이 일할 수 있는 센터가 없는 겁니다. 교육은 제가 맡겠습니다. 학회도 만들고, 위탁교육도 하고."

그사이 강혁은 이제 자신의 제자들에 관한 얘기로 넘어갔다. 물론 50명 전원이 그 밑에서 배울 수 있는 건 아니었다. 위탁 교육이라는 형태를 빌려와도 직접 가르칠 수 있는 인원은 30명이 안 되었으니까. 하지만 학회가 생기면 얘기가 좀 달라질 터였다.

"그분들이 나중에 전국에 있는 외상센터에서 일할 수 있도록 도와주십시오. 감사합니다. 질문 있으신 분 계십니까?"

강혁은 그렇게, 그리 길지 않은 강의를 마쳤다. 하지만 여운은 결코 짧지 않았다. 특히 재원의 부모님들에게 그러했다.

"저, 저! 질문 있습니다!"

강혁은 어딘지 모르게 낯이 익는 거 같은 사람을 지목했다. 그 사람은 자리에서 일어나자마자 재원을 가리키며 큰 소리로 물었다.

“제 아들놈도 도움이 되고 있긴 한 거죠?”

재원이 제발, 제발 일어나지 않길 바랐던 바로 그 사람이었다.

“응?”

강혁은 이제 무슨 소린가 하는 표정을 지어 보였다. 그리고 방금 자신이 일으켜 세운 사람과 그 사람이 가리킨 재원을 번갈아 바라보았다.

“닮았……. 아, 설마 아버님?”

잠시 후 강혁은 둘의 얼굴이 유사한 것이 우연이 아니란 것을 알아낼 수 있었다. 남이라면, 피가 섞이지 않은 사이라면 정말 이상한 일이란 생각이 들 정도로 닮아 있었으니 그럴 만도 했다. 엄청 둔한 사람이라고 해도 어렵지 않게 눈치챌 정도였으니, 강혁처럼 예민한 사람에게는 아주 당연한 일이라 할 수 있었다.

“네. 제가 양재원 아버지입니다. 양대업이라고 합니다, 반갑습니다. 교수님.”

양재원의 아버지, 양대업은 허허 웃으며 고개를 숙였다. 그 모습을 본 강혁은 마치 재원을 처음 봤던 그때로 돌아간 듯한 착각이 일었다. 그만큼 둘은 닮아 있었다.

‘애가 참 순하다 싶더니.’

자기랑 둘이 이렇게 많은 시간 붙어 있던 사람 중 저렇게밖에 성격이 변하지 않은 사람은 거의 없었다. 아니, 애초에 강혁과 둘이 많은 시간을 붙어 있을 수 있는 사람 자체가 드물었다. 그거 하나만으로도 재원의 인성은 증명된 셈이었다.

‘인상이 참 선하시네.’

강혁은 재원의 걱정과는 달리 진심으로 재원의 부모님들에게 감사하고 있었다. 아니, 어떻게 보면 좀 미안해하고 있다는 것이 더 맞을 터였다. 자식을 중증외상센터라는 거시적 목표를 두고 있다는 명목으로 미래가 불투명한 외상 외과로 끌어들인 장본인이었으니까. 그나마 이젠 팀장으로 바로 설 만큼의 실력을 갖추게 되었지만. 그리고 적어도 한국대학교 병원 교수 정도는 꽂아줄 수 있는 여건이 되어 다행이었지만, 그전까지는 정말 죄송스럽기만 했더랬다.

"이거……. 인사가 늦어 죄송합니다. 이 근처 사신다고 들었는데 찾아뵙지도 못했네요."

해서 무척이나 부드러운 말투로 고개를 마주 숙여 보였다. 재원은 강혁이 환자나 그 보호자 외에 이렇게 조심스럽게 대하는 걸 처음 보았기 때문에 입을 쩍 하고 벌렸다.

"방금 해주신 질문에 대해서 답을 해드리자면……."

강혁은 재원이 여전히 입을 쩍 벌리고, 조금은 모자란 사람 같은 표정을 짓고 있는 사이 고개를 들었다. 그리곤 재원을 가리켰다.

'얘는 갑자기 왜 바보 같은 모습을 하고 있냐 또…….'

잠깐 이런 놈을 칭찬해도 되는 건가 하는 생각이 들긴 했지만, 다행히 강혁은 지금 눈앞에 있는 사람들이 재원의 아버지 그리고 어머니라는 사실을 상기할 수 있었다.

"양재원 선생은 아주 훌륭한 제자이자 동료입니다. 최근엔 많이 의지도 하고 있습니다. 아무에게나 팀장을 맡기진 않으니……. 재원이 실력에 대해서는 자부심을 가지셔도 좋습니다."

덕분에 강혁은 평소 마음속에만 품고 있었던 자신의 제자에 대한 솔직한 평을 늘어놓을 수 있었다.

"흐엉."

그 말을 들은 재원이 울음을 터뜨렸을 땐 진짜 좀 후회가 되긴 했지만.

"감사합니다! 감사합니다, 교수님."

환하게 웃는 부모님을 보고 있자니 역시나 솔직하게 말하길 잘했단 생각이 들었다.

"아뇨, 제가 감사합니다. 절 믿고……. 아들을 맡겨주셔서요."

"아이고……."

그리고 경원이나 강행, 장미 등등의 부모님도 한번 찾아뵙거나, 편지라도 보내야겠다고 결심했다.

"교수님 저도 질문 좀……."

"아, 네."

그 후로도 정책 관련한 질문이 이어졌다. 딱 정확히 정책에 대한 질문이라기보다는 강혁이나 그가 이끄는 팀에 대한 질문이 주를 이루고 있었지만. 강혁은 그러한 질문에 답을 하는 것이 그리 피곤하게 여겨지지 않았다. 도리어 들으면 들을수록 힘이 나는 기분이 들 지경이었다. 누군가 자신을, 자신이 하는 일을 소중히 여기고 있다는 느낌이 들었으니 당연한 일이었다.

"음……."

재원은 강혁이 바삐 질문을 받아 주고 있는 사이, 자신의 호주머니 속을 들여다보았다. 여전히 울리지 않고 있는 핸드폰이 눈에 들어왔다.

'오랜만에……. 부모님이랑 저녁이나 먹을까?'

마침 시간도 7시를 향해 달려가고 있었다. 강혁도 박성민 후보의 도움을 받아 대강 자리를 정리하고 있었고.

'그래. 진짜……. 이게 얼마만의 식사냐. 오늘이다, 오늘.'

해서 재원은 굳은 결심과 함께 성큼성큼 강혁에게로 다가갔다. 강혁은 상당히 기분이 좋은 상태였기 때문에 평소보다 훨씬 더 밝은 얼굴로 그를 맞아주었다.

"왜? 환자 왔대? 마침 일 끝났으니까, 같이 가지 뭐."

"아, 아뇨. 환자는 없습니다."

"그럼?"

"저녁을……. 부모님하고 같이 드시면 어떨까요?"

"저녁?"

강혁은 무슨 대단히 생소한 단어라도 들은 사람처럼 눈을 끔뻑거렸다. 물론 그 저녁이라는 단어를 입에 올린 재원도 낯설기는 마찬가지였다. 딱히 시간 맞춰서 뭘 먹어본 경험이 적었기 때문이다.

"아, 그래."

덕분에 강혁은 잠깐 버퍼링을 겪은 후에야 지금 시간이 보통 사람들이라면 저녁이라는 걸 먹을 만한 시간이라는 걸 깨달을 수 있었다. 그리고 제자의, 그것도 첫 제자의 부모님과 함께 식사할 수 있는 기회라는 것이 그리 흔치 않은 일이라는 것 또한 깨달았다.

"후보님, 그럼 저는 이만 가보겠습니다."

"그……. 시간 되시면 회식이라도……."

"아뇨. 제자 챙기고 하려면 회식은 좀 부담스럽습니다."

"그렇…… 죠. 네. 알겠습니다. 오늘 와주셔서 정말 감사했습니다."

"네. 또 뵙겠습니다."

때문에 강혁은 무려 가장 유력한 대선 후보인 박성민과의 식사를 마다하고 밖으로 빠져나왔다. 재원의 부모님들은 상당히 황송해 했지만, 강혁은 원래 이런 사람이 아니던가. 재원도 그러한 사실을 너무도 잘 알고 있었기 때문에 부모님을 다독거리며 부리나케 자리를 옮겼다. 아무리 그래도 식사까지 병원에서 좀 떨어진 곳에서 하기는 후달리지 않던가. 해서 병원 바로 맞은편에 있는 중식당으로 향했다.

“여기 요리가 아주 괜찮습니다.”

강혁은 기껏해야 몇 번 와보지도 않은 주제에 단골 행세를 하며 안으로 들어섰다. 다행히 종업원들이 그를 알아봐주었기 때문에 재원의 부모님들은 그래도 우리 아들이 가끔 나와서 먹긴 하는구나 하는 생각을 할 수 있었다.

“여기 자주 오시나 봐요?”

“네, 뭐. 하하.”

평소의 재원이라면 바로 이 대목에서 깐족거림을 참지 못했겠지만 그도 부모 앞에서는 그럴 수 없는, 어쩔 수 없는 자식이었다. 해서 재원도 고개를 끄덕였다.

“네. 여기 맛있어요. 자주 먹어요.”

“다행이다. 영화 보면 아주 뭐……. 밥 먹고 잘 시간도 없어 보여가지고.”

‘그 영화가 결코 과장이 아닙니다 어머니’라는 말이 바로 목구멍까지 튀어 나왔지만 재원은 이번에도 기꺼이 참아냈다.

‘휴.’

팀장이 되고 난 이후에는 좀 더 거침없이 드립을 날리고 있었기 때문에 그리 쉽지만은 않은 상황이었다. 다행히 강혁조차 자제하고 있는 상황이었기 때문에 재원은 어렵게나마 입을 꾹 다물고 부모님 앞에서 나눌 만한 대화만 꺼낼 수 있었다.

“그래…… 폐를 끼치고 있지는 않고요?”

“폐라뇨. 재원이 없으면 이제 팀 안 돌아갑니다. 아까 말씀드렸다시피……. 현재 저희 병원에서 경기 동남부 지역까지 커버하고 있어서 환자가 진짜 많습니다."

"그렇군요. 재원이가……. 이런 훌륭한 의사가 될 줄은……."

"직접 보시면 더 놀라실 겁니다. 이제 진짜 잘해요."

"그렇군요."

해서 나름대로 즐거운 식사를 이어 나갈 수 있었는데 마무리가 좀 아쉬웠다. 왜애애앵! 이제 막 후식이 나오려 하는 찰나 재원의 전화가 울렸기 때문이다. 일반인들이라면 듣자마자 가슴이 철렁할 정도로 큰 소리였고, 요란한 소리였다.

"어이구."

"이게 무슨……."

당연히 재원의 부모님들도 깜짝 놀라며 재원을 돌아보았다. 하지만 재원이나 강혁이나 전혀 동요를 보이고 있지는 않았다. 사실 지금까지 전화가 오지 않은 것이 더 이상한 일이었으니까. 언제나 이런 전화를 받을 준비가 되어 있는 사람들이었으니까. 아마 지금 시간이 오후 8시 반이 아니라 새벽 2시라 해도 비슷한 반응이었을 터였다.

"네, 중증외상센터 제2팀장 양재원입니다."

아무튼, 재원은 아주 덤덤한 얼굴로 전화를 받았다.

"네, 선생님. 저 강행입니다."

"아……. 강행아. 웬일이야? 왜 응급의학과 번호로 전화를 했어?"

그는 전화를 건 이가 응급의학과 쪽이나 중앙 구조단 측이 아니라 강행이라는 사실에 눈을 동그랗게 떴다. 일상적이지는 않은 일이지 않은가. 뭔가 더 심각한 케이스일 가능성이 있었다.

"처음 신고가 그냥 응급의학과 쪽으로 와서……. 아마 저희에게 노티 없이 온 거 같은데요. 한번 와달라고 해서 와보니까……. 환자 상태가 심각합니다."

"응? 그럼 환자가 벌써 병원에 온 거야?"

"네. 방금."

"어떤 환잔데?"

재원은 그렇게 물으면서 몸을 일으켰다. 강혁은 이미 재킷을 걸친 후였다.

"환자가 와서 가봐야 할 거 같습니다."

재원의 부모님에게 인사를 건네면서였는데, 당연하게도 부모님들도 몸을 일으켰다.

"아, 아뇨. 같이 나가시죠. 차 없이 오셨잖아요. 저희가 바로 바래다드리겠습니다."

"아……. 그래 주시면 감사하죠. 네."

"그럼 일단 나가죠."

"네."

해서 일행은 곧 후식을 내려놓고 방에서 나섰다. 워낙에 병원 사람들이 많이 오는 식당이라 그런지 종업원들은 그렇게까지 놀라지도 않았다. 또 어디 응급 환자가 있겠거니 하는 얼굴들이었다. 중증외상센터만 응급을 다루는 건 아니지 않은가. 외과뿐 아니라 내과계열에서도 사람 목숨이 분 단위로 왔다 갔다 하는 경우가 많았다.

"계산은 이걸로 할게요."

"네."

강혁은 재원이 전화를 받고 있는 사이 계산까지 하고는 밖으로 나섰다. 그동안 재원의 아버지 대업은 부리나케 달려 밖에 세워둔 차를 끌고 왔다. 덕분에 강혁과 재원은 거의 바로 차에 탑승할 수 있었다. 바로 길 건너라고는 해도, 워낙에 큰 병원이 아니던가. 막상 응급실까지 가려고 하면 10분에서 15분은 소요되기 마련이었다. 강혁은 이런 식으로라도 시간을 아낄 수 있음에 감사하며 재원을 향해 물었다.

"뭐래?"

마침 재원이 전화를 끊은 덕이었다.

"그……. 환자분이 경찰입니다."

"경찰?"

"네."

"부상이……. 어떤데?"

"형사인데 복부에 칼을 맞은 것 같습니다. 원래 경찰 병원으로 갔다가, 거기서 치료할 수 없다고 판단에서 본원으로 전원이 됐는데……. 일이 꼬인 건지 뭔지 외상센터로는 연락이 오지 않아서 그냥 응급의학과에만 노티가 간 모양입니다."

"흠……. 강행이가 간 거지? 걔가 볼 때는 어떻대?"

재원의 실력이 는 것처럼 강행도 일취월장하는 중이었다. 수제자격이었던 재원이 다른 팀의 팀장이 되면서 온전히 교육을 독식하다시피 하고 있으니 당연한 일이었다. 따라서 강혁은 그의 의견이 이제는 무척 신뢰할 만하다고 여기고 있었다.

"다른 말은 안 하고……."

"안 하고?"

"일단 흉부 압박하고 있을 테니까 빨리 오라고 했습니다."

"최대한 빨……. 억."

강혁은 뭔가 대꾸를 하려다 말고 앞을 돌아보았다. 운전을 맡고 있던 대업이 차를 미친 듯이 밟아댔기 때문이다. 그는 어쩐지 흥분한 얼굴이었는데, 대사는 더 가관이었다.

"저도 영화 보고 한 번쯤 동참하고 싶었는데. 죽을힘을 다해 달리겠습니다."

"어어. 여기 8차선!"

"갑니다!"

대업. 그러니까 재원의 아버지가 몰던 차가 그대로 8차선을 가로질러 가고 있었다.

"하, 시바……."

말 그대로 1차선에서 8차선으로 그대로 직행하는 모양새였는데. 그게 얼마나 충격적인 일이었냐고 한다면 강혁이 지금껏 제자의 부모 앞이란 생각에 간신히 억누르고 있던 본성이 욕설을 내뱉을 정도였다.

"자, 이제 바로 병원으로 들어갑니다!"

물론 효과가 없지는 않았다. 걸어서라면, 무단횡단을 한다고 해도 5분은 걸렸을 만한 거리를 불과 1분도 채 되지 않아 통과해버렸으니까. 덜컹! 속도를 아예 줄이지 않고 있어서 방지턱마다 덜컥거리는 건 크나큰 단점이었지만 정작 망가질 차 주인인 대업은 그런 것 따위는 전혀 개의치 않아 하는 걸로 보였다.

'이 새끼……. 가끔 보이는 똘끼가 어디서 왔나 했더니…….'

사실 재원이 마냥 얌전하고 착한 녀석은 아니지 않은가. 평소에야 천사 소리 들을 정도로 훌륭한 인품을 가진 녀석이었지만 때론 돌았나 싶을 정도로 과감한 결정을 내리기도 하는 친구였다. 특히 멀쩡히 잘나가는 항문외과에 있다가, 심지어 부모님이 개원시켜줄 능력도 있는데 중증외상센터로 돌연 날아들었을 땐 솔직히 강혁도 미쳤나 싶을 정도였더랬다.

'인제 보니……. 아버지 판박이구나!'

콩 심은 데 콩 나고, 팥 심은 데 팥 난다는 말이 괜히 있는 게 아니라는 걸 대업이 몸소 보여주고 있었다. 덜컥! 잠잠하다 싶으면 병원 내 구비된 방지턱을 넘나들었는데, 그때마다 차가 순간 날아오르나 싶을 정도로 광폭 주행이었다. 그나마 시간이 너무 늦어서 오가는 이가 없어서 망정이지. 그렇지 않았다면 사고가 한 번쯤은 났을 게 분명했다.

"여기죠?"

대업은 눈앞에 모습을 드러낸, 늦은 시간이 무색할 만큼 환히 빛나고 있는 응급실 로비를 가리켰다.

"네. 핸들 잡아요, 핸들!"

강혁은 그런 대업의 모습에 화들짝 놀라며 소리쳤다. 그러자 대업은 핸들을 잡는 대신 브레이크를 꽉 밟았다. 끼이익! 그 바람에 강혁은 크게 휘청거렸는데, 재원은 그런 대업의 운전 습관에 어느 정도는 익숙한지 아주 능숙하게 옆에 있던 강혁을 붙잡아주었다. 둘이 같이 다닌 후 거의 처음으로 재원이 강혁을 신체적으로 도운 셈이었다.

"어."

"죄송해요. 운전이 좀 험한 편이세요."

"좀? 이게 좀?"

"아무튼, 내리시죠. 이제 응급실이에요."

"아."

강혁은 그제야 정신이 좀 드는지 주변을 돌아보았다. 벌써 대업은 차에서 내린 채 그가 있던 쪽 뒷좌석 문을 열어주고 있었다. 덜커덕. 마치 5성급 호텔 직원 같은 미소를 지으면서였다. 당연하게도 강혁의 눈에는 결코 그렇게 보이지 않았다. 그저 난폭 운전자 그 자체로만 보일 뿐이었다.

"교수님, 환자 있어요."

하지만 뒤에 있던 재원의 말을 듣자마자 완전히 정신이 돌아오는 느낌이었다.

'그래. 환자가……. 있어.'

그것도 강행이 판단하기에 다른 처치보다도 흉부 압박부터 해야겠다는 생각이 들었을 정도로 위중한 환자가 있었다.

"오케이. 가자."

해서 강혁은 재원과 함께 부리나케 차에서 내린 후 응급실을 향해 달렸다.

"데려다주셔서 감사합니다!"

"아닙니다! 그……."

"그, 뭐요?"

"우리 아들놈 잘하는지 구경 좀 해도 됩니까?"

중간에 대업과 대화를 하면서였는데 대업은 어지간한 의료진에게는 상당히 곤란할 만한 요구를 했다. 아마 강혁이 아니라 다른 누군가였다면 단칼에 거절했을 터였다. 하지만 강혁은 다들 알다시피 좀 이상한 사람 아닌가.

"방해만 안 하시면 됩니다."

"네, 네. 감사합니다."

그는 허락을 해준 후, 재차 달려 들어갔다.

"교수님, 미쳤어요? 처치하는 걸……. 우리 부모님……."

재원은 불만을 품었지만.

"됐어. 네가 얼마나 컸는지 보여드릴 기회지 뭐."

"그……."

"자신 없어?"

"자신은……."

재원은 잠시 뒤편을 돌아보았다. 끌고 온 차를 다시 멀쩡한 곳에 주차하고 있는 부모님이 눈에 들어왔다. 그렇지 못한 부모들도 많다던데, 재원에게는 늘 등대처럼 빛이 되어주신 훌륭한 분들이었다.

'지금 내 실력이…….'

과연 저 분들에게 자랑스럽게 내보일 만한 것일까. 아마 불과 몇 개월 전까지만 해도 고개가 가로저어졌을 터였다. 하지만 지금은 어떨까.

"알겠습니다."

"그래, 그거지. 그래야 2팀장이지."

강혁은 단호한 얼굴로 고개를 끄덕이고 있는 재원의 어깨를 두드려주었다. 그리곤 어깨를 나란히 한 채, 응급실 내부에 위치한 처치실 안쪽으로 들어갔다. 드륵. 한국대학교 병원 응급실은 그 규모와 명성에 걸맞게 여러 개의 처치실을 운용 중이었지만 그중 어떤 곳에 강행과 환자가 있을지 알아내는 건 그리 어려운 일이 아니었다. 일단 상태가 좋지 못하니 수많은 의료진이 들락거리고 있지 않겠는가. 검사를 하고 그 결과를 보려면 당연한 일이었다.

"손! 손 바꿔!"

"네!"

"잠깐! 리듬 확인하고……. 돌아왔……. 아니! 브이핍! 일단 계속 눌러!"

"네!"

게다가 아까부터 강행의 고함이 온 응급실을 가득 채우고 있었다. 때문에 둘은 금세 올바른 처치실 안으로 들어설 수 있었다.

"음."

강혁은 그 순간 환자의 활력 징후부터 확인했다. 그나마 심전도상 리듬은 있어 보였지만, 방금 강행이 외쳤던 것처럼 심실세동이었다. 혈압이 아주 낮게나마 유지가 되고 있는 것이 고무적인 일이라 할 수 있었다. 아마도 강행과 응급실 레지던트들 및 심폐 소생술 팀이 죽어라 고생한 덕이리라.

"제세동기 붙였어?"

"아, 네!"

강행은 들어오자마자 가타부타 말도 없이 질문부터 던지는 강혁을 향해 지체 없이 고개를 끄덕였다. 언제 오셨냐는 둥, 반갑다는 둥 반응 따위는 없었다. 그저 자신이 하던 일에 온전히 집중할 따름이었다.

'얘도 많이 컸어.'

강혁은 그런 강행의 모습이 마음에 드는지 고개를 끄덕였다.

"그럼 뭐 하고 있어? 숏 해!"

재차 지시를 내리면서였다.

"네. 클리어!"

그러자 강행은 제세동기에 전기를 충전시킨 후 큰 목소리로 외쳤다. 제세동기는 일종의 전기 충격기 같은 것이라고 보면 되는데, 이때 다른 사람의 손이라도 닿아 있으면 사고가 날 위험이 있기 때문이다. 다행히 한국대학교 병원 응급실은 이제 고도로 숙련된 인원들로만 가득 차 있었다. 강혁이 하루가 멀다고 중증외상 환자를 끌고 오는 데다가, 그게 소문이 나다보니 일반 중환자들까지 몰려오고 있지 않은가. 좋으나 싫으나 실력이 늘 수밖에 없는 시스템이었다. 해서 이미 모두들 환자에게서 떨어져 있었다.

"슛!"

덕분에 강행은 곧장 전기 충격을 줄 수 있었다. 그와 동시에 떨어져나와 있던 레지던트 중 하나가 환자의 가슴에 올라타서 또다시 꾹꾹 눌러대기 시작했다. 리듬이 돌아오는지 확인해야 하는 거 아닌가 하는 생각이 들 수도 있겠지만 지금 멈춰가고 있는 게 다른 어떤 장기가 아니라 심장이라는 사실을 늘 염두에 두어야만 했다. 아주 잠시라도 이게 멈추면 환자는 죽게 될 터였다. 때문에 어지간하면 간격을 줄이는 것이 좋았다.

"하나, 둘, 셋!"

레지던트는 구슬땀을 흘려가며 환자의 가슴을 눌렀다. 그사이 강혁은 일단 다른 부위를 살피기보다는 심전도만 응시했다. 계속 가슴을 눌러대는 통에 노이즈가 무척 심했지만 강혁과 같은 베테랑의 눈에는 보였다.

"잠깐, 잠깐 멈춰봐."

"아, 네."

정상 심전도가 돌아왔는지, 아닌지가 보였다.

"좋아. 돌아왔어. 혈압은……. 낮아. 쥐어짜!"

강혁은 심전도가 정상으로 돌아온 것을 확인한 후에야 다른 활력 징후들로 고개를 돌렸다. 그 결과 몇 가지 사실을 알아낼 수 있었는데. 요약하자면 다음과 같았다.

"상태가 엉망인데……."

"실려 올 때부터 의식도 없고, 혈압도 잘 잡히지 않는 상태였습니다."

강혁의 말에 강행이 부리나케 대꾸해주었다. 강혁은 고개를 끄덕이며 환자의 상처 쪽으로 시선을 돌렸다. 아주 깊어 보이는 상처가 보였다. 칼에 찔린 모양인데, 어지간한 칼이 아니라 아마도 사시미 같아 보였다.

"이거 상처 입은 지 얼마나 된 거래? 아니……. 잠깐만. 이거……."

강혁은 상처까지 다 보고 나서야 비로소 환자의 얼굴을 바라보았다. 환자는 놀랍게도 아는 얼굴이었다.

"네……. 박철순 반장님입니다."

"아니, 이 양반 아직도 반장이야? 진급 안 했어?"

"자세히는 저도 모릅니다."

"어디 들이받았나."

정확한 사정은 모르겠지만 아마 그랬을 거 같았다. 이 사람은 사람에 충성하는 법을 모르는 사람이었으니까. 오로지 나쁜 놈 잡는 것만 아는 인간이었다. 경찰이라는 본분에만 충실하다는 뜻이었다. 강혁이 동질감을 느꼈을 정도로.

"죽게…… 둘 수는 없지. 피 들어가고 있지?"

"네."

'나이도 있는데 좀 쉬지' 하는 생각이 들 만한 상처였다. '어지간히 위험하다는 느낌이 들면 좀 피하지' 하는 생각도 들었고 하지만 강혁이 아는 박철순 반장은 자기 안위보다는 그저 나쁜 놈 잡아넣는 것만 신경 쓰는 위인이었다. 그나마 다행인 점은 그런 박철순이 환자 살리는 것만 아는 위인인 강혁에게로 왔다는 점이었다.

"좋아. 일단……. 활력 징후는 대강 잡았는데, 그래도 어떻게 될지 몰라. 최대한 빨리 수술장으로 가자."

"네, 교수님. 경원 선배랑 백장미 간호사한테는 연락해서 준비해 두라고 말해놨습니다."

"잘했어. 그럼……. 달려!"

"네!"

해서 강혁은 대강 상황이 정리되자마자 침대를 끌고 달리기 시작했다. 선두에는 재원이 있었는데, 어느새 환자 목에 삽관된 튜브를 통해 공기를 불어넣어 주고 있었다. 마치 메트로놈이라도 달아둔 것처럼 규칙적으로 짜고 있었다. 숙련이 되다 못해 인이 박인 사람이라는 뜻이었다. 그가 그렇게 호흡을 안정적으로 잡아둔 덕에 일행은 보다 더 빠르게 달릴 수 있었다. 다다다! 강혁은 그 뒤를 따라 달리면서, 배의 상처를 누르고 있었다. 당연히 맨손은 아니었고 장갑을 낀 채였는데. 심지어 젖은 거즈까지 쑤셔넣은 상태였다.

"어어."

그렇게 짧은 시간 내에 거의 완벽하다 싶을 정도의 처치를 마친 침대가 쏜살같이 수술장을 향해 달려가고 있었다. 차마 처치실 내부까지는 들어가볼 생각은 못 하고, 먼발치에서 구경만 하고 있던 재원의 부모님들로서는 실로 창졸간에 벌어진 일이란 생각만 들 정도였다. 그만큼 중증외상센터의 처치는 완벽하고도 빨랐다.

"와……."

"재원이……. 빨라졌네."

심지어 아들의 달리기까지 빨라져 있었다. 대업은 자신과 가장 가까운 사이임에도 불구하고, 너무 먼 사람처럼 느껴지는 재원의 뒷모습을 바라보며 중얼거렸다. 그러자 옆에 서 있던, 괜히 눈시울을 붉히고 있는 그의 아내이자 재원의 어머니 서혜원이 고개를 끄덕였다.

"아들……. 멋져졌네요."

"그러니까……. 그 우리 재 개원 자금으로 모았던 거 있죠?"

"아, 그거 있죠. 왜요?"

"기부합시다. 아들이 저렇게 멋지고 훌륭한데……. 우리가 밀려서는 안 되지."

"아, 그럴까요? 너무 좋은 생각이에요."

아마 재원이 들었다면 펑펑 울었을 만한 얘기를 나누면서였다.

"빨리!"

재원은 자신 몫으로 돌아올 돈 수억이 허공으로 흩어지고 있는 줄은 꿈에도 모른 채 선두에 서 있었다.

"네!"

그의 외침에 따라 뒤따르던 레지던트 하나가 부리나케 달려 수술실 문을 열었다. 열었다고 해서 뭐 손으로 당기거나 한 건 아니고, 발로 여는 반 자동문이긴 했지만 아무튼, 서두른 덕에 일행은 거의 지체 없이 수술실 안으로 들어설 수 있었다.

"바로 걸까요?"

안쪽엔 이미 경원과 장미가 수술 준비를 거의 마쳐놓고 있었다. 심지어 강혁이 보기에 꺼내 놓은 물품 같은 것들이 제법 완벽하단 생각이 들 지경이었다. 지금 수술실에 있던 둘 다 워낙에 베테랑 아니던가. 사실 이 정도는 어찌 보면 당연하다고도 볼 수도 있었다.

"응. 바로. 박철순 반장이야. 아무 후유증 없이 살려보자. 심실세동 이벤트 있었으니까 각별하게 주의해줘. 혹시 모르니까 흉부외과 강일구 교수님 콜 넣어두고."

"아, 네."

"조폭은……. 음. 그래. 잘 준비했네. 혹시 모르니까 인조 혈관도 좀 꺼내놔줘."

"네, 교수님."

강혁은 그 와중에 약간이나마 부족했던 점을 보완해준 후, 재원을 돌아보았다. 그저 눈빛만 교환했을 뿐이었는데, 재원은 강행을 데리고 곧장 환자 상처 소독에 들어갔다. 이미 강행이 처치실에서 박철순 반장의 옷을 죄 잘라놓은 후였기 때문에 그리 어려운 점은 없었다. 그 외에 소변줄이니, 수액 라인이니 하는 것들도 다 잡혀 있었다. 심지어 중심 정맥관도 잡혀 있었기 때문에 진짜 일행은 딱 수술에만 신경 쓸 수 있었다. 그만큼 강행의 초기 처치가 아주 훌륭했다는 방증이 되었다.

"좋아. 다 닦고……. 손 닦고 나랑 교대해줘."

"교대? 아, 혈관은 안 터진 건가요?"

보통 강혁이 이렇게 상처를 누르고 들어왔을 땐, 뭔가 손을 떼서는 안 되는 경우가 더 많지 않던가. 환자의 낮은 혈압과 그로 인한 심실세동 이벤트까지 생각해보면 혈관 쪽 부상을 생각하는 것 또한 자연스러웠다.

"아니, 아직은 아냐. 그냥……. 자잘한 혈관들. 따로 잡아서 누를 수는 없어. 그냥 빨리 열고 해결해야 해."

"아, 알겠습니다. 교수님."

하지만 강혁이 아니라고 하면 아닌 것이었다. 게다가 '아직은'이라고 하지 않던가. 그 말은 수술 도중 재수 없으면 커다란 혈관이 터질 수도 있다는 뜻이었다. 때문에 재원과 강행은 딱 소독하는 것을 마치자마자 밖으로 달려나갔다.

"어."

“아냐, 재원아. 우리 신경 쓰지 말고 수술해, 수술.”

앞에는 간호사들의 배려로 수술장 입구까지 따라 들어온 대업과 혜원. 그러니까 재원의 부모님이 있었다. 둘 다 나름대로 덧가운까지 입고는 있었지만, 역시 수술실 안까지 따라올 생각은 없어 보였다. 다만 입구에 마련된 작은 TV를 통해 수술실을 바라보고 있을 따름인데, 어차피 화질이 그렇게까진 좋지 못해서 무슨 수술을 하는지는 절대 알아볼 수 없었다. 그저 이 수술방이 현재 사용 중인지 아닌지, 사용 중이라면 누가 사용 중인지 정도만 확인할 수 있는 용도로 설치된 TV였다.

“어……. 알겠어요. 엄마, 아빠.”

“그래. 없다고 생각해.”

“오늘 직접 이렇게 보니까 아들 진짜 멋지네.”

“어……. 그……. 음. 급해서 그럼.”

“그래. 그래.”

재원은 뭔가 좀 어색한 얼굴로 둘을 바라보다가, 이내 손을 씻기 시작했다. 안에서 기다리고 있을 강혁이 생각나기도 했거니와 박철순 반장의 용태가 심상치 않기도 했기 때문이다.

‘부상이 있었던 시간으로부터 거의 두 시간 이상 경과했어.’

대체 왜 경찰 병원으로 갔는지가 의문이었다. 물론 어지간한 부상은 거기서도 해결이 가능하다곤 하지만 사실 한국대학교 병원과 거리가 멀지도 않지 않은가. 비교해서 미안한 말이긴 한데, 솔직히 한국대학교 병원 중증외상센터의 역량과 경찰 병원의 역량은 어마어마한 차이가 있었다. 아마 이쪽으로 바로 왔다면 심장이 멈추는 일 없이 안정적으로 좋아졌을 터였다.

‘아니, 그런 게 중요한 게 아니지…….’

의사는 잘잘못을 따지는 사람이 아니지 않은가. 치료가 다 끝난 후에야 뭐 그런 걸 하는 게 의미가 있을 수도 있겠지만. 적어도 환자를 눈앞에 두었을 땐, 그 환자 치료하는 데만 온 정신을 쏟아부어야만 했다. 쏴아아! 다행히 재원은 이제 완연한 외과 의사가 다 되어 있었다. 물을 틀자마자 자동 반사처럼 마음이 안정되면서 동시에 환자만 머릿속에 남게 되었다. 심지어 지금도 저 뒤에 있는 부모님마저도 싹 지워졌다. 벅벅! 그리고 솔로 손과 팔뚝을 닦기 시작하면서부터는 알아서 수술 계획을 짜기 시작할 수 있었다. 강혁과 함께 들어온 이상 본인이 집도할 리 없다는 걸 알면서도 그랬다. 이미 여러 차례 집도해본 경험이 강제로 그를 이렇게 이끌고 있었다.

'좋은 일이지.'

처음엔 강혁과 계획이 다른 것 때문에 스트레스를 받았더랬다. 하지만 몇 번인가 더 반복되면 될수록 스트레스는 곧 사라지고, 도리어 기대감만 남았다.

'나와 백 교수님 간의 차이를 느낄 수 있어…….'

그저 느끼기만 했다면 여전히 스트레스겠지만 그것을 통해 한 걸음 더 나갈 수 있었다. 그냥 보조만 할 때와는 전혀 다른 느낌이었다. 수술하면서 동시에 토론하는 그런 느낌. 물론 혼자만의 착각일 수도 있겠지만 실제로 요즘 들어 실력 느는 속도가 빨리진 것에 이 요인이 아주 대단한 영향을 끼치고 있다는 확신이 들었다.

"선배, 이제 들어가죠."

그사이 강행 또한 손을 다 닦았는지, 재원을 불렀다. 손끝에서부터 팔뚝을 따라 흘러내리는 물기가 눈에 들어왔는데, 재원으로서는 이 녀석은 손 닦을 때 무슨 생각을 하는지가 궁금해지는 시점이었다.

"그래, 바로 가자."

시간이 없어서 그냥 들어가긴 했지만. 아무튼, 둘은 그렇게 들어갔고, 재원이 강혁과 손을 바꿔서 상처를 누르게 되었다. 마침내 자유의 몸이 된 강혁은 그제야 밖으로 빠져나왔고, 재원의 부모님들과 다시 한번 재회할 수 있었다.

"어이구, 교수님. 늦은 시간에도 고생 많으십니다."

"아뇨, 뭐……. 근데 이제 볼 것도 없으실 텐데. 이만 가시죠. 오래 걸릴 겁니다."

"아닙니다. 요새는 은퇴해서 들어가도 뭐 별로 할 건 없어요."

대업은 끝말에 굳이 '건물 관리는 하지만'이라는 등의 말을 덧붙이지는 않았다. 일평생 아마도 돈과는 별 관계없는 삶을 살 것이 뻔한 사람 앞에서 내가 건물주라는 걸 티 낼 정도로 상식이 부족한 사람은 아니었으니까. 강혁이야 사실 그런 걸 티를 내건 말건 별상관은 하지 않겠지만 아무튼, 멋진 사람임에는 틀림없었다.

"그럼…… 알겠습니다. 저는 수술을 해야 해서."

"네, 없는 사람들이라고 생각해주십쇼."

"네."

강혁은 그렇게 대답을 하자마자 정말로 둘을 머릿속에서 싹 지워버렸다. 그렇게 어려운 일도 아니었다. 강혁은 어떤 계기 같은 게 없더라도 눈앞의 환자에게만 집중할 수 있는 인간이었으니까. 그의 그 어마어마한 실력이, 타의 추종을 불허하는 실력이 설마하니 어디서 뚝 떨어졌겠는가. 재능도 재능이지만. 그의 남다른 마음가짐이 지금의 그를 있게 했다고 보면 되었다. 드르륵. 아무튼, 강혁은 재빨리 손을 닦고 다시 수술방 안으로 들어섰다. 재원과 강행으로 이루어진 보조의 팀은 이미 완벽하게 수술 준비를 마쳐놓고 있었다.

"여기."

게다가 장미의 보조 또한 완벽하기 이를 데 없었다. 어떻게 된 게 종이 타월 건네는 순간부터, 가우닝 그리고 메스를 쥐여다 줄 때까지 타이밍이 딱딱 맞아떨어졌다.

"좋아."

게다가 재원은 본인도 이만한 수술 집도 정도는 들어갈 실력이 있는 사람 아니던가. 벌써 딱 절개가 들어갈 부위 근처를 당겨주는데, 강혁이 하려고 했던 절개 방향과 정확히 일치했다.

'거의 뭐 황제 수술이군.'

강혁은 그런 생각을 하면서 메스를 그었다. 혈압이 그렇게까지 회복이 된 상황은 아니었지만. 그래도 계속 피가 들어가고 있지 않은가. 당연하게도 붉은 피가 조금은 흘러나왔다. 쏴아악! 강행은 그 피를 남김없이 빨아들임으로써 시야를 보존했다. 확실히 강혁의 제자 중 가장 훌륭한 녀석들 그리고 경원에 장미까지 더해지자 그야말로 드림팀이라고 할 수 있는 팀이 완성되어 있었다. 치지직. 덕분에 강혁은 금세 복막까지 열고는 안을 들여다볼 수 있었다. 원래도 빠른 그였지만, 지금은 더더욱 빨랐다. 당기란 말이 없었음에도 벌써 장간막을 젖히고 안을 비춰주고 있지 않은가. 그것도 딱 흉기가 찌르고 들어간 방향이 훤히 보이게끔 하면서.

"일단 장루 뺄 생각 해야겠고."

아무래도 프로에 해당하는 놈이 찌른 듯했다. 칼날이 그냥 들어갔다 나간 게 아니라, 안에서 한 바퀴 돌아버린 흔적이 있었으니까. 그나마 박철순 반장이 몸을 비튼 건지 뭔지, 대동맥에 가 닿지는 않았지만. 아무튼, 그 궤적에 걸린 장과 혈관은 모조리 잘려나가 있었다.

'안 죽은 게……. 용하군.'

아마 여기서 칼침을 딱 한 방만 더 맞았어도 갔을 텐데 누군가 막았던지, 아니면 확인 사살을 못 하고 도망간 모양이었다.

"피부터 잡자. 피. 재원이도 소작기 들어. 2호는 최대한 양 옆으로 벌리고."

"네."

"네, 교수님."

피 나는 곳이 말도 못 하게 많았다. 중간중간 파열된 장에서 흘러나온 장 내용물까지 여기저기 묻어 있어서 감별도 어려웠고. 하지만 재원은 강혁에 크게 뒤지지 않는 속도로 지혈을 해나갈 수 있었다. 애초에 잘 보이는 곳만 골라서 지지고 있기도 했지만. 그만큼 예전보다 실력이 늘었다는 방증이었다. 보이지 않던 게 보이는 수준에 이르렀으니, 자부심을 가져도 좋을 터였다. 치직. 치이익. 강혁은 재원과 함께 마구 지져나가다가도, 중간중간 실로 이용해 묶는 방식도 택하고 있었다. 전기 소작기가 물론 아주 효과적인 지혈 방식이기는 해도 혈관 주변을 잘못 지졌다가 오히려 더 큰 출혈을 일으키는 경우도 왕왕 있었기 때문이다.

"일단 대강……. 피는 멎었지?"

"네. 저 위에 저거 말고는요."

"저 벌렁거리는 거……. 뭔지 알겠냐?"

"대동맥이겠죠?"

"그래. 좀만 더 늦었으면……. 환자 죽었어."

강혁과 재원의 말대로 복부 대동맥의 중간 언저리가 벌렁거리고 있었다. 대동맥 가장 바깥쪽 벽이 칼에 베인 모양인데, 이대로 시간이 더 흐르면 아마도 터질 것이 분명해 보였다.

"여기 있습니다."

강혁의 말에 아까부터 준비 중이었던 장미가 인조 혈관을 건네주었다. 벌써 상처 난 모양대로 어느 정도 정리까지 해서였다.

'와, 이거 버릇 들이면 딴 데서는 수술 못 하겠네.'

어찌나 편하고 좋은지, 강혁은 속으로 마인드 컨트롤까지 해야만 했다. 마취부터 수술 간호 그리고 수술 보조의들까지 그야말로 딱딱 맞아떨어지고 있지 않은가.

'어지간하면 이렇게 팀 짜서 들어오면 안 되겠다…….'

그랬다간 실력이 나빠질 거 같았다. 환자는 살겠지만. 지금처럼.

"자, 대동맥 재건됐고. 이제……. 장 세척하자."

"네."

"시간 얼마나 지났지?"

"이제……. 한 시간?"

"미쳤네. 금방 끝날 거 같으니까, 중환자실 연락하고. 보호자 오면 기다리라고 해줘."

"네, 교수님."

강혁은 그 후로도 지체 없이 손을 움직여댔다. 터질 것처럼 벌렁거리던 대동맥은 어느새 안정되어 있었고 여기저기 잘게 찢겨 있던 혈관들도 대강 정리가 되었다. 워낙 손상이 심했던 부위였던지라 일부 장이 잘려나가긴 했지만 그나마 대장이 아니라 소장만 잘려나갔던 것이 다행이었다.

'이 정도 잘라냈다고 소화 기능에 문제가 생기진 않지.'

칼이 대동맥을 긁었을 뿐, 대동맥에서 소장으로 가는 장간막 동맥 등을 건드리지는 못한 덕이었다.

"환자 바이털은 어때?"

강혁은 순식간에 장루를 뽑아낸 후 경원을 바라보았다. 별말이 없다면 알아서 잘하고 있다는 뜻이겠지만 그래도 확인은 하고 싶었다.

"아주 좋습니다. 심전도 리듬도 좋고, 혈압이나 심박동 수도 안정적입니다. 일부러 약간 혈압 낮춰놓기는 했는데……. 다시 올릴까요?"

강혁의 질문을 기다리고 있었나 하는 생각이 들 정도로 경원의 답변에는 막힘이 없었다. 그리고 판단에도 전혀 오류가 없었다. 특히 낮은 혈압을 유지하고 있다는 점에서 그랬다. 수축기 95 정도에 이완기 70 정도로 유지되는 중이었는데, 이렇게 하면 적어도 수술 중에는 상당히 이점을 발휘할 수 있었다.

"아, 잘했네. 음……. 아냐. 나가서도 일단은 그렇게 유지해."

"네, 교수님."

일단 피가 좀 덜 났다. 혈관 손상에서 흘러나오는 피야 당연히 별 변화가 없었지만. 줄줄 새어 나오는 출혈은 눈에 띌 정도로 줄어들게 만들 수 있었다.

'심장에 대한 부담도 덜 수 있겠지.'

비록 박철순 반장이 타고난 체격이나 근육량이 많고, 또 쉴 새 없이 단련해 온 몸이라고는 하지만 신체적인 나이 자체를 어쩔 수는 없는 노릇 아니겠는가. 스무 살이라면야 심실세동이 있고 난 후에도 즉시 회복되는 경우가 왕왕 있을 수 있겠으나 마흔이 넘어간 박철순 반장에게 그런 걸 기대하는 건 무리였다. 최대한 심장이 쉴 시간을 줘야만 했다.

"자, 장루는 뺐고……. 피부까지 닫자."

강혁은 그런 생각을 하면서도 절개면 한쪽 구석에 장루를 뽑아

냈다. 상처 난 장들이 어느 정도 자리를 잡고, 회복될 때까지는 여기로 변을 보게 될 터였다.

"네, 교수님."

그가 그토록 빨리 움직일 수 있었던 원동력이라 할 수 있는 재원이 고개를 끄덕였다. 벌써 봉합 기구를 들고 있었는데, 아마 혼자서도 별 무리 없이 끝을 낼 수 있을 터였다.

"교수님, 보호자 오셨습니다."

"아, 바로 나간다고 전해줘."

"네."

그사이 지민이 강혁에게 보호자 도착 사실을 알려왔다. 어차피 수술이 거의 다 끝난 마당이었기 때문에 강혁은 즉시 몸을 뗐다. 수술 장갑과 가운을 한 번에 벗어 던지면서였다.

"마무리는 제가 하고……. 중환자실로 빼겠습니다."

"그래. 다녀올게."

그리곤 재원을 향해 손을 흔들어주고는 곧장 밖으로 나갔다. 수술실 입구 쪽에는 여전히 재원의 부모님들이 어정거리고 있었다.

"어, 교수님?"

강혁이 본인들이 생각했던 것보다 너무 빨리 나왔는지, 화들짝 놀랐다는 표정을 지어 보였다.

"아직도 안 갔어요?"

"네, 뭐. 한 시간 좀 더 돼서……. 수술은 어떻게 되어가고 있는 거예요? 듣자 하니, 환자가 그때 그……. 마약 수사하던 분이라던데."

밖에서 기다리는 동안 간호사에게 소식을 들은 모양이었다. 원래 같았으면 환자 개인정보 보호법 위반이란 말이 덜컥 나오겠지만 상대는 양재원의 부모였다. 막장 과에 자식을 맡긴 사람이라는 뜻이었다.

"아……. 네. 잘됐습니다."

"그럼 벌써 끝난 겁니까?"

"네."

"잘됐네요. 아까 응급실 선생님들 표정이 안 좋던데……."

"응급실 애들도 봤어요?"

"같이 고생하는 친구들이라고 들었어요. 뭐라도 사먹여야겠다 싶어서 그냥 요 밑에 케이크 하나 사줬습니다."

그러고보니 수술실 입구 데스크에 은박지가 여러 개 널려져 있었다. 아마 한때는 케이크였을 법한 음식들이 지금은 생크림 자국만을 남기고 있었는데, 응급실 의료진들이나 수술실 간호사들에게는 꽤 큰 힘이 되어주었을 터였다. 수술실은 돌아가면서 밥을 먹긴 하지만 응급실은 한 번 바쁘기 시작하면 물 먹을 시간도 없이 돌아가는 곳이었으니까. 강혁은 감사의 뜻으로 고개를 꾸벅 숙였다.

"아하, 감사합니다. 저는 보호자 만나야 해서요."

"네. 저희는 신경 쓰지 마십쇼, 교수님."

그리곤 재원의 부모님들을 떠나 수술실 옆, 보호자 대기실로 향했다. 어떤 보호자들이 왔으려나 하는 생각을 하면서였는데, 놀랍게도 밖에 서 있는 사람 중 모르는 얼굴이 단 하나도 없었다.

"우창윤 형사님. 그리고……. 넌 남윤석?"

우창윤이야 같은 형사니까 있을 법도 했다. 게다가 그가 다쳤을 때 박철순 반장이 거의 매일같이 자리를 지키지 않았던가. 하지만 남윤석이라니. 이놈은 킬러 아니던가.

"하하……. 백 교수님."

"네가 찔렀냐? 설마?"

해서 강혁은 성큼성큼 걸어가 남윤석의 멱살을 잡아 들어올렸다. 그 바람에 남윤석은 무척이나 낭패스럽다는 표정을 지으며 다리를 버둥거려야만 했다. 정말이지 황당한 일이었다.

"이, 이거 좀 놓고……!"

일단 의사가 이렇게 폭력적이어도 되는가에 대한 고민이 들었다. 그리고 한낱 의사가 그래도 제법 이런 일에 잔뼈가 굵은 자신을 단 한 방에 제압해도 되는가에 대한 회의감도 들었고.

"어어. 교수님. 얘 아니에요. 얘는……. 협조자입니다. 같이 다쳤어요."

"응?"

강혁은 우창윤 형사의 말을 듣고서야 손아귀 힘을 풀었다. 동시에 남윤석이 바닥에 떨어졌는데, 그러고서도 한동안 숨을 몰아쉬어야만 했다. 강혁의 두툼한 주먹이 숨골을 막고 있었기 때문이다. 평생 깡패로 살아왔지만, 강혁처럼 제대로 멱살을 쥐는 놈은 처음이었다.

"어후."

"그러고보니까 팔뚝을 베였네. 치료는 잘됐고."

"네……. 저 아니었으면 반장님 죽었어요……. 하, 고 새끼 그거 어찌나 빠르던지……."

"아예 칼침 안 맞게 했어야지. 그리고 왜 너 때문에 안 죽었다고 생각해? 살린 건 난데."

"그건……. 네, 뭐."

강혁은 일단 남윤석에게 으름장을 늘어놓은 후 우창윤 형사를 바라보았다. 퇴원하고 나서는 처음 보는 것이었기 때문에 일단 상태부터 살폈다. 다행히 별 이상이 있어 보이진 않았다. 여전히 현장에서 일하고 있다는 것이 좀 마음에 걸리긴 했지만 아무튼, 건강해 보였다.

"근데 가족은 없어요? 왜 둘만 왔지?"

"아……. 박철순 반장님 이혼해서 혼자 사세요. 아마 다친 것도 모를 거예요. 왕래 안 한 지 좀 됐습니다."

"이혼?"

강혁은 이혼이라는 단어를 입에 올리며 고개를 갸웃거렸다. 그러자 우 형사는 자신의 상관을 위한 변명을 늘어놓았다.

"네, 워낙 바쁘셔서요. 그렇잖습니까. 원래도 밤낮없는 직업인데……. 사명감이 워낙 투철하셔서 더더욱 그렇죠."

"아니, 결혼을 했었다는 게 더 놀라운데. 나는 부모님이 왜 안 오시나, 이걸 물은 거예요."

"아……."

우 형사는 자칫 강혁의 의견에 동조를 하려다 말고 겨우 고개를 저어댈 수 있었다.

"젊었을 땐 인기가 꽤 많았다고 하시던데."

"그건 됐고. 남의 연애사 하나도 안 궁금해요. 보호자 어디 있냐고."

"부모님 안 계십니다. 돌아가셨어요, 두 분 다."

"아하. 그래서 이렇게 달랑 둘이 왔구나."

"네. 나머지는 지금 밖에서 대기 중입니다. 그래도 제가 제일 친하고……. 여기 이 친구는 다칠 때 바로 옆에 있던 놈이라 들어왔습니다."

"흐음."

강혁의 시선이 재차 남윤석을 향해 돌아갔다. 간호사로 위장하고 유지상을 죽이러 왔을 때가 엊그제 같았는데 지금은 개과천선해서 경찰과 같이 일하고 있을 줄이야. 어이가 없어서 헛웃음이 터져 나올 것 같은 기분이 되었다.

"아무튼, 박철순 반장님은 괜찮아요. 한동안……. 병원 신세는 좀 져야 할 테지만, 생명에는 지장 없습니다."

"아, 그렇습니까? 다행입니다. 아까는……. 아까는 진짜……."

"근데 왜 처음부터 여기로 안 왔죠? 그랬으면 이렇게까지 고생도 안 했을 텐데."

"그……. 그건……."

우 형사는 잠시 말끝을 흐렸다.

'말을 해줘도 되나?'

뭐 이런 고민이 들어서였는데 그 고민이 그렇게 오래가지는 않았다.

'백 교수님한테 말 안 하면 누구한테 하냐…….'

이 사람은 우선 자신의 생명의 은인이라 할 수 있지 않은가. 좀 더 나아가 보자면 아예 당시 마약 수사대 전원의 은인이라고도 할 수 있었다. 다 죽게 생긴 유지상을 살려냄으로써 높디높은 사람들까지 다 날려버릴 수 있게 만들었으니까. 물론 오늘은 그 수사의 일환으로 일하다가 박 반장이 죽을 고비를 넘기긴 했지만. 아무튼, 남은 아니었다. 오히려 같은 경찰보다 백강혁에게 부채 의식을 느끼는 사람들이 더 많을 지경이었다.

"지금……. 경찰 병원하고 군 병원하고 자체 역량 강화한다고 하더니, 무조건 거리만 멀지 않으면 우선 경찰 병원으로 가라는 지침이 생겨서요."

"지침? 지침 때문에 박 반장 죽을 뻔한 건가?"

"아시잖습니까. 공무원에게 지침은 그거 그대로 법입니다."

"뭔……. 역량이 강화하겠다고 말하면 강화가 되는 건가?"

"그게……. 뭐, 그렇죠."

전형적인 책상물림으로 결정된 탁상행정의 결과였다. 아마 오히려 경찰 병원에 있는 의사들은 그러한 결정에 반대했을 공산이 컸다. 의사들은 대개 자신의 실력을 정확히 파악하고 있었을 테니까. 하지만 언제 전문가 의견이 존중받았는가. 이번에도 역시 그저 위에서 하라는 대로 끌려갔을 터였다.

"이런 등신들."

"네?"

"아니, 우 형사한테 한 말은 아니에요."

강혁은 화를 참지 못하고 욕설을 주절거리다가 손을 내저었다.

'시간 나면……. 군병이랑 경찰 병원 쪽 인원들도 교육하긴 해야겠네. 근데……. 그게 가능하려나…….'

경찰 병원은 그나마 각 과 과장들은 상당히 오래 근무하는 편에 속했다. 일단 병원이 서울에 있는 데다가 대우가 썩 나쁘지 않은 편이었기 때문이다. 심지어 레지던트나 인턴까지 있는 병원이니, 일정 부분 교수 대우를 받는다고 보면 되었다.

'하지만 군 병원은…….'

특성상 지방으로 흩뿌려져 있었기 때문에 장기 복무자보다는 단기 군의관들을 이용해 억지로 굴러가고 있을 뿐이었다. 게다가 간호 장교들의 역량도 대학 병원의 간호사들과 비교하면 아무래도 좀 처질 수밖에 없었다. 그만큼의 환자를 보고 있지 않으니 어쩔 수 없는 일이었다. 거기서 심대한 외상에 대한 처치가 가능하길 바라는 건 욕심이었다.

'그래도 해봐야겠지.'

어찌 보면 가장 많은 외상에 노출되는 집단 아니던가. 강혁은 자신이 그 집단들을 도외시했었다는 생각이 들자, 아주 약간은 죄책감이 들었다.

- 박 의원님, 군 병원하고 경찰 병원 쪽 교육도 수배해주세요.

해서 지체 없이 박성민에게 문자를 보냈다. 아마도 회식 중이거나, 이제 집에 가고 있었을 박성민은 그런 강혁의 요청에 즉각 응했다.

- 무슨 소린지 이해했습니다. 장관하고 청장 미팅 주선하겠습니다.

말이 딱딱 통하는 상대라 할 수 있었다. 덕분에 강혁은 미소를 지으며 중환자실을 향해 발길을 돌릴 수 있었다.

"이따 정리되면 부를게요."

"아, 네. 교수님."

강혁이 왜 웃는지 모르는 우 형사와 남윤석으로서는 갑작스러운 미소가 낯설었지만 일단 고개를 끄덕였다.

"감사합니다."

연신 머리를 숙여 가면서였다. 솔직히 죽을 줄 알았던 박 반장이 살아났다는 것만 해도 뛸 듯이 기뻤고 그 기적 같은 일을 해 준 강혁이, 이 한국대학교 병원 중증외상센터가 고마워서였다.

"뭘요. 아직 멀었습니다."

강혁은 그런 둘의 인사를 건성으로 받고는 발걸음을 재촉했다.

중환자실까지 가는 길은 그리 멀지도 않고 서두를 필요도 없었지만 기분은 그렇지 않았다. 정말로 아직도 멀었다는 생각이 들었다.

'그래도……. 팀이 있고, 박성민도 있어…….'

아마 혼자였다면 벌써 무너졌으리라. 하지만 이젠 혼자가 아니었다. 의지할 사람이 있었다.

'조금만 더 가보자……. 조금만 더.'

나는 내가 필요한 곳에

곤히 잠이 들었던 강혁을 깨운 건 알람이 아니라, 전화벨소리였다. 몇 번을 들어도 아니, 매일 들어도 익숙해지지 않는 요란한 소리. 딱 듣기만 해도 기분이 나빠지고, 심장이 쿵쿵대게 만들어버리는 소리. 아무리 강혁이라도 이 소리를 참을 수 없는 건 마찬가지였다.

"어, 누구지?"

새벽 3시가 조금 넘어간, 가장 피로할 시간임에도 불구하고 일어날 수밖에 없었다. 상대는 강혁의 목소리에 묻어나는 졸림에 약간의 미안함을 느꼈다. 하지만 그렇다 해서 해야 할 말을 하지 않을 수도 없는 노릇 아니겠는가.

"네, 저 안중헌입니다."

"안중헌 단장? 안중헌 단장이 웬일이야? 이 시간에."

그사이 강혁은 벌써 몸을 일으켜 침대에 걸터앉고 있었다. 어차피 사이렌 비슷한 전화벨이 울린 이상 다시 자기는 글렀기 때문이다. 어지간하면 안 울리는 핸드폰이니만큼, 한 번 울렸을 때의 중압감은 어마어마했다.

"그……."

안중헌 중앙 구조단 단장은 섣불리 말을 잇지 못하고 입맛만 다셨다. 강혁은 조금 답답한 심정이 되었으나 일단 차분히 기다렸다. 같은 방에서 자고 있던, 같은 팀으로 배정된 인원들 또한 마찬가지였다. 위탁 교육생은 혹시 저러다 그냥 자지 않을까 하는 기대감을 품고 있었지만 다른 이들은 이미 천천히 몸을 깨우고 있었다. 저 전화가 한 번 걸려온 이상, 지금이 몇 시인지는 중요치 않았으니까.

"군부대 사고입니다."

"군……?"

강혁은 순간 귀를 의심했다. 어제는 경찰이 오더니, 오늘은 군인이? 공교로워도 너무 공교롭지 않은가. 물론 안중헌 단장은 강혁이 어제 어떤 환자를 보았는지 전혀 알지 못했기 때문에 담담히 말을 이어나갔다. 강혁 또한 개인적인 의문이나 감정을 공적인 영역에 끌고 오는 사람은 아니었기에 대화는 잘 이어질 수 있었다.

"네. 야간 행군 도중 갑자기 앞서가던 두돈반 트럭 시동이 꺼지면서 뒤로 미끄러져 내려온 모양입니다."

"아, 이런. 어디지?"

강혁은 즉시 사태가 어찌 발생한 것인지 대강 이해할 수 있었다. 한때 대한민국군 소속이라고 하면 차든, 의료 장비든 뭐든지 국내 제일일 때도 있었지만 지금은 그렇지 않게 된 지 오래였다. 특히 차량은 너무 노후화가 심해서 당장 폐차해야 할 차들이 도로를 누비고 있을 지경이었다.

'경사로를 올라가다가 망가졌나.'

어쩌면 운전이 미숙한 운전병의 실수일 수도 있었다. 생각해보면 충분히 일어날 만한 사고이기도 했다. 사회에서 운전 경험이 전혀 없던 어린 친구들이 군대에 가서 처음 운전을 하게 되는데, 그 차들이 하필 크고 무겁고 후졌으니까.

"양주입니다. 부대 군의관이 달려가서 진찰하고 있다고는 하는데……. 환자가 너무 많은 모양입니다."

"양주……. 알았어. 바로 옥상으로 갈게. 헬기로 가는 거지?"

"네. 지금 김 팀장이 그리로 가고 있습니다. 저는 현장으로 바로 가겠습니다."

"아, 그래. 도착해서 혹 변동 사항 있으면 알려 줘."

"네, 교수님."

강혁은 자리에서 일어나며 전화를 끊었다. 그가 옆에 걸어놓았던 가운마저 걸쳐 입자, 그와 동시에 설마설마 하는 표정으로 그를 바라보고 있던 4호 이동주 또한 벌떡 일어났다. 옆에서 꼼지락거리던 위탁 교육생, 즉 연새병원 홍창기의 어깨를 두드리면서였다.

"갑시다."

"아, 네."

홍창기 또한, 강혁이 통화를 이어나가는 것을 보면서 더 자기는 텄다는 사실을 깨달았기에 준비는 하고 있던 참이었다. 덕분에 일행은 별다른 지체 없이 즉각 당직 방을 나서서 위로 향할 수 있었다. 아무래도 아쉬운 눈빛으로 아직 잠들어 있는 재원 쪽을 돌아보게 되긴 했지만 사실 그럴 필요는 전혀 없었다. 이제부터 걸려올 전화는 바로 저쪽으로 연결될 테니까. 팀은 달랑 두 개밖에 운영되지 않는데, 담당해야 할 지역은 너무도 넓은 상황 아니던가. 머지않아 어딘가에는 가게 될 것이 뻔했다. 띵. 홍창기가 그런 생각을 하고 있을 때쯤, 엘리베이터가 도착했다. 비어 있을 거라 생각했던 엘리베이터엔 후줄근한 차림의 레지던트가 하나 타 있었다. 가슴팍에 내과라고 박혀 있었는데, 자다가 환자 왔다는 소식에 내려온 모양이었다.

"아, 안녕하십니까. 백 교수님."

그 와중에도 인사성은 발랐는데 아마도 몇 가지 이유에서였을 터였다. 일단 강혁은 지금처럼 전국적 유명세를 타기 전에도 병원 내에서는 아주 유명인사였다. 인성 더럽고 무섭기로. 그런 사람하고 마주쳤는데 씹고 지나치는 건 상당한 용기가 필요한 일이었다. 게다가 이젠 젊은 의사들 중심으로 상당한 존경심도 얻고 있는 상황 아니던가. 덕분에 레지던트의 베개에 눌린 머리칼 너머에는 진심이 담겨 있었다.

"어, 그래. 환자 보러 가?"

해서 강혁은 같이 고생하는 처지이기도 하고 해서 나름 친절한 질문을 던져주었다. 그러자 레지던트는 응급의학과 쪽을 슬며시 가리켰다. 새벽이긴 해도 응급의학과 쪽엔 불빛이 환했는데, 저쪽도 오늘 뭔 날인지 환자가 아주 많아 보였다.

"네, 교수님. 오늘……. 장난 아닙니다. 지금도 꽉 찼어요."

"그래, 수고해라."

"교수님은 어디 가십니까?"

"양주, 사고 났대."

"아……. 네, 교수님. 항상 응원하고 있습니다."

내과 레지던트는 역시는 역시구나 하는 얼굴로 고개를 한 번 더 숙이곤 응급실 쪽으로 사라져갔다. 홍창기나 이동주는 그런 레지던트의 뒷모습을 보면서 약간은 안도감이 들었다.

'그래, 지금 고생하는 게 우리뿐만은 아냐…….'

자신들이 택한 길이 그래도 썩 나쁘진 않다는 식의 위안을 하고 있는 셈인데, 실상은 그렇지도 않다는 것을 너무도 잘 알고 있음에도 그러했다. 그런 생각을 하지 않으면 버티기 어려울 정도로 힘들어서일 터였다. 강혁은 어쩐지 이 둘의 생각을 알 것만 같은 기분이었다.

'좀만 기다려라. 나랑 박 의원이 약간은 다른 세상을 만들어줄 테니.'

그가 그린 그림은, 다행히 박성민 의원이 공감해준 그림은 상당히 거대했다.

무려 나랏돈 1조 원 이상이 투입되어야 실현 가능성이 보이는 그림이니 그럴 만도 하지 않겠는가. 거기엔 제대로 돌아가는 지역 거점 병원 20여 곳과 그 병원과 연계된 헬기 및 선박 또는 차량 이송체계 그리고 이 모든 설비가 돌아가게끔 할 수 있는 숙련된 인원들이 모조리 포함되어 있었다. 딱 봐도 이건 불가능한 게 아닌가 싶겠지만 실은 그렇지만도 않았다. 적어도 숙련된 인원은 강혁이 부지런히 만들고 있었으니까. 땡! 모두의 상념을 날려버리기라도 하겠다는 듯 다시 한번 엘리베이터에서 소리가 났다. 잠시 후 덜커덕 소리를 내며 문이 열렸는데, 저 멀리 어디에선가 벌써부터 헬기로 인한 소음이 들려오고 있었다. 타타타타타! 김강률이 타고 있는 헬기가 병원 옥상으로 접근 중인 모양이었다. 강혁은 새벽임에도 불구하고 빈틈없이 챙겨 온 배낭을 다시 한번 확인한 후, 홍창기를 향해 외쳤다.

"헬기 타본 적 있어?"

상당히 황당한 질문이었는데, 적어도 중증외상센터에서는 일상적인 질문이기도 했다. 당연하게도 홍창기에게는 경험이 전혀 없었다.

"아, 아뇨."

"그럼 고개 숙이고 내 발만 따라서 와. 괜히 고개 들다가 사고 난다, 알았지?"

"네, 네."

"오케이. 4호는 뭐, 잘할 수 있지?"

"그럼요."

"좋아."

강혁은 뭐가 됐건 의료진의 안전이 최우선이라고 생각하는 인간 아니던가. 가끔 정작 자신의 안위는 돌보지 않을 때도 있긴 하지만. 아무튼, 출발 전에 항상 안전부터 챙기는 편이었다.

"어, 조폭? 너 안 갔어?"

그는 그러고 나서야 중환자실에 전화를 걸었다. 그러곤 받은 사람이 장미라는 걸 알자마자 고개를 갸웃거렸다. 어쩐지 집에 가야 할 시간을 넘겼다는, 아주 강한 확신이 들어서였다.

"네? 아, 네. 어차피 뭐……. 요새 집보다 여기서 더 잠이 잘 와요."

"근무 시간도 아닌데 전화는 왜 받았어, 그럼."

"화장실 가려고 일어났다가 울리길래."

"야, 몸 챙겨……. 너 그러다 죽어."

"교수님이 할 소리는 아니죠. 근데 웬일이에요? 이 시간에? 출동?"

장미는 새벽 3시에 난데없이 전화 받은 일이 별일 아니라는 투로 대꾸하고 있었다. 강혁은 그런 장미가 당황스러웠으나, 일단 볼일부터 보기로 했다. 언제 한번 건강에 대해 심도 깊은 토의를 하기로 결심하면서였다.

"응. 양주로."

"아……. 그럼 일단 환자 받을 준비를 하라는 거죠?"

"어. 네가 하지는 말고. 듀티한테 전달해."

"어차피 저 데이번이라, 이제 한……. 네 시간 있으면 출근 시간인데."

"그러니까 좀 자라고."

"알아서 할게요. 아무튼, 준비하겠습니다."

"너……. 아냐. 헬기 온다."

강혁은 뭔가 더 얘기하려다 말고 입을 다물었다. 아까까지만 해도 막연히 어디서 들리다 보다 싶었던 헬기 소리가 이제 사방을 장악하기 시작했기 때문이다. 사실 이렇게 가까이서 소음을 듣고 있다보면 이 소음으로 인한 민원이 들어오는 것도 이해가 가긴 했다. 실제로 VIP 병동인 꼭대기 층의 선호도가 헬기 출동이 잦아지면서 조금 떨어졌다는 얘기가 있지 않던가.

"네, 그럼 다녀오세요."

장미 또한 강혁의 목소리 대신 헬기 소리만 들려오기 시작하자, 인사를 건네고 전화를 끊어버렸다.

"자, 그럼 타자. 고개 숙이고 내 발만 보고 따라와. 그럼 헬기야."

"네!"

강혁은 그렇게 끊긴 전화를 가운 호주머니에 아무렇게나 쑤셔 넣고는 내달리기 시작했다. 동주는 홍창기를 앞세운 채 맨 뒤에서 일행을 따랐다. 당황한 나머지 고개라도 들었다가는 어떤 사고가 날지 알 수 없었으니까.

"제 손 잡으십쇼!"

그렇게 내달리자, 아직 위에 있던 강률이 손을 내밀었다. 강혁은 그 손을 잡아 위로 펄쩍 뛰어오르곤 홍창기를 무려 한 손으로 끌어 올렸다. 동주야 이제는 워낙에 익숙해진 마당이었기 때문에 별 도움은 필요 없었다. 그렇게 다 타자마자 강률이 엄지를 위로 올렸다.

"올라갑니다!"

그러자 기장은 다 알고 있다는 듯한 얼굴로 곧장 헬기를 위로 끌어 올렸다. 강혁은 잠시 멀어져가는 이착륙장을 내려다보다 말고 강률을 향해 고개를 돌렸다.

"거기 뭐 새로운 거 있나? 안중헌 단장 얘기는 들었는데."

"아……. 현장하고 계속 얘기 중인데, 생각보다 더 안 좋습니다."

"어떻게?"

"그……. 두돈반에 인원이 탑승해 있던 게 아니라, 유류를 싣고 있던 모양입니다."

"유류? 아니……. 행군하는데 왜 유류를 실어?"

"그건 모르겠습니다만. 아무튼, 그게 터지면서……. 뒤집어쓴 인원들이 있습니다. 다행히 불이 나거나 하지는 않았지만."

"제독은 하고 있나?"

"아마요."

"음."

강혁은 김 팀장의 '아마'란 단어에서 깊은 불신을 읽어낼 수 있었다. 강혁의 생각도 그러했다.

'기름이 생각보다……. 독한데…….'

어쩌면 이번엔 내과 도움도 좀 받아야 할는지도 모르겠다는 생각 또한 머리를 스쳐 지나갔다. 그사이 헬기는 빠른 속도로 양주 사고 지점으로 날아가고 있었다. 그 흔한 별빛 하나 없는 새카만 하늘을 가르고. 사람을 살리기 위해.

"저기. 저기 보입니다."

"확실히 군부대라서 이런 건 또 잘하네."

강혁은 거의 무슨 캠프파이어를 연상케 하는 신호를 보며 중얼거렸다. 헬기가 뜨자마자 근처 개활지에 병력을 이동시켜 불빛을 낸 모양인데, 아주 10분 전부터 눈에 띌 정도로 화려했다. 옆에는 안중헌 단장이 타고 왔을 거라 생각되는 헬기가 하나 서 있었다.

"네. 처치도 잘되고 있으면 좋을 텐데……."

"부대 내 군의관이 몇이라고?"

"둘입니다."

"둘……."

강혁은 다소 어두워진 얼굴로 고개를 가로저었다.

'신교대라고 했던가.'

그렇게 말해봐야 사실 강혁에게는 별 소용이 없었다. 그는 군대를 다녀온 경험은 없었으니까. 해서 동주에게 물어보니 아마 전문의 둘이 있을 거란 얘기를 해주었다.

'내과랑…….'

신교대 인원들은 워낙에 밀폐되고 낙후된 공간에서 한꺼번에 단체 생활을 하다보니 생각지도 못한 병에 걸리게 되는 경우도 많았다. 면역 결핍 환자들이나 걸리는 거라고 생각하던 바이러스성 폐렴을 20대 초반 남성이 걸릴 정도니 말 다 한 셈 아니겠는가. 때문에 내과는 필수였다.

'정형외과라 했지.'

정형외과야 뭐 군대라면 당연히 있어야 할 터였다. 워낙 많이 다치고 아플 테니까.

'과연 제대로 할 수 있을까.'

둘 다 전문의니까 아마 대학 병원에선 날아다녔을 터였다. 정해진 질환에 정해진 일을 할 때는 필경 그랬으리라. 하지만 대량 전사자 상황에서는 어떨까. 우왕좌왕하고 있지만 않으면 다행일 것이었다. 타타타! 강혁이 하나 마나 한 생각을 하고 있는 동안 헬기는 빠르게 개활지에 내려앉았다. 완전히 주변이 정리되어 있지 않은 바람에 흙먼지가 이리저리 휘날렸다. 그 바람에 근처에 있던 병사 몇몇이 거센 기침을 해대기 시작했다. 그중 일부는 눈에 뭐가 들어갔는지 눈물을 흘리기도 했다. 모두 나중에 한 번쯤 진료를 봐야 할 사람들이긴 했지만, 지금 급한 사람들은 따로 있을 터였다.

"내려!"

해서 강혁은 머릿속을 완전히 정리한 후, 헬기에서 뛰어내렸다. 그 뒤를 따라 동주와 홍창기도 부리나케 뛰었다. 물론 김강률을 비롯한 요원들도 마찬가지였다.

"충성! 박종철 대위입니다! 백강혁 교수님, 환자는 저쪽에 있습니다!"

강혁이 내리자마자 달려온 군인 하나가 경례를 붙이며 한쪽을 가리켰다. 오히려 헬기 내리는 곳보다도 더 어둑해 보이는 곳이었는데, 개활지에서는 도보로 5분가량 떨어진 곳이었다.

"아, 안내하시죠."

"네! 발밑이…… 좀 꺼지는 부분이 있으니 주의해서 오십쇼."

"야, 들었지? 내 발만 보고 따라와."

"네!"

강혁은 바닥이 위험하다는 말에 박 대위 대신 뒤를 돌아보았다. 자신이야 어차피 어지간한 현장에는 다 돌아다녀본 경험이 있지 않던가. 아마 모르긴 해도 눈앞에서 씩씩하게 달리다 이따금 헛발을 디디는 대위보다는 자신이 나을 터였다. 아니, 실제로도 그랬다. 강혁은 앞서 달리던 대위가 대략 5번쯤 발목을 접질릴 위기를 겪는 동안 단 한 번의 실수도 하지 않았다. 당연히 그 뒤를 따르던 인원들 또한 마찬가지였다.

"여, 여깁니다."

"하……. 이거……."

그렇게 도달한 현장은 참혹하기 그지없었다. 우선 딱 봐도 크게 다친 것으로 보이는 인원들만 네다섯은 되었다.

"이거 올라가다가 미끄러져 내려온 거 맞아요?"

같이 올라가던 중이었다면 차와 인원들 간에 간격도 그리 멀지 않았을 것이고. 그랬다면 속도가 그렇게까지 붙지도 않았을 텐데, 부상 정도가 너무 심했다.

"그……."

박 대위는 뭔가 말하려는 듯 입술을 달싹거렸으나, 뒤늦게 다가온 이가 그의 입을 막았다. 어깨에 붙어 있는 것을 보니 중령이었다.

"대대장 노승석 중령입니다. 백 교수님, 일단 환자부터 보시죠. 좀 심각합니다."

상당히 능숙하게 화제를 돌렸는데, 강혁은 일단 넘어가 주기로 했다. 어차피 사고가 어떻게 났는지를 캐는 건 자신의 일이 아니지 않은가. 석연찮은 구석이 있기는 했지만. 강혁이 우선으로 신경을 써야 할 부분은 환자였다.

"알겠습니다. 일단 조명을 좀 밝히죠."

"네, 지금 앞서가던 중대에서 가져오고 있습니다."

"그리고……. 석유 뒤집어쓴 사람들은 어딨습니까?"

"저기……. 물로 일단 씻기고 있습니다."

"어디? 아, 저기. 여기도 있는 거 같은데?"

"아, 부상이 너무 심한 인원은 일단 여기 두고 있습니다."

"음."

강혁은 차에 치임과 동시에 석유를 뒤집어쓴 것이 확실해 보이는 환자를 보다 말고 혀를 찼다. 조명은 어두웠고, 피와 석유는 뒤섞여 있어 상처 분간이 어려웠다. 그나마 다행인 점은 누군가 환자 머리맡에 쪽지 같은 것을 붙여 놓았는데, 그 쪽지에 간략한 환자 상태 및 활력 징후들이 적혀 있다는 점이었다.

'혈압은 90에 60. 수액 잡고 혈액 요청 중, 산소 포화도 더 떨어지면 노티, 기관 삽관 요망.'

게다가 상당히 정확하기까지 했다.

"이거 누가……."

강혁은 쪽지를 들여다보다 말고 앞쪽에서 서성이고 있는 사람을 바라보았다. 디지털 군복 여기저기에 피와 석유를 묻히고 있었는데, 지금도 다른 환자 곁에 쪽지를 적어두고 있었다.

"거기!"

그는 강혁이 부르자마자 뒤를 돌아보았는데, 견장엔 대위 계급장이 붙어 있었다.

"아……. 백 교수님."

강혁을 알아보는 즉시 달려왔는데, 그제야 강혁은 이름을 확인할 수 있었다.

"이경민 대위?"

"네, 내과 전문의 이경민입니다!"

"환자 분류 혼자 한 거예요?"

"아뇨! 안중헌 단장님과 함께했습니다. 제가 외과적 처치를 하기는 좀 어려울 거 같고……. 일단 급한 환자들부터 활력 징후만 잡고 있었습니다."

"오."

아예 제대로 된 처치는 기대도 하지 않고 있던 강혁의 얼굴이 다소 밝아졌다. 적어도 활력 징후라도 잡고 있었다면 생존 확률이 그만큼 크게 올라가기 때문이다. 덜컥. 그 와중에 앞서가던 중대, 뒤따라오던 중대에서 부리나케 보내온 차들과 조명이 도착해 일시에 불을 뿜어내기 시작했다. 순간 어둑하던 현장이 대낮처럼 환해졌다. 덕분에 강혁은 아까보다 훨씬 정확하게 주변을 돌아볼 수 있었다.

'그래도 좋지는 않군.'

확실히 애초에 부상 정도가 너무 심각했다. 아마도 언덕배기에 세워두었던 트럭이 밑으로 굴러떨어진 모양인데, 그렇지 않고서는 이만한 인원의 부상을 설명하기 어려웠다. 대낮이었으면 그나마 피하기라도 했을 테지만 깜깜한 밤에 불까지 꺼진 트럭을 피하기란 불가능했을 터였다.

'하나는……. 사망이야. 구할 수 없다.'

이경민 대위가 남긴 쪽지에도 아무 글씨도 적혀져 있지 않았다. 그의 상황 판단이 상당히 정확하다는 방증이리라.

"4호, 너 저기 기관 절개. 위탁은 나 따라와."

"네, 교수님!"

강혁은 그중 상기도 손상으로 호흡이 가빠져 오고 있을 뿐, 당장 급한 처치가 필요치는 않아 보이는 환자를 가리켰다. 자신은 정작 다른 환자에게 다가가면서였는데, 방금 이경민 대위가 다른 누군가와 낑낑거리며 수액을 달고 있던 바로 그 환자였다.

"아, 오셨습니까?"

낑낑대고 있던 자는 다름 아닌 안중헌 단장이었다. 이제 단장쯤 되었으면 뒷짐 지고 있어도 될 텐데 큰 사고가 있으면 언제든 출동하는, 참으로 변하지 않는 사람 중 하나였다.

"이 환자……. 수액만으로는 못 버텨. 일단 지혈을 해야 해."

강혁은 마음속에 부유하는 수많은 반가움을 표하는 말 대신 일단 의학적인 견해부터 밝혔다. 안중헌 단장은 그게 강혁다운 것이라 생각하며 몸을 비켜주었다.

"네, 교수님."

"그리고 저기 저 사람 우선 한국대학교 병원으로 보내요. 가는 동안엔 괜찮을 거야. 좀 더 있으면 죽겠지만."

"아, 네!"

"박…… 종철 대위라고 했나? 잠깐 와봐요!"

강혁은 끊임없이 지시를 내리면서도, 손은 쉬지 않았다. 홍창기의 보조를 받아가며 찢어진 부위 혈관을 톡톡 묶어나갔다. 강혁의 손이 움직일 때마다 출혈이 눈에 띄게 줄어들었는데, 보조를 하고 있는 홍창기로서는 이게 어떻게 가능한 건지가 궁금해지는 대목이었다. 피가 범벅인 것은 물론이오, 석유까지 뒤집어썼는데 귀신같이 딱딱 혈관만 묶고 있지 않은가.

"네, 교수님."

홍창기가 차마 놀란 표정조차 짓지 못할 만한 술기가 한창일 때 박 대위가 달려왔다. 강혁은 그와 대화를 이어 나가면서도 역시나 술기는 멈추지 않았다.

"구급차, 오고 있나?"

"일단 이경민 대위 타고 있던 구급차 하나로 경상자 3명 이송했습니다. 안중헌 단장님과 이경민 대위 판단이었습니다."

"그거 한 대는 아닐 거 아니에요."

"그……. 네. 수배 중입니다. 양주 병원이랑……. 그리고 정형외과 류동진 대위도 자차로 이동 중입니다."

"자차? 아, 오늘 오프였구나."

"네. 그 차라도 뒷자리 쓸 수 있으면 이송하겠다고 했습니다."

"음."

그 말은 곧 지금 당장 이송 가능한 차는 여기 와서 불을 밝히고 있는, 미안한 말이지만 솔직한 얘기로 똥차란 얘기가 절로 나오는 지프 차량이 다란 얘기였다.

'이 야밤에 속도 내다가……. 오히려 더 다칠 거 같은데.'

게다가 그 차로 도달할 수 있는 병원이 일단 양주병원이었다. 어지간한 질환이라면야 군 병원에서도 대응 가능하겠지만. 아이러니하게도 중증외상에는 적용되지 않는 말이었다.

'돌아라, 머리야.'

해서 더더욱 급하게 머리를 굴리다보니, 그나마 가까운 데 있는 큰 병원이 떠올랐다. 아주 큰 병원은 아니지만, 그래도 외과적 처치가 가능할 터였다.

"의정부 성모. 거기에도 의뢰 넣어요. 군 병원으로만 보낼 생각 말고. 어차피 거기 가봐야 볼 수 있는 환자가 제한적이야."

"아……. 그……."

박 대위는 약간은 곤란하다는 듯한 얼굴로 노승석 중령 쪽을 돌아보았다. 군인이라 그런지 명령이 필요한 모양이었다. 물론 강혁은 이해해줄 생각 따위는 추호도 없었다. 사람 생명이 오락가락하고 있었으니까.

"눈치 보지 말고! 부하가 죽어!"

"아……. 알겠습니다, 네."

"그래. 빨리!"

"네!"

강혁은 부리나케 핸드폰을 꺼내 드는 박 대위를 보고 나서야 시선을 다시 수술 부위를 향해 돌렸다. 수술이라고 하기엔 장비도 환경도 열악했지만.

'이걸 수술이라고 안 하면……. 뭘 수술이라고 해…….'

홍창기는 벌써 어지간히 지혈된 채, 젖은 거즈로 가려진 환자의 상처를 두 번 세 번 바라보았다. 도저히 아까 피가 철철 흘러나오던 배라고는 믿기지 않았다. 이걸 여기서 해내다니. 괴물인가 싶었다. 물론 강혁의 실력은 그걸로 끝이 아니었다.

"거기! 이경민 대위라고 했지?"

"네!"

"아까 기관 삽관 고려했던 환자, 지금 해요. 아직 산소 포화도는 괜찮을지 몰라도 저대로 두면 안 돼."

"아, 네!"

그 와중에 사방을 살피고 있었고.

"이럴 땐 그냥 닫으면 안 돼. 오염된 상처잖아. 그것도 기름으로."

"네? 아, 네."

"정신 차려. 넌 일하러 온 거기도 하지만 배우러 온 거야. 날 잘 봐. 현장보다 날."

"네. 교수님."

"아무튼, 그래서 봉합을 얼기설기 한 거야. 이따 수술실 가면 다 뜯고 세척하고 다시 닫을 거야."

"아……."

강혁은 짤막한 가르침을 멈춘 후, 재차 입을 열었다. 고개를 반대편으로 돌린 채였다.

"여기, 이 환자도 이제 헬기로! 한국대학교 병원 연락해서 수술

해달라고 해!"

현재 시각은 4시 10분. 결국, 재원이 이끄는 팀도 강혁보다 딸랑 40분 남짓 더 잤을 뿐이었다. 홍창기는 그 생각을 하면서 자신이 어떤 분과에 지원한 것인지 톡톡히 알 수 있었다. 아마 출동하기 전이었다면 후회감이 더 짙었을 텐데. 지금 강혁이 하고 있는 것을 보니, 오히려 다른 생각이 들었다.

'나도……. 언젠가는 이렇게…….'

"온다!"

한편, 재원은 병원 옥상에 있었다. 그 옆에 바짝 붙어선 강행은 너무도 익숙하다는 표정을 한 채로 다가오는 헬기를 바라보는 중이었다. 그에 반해 사대진은 여전히 아주 약간의 긴장감은 놓지 못하고 있었다. 홍창기와 함께 이번 달 위탁 교육생으로 오게 된 박민규는 아예 어벙한 표정을 짓고 있었고.

"어차피 도착하면 시동 끌 거니까, 너무 긴장하지 마."

재원은 그런 박민규의 손을 붙잡아주며 차분한 어투로 말했다. 사대진이나 강행과는 다르게 무언가 마음이 담겨 있는 그런 목소리였다. 괜히 강혁이 팀장을 맡긴 게 아니라는 것을 여실히 보여주는 재원이었다. 처음에는 이런저런 우려도 있었던 것이 사실이었지만. 이젠 정말로 든든한 팀장이 되어 있었다. 덜커덕. 그사이 헬기는 무사히 이착륙장에 내려앉았다. 그와 동시에 김강률 팀장이 헬기 안에서 밖으로 뛰어내렸는데, 다행히 옷에 피가 튀어 있거나 하지는 않았다. 다만 검은색 석유만이 이쪽저쪽에 묻어 있었다.

"조심, 조심! 불나면 큰일이야!"

덕분에 헬기 기장의 신경이 완전히 곤두서 있었다. 그렇지 않아도 마찰열 등이 잘 발생할 수 있는 기체 아니던가. 그런데 석유라니. 자칫 잘못하면 화재가 발생할 수 있었다. 아니, 화재가 아니라 폭발로 이어질 수도 있었다.

"네, 천천히 빨리 내려!"

해서 김강률은 그를 안심시키기 위해 고개를 끄덕거렸고 동시에 헬기 안에 있던 환자를 밖으로 끌어내렸다. 이미 기도 삽관에 지혈까지 어느 정도 되어 있는 상황인지라 그렇게까지 서두르지는 않아도 되었다. 활력 징후 또한 빠르게 회복된 참이었는데, 이는 현장에서 재빨리 움직여준 이경민 대위와 안중헌 단장의 위력이라고 보면 되었다.

"음."

환자가 옥상에 내려서자마자 가까이 다가간 재원은 일단 환자를 빠르게 살폈다. 의식은 없었고, 기관 삽관된 상태에 복부에는 긴 자상을 입은 상황이었다. 그나마 지혈은 어느 정도 되어 있었으나, 석유가 상처 곳곳에 스며들어가 있었다. 외과적인 처치도 중요하겠지만 내과적인 처치도 아주 중요하게 되었다는 뜻이었다.

"내과 쪽 바로 컨택하고, 일단 수술방 가자."

"네!"

"김 팀장님은 환자 접수 좀 부탁드릴게요."

"물론입니다."

재원은 그렇게 일단 필요한 지시를 내리고 환자를 잡아끌었다. 그래 봐야 어차피 한 엘리베이터를 타야 했기에 곧 다시 모이긴 했지만.

"음."

잠시 어색한 침묵을 지키고 있다가 재원이 먼저 입을 열었다. 생각해보니 아주 중요한 질문을 던지지 않았기 때문이다.

"혹시 현장에서 이쪽으로 오게 될 인원이 더 있을까요?"

만약 하나라도 더 있다면 이 환자의 수술은 재원과 위탁 교육생 박민규만 들어가야 할 터였다. 다음 수술은 강행이 맡아줘야 할 텐데, 아무래도 자신의 실력이 그보단 낫지 않은가. 조금이라도 외상 수술에 익숙한 보조의인 사대진을 붙여주는 게 옳을 터였다. 김강률은 그 즉시 고민에 빠졌다.

'현장…….'

처음 도착했을 때의 인상은 아비규환이었다. 오밤중이라 깜깜했고, 환자는 많은 데다가 온통 피비린내와 기름 냄새가 뒤섞여 있었으니까. 하지만 시간이 조금 지나자, 보다 정확히 말하면 강혁이 지휘를 맡자마자 차츰 정리되기 시작했더랬다. 이경민 대위와 안중헌 단장이 겨우겨우 숨만 붙여놓거나 분류까지만 해놨던 환자들에 진짜 제대로 된 처치가 들어갔고. 차로 이송해야 할 환자들과 여기서 처치부터 해야 할 환자들이 딱딱 분류되었다. 그중에서 헬기로 이송되어 올 만한 환자라고 한다면.

"아마 더 있을 겁니다. 당장 활력 징후가 흔들리는 환자들만 해도 둘은 넘습니다. 나머지 환자들의 상태도 그렇게 좋지는 못해요. 어쩌면 백 교수님이 오실 수도 있고요."

"아하. 알겠습니다."

재원은 현장이 좋지 못하단 소리를 듣고서도 별 긴장을 하진 않았다. 그저 인원을 어떻게 쪼개고, 이 수술을 최소 언제까지 끝내야 하는지 계획을 세울 따름이었다. 심지어 그렇게 하는 데까지 시간이 얼마 걸리지도 않았다.

"그럼 수술은 나랑 박민규 선생이 들어가고. 강행이는 대기. 환자

도착하면 일단 나한테 알려. 직접 할 수 있으면 알리면서 들어가고 아닌 거 같으면 손 바꿔."

"아, 네."

"오케이."

재원이 고개를 끄덕이는 순간 엘리베이터 문이 다시 열렸다. 1층에 도착했다는 뜻인데, 여전히 응급실 쪽도 소란스러웠다.

"저쪽도 장난 아니네, 오늘."

재원은 본인의 긴장을 풀려는 것인지, 아니면 위안을 삼으려는 것인지는 몰라도 응급실 쪽을 보면서 괜히 한번 중얼거렸다.

"그러니까요."

"오늘 뭔 날인가 봅니다."

강행이나 박민규도 고개를 끄덕이며 응급실 쪽을 바라보았다. 환하게 빛나고 있는 응급실 안쪽은 자리가 없어 서성이는 환자들에 이리저리 뛰어다니는 의료진들까지 한데 뒤섞여 무척 혼잡해 보였다. 비록 응급실 의료진들과 지금 당장 대화를 나눌 시간도 없었지만. 어쩐지 단단한 유대감이 느껴지는 순간이었다.

'우리만……. 환자를 보고 있는 게 아니야.'

대학 병원에 있는 과들 중에서도 힘든 과들은 분위기가 좋지 않은가. 다들 죽도록 고생하다보면 그만큼 전우애가 샘솟을 수밖에 없었다. 물론 감상에 젖을 수 있는 시간 자체는 그만큼 적기는 했지만.

"자, 그럼 할 일 하러 가자."

재원은 이만하면 한눈팔기는 끝났다는 눈빛으로 입을 열었다. 그 말엔 신비한 힘이 깃들어 있어서, 비단 말을 꺼낸 재원뿐만 아니라 강행, 사대진, 박민규 그리고 김강률까지도 막연한 든든함을 지닌 채 각자 달려가야 할 곳으로 달려가기 시작했다. 그중 재원과 박민규가 향한 곳은 단연 수술방이었다. 드르륵. 문이 열리자 안쪽엔 벌써 경원이 완전히 수술 준비를 마친 채 기다리고 있었다. 최근 장미 못지않은 역량을 발휘하게 된 지민도 마찬가지였다. 한 가지 의외인 점은 한유림 교수가 와 있다는 것이었다.

"교수님?"

"아, 어……. 수술 들어가는 건 아냐."

그는 자신의 엉덩이 쪽을 가리키며 고개를 가로저었다. 어째 관장약 효과가 배로 들어가는 건지는 몰라도, 아예 정신을 못 차리고 있었다. 새벽녘에도 계속 화장실을 들락거리는가 싶더니 어느 순간부터는 그냥 화장실에서 앉아서 자다 싸고 있을 지경이었다.

"네, 근데 여긴 어쩐 일로."

"잠도 안 오고……. 수술은 잘되나 궁금해서. 상황 어떻대?"

"저도 자세히는 몰라요. 별로 좋지는 않다고 하는데……."

"그래도 어떻게 되겠지?"

한유림 교수는 근거 없어 보이는 자신감을 가지고 재원을 바라보았다. 누구보다 냉철해야 할 의사가 그중에서도 중증외상센터에서 일하는 교수가 이런 말을 하다니. 다른 사람이 본다면 한심하다는 생각이 들 수도 있는 그런 말이었다. 무조건적인 낙관론만큼 병원에서 위험한 것은 없었으니까. 하지만 재원은 딱히 부정의 뜻을 내비치지 않았다. 오히려 고개를 끄덕였다. 상당히 단호하게.

"되겠죠. 교수님이 가 계시는데요."

그건 강혁에 대한 신뢰가 있어서였다.

"그렇지. 여기도 뭐 빈틈없이 돌아갈 거고."

그에 더해 재원을 비롯한 나머지 인원에 대한 신뢰가 있어서이기도 했고.

"지금까지도 그랬으니까요."

여태 쌓아 온 경험을 바탕으로 한 신뢰이기도 했다.

"자, 마취 준비 끝났습니다. 바로 걸게요."

"오케이. 그럼 바로 들어갑시다. 석유가 흡인되었을 가능성도 있어서, 산소는 어지간하면 주지 마."

"네, 선배."

"간호사는……. 세척액을 좀 중점적으로 준비해주시고요."

"네."

딱 마취가 걸리기 시작하자마자 한유림 교수는 입을 다물었다. 마치 그것이 신호가 되기라도 한 것처럼 재원은 모드를 딱 바꿔서 집도의로서의 지시를 탁탁 내렸다.

"마취됐습니다."

"좋아. 소독합시다. 내과는 어떻게 됐지?"

"일단 수술방에서는 수액 주면서 차콜 쓰라고 의견 줬습니다. 아마 중환자실로 가면 정식으로 진료 볼 거 같습니다. 어차피 곧 교수님들도 출근할 시간이라 진료가 밀리진 않을 겁니다."

재원의 말에 경원이 즉각 답을 해주었다. 차콜은 쉽게 말해 숯 같은 거라고 보면 되었다. 어디 중독되었다고 하면 어김없이 등장하는, 별로 의학적인 근거가 없을 때도 쓰였는데 달리 쓸 게 없어서 그러했다.

"걱정 마. 그건 내가 푸시……. 아, 나갈게."

한유림 교수는 교수 진료 밀리는 건 걱정 말라는 듯 손을 내젓다가 이내 밖으로 향했다. 아무래도 진료 푸시보다 다른 걸 먼저 밀어낼 모양이었다. 재원은 그런 한유림 교수에게 고개를 한 번 숙이고서는 이내 수술 부위를 바라보았다.

'상처 자체는……. 별거 아냐. 아니, 별거 아니게 됐어.'

처음엔 아마 피가 엄청나게 쏟아졌을 터였다. 물론 수술실에서 본다면 그렇게까지 위협적이진 않았을 터였다. 여긴 밝은 조명과 시야 확보를 위한 장비와 시설이 다 있으니까. 하지만 새카만 어둠에서 또 새카만 석유에 뒤섞인 상황에서 지혈이라. 지금의 재원으로서는 엄두가 나지 않는 술기라 할 수 있었다.

'백 교수님 덕에 여기까지 왔어.'

아마 그가 아니었다면 죽었을 터였다. 스무 살 아직 꽃다운 나이에. 재원은 일말의 책임감을 느끼며 베타딘을 상처에 들이부었다. 봉합을 하고 오긴 했지만 워낙 느슨하게 해놓았기 때문에 콸콸 안으로 스며들었다.

"손 닦고, 들어와서 다시 보자."

"네."

재원은 그렇게 상처를 베타딘에 절이다시피 하고는 박민규와 함께 밖으로 향했다. 사실 거의 처음 보는 의사와 함께 팀을 짜서 움직이는 셈이건만. 재원은 아주 능숙하게 움직이고 있었다. 벌써 세 번째 위탁 교육생 팀이었기에 그랬다.

'교수님이 이것도 좋은 경험이 될 거라고 했었는데.'

그땐 그냥 그런가보다 하고 넘어갔더랬다. 근데 팀을 계속 바꿔서 짜고, 계속 다른 의사들과 수술을 하다보니 무슨 뜻인지 좀 더 명확하게 알 수 있었다. 정말로 좋은 경험이 되고 있었다.

"자, 다 뜯고. 벌리자."

"네."

일단 사람마다 다른 실력을 가지고 있었고, 또 다른 시각을 가지고 있었다. 같은 의학을 배웠다고 해도 그럴 수밖에 없는 일이었다.

수술은 사람이 하는 일이었으니까.

'이런 식으로 하는구나, 연새병원은.'

모두 맞다고 할 수도 없고, 모두 틀리다고 할 수도 없었다. 각기 장단이 있었는데, 집도를 맡게 된 재원은 그중에서 좋은 점만 취합하면 되었다.

"이쪽은 거즈가 들어가 있습니다."

"거즈라."

김강률도 강혁도 별말이 없던 지점이었다. 아마 이게 아무것도 아니어서는 아닐 터. 너무 바빠서 전달을 못 한 것이라고 보면 될 일이었다.

'현장은 어둡고, 석유도 지금보다 양이 많았어.'

게다가 수술실처럼 제대로 된 설비를 갖추지도 못한 곳이지 않은가. 그렇다면 이 거즈는 임시방편이었을 터였다. 예전 같았으면 여기까지 감히 생각이 미치지 못했을 텐데. 팀장의 입장에서 사고하는 훈련을 받다보니 저절로 되고 있었다.

"일단 다른 곳 출혈 보고, 저긴 나중에. 아마 안쪽 깊숙한 곳은 지혈을 못 한 거 같아. 근육으로 들어가는 동맥이나 정맥일 수 있어."

"아, 네."

덕분에 재원은 딱 강혁이 바랐던 대로의 수술을 진행할 수 있었다. 심지어 위탁 교육생을 교육하면서. 확실히 이제 한국대학교 병원 중증외상센터는 대한민국 거점 센터로 별 손색이 없어 보였다. 환자를 보는 수준도, 의사나 다른 의료진을 가르치는 수준도. 적어도 대한민국에서 여기 하나만큼은 제대로 돌아가고 있다는 뜻이었다.

'이 친구도 돌아가서 한 달에 몇 케이스씩이라도 외상 환자를 보면 좋겠는데. 아니면 당장 그래야 하는 병원으로 가거나…….'

재원은 이전 위탁 교육생들을 떠올렸다. 다행히 아선병원이나 인하병원은 의지가 충분한 편이라 상당히 잘 정착하고 있다고 들었다. 하지만 보다 더 일이 확실하게 되려면 역시 여러 기관의 도움이 아직은 절실한 상황이었다.

난데없이 들려오기 시작한 헬기 소리에 시민들이 주변을 둘러보았다. 그러다 문득 식당 주인이 무의미하게 늘 틀어놓던 TV에서 흘러나오는 소리란 것을 깨닫고는 그쪽으로 귀를 기울이기 시작했다.

"금일 새벽 양주 신교대 근처에서 야간 행군 도중 발생한 사고로 1명이 숨지고 12명이 중경상을 입었습니다. 이 중 2명은 이미 한국대학교 병원 중증외상센터로 옮겨져 치료 중에 있으며, 지금 막 다른 한 명도 헬기를 이용하여 도착했습니다."

TV 속에선 누군가 상공을 가리키며 말을 이어나가고 있었다. 물론 아는 사람은 다 아는 얼굴이었다.

"양재원 중증외상센터 제2팀장님을 모시고 인터뷰를 진행하겠습니다."

바로 TV 고려의 박상은 기자였다.

"아, 네. 안녕하십니까, 양재원입니다."

재원은 예전과는 달리 상당히 능숙한 태도로 인사를 건넸다. '관록이 있다'라는 표현이 딱 어울릴 정도였다.

"지금 치료하신 환자분들 상태는 어떻습니까?"

"차에 치인 보행자 교통사고라고 보시면 됩니다. 상처 자체가 심각하긴 했지만, 지금은 수술이 잘되어 큰 문제가 되진 않을 겁니다."

"듣기로 복부가 터진 환자가 있다고 하던데요?"

"네. 그렇습니다."

"그런데 그 상처가 문제가 안 된다고요?"

"다행히 현장에 저희 중증외상센터 백강혁 교수님이 직접 가셔서 응급처치를 해놓은 상태였습니다. 때문에 시간을 벌었고, 수술장에서의 수술 또한 잘 끝났습니다."

재원은 그렇게 답을 하면서 박상은 기자 쪽을 힐끔 바라보았다. 박상은 기자 또한 카메라가 잠시 상공으로 돌아간 사이 재원을 마주 보며 싱긋 웃어주었다. 박상은이 대체 어떻게 환자 상처에 대해 알게 되었겠는가. 다 재원이 미리 말을 해준 참이었다. 이미 한국대학교 병원 중증외상센터의 명성은 국내 제일이었지만 거기서 멈추지 말고 계속 이미지를 굳히는 것이 앞으로의 정책 설정에 있어서 유리할 것이라는 판단이 강혁과 박성민의 생각이었기 때문이다.

"그렇군요. 그럼 환자는 별문제 없는 겁니까?"

"상처만 보면 그렇습니다만. 또 다른 문제가 있었습니다. 환자 상처가 석유로 심하게 오염되어 있어서 현재 내과와 함께 제독 치료 중입니다."

"석유요?"

"네. 현장에서 환자들을 덮친 차량이 유류 수송 차량이었던 모양입니다."

"아……. 그럼 그건 큰일이네요."

"네. 하지만 최선을 다하겠습니다."

재원이 그렇게 말하고 있는데 그의 호주머니에 넣어둔 핸드폰이 요란한 소리를 내었다. 당연히 현장에 있던 박상은은 물론이고, 음식점에 있던 시민들 또한 인상을 찡그렸다.

"뭔 놈의 벨소리가 저래?"

"아오, 귀 아파."

그렇지 않아도 관심이 쏠려서 식당 주인이 음량을 올려놓은 참이었기에 더더욱 반응은 격렬했다. 물론 마냥 부정적이진 않았다. 이 자리에도 「중증외상센터: 골든 아워」 다큐멘터리를 본 사람들이 적지 않게 있었기 때문이다.

"저렇게 해야 새벽에도 받지. 밤낮없이 일하는 사람 아녀."

"하긴 새벽에 사고가 났다는데 현장에 있었다잖어. 지금 점심인데……. 계속 거기 있었던 거 아녀? 백 교수는?"

"백 교수님이 니 친구냐? 님 자 안 붙여?"

"아, 실수. 실수."

심지어 강혁이 눈앞에 있지도 않고 그 발언을 한 사람이 딱히 나이가 아래도 아니건만 예의를 차리는 분위기였다. 지금 이 대한민국에서 강혁이 차지하고 있는 위상은 이미 영웅의 그것이었기 때문이다. 아마 그가 지금 당장 총선에라도 나온다면 국회의원 정도는 무난히 할 수 있지 않을까 하는 생각도 들 지경이었다. 그리고 이런 분위기는 비단 식당 안에만 번져 있는 것이 아니었다. 당연히 박성민 의원 캠프에도 고스란히 전달되고 있었다.

"내각 말입니다."

"내각? 아니, 당선도 안 되었는데 무슨 내각이야."

박성민 의원은 오전에만 벌써 미팅 4개를 마치고 차를 타고 이동 중이었다. 밥 먹을 시간을 확보하지 못했기 때문에 차 안에서 삼각김밥을 입에 욱여넣고 있었다. 약간은 우스워 보이기도 하는 장면이었다. 현재 대한민국에서 대통령에 가장 가깝다고 평가받는 사람이 이렇게 볼썽사나운 식사라니. 그렇지 않은가. 그냥 마음 편히 살아도 충분히 잘 먹고 잘살 수 있는 사람인데. 그렇다고 권력을 이용해 뭘 해먹고자 하는 생각이 있는 사람도 아니고. 하지만 박성민은 웅대한 꿈을 품고 있었고. 그래서 버틸 수 있었다.

"후보님. 오늘 여론 조사 결과 보셨잖습니까. 더 올랐습니다."

"70%라고? 이거 믿을 수 있는 거 맞아? 70이라니……. 무슨 독재도 아니고."

옛날처럼 2개의 당에서만 후보를 내는 시대도 아니지 않은가. 주요 정당이라고 평가받는 당의 수만 해도 무려 4개는 족히 되었다. 그 당 전부 경선이 끝났고, 이미 각 후보들의 대선 캠프가 꾸려지고 있는 상황이었다. 그런데 박성민 의원의 지지율이 70이라니. 독재라는 말이 나올 상황이기도 했다.

"독재라뇨. 지금 후보들 간에 네거티브 발언이 쏟아지고 있어서 그렇죠."

"흠."

박성민은 너무 급하게 밥을 먹어 그런지 약간 열이 오르는 기분이었다. 해서 창문을 살짝 내리곤 한숨을 쉬었다. 그 사이에도 운전대를 잡고 있는 비서는 말을 쉬지 않았다.

"자기들끼리 진흙탕 싸움을 벌이고 있는 셈인데……. 의원님 얘기는 안 나오지 않습니까? 그러니 지지율이 연일 오를 수밖에 없죠."

"음."

박성민은 비서의 말을 들으며 고개를 끄덕였다. 지금 비서가 한 말이 이번 선거 전략의 메인이기도 했기 때문이다. 남들에게는 진흙탕 싸움을 시키고 본인은 그 위에서 유유히 구경만 하겠다는 것인데, 당연하게도 다들 하고 싶어 하는 전략이었다. 하지만 적어도 정치판에서는 오직 박성민만이 가능한 전략이기도 했다. 약점이 없었으니까.

'애들이 알아서 잘해서 다행이지.'

박성민의 자녀들은 그냥 머리가 좋았다. 입시 관련 비리를 저지르지 않아도 되었다는 얘기다. 게다가 군대 문제도 별로 걱정할 필요가 없었다. 애초에 의대를 들어갔기에 의무사관 후보생 신분이 되어 있었기 때문이다.

'이놈이 외과 지원한 게……. 백강혁 교수님 때문은 아니겠지.'

다만 하나 걸리는 게 있다면 외상 외과였다. 거긴 너무 힘들지 않은가. 물론 자신이 좀 더 개선해주긴 할 테지만. 제아무리 선진국이고, 아무리 중증외상센터가 잘 자리 잡은 나라라 해도 외상 외과 의사들은 기본적으로 힘들었다. 응급 환자들을, 그것도 외상 환자들을 보는 일이니 당연한 일이었다.

"우리 측이 그쪽 약점 쥐고 있는 것도 다 알고 있지?"

박성민은 잠시 자신의 아들 딸을 떠올리다가 이내 비서 쪽을 바라보았다. 비서는 운전대를 그대로 잡은 채 고개를 끄덕였다.

"네. 물론입니다. 그래서 더 후보님을 공격하지 못하는 거죠. 이미 다 알고 있을 겁니다. 어차피 대통령은 박성민이라는 걸."

"「쇼미더머니」 생각나네."

"거의 그 수준이죠."

"그래도……. 최선을 다해야 해. 막상 뚜껑을 까보면 아닐 수도 있어."

"그럼요. 그래서 지금 캠프로 가고 있는 거 아니겠습니까."

"그래, 그렇지."

아마 반장 선거 수준이라면 박성민도 그냥 그러려니 하고 마음을 놓았을 터였다. 하지만 이건 대통령 선거가 아니던가. 과장 조금만 보태면 한 나라의 명운을 건 선거란 얘기였다. 거기에 임하는 후보가 이미 될 거란 생각으로 방심을 한다? 이건 예의를 떠나 인간 됨됨이 수준의 문제라고 생각했다.

'게다가 내 꿈은 대통령이 아냐.'

아마 그랬다면 역시나 지금쯤 한결 마음이 편했을 터였다. 이렇게 억지로 삼각김밥이나 욱여넣으면서 다니진 않았을지도 몰랐다. 하지만 박성민의 꿈은 대통령이 아니었다. 그보다 훨씬 더 큰 꿈이 있었다.

'난……. 존경받는 대통령이……. 되고 싶어. 정말 역사에 길이 남을 만한…….'

그러자면 앞으로 5년간은 한시도 쉬지 못할 것이었다. 그리고 지금 얼마나 더 열심히 준비하냐에 따라 그 5년간의 노력이 어떤 결실을 보게 될지가 결정될 수도 있었다. 여기까지 생각이 미치자, 역시나 아까 비서가 했던 말이 떠올랐다.

"아, 근데 김 비서."

"네, 후보님."

"아까……. 내각 얘기한 거 말이야."

"실없는 소리였습니다. 지금은 선거에 집중해야죠."

"아니, 자네가 실없는 소리 할 리가 없지. 나랑 자네랑 벌써 몇 년인데."

박성민이 초선으로 국회에 들어갈 때부터 함께했던 사람이 바로 김 비서였다. 그런 박성민이 아는 김 비서는 허튼소리 하는 사람이 아니었다. 김 비서가 아는 박성민 또한 괜한 소리 하는 사람이 아니었고. 즉 정말로 김 비서의 생각을 궁금해하고 있다는 뜻이었다.

"네, 뭐……. 내각이 어떨까 생각을 해본 건 있습니다."

"생각만 한 건 아니지?"

"몇몇 인물을 떠올려 보긴 했습니다."

"누가 있지?"

"주제넘은 생각인데 말씀드려도 될까요?"

"그 주제넘은 생각 덕분에 우리가 여기까지 온 거야."

"그럼 말씀드리겠습니다."

"좋아."

김 비서가 몰고 있는 차는 이제 막 강남대로로 들어서고 있었다. 캠프 인사들과의 미팅이 3개나 잡혀 있었는데, 단 하나도 허투루 해서는 안 될 회의들이었다. 박성민은 안건들을 하나하나 점검하면서 동시에 김 비서의 말에 귀를 기울였다. 어차피 안건들이라고 해봐야 숙지하다 못해 좔좔 외울 정도로 들들 판 덕에 그럴 수 있었다.

"일단 경제부 총리 겸 재정기획부 장관은……. 한국대 경제학과 한재호 교수님 아니면 한림원에 계시는 김응수 전 교수님이 어떤가 합니다."

"아, 한재호, 김응수. 둘 다……. 누가 해도 좋겠는데."

한재호는 그냥 백면서생이 아니었다. 매경 세계지식 포럼은 물론이고 다보스 포럼 같은 전 세계적인 행사에 심심하면 초청되는 이른바 경제학계의 월드 스타였다. 그가 알고 지내는 각 나라의 수장들의 수만 해도 수십은 될 터였다. 그 수장 중 한재호 교수의 이론을 참고로 정책을 짠 곳도 적지 않았다.

"문제는 딱히 저희 쪽과 접촉이 없었다는 점이죠."

"그게 문제군. 뭐 손을 써 봐야지."

"어쩌면 후보님 정책과 맞지 않을 수도 있습니다."

"내가 잘 알겠어, 그분이 잘 알겠어. 배우는 기분으로 해야지."

"그건……."

김 비서는 이런 말을 하는 정치인이 또 있을까 하는 생각을 했다. 하지만 동시에 박성민스럽다는 생각도 들었다. 본인도 똑똑하지만 늘 사람을 잘 쓰는 사람이었으니까.

"아무튼, 또?"

"사회부 총리 겸 교육부 장관은 역시 심혜리 교수님이 어떠신지요?"

"아. 심혜리 교수. 좋지. 그래 우리 캠프 인사도 있어야지."

"네."

김 비서는 그 외에도 국가정보원장, 안보실장, 과학기술 정보통신부 장관, 통일부 장관, 외교부 장관, 국방부 장관 등등에 대해 쉴 새 없이 털어놓았다. 거론되는 인물 중 어느 하나 혹하지 않는 사람이 없었다. 그 말은 김 비서가 박성민을 그만큼 잘 알고 있다는 뜻이기도 했고, 또한 내각 구성에 심혈을 기울이고 있다는 뜻이기도 했다. 그렇게 대부분의 행정부 장관이나 장관급 인사들이 거론된 후, 박성민은 아직 한 부처가 언급되지 않았음을 깨달았다.

"근데……. 보건복지부는 아직 얘기하지 않았는데? 아직 점찍어 둔 사람이 없나 보지?"

"아……. 있기는 있습니다."

"있어? 누군데?"

"그……."

김 비서는 잔뜩 뜸을 들이다 문득 고개를 저었다.

“일단 도착했으니 주차부터 하겠습니다.”

끼이익! 김 비서가 몰던 차가 지하 주차장 구석에 멈춰섰다. 원래 강남 한복판에 선거 운동 사무실 마련하는 건 어마어마하게 어려운 일인데, 이번 캠프 자원봉사자 중 무려 강남 건물주가 있었다. 그것도 지하에 주차장이 있을 정도로 큰 빌딩 건물주가.

‘양 씨…… 였던 거 같은데.’

아주 선한 인상의 중년 사내였는데 다행히 박성민의 정책에 공감을 잘해 주는 편이었다. 덜커덕. 그런 생각을 하면서 밖에 내리자, 김 비서가 눈앞에 보였다.

“제가 열어드려야 하는 건데요.”

“에이, 뭘. 운전해주는 것만 해도 고생이지.”

“아닙니다, 의원님.”

“미안해. 내가 괜히 의정 활동에 더 쓰겠다고 고집부려서 따로 기사를 못 쓰네.”

“아니, 정말 아닙니다.”

김 비서는 고개를 세차게 가로저었다. 물론 비서 일을, 그러니까 보좌관 일을 하면서 운전까지 다 하는 일이 고되기는 했다. 하지만 따지고 보면 대다수의 보좌관들이 운전을 병행하고 있었다. 그나마 박성민을 모시는 건 훨씬 사정이 나았다. 다른 의원들은 보좌관을 무슨 노예 다루듯 하는 사람들도 많았으니까.

‘자네 이런 식으로 하면 공천 없어.’

미래를 저당 잡기라도 한 것처럼 구는 사람들이 태반이었다. 하지만 박성민은 어떠한가. 이 사람은 적어도 인간적으로 단 한 번도 부당한 대우를 한 적이 없었다. 죽도록 고생시킨 적은 많았지만, 그 고생을 하고 있을 때 늘 옆에 있던 사람이었다. 즉 그야말로 동고동락을 했다는 얘기였다.

"뭐, 선거 끝나면……. 좀 나아질 거야."

"네, 의원님."

박성민은 진심을 담아 고개를 흔들어대던 김 비서의 어깨를 두드린 후, 엘리베이터를 향해 걸어갔다. 스케줄이 매우 촘촘하게 짜여 있었기 때문에 이동 중에 식사했음에도 불구하고 남는 시간이 거의 없었다. 이제 곧, 정말 2~3분 안에 회의실에 들어가야만 했다. 위이잉. 둘을 실은 엘리베이터가 꼭대기 층인 15층을 향해 올라가기 시작했다. 박성민은 그 잠시 동안 회의 안건을 되짚어보다가 문득 아직 김 비서와 대화 도중이었다는 것을 깨달았다.

"아, 맞아."

"네?"

"아까 보건복지부 장관도 점찍어 둔 인물이 있었다고 했지? 누구야?"

"아……. 근데 이건 좀……. 저도 사실 그쪽은 잘 몰라서요."

"에이 뜸 들이지 말……. 자네 설마?"

박성민은 '에이 진짜 아니겠지' 하는 얼굴로 김 비서를 바라보았다. 이미 엘리베이터는 지하를 벗어나 지상으로 향하고 있는 와중이었다.

"네. 그……."

"백강혁 교수를 염두에 두고 있다고?"

"네."

"미쳤…… 어?"

백강혁 보건복지부 장관이라니. 어쩐지 한 조직을 파괴의 구렁텅이로 집어넣는 듯한 느낌이 들었다. 하지만 한편으로는 김 비서가 괜히 그런 건 아니지 않나, 뭐 이런 생각도 들었다. 뭐가 어찌 되었건 의견이 궁금했다. 아니, 이유가 궁금했다.

"왜? 대체 왜 백강혁이야?"

"일단 대외적인 이미지죠."

"이미지. 음. 그거야 뭐……."

애초에 백강혁을 품을 생각을 하게 된 이유이지 않았던가. 적어도 현재 대한민국에서 백강혁처럼 대중에게 사랑받는 의사는 없었다. 아니, 저만큼 호불호 갈리지 않는 고유명사는 다른 어떤 분야에도 거의 없을 터였다.

"그리고 조직 장악력입니다."

"장악? 아……. 음."

강혁 본인은 어떻게 생각하고 있는지 모르겠지만 진짜 정치인이 볼 때 강혁은 상당히 정치적인 수완이 있는 사람이었다. 본인이 속한 조직을 불과 몇 년 만에 완전히 손아귀에 집어넣지 않았던가. 심지어 그 대상이 비단 중증외상센터에 국한된 것도 아니었다. 아예 한국대학교 병원 전체가 그 밑에 있다고 해도 과언이 아니었으니까.

"그리고?"

"올곧은 사람입니다. 적어도 지금까지는 전혀 사리사욕을 채우지 않았죠."

여러 번 기회가 있었을 터였다. 가령 후원금을 받을 때라든지. TV 출연 요청이 들어왔을 때라든지. 아니면 영화에 실제로 출연하게 되었을 때라던지. 강혁은 얼마든지 거기서 발생하는 이익을 자신의 몫으로 돌릴 수 있었을 것이었다. 그런다고 해서 뭐 크게 문제가 생기지도 않았을 것이고.

'하긴……. 그 사람은……. 100원 한 장 허투루 쓰지 않았지…….'

하지만 강혁은 그러지 않았더랬다. 심지어 회식이나 야식을 먹을 때도 강혁이 끼어 있는 자리라면 그냥 자기 돈을 썼다. 후원금은 마치 환자들을 위해서 또는 그 제자들을 위해서만 쓰여야 한다는 것처럼. 솔직히 그 모습을 보면서는 박성민도 부끄러움을 느낄 수밖에 없었다. 평생 자신이 깨끗하다는 것을 무기 삼아 여기까지 왔는데, 자신보다 더 깨끗한 사람이 있었으니까.

"이미지 좋고, 능력 있고, 깨끗하고. 음……."

"그렇죠? 차분히 생각해보면 백 교수님 같은 분이 없습니다."

"그렇네. 황당하네."

박성민은 잠시 보건복지부 장관이 된 강혁을 떠올렸다. 괜히 이상하기는 한데, 또 어떻게 보면 어울리기도 했다. 게다가 방금 김 비서의 말을 들어서 그런가. 어쩐지 절대 놓쳐서는 안 될 인재처럼 느껴지기도 했다.

'문제는…….'

강혁이 보건복지부 장관직을 수락하느냐인데. 대통령이 되는 것보다 그거 설득하는 게 더 어려울 것 같다는 생각이 들었다.

"일단 들어가시죠."

"아, 그래."

하지만 지금은 그런 생각을 떠올릴 때가 아니었다. 대통령 선거를 앞에 두고 있었으니까. 선거를 제외한 다른 모든 것들은 전부 사치라고 봐야 했다. 그게 나라의 명운을 건 선거에 참여하는 후보자로서의 예의였다.

"환자는 어때?"

그 시각 강혁은. 심지어 일각에서 보건복지부 장관 후보로 거론되기 시작한 강혁은 재원을 향해 물었다. 재원은 그 질문에 상당히 자신감 넘치는 얼굴로 대답했다.

"아주 좋습니다. 제독이 문제긴 한데……. 내과 측에서 석유 오염은 너무 걱정하지 말라고 했습니다. 혹시 몰라 상처를 열어두었기 때문에 소독만 좀……. 까다로울 겁니다."

"잘했네. 괜히 닫았다가 문제 생기면 또 터야 하잖아."

"네."

"지금 어디야?"

"저……. 응급실 로비입니다."

"그럼 지금 내 눈앞에 있는 게 너야?"

"어?"

놀란 얼굴로 뒤를 돌아보니 과연 강혁이 보였다. 환자를 끌고서였는데, 아마도 방금 헬기로 이송해 온 바로 그 환자일 터였다.

"교수님."

"그래, 재원아. 2번 방 수술은 어때?"

"거기도 잘되어가고 있습니다. 애초에 교수님이 응급처치를 다 해서 보내주셔서……. 사실 수술은 그리 어려울 것이 없었습니다."

"그렇겠지."

재원은 고개를 끄덕이는 강혁을 물끄러미 바라보았다. 칭찬을 이렇게 자연스럽고도 당당하게 받는 사람은 아마 강혁뿐이지 않을까 하는 생각이 들었다. 물론 그게 그렇게 거슬리거나 하지는 않았다. 적어도 백강혁은 그래도 되는 사람이었으니까.

"이 환자……. 1번 방으로 가실 건가요?"

재원은 잠시 그 생각을 하다가 재차 질문을 던졌다. 환자를 보면서 무슨 수술을 해야겠구나 하는 생각이 들어서는 아니었다. 이불을 덮고 있었기 때문에 대체 어디가 다친 건지도 파악이 어려운 상황이었으니까. 그저 헬기로 왔으니까 급하겠거니, 뭐 이런 생각에서 한 질문이었다.

"아니. 중환자실로 바로. 거기서 수술 다 하고 온 거야."

"네? 거기서요? 환자가 엄청 많았다고 들었는데."

"어. 거기 내과 친구가 괜찮더라고, 실력이. 나름 도움이 됐어. 현장에서."

"아……. 그럼……."

"6호 후보야. 양 팀장이 책임지고 꼬셔봐."

"양 팀장……."

들어도 들어도 어색한 말이었고 또 들어도 들어도 기분이 좋아지는 마법의 단어였다. 때문에 의욕이 확 끌어 올랐다.

"이름이 뭔데요?"

"이……. 뭐라더라."

강혁이 이러고 있으니 뒤에 있던 안중헌 팀장이 대신 말을 해주었다. 계속 이경민 대위와 합을 맞춰서 이리 뛰고 저리 뛰고 하지 않았던가. 그냥 그저 그런 현장이 아니라 상당히 까다로운 현장이었기 때문에 전우애가 샘솟았을 지경이었다.

"이경민입니다. 내년 제대라고 하니, 때도 잘 맞는군요."

"이경민……. 대학은 어디래요? 아는 애들 통해서 어떤 친구인지 알아보기 쉬울 텐데."

"그건……. 모르죠."

"아, 하긴. 알면 그게 더 이상하네요. 제가 알아보겠습니다."

"네. 양 팀장님."

"감사합니다, 단장님."

둘이 그런 대화를 이어나가는 사이 강혁은 환자를 끌고 중환자실로 향했다. 예전 같았으면 오늘 같은 날엔 이미 중환자실이 다 찼을 텐데. 확장 공사를 해둔 덕에 자리가 아직 있었다.

'잘 크고 있군.'

특히 이럴 때 강혁은 중증외상센터의 성장을 느낄 수 있었다. 좀 더 정확히 말하자면 예전에는 불가하던 것을 해낼 수 있을 때.

"아, 교수님. 이쪽으로요."

미리 연락을 받고 기다리던 장미가 후다닥 강혁을 향해 달려왔다. 뒤쪽을 바라보니 방금 말한 대로 완전히 환자 받을 준비가 되어 있었다.

"응. 흉부, 복부 동시에 부상이 있었어. 흉부 쪽은 오염이 심하지 않아서 닫았고, 복부는 열려 있어. 내과 협진 볼 때 꼭 같이 볼 수 있도록 해줘."

"네. 교수님. 제독 관련해서 진료 보는 거죠?"

"응."

"이럴 때는 역시 내과가 있으면 좋겠다는 생각이 들기도 해요. 확실히 저희는 거의 모든 환자가 중환자들이라……. 박경원 선생님이 계시긴 하지만 아무래도 관리를 늘 협진을 맡겨야 해서."

"곧 끌려올 거야."

"네?"

"아냐."

강혁은 의뭉스러운 미소와 함께 고개를 저었다. 그사이 또 한 번 중환자실 문이 열렸다. 강행이 환자를 끌고 오고 있었는데, 이쪽도 상처를 닫지 않은 채였다.

"아, 교수님."

"상태 어때?"

강혁은 그 환자가 바로 2번 방에서 오는 환자라는 걸 알아채고는 질문을 던졌다. 질문과 함께 환자를 전반적으로 슥 살폈는데, 처음에는 재원이 집도를 맡다가 넘겼나 하는 생각이 들 정도로 상당히 잘 마무리가 되어 있었다.

"네, 안쪽 출혈 다 잡았고……. 좀 지저분하게 근섬유 같은 게 찢긴 부분이 있어서 정리했습니다. 사실 처음부터 지혈이 어느 정도는 된 상태로 와서 어렵지는 않았습니다."

강혁은 강행의 어렵지 않았다는 말을 들으며 고개를 끄덕였다.

'그런 말을 할 수 있는 외과 의사가 지금 몇이나 될까.'

물론 초기 처치를 강혁이 했으니 거의 완벽하기는 했다. 하지만 그건 현장에서 얘기지 수술실에서의 얘기는 아니었다. 즉 수술실에서 집도할 의사의 역할도 아주 중요하다는 뜻이었다. 그리고 강행은 그걸 너무도 잘해낸 참이었다.

"좋아. 내가 봐도 아주 잘했네."

"감사합니다."

"그럼 일단 아까 출동했던 건 다 끝인 거지?"

"네."

그사이 중환자실로 따라 들어와 있던 안중헌 단장이 고개를 끄덕였다. 사실 고개를 끄덕이면서도 이게 현실인가 싶은 생각이 들기도 했다. 아까 그 현장은 절대 지금 이 시간에 정리가 될 수 있을 만한 현장이 아니었으니까. 하지만 진짜 그렇게 됐는데, 뭐 어쩌겠는가. 해서 이미 강혁은 현장을 머리에서 어느 정도 덜어낸 상황이었다. 그러다보니 다른 생각이 들었다.

"아, 한유림 교수님 검진은 잘됐나?"

"아……. 아직 연락이 없었는데."

"위, 대장 다 해도 지금이면 다 끝났을 텐데?"

"알아보겠습니다."

"어. 이 양반 설마 뭐 나쁜 거 나온 건 아니겠지?"

"에이……. 설마요."

강혁의 말에 재원이 고개를 세차게 가로저었다. 그가 여태까지 보아 온 한유림 교수는 건강 그 자체였으니까. 솔직히 속으로 '나도 나이가 들었을 때 저만큼 건강하면 좋겠다' 하고 생각해본 적도 많았다.

"아니, 혹시 몰라."

그에 반해 강혁은 상당히 진중한 얼굴을 하고 있었다. 평상시 그의 모습을 대강 아는 사람이라면 장난이라고 생각할 수도 있겠지만 보다 곁에서 자주 아니, 오래 보아온 사람에게는 그런 생각이 들지 않았다. 강혁은 적어도 의학적인 견해에 있어서만큼은 결코 장난을 치지 않았으니까.

"어……. 설마 짚이는 곳이라도 있으신 거예요?"

게다가 강혁은 어느 정도는 검사 없이도 이상 소견을 알아차릴 수 있는 능력이 있지 않은가. 물론 지금까지 재원이 보아온 강혁의 진단은 외상 환자들에 국한되어 있기는 했지만 의학이라는 것이 어디 뚝 잘리는 성질의 학문이던가. 아마 다른 분야에 있어서도 마찬가지일 터였다.

"아니. 그건 아닌데. 나이가 많잖아."

"아, 나이."

재원은 일단 강혁이 어떤 단서를 갖고 있는 건 아니란 사실에 안도했지만 한유림 교수의 나이가 이제 곧 예순이라는 사실 또한 떠올릴 수 있었다. '내 나이가 어때서'라는 말도 있는 시대이긴 하지만 역시나 의학적인 측면에서 나이의 중요성은, 즉 노화의 중요성은 아무리 강조해도 지나치지 않았다.

'하긴……. 증상 없는 큰 병들이 좀 많냐고…….'

정말 아주 잠시 동안만 눈을 감고 떠올려 보아도 질환명들이 주르륵 지나갈 지경이었다. 간 경화부터 해서 신부전 그리고 각종 암들. 모두 치명적이면서도 초기엔 전혀 증상이 없거나, 대수롭지 않게 넘어갈 수 있는 증상들만을 보이는 녀석들이었다.

"전화 안 받지?"

"네."

"검진 센터는 뭐래?"

그사이 강혁은 장미와 강행 등과 함께 한유림 교수를 수소문하기 시작했다. 심지어 현장에서 이제 막 병원으로 도착해 무척 피곤한 상태인 안중헌 단장이나 김강률 또한 그들을 도왔다. 한유림 교수는 수술장에서도 보탬이 되는 사람이었지만 기조실장이라는 지위를 이용해 원내 거의 모든 부분에서 도움이 되는 사람이었기 때문이다. 다시 말해 이 자리에 있는 모두는 일정 부분 그에게 빚이 있다고 보면 되었다. 심지어 강혁도 그랬다.

"아까 12시 전에 끝났다고 하는데요?"

"12시? 그럼 점심 먹고 어쩌고 해봐야……. 두 시간인데. 지금 4시잖아."

"결과 물어보니까 그건 개인 정보라 알려드릴 수 없다고 합니다."

"어차피 혈액 검사 같은 건 안 나왔을 텐데."

"그럼……."

"내시경에서 뭐가 나왔나?"

검진하고 바로 사람을 실의에 빠뜨릴 만한 것이 있다면 역시나 내시경일 터였다.

'그러고보니…….'

강혁은 한유림 교수가 자기는 수면 내시경을 하기 싫다고 고집을 부렸던 사실을 떠올렸다. 그랬다는 것은 자신의 검진 결과를 모니터를 통해 실시간으로 확인했을 것이란 얘기가 되었다. 병변이 아주 애매하다면 모를까, 암이 확실해 보이는 병변을 놓쳤을 리는 없었다.

'지영이한테 연락을 해볼까.'

사람이 갑자기 힘들면 누가 제일 먼저 생각날까. 그게 설마하니 백강혁은 아니지 않겠는가. 아마도 딸인 한지영일 거란 생각이 들었다. 아내와 사별한 한유림 교수에게 한지영은 정말이지 특별한 존재였으니까.

"어, 지영아."

해서 강혁은 곧장 한지영에게 전화를 걸었다. 일단 뭘 하기로 하면 망설이는 법이 없는 사람이니만큼, 이번에도 예외는 없었다.

"아, 네. 교수님."

수화기 너머로 상당히 소란스러운 소리가 전해졌다. 아직 예과생이니만큼 대학가 주변일 가능성도 있어 보였다.

"혹시 아버지랑 같이 있어? 티 내지 말고."

"네?"

지영은 갑작스러운 강혁의 질문에 잠시 당황했으나, 이내 아주 자연스럽게 고개를 끄덕였다.

'좀 이상한 사람이라고 했지.'

눈앞에 앉아 있는 한유림 교수를 힐끔 바라보면서였는데, 한유림 교수가 어찌나 강혁 얘기를 많이 하는지, 새로 연애를 하려고 하나 싶을 지경이었다. 그렇다보니 한지영 또한 강혁에게 아주 친밀한 감정을 느끼고 있었다. 실제로 생명의 은인이기도 하니, 어찌 보면 당연한 일이었다.

“아, 네.”

“어디야?”

“어……. 저 지금 후문 카페요.”

“후문. 오케이. 알았어. 좋은 시간 보내고 있어라.”

“아……. 네.”

지영은 이게 무슨 뚱딴지같은 일인가 싶은 얼굴로 전화를 끊었다. 그녀가 핸드폰을 다시 가방 안에 넣자마자 참을성 있게 기다리던 한유림 교수가 입을 열었다.

“누구야?”

“아, 교수님이요.”

“누구?”

“배……. 아니.”

지영은 한유림 교수의 말에 무심결에 백강혁을 언급하려다가, 방금 한유림 교수가 자신이 중증외상센터에서 얻은 딱 하루의 휴가라고 말했던 것을 떠올렸다. 그런데 여기서 또 백강혁 얘기를 한다면 숨이 막히지 않겠는가. 제아무리 좋아하는 사람이라고 해도 지금은 어쩐지 도망쳐 나온 인상이 강했으니까. 한유림 교수에게 한지영이 특별한 딸인 것처럼, 한지영에게도 한유림 교수가 특별한 아버지였기에 이쯤은 알아차릴 수 있었다.

“그냥 그……. 봉사 동아리 담당하시는 분이요.”

“아……. 누구더라.”

“기초 쪽이라서 모를 거예요, 아빠는. 이거 먹어요. 여기 치즈 케이크 맛있다니까. 아빠 이거 좋아하잖아."

해서 말을 대강 돌렸는데 과연 한유림 교수는 홀랑 넘어가고 말았다. 하나뿐인 딸이 자기가 제일 좋아하는 음식을 맞췄을뿐더러, 그 음식을 권했으니 당연한 일이었다.

"어어. 그래. 진짜 맛있네."

"아빠 연수 갔을 때, 뉴욕 가서 먹었던 딱 그 맛이더라고요."

"그러게. 와, 이거……. 맛있네."

한유림 교수는 부드러우면서도 달콤한 치즈 케이크를 입안 가득 넣은 채, 잠시 생각에 잠겼다. 눈앞에 앉은 딸을 보다보니 딸이 쏙 빼닮았던 자신의 아내가 절로 떠올랐다.

'당신이 좋아하던 딱 그 맛이야.'

사실 한유림 교수는 치즈 케이크를 딱히 좋아하는 사람이 아니었다. 오히려 아내가 먹자고 할 때마다 역정을 낸 적도 있었다. 치즈 케이크는커녕 케이크 자체를 싫어했으니까.

'좀 더 같이 먹어줄 것을…….'

함께할 시간이 아직 많이 남아 있는 줄로만 알고 있었는데. 그 믿음이 산산이 조각나는 데까지가 오히려 얼마 남지 않은 것이었다. 아직도 그날의 기억이 생생했다. 같이 검진받으러 갔다가, 아내가 갑자기 응급실로 가더니, 그날로 무균실에 입원하고 급성 림프구성 백혈병을 진단받았던 그날이. 병원 내에 있으면서도 생소하기만 했던 급성 림프구성 백혈병이 그렇게 무서운 병인 줄은 그때 처음 알았더랬다.

'시간이라도……. 좀 주시지…….'

한유림 교수는 치즈 케이크를 다시 한번 입안 가득 넣고는 우물거렸다. 다디단 맛이 그를 그날로 끌고 데려가는 느낌이 들었다. 그

날도 그는 이 치즈 케이크를 먹고 있었으니까. 울면서, 눈물을 흘려가면서.

'아빠…….'

지영 또한 그날을 떠올리는 중이었다. 건강검진과 그날은 따로 떼어놓으려야 떼어놓을 수 없는 날이었다. 그날 한유림 교수의 아내, 즉 지영의 어머니는 유명을 달리하고 말았다. 급성 림프구성 백혈병은 다른 것보다도 출혈의 위험성이 비약적으로 올라가는 병인데, 미처 첫 항암이 들어가기도 전에 뇌혈관이 터져버렸기 때문이다.

"어?"

말없이 치즈 케이크를 우물거리고 있는 한유림 교수를 바라보고 있던 지영이 눈이 동그랗게 떠졌다. 저 멀리서 강혁이 보였기 때문이다. 제 딴에는 상당히 조심스럽게 접근하고 있는 듯했지만 그 커다란 덩치를 숨기기란 쉬운 일이 아니었다. 게다가 가운까지 입고 있었기에 오히려 눈에 너무 잘 띄었다.

"왜?"

한유림 교수는 비록 아내 생각에 잠겨 있긴 했지만, 그렇다고 딸에게 주의를 기울이지 않고 있던 것도 아니었다.

"아니……. 아빠 누가 왔어요."

"누가 와? 누가……. 서, 설마."

해서 떨리는 눈으로 뒤를 돌아보았더니, 과연 강혁이 있었다. 아니, 강혁만 있는 게 아니라 거의 팀 전체가 다 와 있었다. 중환자실 및 응급 출동을 위한 인원만 제외하고는 정말로 다 온 참이었다.

"여, 여긴 어쩐 일로 온 거야?"

한유림 교수는 여전히 떨리는 목소리로 강혁을 올려다보았다.

실상 휴가를 얻고 나온 게 아니라, 검진받는 날 겸해서 반쯤 도망쳐 나오다시피 한 몸 아니었던가. 조금 전까지 회상하던 아내와 더불어 이로 인한 불안감까지 더해져서 정말이지 목소리가 사정없이 떨리고 있었다. 강혁은 그 말에 즉각 답하는 대신 한유림 교수를 전반적으로 슥 한번 훑어보았다.

'감정이 격해져 있는데.'

설마하니 정말 무슨 안 좋은 말이라도 들은 건가 하는 생각이 들었다. 하지만 좀 더 시간을 들여서 바라보고 있으려니, 본인의 불행과는 조금 다른 느낌이었다. 해묵은 상처를 누군가 건드리기라도 한 것 같은 그런 느낌이었다.

"어쩐 일은요. 올 때가 됐는데, 안 오니까 뭔 일 났나 해서 온 거죠."

해서 조금은 안심한 채 질문을 던졌다. 그에 반해 한유림 교수는 약간은 감동한 얼굴이 되었다. 강혁의 얼굴에서 어떤 감정을 읽어낼 수 있었기 때문이다.

"아……. 걱정한 거야?"

"그럼 걱정이 안 됩니까? 내일모레 환갑인 양반이 밤새 똥 싸다가 검진 가서 안 나타나는데?"

"어허, 밤새 똥 쌌다니. 애 듣는데."

"대장 내시경 하려면 관장하는 거 예과생들도 다 알지 뭐."

"그, 그래도 그런 말을 하면 쓰나."

"아무튼, 아무 일도 없었는데……. 말도 없이 학교 후문으로 튀었다, 이거죠?"

강혁은 대화를 이어나가면 나갈수록 역시나 이 인간은 완전 건강하다는 걸 확신할 수 있었다. 그렇다보니 점점 더 언성이 높아져

가고 있었다. 화가 났다는 뜻이었는데, 강혁 뒤에 있는 사람들 또한 비슷한 표정을 짓고 있었다.

'이 양반 보소?'

특히 재원과 장미는 배신이라도 당한 듯한 얼굴이었다. 그만큼 진심으로 한유림 교수를 걱정했다는 뜻이었는데, 한유림 교수로서는 조금 억울한 감이 있었다.

"튀, 튀었다니. 왜들 그렇게 째려봐. 검진하고 딸 만난 게 그렇게 화낼 일이야?"

"말은 하고 갔어야죠."

"마, 말하면 안 보내 줄 거잖아. 6시부터 자정까지는 일하는 시간이니까……."

한유림 교수는 이 얘기를 하면서 내가 어쩌다 이런 신세가 되었나 하는 생각이 들었다. 처음에는 너무 부당한 계약이라는 생각만 있었는데 어느새 일단 저 시간에는 반드시 일을 해야 한다는 강박이 생겼기 때문이다.

"뭔……. 진짜 노예인 줄 아시나. 나도 사람이에요, 사람. 밤새 똥 싼 사람 뭐 하러 수술장에 불러."

"그럼 진짜 그냥 보내줄 거였어?"

"그럼요. 앞으로도 잘 챙겨줄 거예요."

"그, 그건 고맙네. 근데…… 이렇게 나, 나와도 되는 거야? 환자 없어?"

"아침에 현장 나갔다 왔더니 지금은 없네. 아 씨, 걱정돼서 밥도 못 먹고 왔잖아."

"그렇게 걱정됐어?"

"그런 표정 짓지 마요. 지금 때릴까 말까 고민 중이니까. 아, 배고

파. 난 또 무슨 식당에 있을 줄 알았는데 카페에 와 있네. 이거라도 좀 줘봐요."

"아……."

한유림 교수는 아껴 먹던 치즈 케이크가 강혁의 입속으로 사라져 가는 것을 보며 안타깝다는 표정을 지어 보였다. 하지만 한편으로는 이렇게 허겁지겁 먹을 정도로 배가 고픈 와중에도 자길 걱정하는 마음에 아무것도 먹지 못했다는 것에 고마운 마음도 들었다. 아니, 고맙다기 보다는 감동스러웠다. 그렇지 않은가. 가족도 아닌데.

'아니, 우린 가족인가?'

강혁이 늘 입버릇처럼 말하던 그 말이 떠올랐다. 중증외상센터는 하나의 팀이고 또 가족이라는 말이. 지금까지는 족 같은 분위기라고만 믿어 왔었는데, 지금은 가족 같은 분위기란 생각도 들었다.

"야, 앉아. 여기서 먹고 병원 가자. 보니까 한유림 교수님도 이제 다 회복된 거 같네. 검진한 날이니까, 12시까지는 무릴 거 같고. 그래, 11시 반까지만 일해요, 오늘은."

물론 아주 잠시 뒤에 생각이 바뀌었다.

'역시 백 교수는 족 같아…….'

"이제 더 여기까지 오실 필요는 없겠습니다."

강혁은 매주 한 타임 열리는 외래에 찾아온 환자에게 함박웃음을 지어가며 말했다. 환자는 군복을 입고 있었는데, 얼핏 봐서는 어디를 다쳤었는지 분간하기도 어려울 만큼 건강해 보였다.

"아, 감사합니다."

하지만 좀 더 자세히, 그러니까 그의 배 부분을 들여다보면 결코 상처가 가볍지만은 않았었다는 것을 깨달을 수 있었다. 배에는 긴

흉터가 남아 있었는데, 그마저도 그렇게 규칙적이지 않았다. 사방으로 얽혀 있는 데다가 화상이라도 입었던 것인지 부풀어 오른 곳도 있었다.

"근데, 아직도 군인이에요? 제대 안 하나?"

"아……. 전 후유 장애가 없어서요."

"다행인 거죠?"

"그럼요. 몸 성히 복무하는 게……. 다쳐서 제대하는 것보다는 낫죠."

환자는 그렇게 말하면서 허허 웃었다. 약간의 씁쓸함이 묻어나는 미소였는데, 아마도 전우들이 떠올라서일 터였다. 불행히도 1명은 그 자리에서 사망했고, 또 몇 명은 후유 장애가 남아 제대해야만 했으니까. 그에 비하면 운이 좋은 셈이었다.

"그래……. 그렇죠. 그럼 다음부터는 보지 맙시다."

"네, 교수님. 감사했습니다!"

"네."

강혁 또한 같은 사람들을 머릿속으로 떠올렸기에 씁쓸한 미소를 지어 보였다. 하지만 환자를 바라보며 인사를 건넬 때만큼은 재차 환히 웃었다. 환자도 마지막 인사는 더없이 환한 미소로 화답해주었다.

끼이익. 그리곤 밖으로 나섰다. 그러자 진료실 안엔 강혁과 그의 외래를 돕는 직원만이 남게 되었다. 직원은 강혁이 아침에 사다준 커피를 한 모금 마신 후, 강혁을 돌아보았다.

"교수님, 오늘 외래 환자 모두 보셨어요. 그래도 오늘은 응급 환자 없어서……. 무사히 잘 마쳤습니다."

정말로 다행이라는 얼굴을 하고 있었다. 당연한 일이었다. 강혁이 외래 보다가 출동하거나 응급실로 뛰어가는 일이 일상다반사였으니까. 진지하게 세어본 적은 없지만 아마 제대로 끝난 날과 그렇지 못한 날이 거의 반반 될 것 같았다.

"그렇네. 커피는 좀 어때? 아침에 직접 내렸는데."

"맛이 좋은데요? 언제 이럴 시간이 있으신 거예요?"

"사소한 취미지."

강혁은 역시나 그의 손에도 들려 있는 커피를 한 모금 마셨다. 이미 식다 못해 차갑게 변해 있었지만. 그럼에도 불구하고 맛과 향이 살아 있었다. 정말 좋은 원두로 정성껏 내렸다는 뜻이었다.

"교수님은 진짜 못 하는 게 없는 거 같아요."

직원은 사실 그렇게까지 커피에 조예가 깊은 사람은 아니었다. 그런데도 이 커피가 맛있는 커피란 것은 알 수 있었다. 그렇다는 건 정말 맛있는 커피란 뜻일 터였다. 원래 사람들은 좋은 건 기가 막히게 알아보는 법이었으니까.

"찾아보면 많은데, 못하는 건 안 해서 그래."

"뭐가 있는데요?"

"사실 아직 안 찾아봤어."

"와……."

직원은 역시나 백강혁은 자아도취에 빠진 사람이란 생각을 하며 고개를 절레절레 저었다. 하지만 일견 공감이 가는 부분도 있기는 했다. 이 사람이야말로 '완벽'이라는 단어가 어울리는 사람이긴 했으니까. 절대로 쉬지도 않고 환자만 보는데, 그 실력은 세계 최고인데다가 제자들까지 잘 키워내고 있지 않은가.

'외모도 뭐……'

맨날 푸른 수술복에 가운만 걸치고 다니는데도 어지간한 연예인들보다 멋있어 보일 지경이었다.

“아무튼, 오늘도 고생 많았어.”

“교수님은 어디로 가세요?”

“응급실 가야지. 아마 재원이가 알아서 보고 있었을 거야. 환자가 없었을 리는 없어.”

“하긴……. 아마 그랬겠죠?”

“당연하지. 밥 맛있게 먹어.”

“네. 교수님도 좀 제대로 챙겨 드세요.”

“고맙다.”

강혁은 그렇게 말하곤 방을 나섰다. 텀블러에 든 커피를 홀짝이면서였는데, 그 뒷모습이 어쩐지 조금은 지쳐 보였다.

‘제대로 먹을 리가 없지.’

직원은 적어도 여기서 강혁과 함께 일한 지난 2년 동안 강혁이 단 한 번이라도 직원 식당에 가서 점심 먹는 것을 본 기억이 없었다. 늘 뭐에 쫓기는 사람처럼 응급실로 달려갈 따름이었다. 처음엔 그냥 그런가 보다 싶었지만, 그게 2년이나 반복되다보니 걱정이 되는 것도 사실이었다.

“좀 먹어요!”

매주 한 타임만 보는 직원도 그럴 정도였으니, 팀원들이 볼 때는 어떻겠는가. 특히 그나마 제일 건강한 생활 규칙을 영위하고 있는 장미의 타박이 극심했다.

“아, 알았어. 먹는다니까? 근데 일단 환자 좀 보고.”

“그러다 교수님이 쓰러진다고요. 알아요? 요새 좀 야윈 거?”

“그래?”

“그렇다니까요. 사실 한유림 교수님이 아니라 교수님이 검진받아야 한다고."

"음."

검진이라. 강혁은 잠시 자신의 몸을 내려다보았다. 여전히 우람한 근육이 자리하고 있었다. 하지만 강혁은 알아차릴 수 있었다.

'좀 마르긴 했네.'

장미도 눈치챌 만한 변화를 강혁이 모르는 건 좀 이상하지 않은가.

'진짜 한번 받아볼까?'

사실 의사만큼 건강 염려증에 걸리기 쉬운 여건에 있는 사람들이 어디 있겠는가. 맨날 아픈 사람들만 보고 사는 사람들인데. 특히 한국대학교 병원처럼 큰 병원에서는 심심하면 정말 건강해 보이는 사람들도 픽픽 나가떨어지는 걸 볼 수 있었다.

"자요."

잠깐 고뇌하고 있으려니 장미가 뭔가를 건네주었다. 작은 종이였는데, 자세히 보니 예약증이었다.

"뭐야?"

"뭐긴 뭐예요. 건강 검진 예약증이죠."

"어?"

"저랑 양 선생님도 예약했어요. 하는 김에 교수님도 같이 하면 좋잖아요."

"음."

"그런 표정 짓지 말고요. 날짜 다르니까. 절대 진료 공백은 안 생겨요."

장미는 고민하는 강혁을 보며 한숨을 푹 쉬었다. 정말이지 못 말리는 인간이라는 생각이 들었다. 어떻게 된 사람이 자나 깨나 환자 걱정만 하는 걸까.

"아, 그래? 다른 날이야?"

"네. 그날이에요. 교수님 오후에 박성민 후보 유세 도우러 가시는 날."

"아……."

"어차피 그날은 절대 못 빼잖아요."

"그렇긴 하지."

박성민은 여전히 지지율 여론 조사에서 1위를 기록하고 있었다. 초반에 70% 이상을 점유하던, 그 미친듯한 수준에서는 조금 내려오긴 했지만 그래도 60%가량을 기록하고 있었다. 나머지 당들이 모두 합친다 해도 승산이 없는 상황이라는 뜻. 하지만 그런데도 그는 여전히 최선을 다하고 있었다.

'나도 도와야지.'

그의 그러한 태도는 강혁마저 감동하게 한 터였다. 때문에 강혁도 무려 하루를 빼서 그를 돕기로 한 것이고.

"그래, 그날이면 뭐. 괜찮겠네."

"네. 그럴 거 같아서 그날로 잡았죠."

"좋아. 그럼 환자 보자."

"아니, 밥은 먹고요."

"안 통하네."

"통하면 어쩌려고요. 굶으려고?"

"아니, 알았어. 먹어, 먹는다. 먹어요, 네."

강혁은 도끼 눈을 뜨고 있는 장미를 피해 장미가 건네준 김밥을 욱여넣었다.

"맛있네?"

"당연하죠. 제가 안 만들었으니까."

"누가 싼 거야? 파는 거 같지는 않은데."

"이동주 선생님이요. 해외 파병 갔을 때 거기 음식이 입에 안 맞아서 김밥 싸는 거 배웠대요."

"오……. 4호가 재주가 좋네."

강혁은 지금은 이 자리에 없고 흉부외과 수술방을 전전하고 있을 동주를 떠올렸다. 어차피 정형외과 전문의라 정형외과적 지식이 많은 건 어마어마한 장점이었지만. 아무래도 바이털 다루는 부분이 좀 약점이었다. 외상 외과에서 바이털은 필수였으니 이 약점은 치명적인 셈이지 않은가. 때문에 강혁은 주기적으로 흉부외과나 신경외과로 동주를 돌리고 있었다. 다행히 한유림 교수가 기조실장이라 어려움이 있진 않았다. 더구나 흉부외과에는 강일구 교수가 있지 않던가. 어려움은커녕 더 못 가르쳐줘서 미안해하고 있는 실정이었다.

"네, 수술도 요새 늘었어요."

"늘었더라. 확실히 많이 굴리면 느는 거 같아. 더 굴려야지."

강혁은 저 멀리 있는 동주의 등줄기를 따라 소름이 돋을 만한 소리를 해대면서 김밥을 게눈 감추듯 먹어 치웠다. 그리곤 곧장 아까 가려던 곳, 즉 환자들이 있는 곳을 향해 발걸음을 옮기기 시작했다. 좀 급하지 않나 싶은 생각이 들긴 했지만. 장미는 굳이 말리지 않았다. 일단 밥을 먹었으니, 그걸로 만족이었다.

"같이 가요."

"어, 그래. 나 없는 동안 수술했다고?"

"네. 얼마 안 걸렸어요. 그냥 복부 손상이라. 장루 뽑아 놔서 그렇긴 하지만, 예후도 좋을 거예요."

"흠. 가서 보기나 하지 뭐."

"네."

강혁은 어지간한 레지던트들보다 환자 상태에 대해 외과 의사처럼 얘기해 주는 장미를 보며 고개를 끄덕였다. 이런 간호사가 중환자실을 맡고 있는 건 정말이지 크나큰 행운이라 할 수 있었다. 비단 강혁에게뿐만이 아니라 환자들에게도 그러할 터였다. 예후가 완전히 달라질 테니.

"호……."

강혁은 눈앞에 누운, 아직은 재운 상태로 인공호흡기에 의존해 있는 환자를 내려다보았다. 옆에 놓인 탭에서 재생 중인 재원의 수술 동영상과 번갈아 보면서였다.

'잘하네, 이젠 정말.'

몇 가지 보완해야 할 점이 있기는 했지만 이만하면 세계적인 수준에 이르렀다고 말할 수 있었다. 특히 무엇을 해야 할지 결정하는 단계가 아주 능숙해져 있었다.

'역시 내가 가르친 보람이 있네.'

강혁은 그 모든 것이 다 자기 덕이라 생각하며 흐뭇하게 웃었다. 장미는 몰래 그 모습을 찍어 재원에게 보내주었다. 재원은 강혁의 반응이 있을 때마다 실력이 늘었으니까. 아마도 이번에도 예외는 없을 터였다.

"더 볼 거 없겠어. 이대로 루틴대로 보면 되겠어."

"네, 교수님."

강혁은 시원스레 웃고는 다음 환자에게로 옮겨갔다. 다음 환자도 특이한 외상 환자는 아니었기에 문제 또한 없었다. 이제 한국대학교 병원 중증외상센터 인원들은 숙련될 대로 숙련이 되어 있었기에 루틴한 환자 처리에는 전혀 문제가 없었기 때문이다. 조금 아쉬운 점은 아직 루틴하지 않은, 즉 일반적이지 않은 환자에는 아직 그만한 위력을 발휘하지 못한다는 점이었다.

"어떻게……. 잘 끝난 거야?"

한유림 교수는 대단히 흘가분해 보이는 강혁을 향해 물었다. 유세 현장으로 가는 길이었는데, 당연하게도 차 안이었다.

"안에서 일 안 하고 왜 따라온 거예요?"

"어차피 재원이가 알아서 할 건데 뭐. 그리고……. 내가 같이 가주는 게 박성민 후보님한테도 좋은 일일걸?"

"후보님? 언제부터 '님' 자를 붙였대?"

한유림 교수는 차마 지지율 1위를 이어나갈 때부터라는 말을 하진 못했다. 그랬다간 너무 속물처럼 보이지 않겠는가. 그렇지 않아도 여기 강혁은 그런 것 따위 다 초연한 모습을 보여주고 있는 마당이었으니까.

"나, 나야 언제나 그렇지. 예의 하면 한유림 아냐?"

"으음……."

강혁은 한유림 교수와의 첫 만남을 가만히 떠올려 보았다.

'예의라고는 밥 말아 먹은 위인이었는데.'

물론 강혁이 할 만한 생각은 아니었다. 그야말로 예의라고는 눈곱만치도 없는 사람이었으니. 하지만 한유림 교수에게는 남의 생각을 읽어 낼 수 있는 능력 따위는 없었기에, 승용차는 나름 조용한 분위기 속에서 유세장을 향해 달려나갈 수 있었다. 끼이익. 그리고 곧 미리 마련된 공간에 들어섰다. 한유림 교수는 오면서 지나쳤던 수많은 인파를 보며 설마 하는 생각을 했다.

'아까 그 사람들이……. 설마 다 백강혁 때문에 온 건가?'

박성민 후보 지지 캠프에서 나온 직원이 차를 세운 곳은 일민 미술관 근처 공터였다. 원래는 주차가 안 되는 사유지인데, 어떻게 허락을 받은 모양이었다. 그 말은 곧 강혁과 한유림 교수가 도착한 곳이 광화문 광장이라는 뜻이기도 했다.

"오늘 유세는……. 일종의 콘서트처럼 치를 겁니다. 알고 계시죠?"

직원은 차에서 내린 둘을 향해 이렇게 질문을 건넸다. 얼떨떨한 얼굴의 한유림 교수와는 달리, 여유만만해 보이기만 하는 강혁이 고개를 끄덕였다.

"알죠. 예상 인원이 몇이라고요?"

"일단……. 저희가 준비한 의자만 2만 개입니다."

"2만……!"

한유림 교수는 저도 모르게 소리를 지르려다가 입을 틀어막았다.

'세상에, 2만?'

숫자를 다뤄보지 않은 사람에게는 오히려 감이 오지 않을 만한 수일 수도 있었다. 하지만 한유림 교수는 기조실장으로서 병원 회의에 계속 참석해온 몸이 아니던가.

'2만이면…… 거의 한국대학교 병원 한 달 외래 방문객이랑 맞먹는데.'

물론 입원한 사람과 보호자 등은 전부 제외된 수이긴 했지만. 아무튼, 어마어마한 수란 뜻이었다. 그게 이 자리에 모인다니. 하지만 강혁은 별로 놀란 얼굴이 아니었다. 도리어 조금은 실망이라는 투였다.

"좀 적은데?"

"광장에 의자를 놓을 만한 공간이 부족해서요. 아마 나머지는……. 서서 관람하게 될 겁니다. 도로 통제하고 스피커 설치 등등 은 거기까지 염두에 두고 마련했습니다."

"아하. 그럼 예상 인원은 총……. 몇이죠?"

"모릅니다. 10만? 어쩌면 그 이상이 될 수도 있습니다."

"그렇군. 엄청난데."

강혁은 10만이라는 말을 듣고서야 고개를 끄덕였다. 그리곤 직원의 안내를 따라 무대 뒤편으로 향했다.

"아, 백 교수님!"

거기엔 상당히 오랜만에 보는 박성민 후보가 서 있었다. 아니, 오랜만이라고 하기엔 요즘 허구한 날 TV에 나오고 있는 양반이기는 했지만. 아무튼, 직접 대면하는 것은 정말이지 오랜만이었다.

"아, 박 후보님."

"이거 뭐, 몇 달 만에 본다고 되게 반갑네요."

"그러니까요. 저도 이럴 줄은 몰랐습니다."

강혁은 아까 2만이니, 10만이니 할 때보다도 더 놀란 얼굴을 하고 있었다.

'이 사람이 이렇게 반가울 줄이야.'

원래 빈말하는 사람이 아니지 않은가. 박성민이 정말로 반갑게만 느껴지던 참이었다. 황당할 정도였는데, 그 이유를 찾는 게 그렇게 어렵지만은 않았다. 어찌 보면 당연한 일이었다. 지지율 압도적 1위를 자랑하는 박성민이 TV 토론회에 나올 때마다 가장 강조하는 정책 중 하나가 바로 보건 의료였으니까. 그중에서도 중증외상센터 활성화였으니까. 이를테면 강혁에게 있어 천군만마와 같은 아군인 셈이었다.

"이제 교수님 잠깐 빠져도 팀이 잘 돌아가는 모양입니다."

박성민은 자신을 뜻깊은 눈빛으로 바라보는 강혁을 잠시 마주하다가 껄껄 웃었다. 주변에 지키고 서 있는 이들의 얼굴을 보면, 이렇게 노가리 깔 시간은 전혀 없어 보였지만 정작 박성민은 강혁에게 충분한 시간을 할애하고 싶은 것 같았다.

"잠깐은 그렇죠. 잠깐은."

강혁은 저도 모르게 병원 쪽을 돌아보며 답을 해주었다. 재원이 저기 어딘가에 보이는 듯한 기분이었다. 이렇게 강혁이 나올 수 있는 것도 다 녀석이 굳건히 버티고 있어 준 덕분이었다. 게다가 재원에 대한 대우가 달라지고, 또 그의 실력이 월등히 자라남에 따라 강행이나 다른 인원들 또한 어마어마한 자극을 받았다. 아마 강행도 내년 초쯤엔 다른 팀을 맡아 운영할 수 있을지도 모를, 그런 수준에 이르렀을 지경이었다.

"그래서 그런가, 교수님 안색이 아주 좋군요."

"아, 그건 오늘 오전에 검진 끝내서. 어제는 진짜 죽는 줄 알았어요."

"아 맞아. 오늘 검진하셨지. 뭐……. 이상한 건 없죠?"

"내시경은 괜찮고, 피 검사는 기다려봐야죠. 근데 뭐 별거 있겠습니까?"

"그래도 조심하셔야죠. 큰일 하실 분인데."

박성민은 양복 안주머니 안에 들어 있는 내각 구성안을 떠올리며 또다시 허허 웃었다. 이 양반이 보건복지부 장관만 맡아준다면 좀 더 안정적인 내각을 꾸려나갈 수 있을 텐데, 뭐 그런 생각을 하면서였다. 솔직히 비서가 그런 얘기를 꺼내기 전까지만 해도 단연코 단 한 번도 생각을 해본 적이 없었거늘. 정작 한번 그 소리를 듣고 나니, 그때부터는 노상 백강혁 생각만 났다.

'이런 사람이 없어.'

아마 비서도 이 정도까지는 생각하지 않고 있을 텐데. 박성민은 그러했다. 물론 대놓고 티를 낼 수는 없었다. 그간 알아온 강혁은 권력에 굴종하는 사람이 아니었으니까. 오히려 권력을 밀어내는 사람이라고 보면 더 옳을 지경이었다. 그래서 더 탐이 났는데, 여기저기 조언을 구해 보니 일단 더 기다려보라는 말이 대세를 이루었다.

"아무튼, 이따 강연 잘 부탁드립니다. 40분짜리고……. 20분간은 질의응답이 있을 겁니다."

"네. 근데 정말 후보님 얘기는 없어도 됩니까?"

"어차피 백 교수께서 여기 와주신 것만으로도 지지한다는 의지 표명은 충분히 하신 셈입니다."

박성민은 그 말을 하면서 강단 아래 벌써 장사진을 치고 있는 기자단을 가리켰다. 저 사람들은 시키지 않아도 강혁의 사진을 찍어댈 것이고, '박성민 후보 지지 콘서트에 온 백강혁'이라는 이름의 기사를 좌르륵 쏟아낼 터였다. 아니, 사실 저 기자들보다도 수많은 자리를 채워줄 군중들이 더 중요했다. 요즘 사람들은 기자들이 쓰는 기사보다는 SNS를 더 신뢰했으니까.

"뭐……. 그렇군요."

"그럼 전 조금 바빠서……. 이따 또 뵙죠."

"네, 아. 여기 한 교수님도 올라가고 싶다고 했었는데, 괜찮죠?"

"어, 어?"

강혁은 갑자기 이게 뭔 개소리냐는 표정을 짓고 있는 한유림 교수를 절묘하게 가리키며 박성민을 바라보았다. 박성민은 어차피 강연의 내용보다는 그냥 그 강연 자체에 의의를 두고 있지 않던가. 뭘 하든 관계없었다.

"네, 뭐 그러시죠."

"감사합니다."

딱 그 말을 끝으로 박성민은 어디론가 사라졌다. 이제 대선이 그야말로 코앞으로 다가온 시점 아니던가. 모르긴 해도 어마어마하게 바쁘긴 할 터였다. 여기서 그 사람을 잡는 건 말도 안 되는 일이었다. 특히 한유림 교수는 더더욱 그럴 수가 없었다. 그는 강혁이 아니었으니까. 상대의 권력과 지위를 무시할 수가 없는 사람이었으니까.

"미, 미쳤어?"

해서 대신 만만한 강혁에게 빽 하고 소리를 질렀다. 물론 상대적인 만만함을 말하는 것이지, 절대적인 건 아니었다. 강혁도 보통 사람은 아니지 않은가. 오히려 어떻게 보면 박성민보다 더 까다로운 상대였다. 강혁은 그걸 어떻게든 증명이라도 해 보겠다는 듯, 퉁명스러운 어조로 대꾸했다.

"왜요?"

"아니……. 내가 저 앞에……. 저 앞에 어떻게 서."

"아까 올 때는 교수님 같은 사람이 나서야 득이 된다면서요."

"그, 그땐 기껏해야 몇백 명 정도 되는 줄 알았지."

"몇백이나 몇만이나. 어차피 그게 그거지."

"어, 어떻게 그게 그거야!"

한유림 교수는 상상만 해도 긴장이 되는지 벌써 목소리를 떨고 있었다. 강혁은 그런 한유림 교수의 어깨를 툭툭 두드려주었다.

"괜찮아요. 그냥 서 있으면 돼. 내가 이끌어줄게."

"아니……. 백 교수는 아무렇지도 않아?"

"수술도 하는데 사람들 앞에서 얘기하는 게 뭐 무섭다고?"

"그……. 음."

생각해보니까 그런 거 같기도 했다. 당장 며칠 전만 해도 궂은 날씨에 헬기 타고 가다가 죽을 뻔한 적도 있지 않던가. 심장 언저리를 째고 혈관을 잡을 때도 있었고. 거의 항상 나 아니면 남의 목숨이 왔다 갔다 하는 현장에 있었다. '그런 거에 비하면 강연쯤이야' 하는 생각이 들기도 했다.

"그렇다니까요?"

"음."

"일단 따라와요. 한……. 30분 남았네."

"그, 그래."

계속되는 강혁의 설득에 홀랑 넘어간 한유림 교수는 자신도 할 수 있다는 착각에 사로잡혔다.

"역시 떨리잖아……."

물론 막상 무대에 올랐을 땐 달라질 수밖에 없었다. 눈앞을 가득 메운 사람들과 그 사람들이 내지르는 환호, 그리고 어디에선가 정신없이 비쳐 들어오는 빛까지. 자칫하면 정신을 놓을 수도 있겠다 싶었다.

"어어. 기운 내시고."

하지만 그의 옆에 서 있는, 커다란 사내 즉 백강혁은 별 변화가 없었다. 마치 그 혼자만 다른 세상에 있기라도 한 것처럼. 한유림 교수와는 다른 것을 보고 있기라도 한 것처럼.

'대체 이 인간은 어떻게 이렇게 멀쩡하지?'

한유림 교수는 이해할 수 없었다. 강혁은 범인들이 쉽게 이해할 수 없는 종류의 사람이었으니까. 그는 정말로 다른 세상에서 다른 것을 보고 있었으니까. 그것은 비단 그의 우수한 색 비교 능력만을 의미하는 것이 결코 아니었다.

'이제 한 걸음 더……. 아니, 도약이다.'

강혁은 자신이 꿈꾸고 있던 중증외상센터 활성화를 향해 한 걸음 더 내딛는다는 느낌으로 무대에서 앞으로 걸어나갔다. 그럴수록 군중들의 환호는 점점 더 커져만 갔다. 지금 이 자리에는 박성민을 보러온 사람들도 많았지만 강혁을 보기 위해 온 사람도 많았기 때문이다. 일개 의사에게 이러한 관심과 사랑을 보내준다는 것이 일견 어처구니가 없을 수도 있는 일이겠지만. 강혁이 지난 수년간 보여온 모습을 생각해보면 그리 이상한 일도 아니었다.

"여러분, 안녕하십니까. 외상 외과 전문의 백강혁입니다."

"와아아아!"

강혁은 인사와 함께 다시 한번 폭발한 환호성이 잦아들기를 기다렸다. 10만 명도 넘는 사람이 모두 침묵을 지키기란 불가능한 일일 텐데, 강혁은 가만히 그들을 바라보는 것만으로 그것을 가능케 했다. 그는 그렇게 사위가 조용해진 후에야 다시 입을 열었다.

"제 뒤에서 벌벌 떨고 계시는 분 또한 외상 외과 전문의고요. 아, 이름은 한유림입니다. 저와 함께 목숨을 걸고 중증외상센터 일을 해주시고 계십니다. 이외에도 지금 저 대신 병원을 지키고 있는 양재원 팀장 그리고 이강행, 이동주, 사대진, 백장미, 황지민, 박경원 등 모든 인원이 목숨을 걸고 일하고 있습니다. 이들 덕에 대한민국 중증외상센터가 돌아가고 있다고 해도 과언이 아닙니다. 저희가 살린, 저희가 아니었으면 죽었을 사람들의 수가 수백이 넘습니다."

강혁의 말에 여기저기서 박수갈채가 쏟아졌다. 당연한 일이었다. 희생에 관한 얘기였으니까. 하지만 강혁은 그러한 사실이 그렇게까지 마음에 들진 않았다. 몇 사람의 초인들로 인해 돌아가는 시스템이란 것은 결국, 언제든 멈출 수 있다는 뜻이었기에 그러했다. 상대적으로 평범한 사람들만 있어도 돌아갈 수 있는 시스템이야말로 훨씬 올바른 것이었다.

"여러분, 저는 더 희생할 준비가 되어 있고, 또 앞으로도 그럴 겁니다. 하지만 제 제자들에게도 제 삶을 강요하고 싶진 않습니다. 이제 시스템을 고쳐야 합니다. 이를 위해서는 정책이 바뀌어야 합니다. 이것에 관심이 있는 사람이 대통령이 되어야 합니다. 그것이 누구라도 관계없습니다. 여러분, 꼭 좀 부탁드립니다. 결국, 여러분을 살리는 일일 수 있습니다."

"잠시 후, 오후 6시부터 개표 방송이 시작됩니다. 출구 조사에 따르면 박성민 후보의 득표율이 50%를 상회하는 것으로 나오고 있는데요."

강혁은 그로서는 실로 드물게 소파에 앉아 TV를 시청하고 있었다. 그뿐만이 아니라, 한유림 교수나 다른 인원들까지 모두, 한데 모여 TV를 시청하고 있었다. 장소는 물론 한유림 교수의 방, 그러니까 기조실장실이었다. 간이 회의실이 마련되어 있는 아주 큰 방이었기에 중증외상센터의 주요 멤버들이 모두 앉기에도 충분했다. 심지어 위탁 교육생들에다가 일부 레지던트들까지 앉아 있는데도 그러했다.

"이 정도면 거의 당선이 확실시되는 상황이 아닐까요?"

TV 속 앵커는 아직 개표도 안 한 상황에서 벌써 호들갑을 떨었다. 사실 그렇게 새삼스러운 일은 아니었다. 투표도 하기 전부터 박성민을 대통령으로 대우하던 방송국들이 쌔고 쌨으니까. 심지어 박성민의 정책과 정확히 반대편에 서 있던 곳들조차 그러했다. 본인부터 가족에 이르기까지 깨끗한 데다가, 각 정책에 관한 내용을 완전히 숙지하고 있는 후보의 위력이란 그만큼 대단한 것이었다.

"일단 뚜껑은 열어봐야죠. 시청자 여러분께서도 그걸 바라고 있을 겁니다."

물론 모든 사람이 다 그렇게 설설 기는 건 아니었다. 패널로 나와 있는, 현 집권 여당 측 인사는 그렇지 않았다. 당연한 일이었다. 박성민이 비록 정권 보복 같은 것을 내세우고 있진 않았지만. 지금까지 늘 그래 오지 않았던가. 아마 박성민이 대통령이 되면 한동안은 서슬 퍼런 정국이 될 터였다. 지금까지 으스대던 위인 중 상당수가 곤욕을 치르게 될 수 있었다.

"물론입니다, 물론이죠. 그럼……. 자, 이제 6시가 되었습니다. 본격적으로 개표가 시작되었는데요……. 상황이……. 아, 나오네요."

개표 방송은 요즘 대세에 따라 상당히 최신식의 형식을 취하고 있었다. 이를테면 박성민 후보가 함박웃음을 지으며, 최근 유행했던 영화 주인공의 모습을 하고 있을 때 나머지 후보들이 울상을 하고 뒤따라오고 있는 모습이 나왔다.

"아직 개표율은 0.2%입니다만, 역시나 박성민 후보의 득표율이 55%로 압도적인 우세를 보이고 있습니다. 여당 후보가 22%로 2위, 제2야당 후보가 11%, 제3야당 후보가 9%로 근소한 차이로 4위입니다. 그럼 지금 이 시각 각 당의 분위기를 좀 보겠습니다."

앵커가 말을 마치자마자 화면에 여당 청사가 떴다. 모두 양복을 입은 채, 말없이 어딘가를 응시하고 있었다. 아마도 이 방송 아니면 다른 방송국에서 띄워주는 개표 방송을 보고 있을 터였다. 어찌나 분위기가 침울한지, 장례식장이라도 보는 듯한 기분이 들었다.

"아무래도 표정이 좋지 못하네요. 유지상 게이트 때문에 전체적인 지지율을 깎아 먹었는데, 그게 역시 투표에도 영향을 준 모양입니다."

"현재 후보로 나와 있는 김병화 후보는 그 게이트와 완전히 무관함에도……. 음. 결국은 영향을 받았군요."

여당 인사는 못내 아쉽다는 얼굴이었다. 인정하기는 싫지만, 이미 개표 방송은 더 두고 볼 필요도 없을 거 같았다. 득표율의 차이가 너무 심하지 않은가. 어찌 된 게 여당이 늘 강세를 보였던 지역에서조차 근소한 차이로 박성민 후보가 앞서고 있었다.

'실망이 큰 건지, 아니면 기대가 큰 건지…….'

어쩌면 둘 다일 수도 있었다. 이번 정권은 야심 차게 시작한 것에 비해 이렇다 할 성과를 보이지 못했으니까. 심지어 박성민이 제일 중요한 가치로 내세우고 있는 보건 의료 정책에서 또한 실패하고야 말았다. 늘 기획재정부의 예산이 부족하다는 말 때문이었는데, 돌이켜보면 과연 1조라는 돈이 죽어가는 일부 국민을 외면해도 좋을 만큼 큰돈이었는지가 의문이었다. 다 끝나 가는 마당이라 가능한 생각이기는 했지만. 아무튼, 그 1조라는 돈이 어디로 가서 어떻게 쓰인 것인지 전혀 알지 못하는 상황이었기에 그러했다.

'나랏돈이라는 말을 떠올리지 말았어야 했는데.'

지금 박성민이 노상 떠드는 것처럼, 아예 용어를 바꿔 불렀어야 했나 하는 생각도 들었다.

'국민의 돈은 단 한 푼도 허투루 쓰지 않겠습니다!'

물론 그 단어를 들을 때마다 다른 후보들은 모두 말만 바꾼 것이라고 공격을 했더랬다. 하지만 세상을 살다보면, 특히 말이 전부인 정치인으로 살다보면 깨닫는 바가 있기 마련이었다. 말에는 힘이 있었다. 그것도 어마어마한 힘이. 때론 발언자를 구속하기도 할 정도의 힘을 발휘하기도 했다.

"이제 개표율은 10%를 넘어가고 있습니다. 1위 박성민 후보와 2위 김병화 후보 간의 격차는 쉽사리 좁혀지지 않는군요. 전 지역에서 박성민 후보가 1위를 기록하고 있습니다. 총 득표율은 56%! 그에 반해 김병화 후보는 22%의 득표율을 기록하고 있습니다. 다시 한번 각 당 분위기를 살펴보겠습니다."

화면에는 다시 한번 여당 청사가 비쳤다. 기분 탓인지는 몰라도 아까보다 좀 많이 비어 보였다.

아니, 실제로 비어 있었다. 더 보면 뭐 하나 하는 생각으로 밖에 나간 모양이었다. 실제로 시청률도 점점 떨어지고 있을 지경이었다. 긴장감이라곤 없었으니까.

"네, 박성민 후보가 웃으면서 화면을 지켜보고 있네요. 그 뒤로 두 자녀와 박 후보의 아내, 한혜연 여사가 보입니다. 표정들이 좋네요."

그에 반해 제1야당은 거의 축제 분위기였다. 벌써 누군가는 샴페인까지 들고 서 있었다. '당선 확실'이 뜨면 바로 터트릴 셈인 듯했다. 충분히 그럴 만한 상황이긴 했기 때문에 그 누구도 이를 두고 뭐라고 하진 못했다.

"아, 아! 당선 확실입니다! 여러분! 개표율 40% 만에 '확실'이 떴습니다! 역대 선거 중 가장 빠른 속도입니다!"

그리고 그리 머지않아서 샴페인이 정말로 펑 하고 터졌다. 여러 방송국에서 박성민을 두고 당선 확실 판정을 내렸기 때문이다. 사실 개표를 딱 시작하자마자 아니, 사실 투표 전부터 확실시되고 있긴 했지만 뚜껑을 까보기 전에 예측하는 것과 실제로 까서 확인하는 것에는 어마어마한 차이가 있었다.

"됐어, 됐어!"

그리고 그건 그 누구보다도 당사자인 박성민에게 그러했다. 박성민은 지금까지 웃고 있던 것이 실은 찡그렸던 것인가 하는 착각이 일 정도로 밝은 얼굴로 웃어댔다.

"자, 조심조심하세요!"

그러자 여태 샴페인을 들고 있던 의원 하나가 뻥 하고 샴페인을 터뜨렸다. 자세히 보니 이현종 의원이었다.

"하하, 이 사람. 그렇게 좋은가?"

"물론입니다! 이렇게 성공적으로 발을 내디뎠는데, 어떻게 기분이 안 좋을 수 있습니까!"

그 또한 같은 꿈을 꾸고 있는 사람 아니었던가. 샴페인을 터뜨리건, 그 샴페인을 밟고 넘어질 뻔하건 간에 전혀 지나치지 않아 보였다.

"잘됐네."

한참을 말없이 개표 방송을 들여다보고 있던 강혁이 환하게 웃고 있는 박성민을 보며 입을 열었다. 돌아보니 그 또한 환하게 웃고 있었다.

"그러게. 이거……. 이건 정말 잘됐어."

한유림 또한 껄껄 웃었다. 뒤에 앉아 있던 제자들을 돌아보면서였는데. 그 미소엔 어느 정도 안도감이 뒤섞여 있었다. 당연한 일이었다.

'다행이야……. 이제 이 친구들이 제대로 실력만 키우면……. 갈 곳이 생길 거야.'

각 지역 거점 병원은 물론이고 국군 수도 병원과 경찰 병원까지. 교수급 인사로 대우해줄 터였다. 물론 충분히 자리를 잡기 전까지는 죽도록 괴롭겠지만, 그 괴로움은 충분히 보람이 있을 것이었고,

또 충분히 보상받을 수 있을 터였다. 강혁과 박성민이 함께 짜놓은 정책이 실현되기만 한다면 그렇게 될 것이 분명했다.

"좋아, 아주 좋아."

강혁은 장밋빛 미래를 꿈꾸며 재차 입을 열었다. 그리곤 바로 옆에 앉아 있던 재원의 어깨를 툭툭 두드려주었다. 벌써 3년째 계약직 신세로 있는 재원이었다. 그럼에도 불구하고 단 한 번도 그에 대해서만큼은 불만을 제기한 적도 없었다.

"재원아. 너 내년에 교수하자."

"네?"

정말 아무 생각 없이 웃고 있던 재원이 눈을 동그랗게 뜨고 강혁을 바라보았다. 뭔 개소리냐는 얼굴이었는데, 당연히 장난일 거라고 생각하고 있는 모양이었다. 하지만 그를 마주하고 있는 강혁은 너무도 진지했다. 그 옆을 지키고 있는 한유림 교수도 비슷한 얼굴이었고.

"원래 똥차가 빨리 빠져줘야, 뒤에도 계속 자리가 나는 거야. 명색이 우리나라 최고의 중증외상센터인데……. 정식 소속 교수가 하나인 게 말이 되냐? 너 이름 올렸어. 논문이 좀 부족하기는 한데……. 그래도 될 거야. 대통령이 백이니까."

"그……. 그거 불법 아닌가요?"

"불법? 사람 살리는 데 법이 뭐가 중요해."

"아니……."

"그리고 불법 아냐, 이제. 정책 실현되면 중증외상센터에 한해서는 너도 자격 충분해진다고."

원래 대학 병원 교수 자리라는 것은 그렇게 쉽게 나는 것이 아니었다. 일단 자리가 있어야 하는 것은 물론이요, 박사 학위에 논문 점수까지 빵빵하게 있어야만 했다. 재원은 학위는 석사에, 논문이라곤 케이스 리포트뿐이니, 교수가 되기엔 아직 많이 부족하다는 뜻이었다.

"어, 어떻게……."

재원 또한 자신의 처지를 아주 잘 알고 있었기 때문에 그저 당황스럽다는 표정만 지어 보이고 있었다. 교수를 꿈꾸고 있었던 것은 사실이었다. 어찌 되었건 수술은 여느 교수 못지않게 아니, 솔직히 강혁을 제외하면 거의 모든 교수보다도 잘할 자신이 있었으니까. 또 어떤 현장에서든 사람을 살려낼 자신도 있었고. 하지만 원래 세상일에는 다 절차가 있지 않은가.

"넌 자격이 충분해."

강혁은 그런 재원의 머리칼을 헝클어뜨렸다. 그리곤 아주 진중한 얼굴로 말을 이어나갔다.

"중증외상센터 일을 하면서 논문에 학위까지 챙기는 건 말이 안 돼. 내 밑에 있는 너도 못 한 일이야. 다른 센터는 가능하겠어?"

"그……. 그건……."

맞는 말이긴 했다. 가장 우수한 센터에서 가장 우수한 교수 밑에서 큰 가장 우수한 제자조차도 학위나 논문은 맞출 수가 없었다. 그야말로 365일 환자만 보고 있으니 당연한 일이었다.

"그래서 중증외상센터……. 그러니까 외상 외과 전문의에 한해서는 교수 조건을 바꿀 거야. 뭐, 나중에 외상 외과가 완전히 자리 잡고 모든 센터가 다 돌아가서 시간적 여유가 생기게 되면 다시 바꿔야 할 수도 있겠지. 하지만 지금은 아냐. 지금은 필요한 법이야."

"아……."

"그러니까 미리 축하한다, 양 교수."

"어……. 그……. 네. 감사, 감사합니다."

한유림 또한 재원의 어깨를 두드려 주었다.

"양 선생이 교수 안 되면 대체 누가 자격이 있겠어."

따뜻한 말을 건네주면서였다. 우우웅. 그렇게 이 자리에 있던 모든 이들이 축하 인사를 건네고 있으려는데, 강혁의 핸드폰이 울렸다. 요란한 소리 대신 진동 소리만을 내면서였다. 그 말은 곧 병원이나 환자 얘기는 아니라는 뜻이었다.

"아, 박성민 후보네. 아니……. 이제 당선자라고 해야 하나."

그냥 당선자도 아니고 곧 대통령이 될 사람이었다. 강혁은 그런 사람의 전화를 아무렇지도 않게 툭 하고 받았다.

"네, 백강혁입니다."

"교수님. 다 교수님 덕입니다. 감사합니다."

"아닙니다, 뭐……. 저 아니더라도 워낙 깨끗하게 사셨던데요. 정책으로 유권자 설득도 잘하셨고."

"하하."

박성민은 정말로 기분이 좋은지 한동안 그렇게 껄껄 웃었다. 강혁 또한 박성민 덕에 어려운 일들을 마구마구 헤쳐나갈 생각을 하고 있었기 때문에 묵묵히 그 웃음소리를 들어주었다. 그렇게 한참을 웃어대던 박성민은 돌연 아주 조심스러운 목소리가 되어 입을 열었다.

"그래서 말인데요, 교수님."

"네."

"저는 대통령이 되기 전부터……. 대통령 자체가 아니라, 이 나라를 보다 좋은 나라로 바꾸는 것이 꿈이었습니다. 알고 계시죠?"

"알죠. 그래서 투표한 겁니다."

"그러기 위해서는 교수님의 힘이 필요합니다."

강혁은 굳이 전화를 나가서 받지도 않았고, 수화기 음량은 최대로 한 상태였다. 워낙 소란스러운 현장에서 전화 받을 일이 많아서였는데. 이곳은 조용하디조용한 곳 아니었던가. 당연하게도 방 안에 있는 모두는 강혁의 통화 소리를 들을 수 있었다.

'이거 설마?'

한유림 교수는 박성민의 말에서 행간을 읽어낼 수 있었다. 하지만 강혁은 전혀 눈치채지 못했다. 관심이 없었으니까.

"지금 도와드렸잖아요?"

"아뇨, 아뇨. 대통령이 된 이후를 말씀드리는 겁니다."

"아……. 걱정 마십쇼. 사고 안 치고 환자 열심히 볼 테니."

"그 말이 아니라……."

박성민은 과연 이 사람이야말로 오로지 환자만을 위해 일해줄 사람이라는 생각을 하며 어렵게 입을 열었다.

"제 내각에 들어와 달라고 말씀드리는 겁니다."

"내각? 내각이 뭔데요."

"아, 그……. 저기…… 그러니까."

박성민은 생각지도 못한 대답에 잠시 횡설수설했으나 이내 정신을 차리고 말을 이었다.

"보건복지부 장관이 되어달란 말입니다."

"아, 싫습니다."

"고민은 좀 해보시죠……."

"아직 중증외상센터 할 일이 많아요. 제가 할 일은 병원에 있습니다."

"정책이 자리 잡으면 2년 안에는 활성화될 겁니다. 그때라도 안 되겠습니까?"

이를테면 대통령이 의지를 보인 셈이었다. 2년 안에 반드시 활성화를 시키겠다고. 대한민국에서 가장 힘이 센 사람의 말이지 않은가. 어지간하면 이루어질 거라고 보면 되었다. 그래서 천하의 강혁마저도 할 말을 잠시 잊었다.

"그때는 들어주시겠습니까?"

그사이 박성민은 재차 압박을 주었다. 그러나 강혁은 이번에도 고개를 저었다.

"후보님. 저는 의사입니다. 제가 있어야 할 곳은 환자가 있는 곳이에요."

"활성화가 되고 나면……. 굳이 교수님 아니라도 되지 않습니까?"

"환자가 어디 우리나라에만 있겠습니까?"

"네?"

"저는 늘 제가 필요한 곳에 있겠습니다. 후보님께서도……. 후보님을 필요로 하는 곳에서 최선을 다해주십쇼, 대통령 각하. 그럼."

1부 끝.

중증외상센터
골든 아워 V

초판 1쇄 발행 2020년 8월 18일
초판 3쇄 발행 2021년 3월 19일

지은이 한산이가(이낙준)
펴낸이 김선식

경영총괄 김은영
책임편집 한나래 **디자인** 박수연 **책임마케터** 박태준, 유영은
콘텐츠개발6팀장 이호빈 **콘텐츠개발6팀** 임경섭, 박수연, 한나래, 정다움
마케팅본부장 이주화 **마케팅3팀** 박태준, 유영은
미디어홍보본부장 정명찬 **홍보팀** 안지혜, 김재선, 이소영, 김은지, 박재연
뉴미디어팀 김선욱, 허지호, 염아라, 김혜원, 이수인, 임유나, 배한진, 석찬미
저작권팀 한승빈, 김재원
경영관리본부 허대우, 하미선, 박상민, 권송이, 김민아, 윤이경, 이소희, 이우철, 김재경, 최완규, 이지우, 김혜진

펴낸곳 다산북스 **출판등록** 2005년 12월 23일 제313-2005-00277호
주소 경기도 파주시 회동길 490
전화 02-704-1724
팩스 02-703-2219 **이메일** dasanbooks@dasanbooks.com
홈페이지 www.dasanbooks.com **블로그** blog.naver.com/dasan_books
종이 · 출력 · 제본 ㈜갑우문화사

ISBN 979-11-306-3084-7(04810)
979-11-306-3079-3(세트)

· 이 도서의 국립중앙도서관 출판예정도서목록(CIP)은 서지정보유통지원시스템 홈페이지(http://seoji.nl.go.kr)와 국가자료종합목록 구축시스템(http://kolis-net.nl.go.kr)에서 이용하실 수 있습니다.(CIP제어번호:CIP2020030566)